葛兆光 著

唐詩選注

中华书局

图书在版编目(CIP)数据

唐诗选注/葛兆光著. —北京:中华书局,2018. 10(2024. 11 重印)

ISBN 978-7-101-13293-9

Ⅰ. 唐… Ⅱ. 葛… Ⅲ. 唐诗–注释 Ⅳ. I222. 742

中国版本图书馆 CIP 数据核字(2018)第 120538 号

书　　名	唐诗选注	
著　　者	葛兆光	
责任编辑	马　燕	
封面设计	刘　丽	
责任印制	管　斌	
出版发行	中华书局	
	(北京市丰台区太平桥西里 38 号　100073)	
	http://www. zhbc. com. cn	
	E-mail:zhbc@ zhbc. com. cn	
印　　刷	三河市宏达印刷有限公司	
版　　次	2018 年 10 月第 1 版	
	2024 年 11 月第 7 次印刷	
规　　格	开本/920×1250 毫米　1/32	
	印张 11⅜　插页 4　字数 270 千字	
印　　数	24001-27000 册	
国际书号	ISBN 978-7-101-13293-9	
定　　价	39. 00 元	

△ 刘希夷　全唐82.

　　狐捉篌"青い知绫色，莴い化孤直".

　　嵩岳调笙"月出高山东，月明山益空".

　　秋日题汝阳潭望："秋水随形影，陡池混心违".

　　春堂"揽笔长叹息，连足悲春色".

　　谒汉世祖庙"...怀古江山在，惟然历数迁，空余今夜月，长物旧时悬". 末两
白与"春时明月汉时关"，"可怜闺里月，长照汉家营"同参．又前一句可与怀古诗同参．

　　蜀城怀古"...古人无岁月，白骨冥丘荒...叹世已多成，怀心益自伤...".

　　洛川怀古"...岁月多今古，山河更盛衰...昔时歌舞台，今时狐兔穴...北邙
是处无...春无谷多乡..." 《红楼梦》用其意用其词．

　　公子行　先极写锦衣美女娜轻舟"，末四句陡地一转"努作交杜千古，谁说芳榉
一朝新，自问谢西山日，千秋万古北邙尘".

　　代悲白头吟

　　览镜"...白发多如此，人生随日时...".

　　送友人之新丰"泪随黄叶下，愁向绿樽生".

　　故园置酒"...乱离轩时难，得偿故乡忧，旧里多青草，新知尽白头，风荷灯易灭，
川上月难稠，莫厌一樽酒，携将上北丘，平生少欢日，不饮且迟迟".

　　全补　P13
　　　　延昌赋"...昔日濠若数曳练，常时碌碌如流电...千里相思潜如关，一代
英雄从此掌..."（伯3619）

　　北邙篇"...鸣哈缘我汝阳道，相斯(里)地尽连葬鸟，玉颜明上薘莹春，
人发春光芳皇荒..."（伯2673．斯2047．伯2544）

刘希夷诗，《唐诗选注》虽然仅选一首，但作注释与小传时，则需要遍读包括敦煌文书中所载之全部作品。

注意本页上方的若干文字。原本《唐诗选注》有朱庆馀《和刘补阙秋园寓兴》一首，其中有"孤花晚更明"句，于是，在宋诗中搜得若干相关诗句，用作以"明'喻'花"的例子。但因为此诗后来删去，所以这些资料就未能用上。

选注唐诗的时候，抄录了很多相关诗句，以作注释。凡用红笔抹去者，都是已经用于注释的。

目 录

2008年版序

一

重新翻看和修改当年作的这本《唐诗选注》，不由得回想起十六年前在北京城西一个九平米的小房间里，摊开满床书册拣选唐诗、查阅各种资料给唐诗作注的情形。

那时候还算年轻，有精力也有体力，无论做什么都有一点儿和自己也和别人"较劲儿"的意思。钱锺书先生的《宋诗选注》很风行，比起那些照本宣科、四平八稳、平庸有馀而个性全无的注本来，钱注宋诗实在有味道。钱先生对宋诗的深刻洞察和细心体验，写在前言、小传和注释中，那里面的敏锐、风趣和渊博，让我这样的后辈很佩服。"崔颢题诗在上头"，心知宋诗不能再花样翻新，便打算在唐诗上也这样照猫画虎地做一本。于是，借了给出版社做唐诗选注本的机会，不仅把《全唐诗》淘了一过，而且把手边可以找到的有关的诗话笔记小说以及其他朝代的诗歌也统统翻了个遍。

至今我手头还保存着那时看书留下的两个笔记本，上面整整齐齐地抄满了各种各样可以用来互相比照的诗句和评论，例如，在注释杜甫的"独树花发自分明"这一句时，为了说明诗人何以要用"明"来写花的艳丽和灿烂，当时就收集了李峤的"岸花明水树"、钱起的"高花映竹明"、朱庆馀的"孤花晚更明"、苏舜钦的"时有幽花一树明"、郑獬的"五月榴花照眼明"、陈后山的"水净偏明眼"、陆游的"频报园花照眼明"、朱熹的"五月榴花照眼明"等等，打算对诗歌里面用"明"字来形容"花"之灿烂的各种方式作一个注解和分疏，只是因为这一首杜诗后来并没有选入，这些材料也就被放弃了。这大概就是当年做注释的基础。经历过这样的选和注，渐渐地也就明白了前辈的广征博引，既非"炫博"，也不关"记性"，其实，那都是苦苦翻书得来的。后来，读到影印出来的钱锺书先生《宋诗纪事》的批校和读书手稿，也果然印证了我的这一体会。

我那时对古典中国诗歌的语言形式很有兴趣。过去，很多文学研究者对于古诗的解读，常常是用印象和感悟的方式，配上一些充满象征性的比喻来传达自己的体会，这种方法就好像"嚼饭与人"，使读者不是在读诗的本身，而似乎是在读那些读诗者的联想或感悟，不免就被"隔"在了诗歌之外。那个时候，一方面西方"新批评"之类的文学理论很诱人，启发我们在阅读诗歌的时候，多多考虑语言学的进路，另一方面汉语诗歌创作和评论的特殊性，又让我们很想在洋理论之外，自己找一个中国诗歌批评的新路数，所以，我那时不仅写了一篇对梅祖麟和高友工那本被译作《唐诗的魅力》的书的评论，而且还花了不少心思，同时写了一本至今自以为还不错的《汉字的魔方》。这些关注语言和形式的想法，当然也融入到这本《唐诗选注》里面，于是就有了这种方式的注释和解说。关于这一点，只要看看我给李白、杜甫、岑参、韩愈、白居易、李贺以及李商隐等人写的小传，看看我给王湾《次北固山下作》中的"潮平两岸阔，风正一帆悬"、杜甫《白帝城最高楼》中的"杖藜叹世者谁子，泣血迸空回白头"以及钱起《裴迪南门秋夜对月》中的"影闭重门静，寒生独树秋"等诗句做的注释，大概就可以明白。

二

现在回想起来，如果要说与唐诗的缘分，恐怕还得追溯到更早一点。

我是在一九五〇年代至六〇年代之间读的小学，那时的小学课本好像还不错，里面选有一些唐诗，像"日照香炉生紫烟"、"两个黄鹂鸣翠柳"、"床前明月光"什么的，都并没因为沾上阶级性、人民性一类的问题而被弃之敝箧，所以我那时读过，也背过，只不过就像陶渊明说的"不求甚解"，有点儿"小和尚念经，有口无心"似的，没有特别的感受和心得。也许读古典诗歌，也需要生活经验和社会感受打底罢，经过两年凄风苦雨的"文革"，便仿佛亲身经历了历史，对"渔阳鼙鼓动地来，惊破霓裳羽衣曲"（白居易）的世事动荡，就多了一分感受，而经历着三年一千天的插队，对"今春看又过，何日是归年"（杜甫）这样的心情，也添了几许体察，等到年岁渐大，读到像"但看古来歌舞地，惟有黄昏鸟雀悲"（刘希夷）、"无边落木萧萧下，不尽长江滚滚来"（杜甫）这样的诗句，居然就有了一些萧瑟的心情。在乡下插队时，请人做过一只硕大的樟木箱，那里面曾经放了一本《唐诗三百首》，书也被翻得卷了边儿。然而看归看，那毕竟不是真的与唐诗结缘，只好似无家可归、四处漫游时与唐诗的偶然邂逅，不过是和唐诗打了个照面而已。

大概是一九七二年罢，那时我刚刚从苗寨白腊回到县城凯里，说是回城，其实还是在离县城二十里左右一个叫开怀的地方，在砖瓦厂上班。还是年轻，在整天打砖做瓦卖苦力的间隙，仍然生出一些耗不掉的精力来，百无聊赖之际，除去玩儿了命的打球下棋，大球加小球、象棋加围棋，把自己弄得精疲力尽才算完之外，就是看书，什么书都看，只要能找到的，哪怕是讲"板块漂移"和"红移现象"的《自然辩证法》杂志，也照样上天下地、津津有味地从头翻到尾，又从尾看回头。有一次周日进城，偶然转到老街上那个已经被抄得破败不堪的县文化馆楼下，漫无目标地踏着满地废纸，随脚一踢，居然踢到下面有书，大喜过望，急急拂去上面的灰尘，于是看到半部世界书局的《宋元学案》，还有一本刘大杰的《中国文学发展史》中册。揣回去慢慢地看，看之不足，找了一个笔记本，就仿照文学史的模样，自说自话地重新写起唐代诗史来。写之不足，还带批判，批之不足，又加评点，却多是"缺乏人民性的无病呻吟"、"封建阶级的自我描写"、"法家要求法后王思想的表现"一类的话头。就这样，居然写了整整一笔记本，大约有十来万字罢，几乎是把唐代诗歌史重新复写了一遍。很多年后，在整理物品时，我还看到过这个红色塑料封皮已经有点发粘的本子，看着它，有很多感慨。这也许就是我真正用心琢磨唐诗的开始，可是，这开始居然开始得如此幼稚和荒谬。

时代扭曲，看什么都会扭曲；时代荒谬，想什么也不免荒谬。

三

觉得自己应当做一本认真的唐诗选注，这想法是在读研究生期间萌生的。一九八二年到一九八四年间，我和研究生导师金开诚先生合作编写《古代诗文要籍详解》（2006年中华书局重版时，改名为《古诗文要籍叙录》）。在那两年里，我穿梭似的往返于北京的各个图书馆，查阅各种集子，钞了好多好多有关注释和版本的资料，也记下了很多疑问和问题。那里面就有不少是关于唐诗的，比如现存《唐人选唐诗》里的《河岳英灵集》，与《文苑英华》《唐诗纪事》里引用的《河岳英灵集》为什么有所不同？为什么殷璠的两次选和评都不一样？比如杜甫的《石壕吏》，在王嗣奭那么好的一个杜诗注本《杜臆》里，为什么会被注释得穿凿附会？陈本礼的《协律钩玄》在解释李贺《北中寒》的时候，说他是在搞政治讽刺，讲"（唐）肃宗昵张良娣，任李辅国，杀太子，迁上皇"，真的是这样吗？"清明时节雨纷纷"那首诗，究竟是不是杜牧写的，它是不是因为宋代人刻了《樊川续别集》而进入杜牧诗集的？

这些话题，后来都写入了《古诗文要籍叙录》里面，因为这本来就是些文献学领域的事儿。不过，虽然学科自有畛域，思绪却从来没有画地为牢，很快我就把对这些问题的考证，延伸到了对唐诗的解读。那时候的人都有"文学梦"，正像前面所说，我那时也对唐诗的语言和艺术的分析着迷。也许是受到刚刚传进来的英美"新批评"的影响，在看了上海古籍出版社出版的梅祖麟和高友工《唐诗的魅力》一书对于唐诗语言的分析后，我在《读书》杂志上写了一篇题为《语言学批评的前景与困境》的评论。也正好在这个时候，复旦大学的章培恒教授组织重写《中国文学史》，由我来承担从中唐一直到宋代那么长的一段文学史的写作，这件事，让我真正地下了决心要去选注一本唐诗。

诗选其实常常是把诗歌"再经典化"的过程，现在人知道的唐诗，大多反复总是那几百首，这就是千年来不断有选家"披沙拣金"的结果。开始有些不服气，自己觉得总可以另辟蹊径，找到一些不曾入选的作品来表彰，可在写唐宋文学史和选注唐诗的过程里，当我真的把《全唐诗》里的诗人一个个看过来之后，尽管心存一个有意立异的念头，却没有多少真正的新发现。比如崔颢，我曾经在笔记本里面记下了《古游侠呈军中诸将》（有王维《观猎》之风）、《长安道》（写世态炎凉和人生变化）、《江畔老人愁》（写历史沧桑，末句是"感君相问为君说，说罢不觉令人悲"）、《邯郸宫人愁》

（记入宫女子的感慨，有"忆昨尚如春日花，悲今已作秋时草"）等等，而从不入或极少入诗歌选本的丘为、张抃和崔曙，我原来颇想打破常规，选丘为的一首《题农父庐舍》、张抃的一首《题衡阳泗州寺》、崔曙的一首《颍阳东溪怀古》，但是，终于还是遵循历来选家的通常评价，崔颢还是只选了很多选本都有的《长干行》《古意》《黄鹤楼》，丘为、张抃和崔曙仍然名落孙山。于是，这下终于明白你还真得佩服古今选家的目光如炬，所以我在《前言》里面承认，"就算你再细心筛选，也只是在他人掘过的番薯地里拣漏，拣到了剩番薯个头也不大"。

因此，更多的精力就放在了小传的撰写和注释的引证上，至今我还觉得，这两部分算是做得不错的。

四

时间已经过去十多年。

有人说，年轻时总是幻想与文学结伴，年长则常会不自觉亲近历史，说得也对。当出版社决定要重新再版这部《唐诗选注》的时候，编辑让我再回头去看看它，问我还有什么新的想法和感受。新的想法和感受？说实在话，现在回头看这部书，就好像倒拿望远镜回看身后，似乎有些遥远，有些陌生，由此我才意识到自己已经变化了的年龄和心境。不妨看此后我撰写的《中国思想史》中的一段话罢，这一段曾经很让一些热爱盛唐气象的人不高兴，这一段的题目叫做《盛世的平庸》，讲的是诗歌最辉煌的盛唐，其实恰是思想最平庸的时代。在那里我说：后代人总是说"盛唐气象"如何如何，其实，从生活的富庶程度上来说是不错的，从诗赋的精彩意义上来说也是不错的，从人们接受各种文明的豁达心态上来说也是不错的，但是，从思想的深刻方面来说却恰恰相反。因为在思想的平庸时代，不一定出现不了文学的繁荣景象，也许恰恰相反，可能这也是一种有趣的"补偿"。特别是，一旦那种沉潜入微的思绪，已经不能对知识、思想与信仰有所匡补和批评的时候，就纷纷夺门而出，表现在"语不惊人死不休"的文学上，这个时候，思发为文，智转入诗，而思想却在权力的制约下，逐渐走向平庸，智力也正是在这种一无所用的趋向中，逐渐转向了诗赋的琢磨和沉思。

也许，这是我对那个至今让人怀念不已的时代的重新思考。显然，这种思考立场和评价尺度是来自思想史的，换成文学史，也许我还会重新检讨和衡量。我想，我绝不会否认那个诗歌时代人们的激情、天真和理想，这种催生了诗歌的激情、天真和理想的时代，也许恰是生活在其中的人的幸福。我常常会反问自己，为什么人们非要追索思想的深沉？难道思想的深沉不是以社会的危机为代价的么？有时候，比起出产深刻、睿智和焦虑的时代来，那个生活都单纯、心情很满足、世界平静得让人不用思想的时代，更会让人觉得依恋。回想历史，在中国那么长的几千年里面，连环劫般的朝代变更、走马灯式的战争烽火、政治舞台上下的纵横捭阖、连续不断的旱涝饥荒、颠簸流离的生活和不知未来的焦虑让人战战兢兢戒惧警惕，难得有"稻米流脂粟米白，公私仓廪俱丰实"这样的富裕，难得有"天子呼来不上船，自称臣是酒中仙"这样的自由，难得有这样纯真、朴素和快活的心情，这样的时代，在文学史和思想史上不也很值得特别写上一写么？

尽管现在的我倾向思想史的研究，但是诗歌里也是能够看到思想史的，事实上，当那"八个醉的和一个醒的"诗人随着繁荣时代的结束走进了历史，当月宫碎影中的"霓裳羽衣曲"被渔阳鼙鼓和胡儿喧哗惊破，唐诗也渐渐变得沉思和深刻。心中有戒惧和紧张，眼中有混乱和危机，满天下家事国事的无奈和焦灼，便让中晚唐甚至五代宋朝的诗人越来越多了些思想反省和知识沉淀，也许，这才使得诗词轮替，催生了后来把浮名换了低斟浅唱的宋词。文学有时候也是时代的象征，昭示着社会史的起伏，也呈现着思想史的兴衰。当唐诗过后是宋词，当宋词唱罢换元曲，当小说既不再是群治的利器，诗歌又已经沦落到只有少数人自产自销，只能孤芳自赏的时候，我们会猛然发觉，这个社会已经太冷峻、功利和深刻了。

幸好，唐代是一个诗歌世界，凭这一点，就让我们对那段历史生出了无限怀想，也就凭这一点，我应当选注这部唐诗选集。这次，要重新再版《唐诗选注》，我想了又想，仍然没有作什么改动，不仅因为太忙，而且因为我觉得这样可以让它在介绍唐诗魅力的同时，也留作二十世纪九十年代的学术见证。

葛兆光

二〇〇七年六月于上海

1994年版序

选注完毕，照例要写"前言"。通常"前言"应当交代唐代诗歌的概况及诗人小传的撰写方式、选诗的原则、注释的体例，但篇幅的缘故使我不能在这里作关于唐诗的长篇大论，而蜻蜓点水似的泛泛而论也只是隔靴搔痒，弄不好反而会使读者如坠雾中隔岸看花，看得一头雾水仍不得要领。所以我在这里干脆不谈唐诗，好在有关唐代诗歌的历史与特征已经在各个诗人传论中写了不少，这里只说各个诗人小传的撰写方式、选诗的原则和注释的体例。

诗人小传依照惯例我介绍了诗人生平与他的诗风。前者比较容易，多少年来学者们对唐代诗人生平事迹的考证给我提供了方便，特别是一九八七年以后陆续出版的四册《唐才子传校笺》（傅璇琮主编，中华书局出版）汇集了古今研究的成果，这部由二十位专家共同撰写的著作对近四百个重要的唐代诗人的生平进行了精审的考证，这使我可以省却不少心力、减少若干错误，所以这本书里的诗人小传生平部分大都依据此书，诗人排列先后次序也按照此书考订的生年为准，当然还有一些无从考证生年的诗人则参考他的中进士年代或卒年等因素插入其中；后者比较困难，唐代诗人历来是被评头品足的对象，各种诗选也对他们多有评介，可是过去的评介总会犯两种毛病，一是评介差不多成了"光荣榜"上的模范事迹，泛而又泛的简评堆砌了一些虚文客套，即使谈及其缺陷也常常使用一个"当然了……"夹在中间作转折，既缺乏诗史意识却又博得了"公正"与"辩证"的外貌；二是在谈及诗歌艺术特征时总是爱翻来覆去地用那几个印象式的象征主义词眼，这些只可意会不可言传的词尽管"放之四海皆准"，却常常弄得人丈二金刚摸不着头脑，因为它们似是而非的语义可以称得上"千转百变"，随人怎么理解它都能对此点头微笑。如果选注者要偷懒取巧，那尽可以大抄特抄并把"天下文章一大抄"那句老话借来自我安慰自我解嘲，可是选注者若想认真，就不免多费周折甚至自找麻烦。我不是一个勇于找麻烦的人，有时不免人云亦云，但有时也想谈谈唐代诗史变化及诗人在诗史进程中的位置，于是就不能不另找评价原则并根据原则有所褒贬，而一个诗人的诗风及其在诗史上的意义又绝非"好"、"坏"二字可以一刀切开的，常常好处即坏处，缺点即优点，因而又不能挪借"当然了……"作转折的简便方式，只好采用比较繁琐的叙述与评论手段；有时在评论诗人诗风时想说说至关重要的诗歌语言形式，于是那些方便省力的象征主义词眼就不能胜任这种叙述要求，因而只好撇开人们已经熟悉了的"雄浑"、"豪迈"、"含蓄"、"柔弱"以及"情景交融"等语词而采用一些人们较生疏的语言批评术语。此外，小传并不一定按诗人等级的高下来分配字数，而是有话则长无话则短，不一定面面俱到，而是各有侧重。这样一来，诗人小传就不免长长短短，与通常写法不大相同了。

选诗是一桩吃力的工作。所谓"吃力"是因为此前唐诗已经被选了不知多少次，从唐代人自己就开始披沙拣金，至今还留下了十种"唐人选唐诗"，自从《全唐诗》编定以后，选家都能很方便地从四万八千九百来首唐诗中一一翻过，即使加上今人编辑的《全唐诗外编》，翻个一两遍也并非难事，大抵选诗的人都不是瞎子，鉴定水平与眼力纵然有高下也相去不远，即使偶尔打盹漏掉几首，其他选家也会补选进来，所以在这么多唐诗选本之后再来选唐诗很难花样翻新，就算你再细心筛选，也只是在他人掘过的番薯地里拣漏，拣到了剩番薯个头也不大。不过，过去选唐诗的标准是"好"，挑"好"的并不是毛病，可这种选法仿佛选"劳模"，劳动模范虽好但他不一定是"代表"，于是还有一种选"代表"的方法，即按照诗史的轨迹与诗人的特色挑选最具代表性的作品，本卷选的《至分水戍》（骆宾王）、《深湾夜宿》（王勃）、《古兴》（常建）、《苔藓山歌》（顾况）、《秋怀》（孟郊）、《神弦曲》（李贺）、《重过圣女祠》（李商隐）等多少都有些这种意思，而杜甫多选律诗、李贺多选七言歌行、李商隐多选七言律诗等也多少有些这种意思。但是，我也很害怕犯清人黄子云《野鸿诗的》里批评的那种毛病："好异者欲自别手眼，胸中先立间架，合者存，不合者去"，为了我的偏执意见而影响了读者要读好诗的希望，所以只好兼采"劳模"和"代表"的双重标准，尽可能多选"好诗"与"名篇"。当然就像清代薛雪《一瓢诗话》说的，"一则眼力不齐，嗜好各别，一则阿私所好，爱而忘丑"，我在选诗时也免不了个人的偏好，有时会删掉一些人人都选的作品却收录了一些少经人选的诗篇，也免不了有看走眼的毛病，有时会让一些该选的好诗从眼皮下滑走而让一些不该选的劣诗溜了进来。

最后再说注释的体例。按照清人张谦宜《絸斋诗谈》卷三里一种别致的说法，注释好比"注水"，"如球入穴中，灌水浮出"，这意思就是说注释的作用就是疏通字义词意让读者把诗读懂。可是，这样的注释总会给人重复的感觉，仿佛千家注释都是一张面孔。这是没办法的，比如说前人已经说了一加一等于二、太阳就是日头，你也只能说等于二，是日头，要是硬说一加一等于三、太阳是月亮，无异于自己跟自己过不去，少不得被人讥笑，在相同的诗里作相同的注难免大同小异。其实为了核实注释是否无误，我翻阅过不少资料，可这种工作大半只是给别人的注释当了一次证人，证明他没犯错误而已，因为别人也不是不学无术，即使别人一时疏忽被我查出了少许错讹，我也只能悄悄改正，不可能叫别人对簿公堂或张榜公布，于是，注释好像难免雷同。好在接受选注任务时商定过一条原则，即要在注释中加入一些帮助读者理解与欣赏的文字，所以我在有的注释里对诗歌语言作了比较详细的说明，引征了一些资料指出它们的沿袭、影响及语义演化；有的注释里对诗歌意境作了比较繁琐的分析，引征了一些诗句进行对比，指出诗意与语言的发展；有的注释里对诗歌句法作了一些语言学评介，并指出诗歌语言与日常语言的差异；有的注释里引述了一些古代人的分析与评论，希望能帮助读者加深对诗意与技巧的理解与感受；当然在有的注释里我还加上了我的解说与分析，这样的注释不免使一些注文变得比较长，但我想，这样注来也许能对读者有一些裨益，而不至于让读者感到过分的不快。

本卷收唐诗二百八十二首，凡七十八家。

葛兆光

一九九一年四月二十四日

虞世南 · 一首

虞世南（558—638），字伯施，越州馀姚（今浙江余姚）人。在隋朝当秘书郎，入唐后当到弘文馆学士、秘书监。他是初唐最博学多才的文人，也是在观念上自觉地要振兴古风的官员，据说他曾极力劝阻唐太宗不要写宫体诗，说"恐此诗一传，天下风靡"（《新唐书·虞世南传》）。不过，当他自己握笔写诗时，虽不写那些宫体主题，却始终没有完全摆脱六朝以来好搬弄华丽辞藻巧作对子的繁芜诗风，清人张实居说"唐兴而文运丕振，虞（世南）、魏（徵）诸公已离旧习"（《师友诗传录》），似乎缺乏根据，纪昀说他"堆砌处渐化轻清"（《瀛奎律髓》卷十七批语），似乎也说得太早。他现存的几首古乐府仍是六朝诗人照猫画虎模拟古人的路数，而大批的奉和、应诏诗虽然有些"日下林全暗，云收岭半空"（《奉和幽山雨后应令》）、"陇麦沾逾翠，山花湿更然"（《发营逢雨应诏》）、"横空一鸟度，照水百花然"（《侍宴应诏赋韵得前字》）等小巧的秀句，但大多还是啰里啰嗦排列丽词的六朝腔调，倒是偶尔一两首随意写出的小诗，却显得还不繁芜不俗气，颇有韵味，像《春夜》《秋雁》和下面所选的这首《蝉》。

蝉

垂緌饮清露[①]，流响出疏桐。
居高声自远，非是藉秋风[②]。

① 緌：古人帽子上的垂带，蝉有触须似垂带，所以说"垂緌"。

② 藉：借。这两句说蝉声传得远是因为它居于高处，并不是凭借秋风传音的力量，这显然是以蝉喻人。南朝梁代诗人吴均《初至寿春作》有一句"飘

扬恣风力"、《红楼梦》第七十回薛宝钗填的《临江仙》末句"好风凭借力,送我上青云",都不免要借助风力,而这首诗却不然,所以清人施补华《岘佣说诗》曾拿它和骆宾王、李商隐的两首咏蝉诗比较,说它是"清华人语",骆宾王"露重飞难进,风多响易沉"是"患难人语",李商隐"本以高难饱,徒劳恨费声"是"牢骚人语"。

王绩 · 二首

王绩（585—644），字无功，自号东皋子，祖籍太原祁（今山西祁县），生于绛州龙门（今山西河津）。隋代曾任秘书省正字、六合县丞，后辞官，唐武德年间应征待诏门下省，贞观初年即辞职回乡，当了十几年隐士。

不少诗史或诗选都把王绩作为唐代诗人的开端，把他的《野望》作为唐诗的开篇，这当然无可非议，因为他恰好是初唐最年长的杰出诗人，《野望》恰好是初唐最早的优秀诗篇。但是，有时历法意义上的时间顺序会引起人们对诗史意义上的时间顺序的误解，不知什么时候起，人们就把王绩看成是开唐一代诗风的诗人，把《野望》看成是"第一首真正的唐诗"，觉得这样一来王朝断代与诗史分期就可以取得一致。其实，这种沿袭了明、清人现成说法的观点并没有多少根据（参见明杨慎《升庵诗话》卷二、清吴乔《围炉诗话》卷二），因为王绩的诗虽然不大有六朝繁缛密丽的风气，但有的是魏晋人尤其是阮籍、嵇康特别是陶渊明的影响，还不能算是诗史意义上的"唐诗"——尽管他人与诗在时间上都已入了唐朝——何况，学习与模拟的榜样并不能以年代早晚分出等级高下。诗歌语言不是酿造的酒浆，窖藏越久就越好，诗史上创辟新风也不是寻源溯流，回复越古老的时代就越新，在这一点上或许可以参照中国古老的故事"五十步与百步"。当然，王绩越过六朝去学习魏晋人的诗，使他的诗歌语言比较朴素质直，诗歌意境比较自然恬淡，所以在读惯了六朝以来的秀辞丽句之后，人们突然读到这样的诗，就好比差不多吃腻了大鱼大肉想吃蔬菜或看腻了雕梁画栋亭台楼阁后突然看到一片朴素的田园风光一样，惊喜之馀要格外赞叹。像那个清代的贺裳就想把陶（渊明）、王（维）并称的"王"换成王绩的"王"，觉得"辋川诚佳，太秀，多以绮思掩其朴趣，东皋潇洒落穆，不衫不履"（《载酒园诗话又编》），但他没有看到王绩与陶渊明的不同，王绩的回归田园多来自道家追求自然的理念，他的退隐醉乡也出于全身养性的理想，他祖传的"东陂馀业"、"园林幸足"（《游北山赋序》），也使他的隐士生活过得悠闲舒适，因此他诗里那种"乱头粗服"就和真正衣衫褴褛的农夫不同，他诗里的田园乡村仿佛是大观园里"隐隐露出一带黄泥墙，墙上皆用稻茎掩护"，挂着"杏帘在望"酒旗的稻香村，他诗里那种着意恬淡的意境就仿佛当着官的贾政却说"（稻香村）未免勾引起我归农之意"（《红楼梦》第十七回）。所以，虽然王绩的诗风在唐初的确令人耳目一新，但既不能说他回归到了魏晋时代，也不可说他已开创了唐代诗风，而《野望》尽管平淡自然让人读来流畅上口，但它的意境情调，既不能等同于陶渊明式的淳厚朴淡，它的语言形式也不能等同于唐人五言律诗的整齐圆熟。王绩和他的诗仍然处在六朝诗向唐代诗的过渡之中。

野　望

东皋薄暮望①，徙倚欲何依②。
树树皆秋色，山山唯落晖③。
牧人驱犊返，猎马带禽归④。
相顾无相识，长歌怀采薇⑤。

① 东皋：王绩隐居处，皋是水边高地。阮籍《奏记诣蒋公》"方将耕于东皋之阳"，陶渊明《归去来辞》"登东皋以舒啸"，都以东皋当躬耕隐居之地的象征，王绩最佩服这两个人，所以东皋未必是真的地名，可能是王绩给自己隐居处取的名字。

② 徙倚：徘徊。

③ 王勃《山中》"山山黄叶飞"似乎把这两句的意思更推进了一步，不光是树树秋色，还招来了秋风，吹得满天黄叶乱飞。王维《归嵩山作》"落日满秋山"

似乎把这两句并成了一句，而储光羲《田家杂兴》之三 "落日照秋山，千岩同一色" 则仿佛把这两句又重新排列了一番，变成了另外两句。

④ 这两句不光是写乡村黄昏景象，而且是用 "返"、"归" 二字反衬自己 "徙倚欲何依" 的彷徨与 "相顾无相识" 的孤独。从陶渊明以来，写乡村田园的诗都爱用 "返"、"归" 这种字词，像陶渊明诗里的 "日入相与归"（《癸卯岁始春怀古田舍二首》之二）、"守拙归园田"（《归园田居》其一）、"带月荷锄归"（同上其三）、"敛翮遥来归"（《饮酒》之四），这个 "归" 字暗示的是人的归宿，人能归家便意味着温馨的到来和漂泊的结束，当人漂泊时看到别人归家，则又意味着孤独与惆怅，感到自己的肉体与精神都无所依凭，而几乎所有的田园诗在古代中国的深层含义都是寻找家园，寻找归宿。

⑤ 采薇：《诗经·召南·草虫》"陟彼南山，言采其薇，未见君子，我心伤悲"，《诗经·小雅·采薇》"采薇采薇，薇亦作止，曰归曰归，岁亦莫止"，《史记·伯夷列传》（伯夷、叔齐作歌曰）"登彼西山兮，采其薇矣。以暴易暴兮，不知其非矣。神农虞夏，忽焉没兮，我安适归矣？于嗟徂兮，命之衰矣"。上面三段涉及 "采薇" 的典故分别有不同含义，《草虫》可以移来表现怀念友人的苦闷，《采薇》可以借来暗示不得回归漂泊无定的痛苦，《伯夷列传》可以指代世道变乱时的绝望，无论用哪一种含义来解释这首诗都可以说通。从前面 "徙倚欲何依" 和 "相顾无相识" 两句的意思推下来，似乎怀念友人和难以回归的含义更切合一些，但明人唐汝询《唐诗解》却认为 "此感隋之将亡也"，好像他赞成 "采薇" 用的是《伯夷列传》的典故。后来不少人都同意这一说法，可也有人，如清人吴昌祺《删订唐诗解》因为 "王（绩）尝仕唐" 而不同意这种说法，认为王绩既然又当了唐代的官就不会自比叔齐、伯夷这样忠于旧朝的人。

夜还东溪

石苔应可践，丛枝幸易攀①。
青溪归路直，乘月夜歌还。

① 石头上长了苔藓，本来很滑，但可以踩上去，因为幸好有一丛丛的枝条

可以供人攀牵。明人杨慎《升庵诗话》卷三曾指出这两句诗的来龙去脉："谢灵运诗：'苔滑谁能步，葛弱岂可扪'，此反其意。唐杜审言诗：'攀崖践苔易，迷路出花难'，又顺用无功诗意也。"

上官仪·一首

上官仪（？—664），字游韶，陕州陕县（今河南陕县）人。贞观年间中进士，当过弘文馆学士，后被武则天以与被废黜的太子李忠通谋的罪名下狱，死在狱中。他是初唐很有影响的诗人，能写工整巧丽的五言诗，被当时人称作"上官体"，他所归纳的六种或八种对仗的句法，也使六朝以来逐渐定型的诗歌形式有了一个虽不完整却初具雏形的理论，只是他自己的诗写得并不出色，爱掉书袋子，又爱堆砌一些看似五彩缤纷却毫无意味的丽辞，以至于后人讽刺他的诗是"类书体"。不过，从诗史的角度来看，他的创作趋向和理论归纳，再加上他的影响使他有可能是当时诗歌发展史上一个重要的环节，因为有时诗歌发展的承上启下者并不一定都是最出色的诗人，就像水陆交通的中继站不一定都是重镇大邑，可能是一个不起眼的水边渔村，也可能是荒漠戈壁中的一个补给驿站。

入朝洛堤步月①

脉脉广川流，驱马历长洲②。
鹊飞山月曙，蝉噪野风秋③。

① 据刘悚《隋唐嘉话》记载，唐高宗时"（上官）仪独持国政，尝凌晨入朝，巡洛水堤，步月徐辔"，即兴吟了这首诗，当时一起等待上朝的官员听了觉得"音韵清亮"，"望之犹神仙"，可知此诗所谓"入朝"是指在东都洛阳皇城外等候上朝，"洛堤"是皇城外洛水的堤岸，"步月"则是徐步在凌晨月光下的意思。

② 广川：即大河，指洛水；长洲：指洛水堤岸。

③ 上一句暗用曹操《短歌行》中"月明星稀，乌鹊南飞"的意境，但曹操诗是

写午夜月亮明亮，使乌鹊以为天亮而飞，大体上和王维《鸟鸣涧》"月出惊山鸟"的意思相仿，而上官仪这句却是写凌晨将曙未曙的情景。下一句是化用了南朝张正见《赋新题得寒树晚蝉疏》的诗意，张诗云："寒蝉噪杨柳，朔吹犯梧桐……还因摇落处，寂寞尽秋风。"上官仪把这些意思压缩在五个字里，表现了六朝以来诗歌语言技巧的凝练化趋向。后来张说《和尹懋秋夜游灉湖》"雁飞江月冷，猿啸野风秋"又借用了上官仪的这两句诗意，几乎全盘挪用，所以《唐音癸签》卷五说这两句"音响清越，韵度飘扬，齐梁诸子咸当敛衽矣"。

骆宾王·三首

　　骆宾王（约619—？），婺州义乌（今浙江义乌）人。年轻时任道王李元庆府中的属官，唐高宗咸亨元年（670）前后曾从军到过西北、西南，后任长安主簿，但又获罪下狱，贬为临海丞。光宅元年（684）徐敬业从扬州起兵讨伐武则天，他代作《讨武曌檄》，一时传遍天下，徐敬业兵败后，骆宾王也不知下落，有人说他被杀，有人说他出家当了和尚。在"初唐四杰"中，他名字排在最后，但年纪最大，如果传闻中那首"白毛浮绿水，红掌拨清波"的《咏鹅》真是他七岁时的作品，那么他在诗史上应当比其他三人几乎早了一代。不过从他现存的作品来看，他真正的创作生涯开始于中年之后，不像其他诗人那样少年成名，所以人们仍然习惯把他和卢照邻、杨炯、王勃视为一代诗人。

　　在《全唐诗》里收有三卷骆宾王的作品，他的歌行如《帝京篇》《畴昔篇》慷慨悲壮、音节浏亮，《艳情代郭氏答卢照邻》《代女道士王灵妃赠道士李荣》深婉缠绵、情韵悠长，在当时都是上乘佳作；而五言古、律也多写得苍劲而精巧，既有魏、晋古诗的气格，又有六朝诗律的词采，像"谷静风声彻，山空月色深"（《夏日游山家同夏少府》）、"草带销寒翠，花枝发夜红"（《初秋于窦六郎宅宴》）、"露下蝉声断，寒来雁影连"（《送刘少府游越州》）的组句下字和《渡瓜步江》《至分水戍》《送费六还蜀》等诗的句型音律，都标志着古体诗向近体诗、六朝诗及唐诗演进的轨迹。但作为一个承上启下的诗人，他在诗歌形式语言上起的变革作用似乎并不如后来的沈佺期、宋之问、杜审言，而在诗歌主题内涵上的变革意义则与卢照邻、杨炯、王勃一样重要。按当时人的说法，"四杰"是几个"浮躁浅陋"的人，这"浮躁浅陋"四字在今天看来刚好说明这四个人不够安分守己，情绪不太稳定，个性过于倔强，属于多血质性格。像王勃陵藉同僚，年轻气盛；杨炯讽刺朝士是"麒麟楦"，恃才凭傲（《唐才子传》卷一）；卢照邻自傲又自卑，一会儿学炼丹到处讨乞药值，一会儿入仕当官还想当大官，终于在理想破灭与病疾缠身下自杀了事；而骆宾王则极端自负，似乎不通世故，总觉得自己受了委屈，用他自己的话说，他"少年识事浅，不知交道难"（《咏怀》），长大了又"嗟为刀笔吏，耻从绳墨牵"（《叙寄员半千》），虽然他"不求生入塞，唯当死报君"（《从军行》），但却仍然"淹留坐帝乡，无事积炎凉"（《畴昔篇》），因此满腹牢骚、一腔悲愤，更加上他运道坎壈，四处碰壁，便积了一肚皮不合时宜的幽怨愤懑之气。那个千年前独身刺秦王在易水边慷慨悲歌的荆轲的幽灵似乎总缠绕着他，使他一而再再而三地想到"徒歌易水客，空老渭川人"（《咏怀古意上裴侍郎》）、"不学燕丹客，空歌易水寒"（《送郑少府入辽共赋侠客远从戎》）、"昔时人已没，今日水犹寒"（《于易水送人》）。他以垂暮之年参加讨伐武则天的冒险行动，恐怕不仅仅是"不忘故君"的理性抉择，而更多的是出自一种类似赌徒性格的心理冲动。不过，恰恰是他们这种富于个性的气质、不平则鸣的性格加上一肚子牢骚与悲凉，使他们摆脱了初唐诗坛那种百无聊赖地搬运词藻的慵懒和平庸，使诗歌多了一种刚健、悲凉而饱满的情绪，恰恰是他们这种坎坷而丰富的生活经历，使他们的诗比起千人一面千篇一辞的应制、酬和、同咏、奉题少了一些无聊与空洞，多了一些生机勃勃的主题与内涵。像骆宾王的几首边塞诗，就有亲身体验的感受和亲眼所睹的意象，绝不像那些身居都市华堂的人写边塞诗，从书本里拾来几个烽火、胡笳之类的词语和着泪、血、风、霜就捏出一首边塞风情。

夕次蒲类津①

二庭归望断，万里客心愁②。

山路犹南属，河源自北流③。

晚风连朔气④，新月照边秋。
灶火通军壁，烽烟上戍楼。
龙庭但苦战，燕颔会封侯⑤。
莫作兰山下，空令汉国羞⑥。

① 次：停驻；蒲类津似当作"蒲类县"，在今新疆哈密西北，因蒲类海（即巴里坤湖）得名。唐高宗咸亨元年（670）骆宾王曾随右威卫大将军薛仁贵出征到这里并写了这首诗。

② 二庭：唐代西突厥分为南北二庭，以伊列水为界，包括今新疆及中亚一部分地区。这两句说在这里看不到回乡的希望，远在天涯，征战的人心中愁苦。

③ 山路虽指向南方，河源却远在北端。

④ 朔气：指北地的寒气。

⑤ 龙庭：指匈奴单于祭天地鬼神的地方，班固《封燕然山铭》"焚老上（单于）之龙庭"，后泛指边塞或敌方要地，亦称"龙城"；燕颔：旧时形容的富贵相，颔是下巴颏，《后汉书》卷四十七《班超传》引相面人的话说"燕颔虎颈，飞而食肉，此万里侯相也"，南朝徐陵《出自蓟北门行》就说"生平燕颔相，会自得封侯"。

⑥ 这两句借用西汉李陵在兰于山南被匈奴击败并投降的典故，说不要像李陵一样，让汉（指唐）国蒙受耻辱。

至分水戍①

行役忽离忧，复此怆分流②。
溅石回湍咽，萦丛曲涧幽③。
阴岩常结晦，宿莽竞含秋④。
况乃霜晨早⑤，寒风入戍楼。

① 分水：具体地点不详，古代叫分水的地方很多，如天水、南阳均有，清人陈

熙晋《骆临海集笺注》卷二认为这是指南阳县北七十里的分水岭，但不一定可靠。

② 行役：指为官事而奔波四方；离忧：遭忧生愁；怆分流：看见各奔东西的河流心里觉得悲伤。

③ 水流冲激石头急速回旋发出呜咽般的声音，曲洞潆绕弯曲环绕树丛显得格外清幽。这两句仿佛王维《过香积寺》的"泉声咽危石，日色冷青松"，但不像王维诗那么疏旷从容，也没有王维诗那种声、色清幽冷寂的感觉，又仿佛窦庠《夜行古战场》的"泉冰声更咽，阴火焰偏青"，但不像窦庠诗那么阴森凄楚，也不是古战场那种杀气惨然的气氛。

④ 阴岩：背阳的岩崖；结晦：幽暗；宿莽：冬生不死之草，《尔雅》郭璞注认为是卷施草。

⑤ 霜晨：有霜的清晨，高山上霜降得比平原要早，所以诗里说"霜晨早"。

在狱咏蝉①

西陆蝉声唱②，南冠客思侵③。
那堪玄鬓影④，来对白头吟⑤。
露重飞难进，风多响易沉⑥。
无人信高洁，谁为表予心⑦。

① 据前人考证，这首诗是唐高宗仪凤三年（678）骆宾王在狱中所作，当时骆宾王上书议论政事，得罪了武则天，被诬告贪赃而入狱（陈熙晋《续补唐书骆侍御传》，见《骆临海集笺注》附录）。这首诗前有一段序文，说明这首诗是以蝉自况，来表明自己的高洁与哀叹自己的命运。

② 西陆：秋天，《隋书·天文志》中说，太阳周天而行，"行东陆谓之春，行南陆谓之夏，行西陆谓之秋，行北陆谓之冬"。

③ 《左传·成公九年》记载"晋侯观于军府，见钟仪，问之曰：'南冠而系者，谁也？'有司对曰：'郑人所献楚囚也。'"南冠本是南方人的帽冠，后来由于这个故事，南冠便指囚徒了。

④ 玄鬓: 本指黑色的鬓发, 这里指黑色的蝉, 据《古今注》卷下记载, 魏文帝宫妃莫琼树曾仿蝉翼作黑色发饰叫"蝉鬓", 骆宾王看到蝉, 自然想到年轻人的黑发, 因此下面说到自己的"白头"。

⑤ 白头一方面指与"玄鬓"相对的白发, 因为骆宾王当时近五十岁了, 又深怀忧患与悲愁, 所以早生白发, 正如汉乐府诗"座中何人, 谁不怀忧, 令我白头"; 一方面暗指《白头吟》的主题, 从汉代有相传卓文君所作《白头吟》以来, 历代文人仿作《白头吟》都咏叹"直如朱丝绳"(鲍照)、"平生怀直道"(张正见)、"叶如幽径兰"(虞世南)这种忠正清直却受到诬谤误解的主题, 所以骆宾王一语双关, 既指生理上的衰老, 又指心理上的哀伤。

⑥ 这两句化用了六朝人的诗句。张正见《赋新题得寒树晚蝉疏》中说"叶迥飞难住, 枝残影共空。声疏饮露后, 唱绝断弦中", 沈约《听蝉鸣应诏》中说"叶密形易扬, 风回响难住", 都是哀叹秋天的蝉既无处安身, 鸣声也逐渐稀疏渺茫, 骆宾王以蝉自比, 觉得自己"失路艰虞", 就像蝉在秋天里"露重"、"风多"一样, 而自己"弱羽之飘零"和"余声之寂寞"就像蝉在秋风寒露中既飞不动, 又叫不响一样, 和初唐虞世南《咏蝉》"居高声自远, 非是藉秋风"一比, 就显出这两首诗的格调全然不同, 作者的心情也全然不同, 前者是意气洋洋, 后者不免悲愁满腹。

⑦ 古人认为蝉"饮而不食"(《淮南子·说林》), 就像庄子所说的吸风饮露餐霞而不食人间烟火的仙人, 所以是清高的象征, 曹植《蝉赋》就拿它比喻不食周粟的伯夷和坐怀不乱的柳下惠, 陆云《寒蝉赋序》则说它"含气饮露, 则其清也, 黍稷不食, 则其廉也"。骆宾王就说自己其实和蝉一样高洁, 只是没有人相信, 所以受到误解与诬谤, 有谁能来替自己表白高洁清白之志呢?

卢照邻·一首

卢照邻（约634—约686），字升之，幽州范阳（今北京大兴）人。曾在邓王李元裕府中任典签，后入蜀为新都尉，任期满后回到洛阳，因病住太白山中炼丹药，但服药中毒，以至手足致残，便在具茨山下（今河南禹县北）买园闲居，武周垂拱年间，因绝望而投颍水自杀。

用自杀来表示绝望的诗人自古就有，但因残疾的痛苦而绝望自杀的诗人却不多见，这种把生存与健康看得那么重的原因在于卢照邻有他自己的人生观。他想建功立业，跃马边陲或断佞臣头（《结客少年场行》《咏史四首》之四），又想遐举飞升或当个"诸侯不得友，天子不得臣"（《咏史四首》之三）的世外高人，但这场大病及服药后所得的更大的病，却使这一切都烟消云散，于是他只好投颍水告别人生。自杀显示了他直面人生的懦弱，也显示了他告别人生的勇气，他抗拒不了心理与生理的痛苦，但敢于用结束生命来表现他对于人的存在的怀疑与失望。其实，这怀疑与失望早就盘踞在他的心中，纠缠着他的诗思了，下面所选的《长安古意》就表现了他对须臾变幻的人生、飞速流逝的岁月的思索。正因为这一思索，就使得这首七言歌行超越了以往赋体诗歌的内涵，在铺陈描绘的词句中贯注了一种深沉的气脉，使那种仅仅关注政治或道德的劝百讽一变成了对人生哲理的追寻与探问。

长安古意①

长安大道连狭斜②，青牛白马七香车③。
玉辇纵横过主第，金鞭络绎向侯家④。
龙衔宝盖承朝日，凤吐流苏带晚霞⑤。
百尺游丝争绕树，一群娇鸟共啼花。

啼花戏蝶千门侧，碧树银台万种色。
复道交窗作合欢，双阙连甍垂凤翼⑥。
梁家画阁中天起，汉帝金茎云外直⑦。
楼前相望不相知，陌上相逢讵相识⑧。
借问吹箫向紫烟⑨，曾经学舞度芳年。
得成比目何辞死，愿作鸳鸯不羡仙。
比目鸳鸯真可羡，双去双来君不见。
生憎帐额绣孤鸾，好取门帘帖双燕⑩。
双燕双飞绕画梁，罗帷翠被郁金香⑪。
片片行云著蝉鬓，纤纤初月上鸦黄⑫。
鸦黄粉白车中出，含娇含态情非一。
妖童宝马铁连钱，娼妇盘龙金屈膝⑬。
御史府中乌夜啼，廷尉门前雀欲栖⑭。
隐隐朱城临玉道，遥遥翠幰没金堤⑮。
挟弹飞鹰杜陵北⑯，探丸借客渭桥西⑰。
俱邀侠客芙蓉剑，共宿娼家桃李蹊⑱。
娼家日暮紫罗裙，清歌一啭口氛氲⑲。
北堂夜夜人如月，南陌朝朝骑似云⑳。
南陌北堂连北里㉑，五剧三条控三市㉒。
弱柳青槐拂地垂，佳气红尘暗天起㉓。
汉代金吾千骑来㉔，翡翠屠苏鹦鹉杯㉕。
罗襦宝带为君解，燕歌赵舞为君开㉖。
别有豪华称将相，转日回天不相让。
意气由来排灌夫，专权判不容萧相㉗。
专权意气本豪雄，青虬紫燕坐春风㉘。
自言歌舞长千载，自谓骄奢凌五公㉙。
节物风光不相待，桑田沧海须臾改。
昔时金阶白玉堂，即今唯见青松在㉚。

寂寂寥寥扬子居，年年岁岁一床书^㉛。
独有南山桂花发，飞来飞去袭人裾^㉜。

① 古意：与"拟古"之意相近，表示是拟古之作而不是真实新闻报道或政治
讽刺诗歌。

② 狭斜：斜出旁行的小路，汉乐府《长安有狭斜行》中云"长安有狭斜，狭斜
不容车"。

③ 梁简文帝萧纲《乌栖曲》"青牛丹毂七香车，可怜今夜宿倡家"，卢照邻此
句化用前句。七香车：用多种香木制成的车。

④ 各式各样华美的车辆络绎不绝地来往于贵族之家。玉辇：泛指贵族精美
华丽的车辆；主第：公主府第。

⑤ 龙衔宝盖：雕成龙形的支柱上端，龙头衔着伞状的华盖；凤吐流苏，华盖
上的凤形装饰称为立凤，立凤口里悬挂着流苏。

⑥ 复道：连接楼阁的空中阁道，由于重叠不止一层，所以叫"复道"；交窗：
花格木窗；作合欢：指窗格为合欢花图案；双阙：宫门两旁的望楼；甍：屋
脊；垂凤翼：指双阙连甍像凤凰垂下的翅膀。

⑦ 梁家画阁：汉代皇家外戚梁冀在洛阳曾修建过极其豪华的宅第，这里以
梁冀宅第的豪华比喻长安贵族宫室的宏伟；汉帝金茎：汉武帝在宫中竖立
铜柱，上有铜盘，名仙人掌，用来承接仙露，班固《西都赋》"抗仙掌以承
露，擢双立之金茎"，李善注："金茎，铜柱也"，这里用汉帝铜柱比喻长安
贵族楼阁的高耸入云。

⑧ 这两句是说贵族仕女如云，来来往往，但并不相识，无缘结交；讵：岂。

⑨ 吹箫：指秦穆公小女弄玉，《神仙传》卷四记载弄玉嫁给善吹箫的萧史，两
人后来跨鸾而去成了神仙；紫烟：神云仙雾，江淹《班婕妤咏扇》说："画
作秦王女，乘鸾向烟雾"；这里用"吹箫向紫烟"指一个怀春舞女。

⑩ 生憎：偏厌。好（hào）取：爱取。

⑪ 郁金香：传说出自大秦（罗马古称）国的名贵香料，这句的意思是说这位舞
女的帐子和被子都用名贵香料熏过。

⑫ 蝉鬓：一种将两鬓梳理得薄而挺如蝉翼般的发式，参见骆宾王《在狱咏蝉》注④。鸦黄：嫩黄，唐代女子在额上涂嫩黄为妆饰，常常画成月形，又叫"额黄"。这两句形容女子发饰与化妆，说她的蝉鬓如片片行云，额黄如纤纤初月。

⑬ 妖童、娟妇：指贵族家随从的歌儿舞女，这两句承上两句来形容贵族家的歌儿舞女内心痛苦但外表奢华；宝马铁连钱：青色有圆钱斑纹的宝马；盘龙金屈膝：雕有盘龙纹的金合页。

⑭ 御史：掌管监察的大臣；廷尉：主持刑法的官员，但御史府中只剩下乌鸟夜啼，廷尉门外鸟雀栖宿，可见不是太平无事，便是无人过问。《汉书·朱博传》说御史"府中列柏树，常有野乌数千栖宿其上，晨去暮来"，《史记·汲郑列传》说廷尉府"及废，门外可设雀罗"，这里用这两个典故。

⑮ 朱城：宫城；翠幰：绿色的车帷。

⑯ 挟弹飞鹰：带着弹弓，架着猎鹰；杜陵：汉宣帝陵，在长安东南；这句写长安少年尚武好猎的风气。

⑰ 探丸借客：以摸各色弹丸来决定谁去杀人报仇。《汉书·尹赏传》记载，长安少年侠客每次杀人复仇，都以赤、黑、白三色弹丸决定各人的行动，摸到赤丸者杀武官，摸到黑色者杀文官，摸到白丸者为不幸死于行动的同伴料理后事；《汉书·朱云传》记载，朱云"少时通轻侠，借客报仇"，借客就是助人的意思。渭桥：渭水桥，在长安西北；这句写长安少年行侠仗义的风气。

⑱ 芙蓉剑：传说是春秋时期越国著名铸剑家欧冶子所铸五把剑之一，这里泛指宝剑及佩宝剑的侠士；桃李蹊：《史记·李将军列传》"桃李不言，下自成蹊"，这里借指人来人往的妓女家。这两句写长安少年风流任诞的风气。

⑲ 啭：歌唱；氛氲：香气浓郁。

⑳ 北堂、南陌：泛指妓女家的门里门外。

㉑ 北里：平康里，长安妓女聚集的地方，孙棨《北里志》："平康里：入北门，东回三曲，即诸妓所居之聚也。"

㉒ 剧：交错的道路，《尔雅·释宫》郭注"今南阳冠军乐乡数道交错，俗呼之为五剧乡"；条：通达的大路，班固《西都赋》"披三条之广路"；市：繁华的商市，左思《魏都赋》"廓三市而开廛"；这里用五剧、三条、三市，只是用古人旧典，并非实数，因为据《三辅黄图》说，长安有八街九陌九市。

㉓ 佳气红尘：指车马往来的热闹气氛。

㉔ 金吾：汉代禁卫军官名，唐代亦有，称金吾大将军，领左右金吾卫，巡防京城街巷。

㉕ 屠苏：酒名。

㉖ 罗襦：锦织短衣；这句化用《史记·滑稽列传》"日暮酒阑，合尊促坐，男女同席，履舄交错……罗襦襟解，微闻芳泽"，写金吾千骑军官饮酒狎妓观舞听歌。

㉗ 排灌夫：指汉代权臣田蚡杀害灌夫的故事，灌夫勇猛任侠，好使酒骂人，被丞相田蚡杀害；这句的意思是长安城中有脾气比灌夫更大的权臣；判不容：决不容；萧相：指汉宣帝时的萧望之，萧望之受汉宣帝遗诏辅佐元帝，却被中书令石显陷害自杀；这句的意思是长安城里有容不下别的大臣的专权者。两句与上两句相呼应，写炙手可热掌握大权的人。

㉘ 青虬：《楚辞·涉江》"驾青虬兮骖白螭"，虬是龙类，屈原想象以它驾车，这里便借指驾车的骏马；紫燕：颜延年《赭白马赋》"将使紫燕骈衡"，李善注引《尸子》说"马有紫燕、兰池"，可见紫燕也是骏马。

㉙ 这里"自言"、"自谓"都是指那些得意洋洋的权贵的心理，说他们觉得豪奢极欲、颐指气使的生活会千年长存，日盛一日。

㉚ 以上四句写时光飞逝，世事变幻，往日豪华随着岁月流逝会烟消云散，这种感慨在当时不少诗里都曾出现，像陈子昂《燕昭王》里的"丘陵尽乔木，昭王安在哉"、骆宾王《帝京篇》里的"相顾百龄皆有待，居然万化咸应改。桂枝芳气已销亡，柏梁高宴今何在"，王勃《滕王阁》里的"阁中帝子今何在，槛外长江空自流"，李峤《汾阴行》"昔时青楼对歌舞，今日黄埃聚荆棘"。刘希夷《代悲白头翁》里的"但看古来歌舞地，惟有黄昏鸟雀飞"以及张若虚《春江花月夜》里的"人生代代无穷已，江月年年只相似。

不知江月照何人，但见长江送流水"，这就仿佛《红楼梦》第一回《甄士隐梦幻识通灵 贾雨村风尘怀闺秀》里甄士隐为《好了歌》作注的头几句"陋室空堂，当年笏满床，衰草枯杨，曾为歌舞场，蛛丝儿结满雕梁，绿纱今又在蓬窗上"，也仿佛刘禹锡《乌衣巷》的末两句"旧时王谢堂前燕，飞入寻常百姓家"，它所感慨的世事变幻带有一种对人生的根本性追问，即在永恒的宇宙时间中，人生究竟有什么意义，于是，它的内涵便超越了对长安繁华或历史变化的一般性描述而进入了哲理思索的层次。

㉛ 扬子：即扬雄，扬雄曾闭门著《太玄》《法言》，左思《咏史》便说："寂寂扬子宅，门无卿相舆"；一床书：指扬雄的一大堆著作；有人认为扬子是作者自况，一床书是聊以自慰的书，但不如解释为诗人认为扬雄寂寥，著书无用更合理，岁月流逝，时光无情，就是扬雄的故居和他的《太玄》《法言》也只有寂寥冷落，在年年岁岁的流逝中蒙受灰尘。

㉜ 裾：衣襟；这两句开头用了一个"独"字，暗示上述一切在时间的长河中都不过是过眼烟云，只有南山桂花这种自开自落、应时迁化的自然物永久长存，每到花季，香气飘来飘去染在人的衣襟上。

杜审言 · 五首

杜审言（约648前—708），字必简，巩县（今河南巩县）人，唐高宗咸亨元年（670）中进士。他当过隰县（今山西隰县）尉、洛阳丞，因向朝廷上言，于武后圣历元年（698）被贬吉州，后被武则天召用，但神龙元年（705）又因为与武则天的宠臣张昌宗、张易之等交往的嫌疑而被反对武则天及二张的人流放岭南，第二年才被赦北归，临终那年当了修文馆直学士，冬天就病死了。

在初唐诗坛上，如果说王勃等"四杰"由于大多没有入过中朝而可以说是"在野"诗人，写的诗未免有些跳荡愤激的"野路子"的话，那么，杜审言及沈佺期、宋之问却可以说是沙龙里的诗人，他们的诗比"四杰"的诗显得整饬而且沉稳，明人钟惺《唐诗归》卷二就说过杜审言开了唐代"齐整平密一派门户"。这"齐整平密"四字并非没有根据的臆断，一方面，杜审言及沈、宋等人的诗往往声律形式都比较规范，在杜审言现存的五言诗中，有三分之二是律体，七言诗中，则全是律诗和绝句，虽然有些地方还不太合平仄调式，但基本上合辙中矩入了近体的格套，所以王夫之《薑斋诗话》卷二说"近体梁陈已有，至杜审言而始叶于度"，合辙中矩的诗当然会给人以拘谨方正的感觉，翁方纲《石洲诗话》说他"于初唐流丽之中别具沉挚"，这"沉挚"二字恐怕有一半也是从语言形式上来的，就是说字词不那么怪异谲诡艳奇，形式不那么放逸奇矫出格，王世贞《艺苑卮言》卷四曾把近体诗律比为法律，说"天下无严于是者"，既然能规规矩矩地在五八四十个字和七八五十六个字里讨生活，在平仄对仗里过活计，那么多少有些平稳妥帖的老实相；另一方面，杜审言作为一流文人在当时似乎已经跻入了文化贵族的圈子，他和苏味道、李峤、崔融被称为"文章四友"，和沈佺期、宋之问等又是好朋友，同荣同辱，一道写诗一道被贬，所以不免染上宫廷文人的毛病，写些应制、酬和之作，诗里不少是平庸而浅陋的句子，为写诗而写诗，所以个性并不突出，力度也比较弱，像清人贺裳就在《载酒园诗话又编》里说他"作磊砢语"的时候也"略无攒眉蹙额之态"，意思就是他写坎坷、写悲凉有时仿佛东施硬学西子捧心颦眉，心里并不痛苦，只是为赋新词强说愁而已，因此并不能在诗里倾注浓烈激荡的情感。其实说来杜审言并不是一个性格温厚敦重的人，他也和"四杰"中人一样自负，据说他曾轻蔑地嘲讽过朋友苏味道"彼见吾判当羞死"，也曾狂妄地揶揄同辈宋之问"吾在，久压公等，今且死，固大慰，但恨不见替人"（均见《新唐书》卷二○一），甚至觉得自己文章比屈原、宋玉还好，书法比王羲之还强，但这点自负自傲没有使他养出一种郁闷激愤的不平之气，却好像"雪狮子向火"都化尽了似的，在诗里竟看不见半分，这可能是因为他的自负自傲敌不过他的功名利禄之心。据说武则天召见他并暗示要起用他时，曾问"卿喜否"，这个五十来岁的人竟"舞蹈谢"，并遵旨写了一首《欢喜诗》，演了一场老莱子戏彩娱亲似的闹剧，所以他不免要染上官场上的习气，而这习气又常常会淹没人的真性情，写起诗来温柔敦厚得好像真的"思无邪"似的，于是不免给人以一种富贵闲人的雍容态，清人李重华就把他划归"台阁体裁"，并认为"翰院清华者宜宗之"（《贞一斋诗说》），这并不是没有根据的乱点鸳鸯谱。

当然，这"齐整平密"四字也有不尽然之处，他的诗虽然缺少那种投入整个生命的慷慨悲歌，但也并非没有一点真感情，他在放逐途中写的山水诗中就常常有一种刻骨铭心的痛苦在，只不过这种苦痛常化在山水景物之间，语词意象之中显得十分含蓄，而含蓄则给人以气度雍容、涵养深厚而不那么心浮气躁的感觉，所以有人说他"气度高逸，神情圆畅"（《艺苑卮言》卷四），又有人说他"浑厚有馀"（《诗镜总论》）；他的诗虽然"句律极严"（宋陈振孙《直斋书录解题》），但也并不是死板呆滞，有时很能在句律的桎梏里翻筋斗变花样，就像下面所选的《和晋陵陆丞早春游望》，首联前句和尾联前句活用虚字及动词就极受后人称道（《升庵诗话》卷五），而颈联、颔联又被王夫之《薑斋诗话》引为例子痛斥那些胶柱鼓瑟，非得一情一景的诗人，可见杜审言并不是死板地墨守成规的格律奴隶，后来很多人都指出杜甫的一些风格与技巧来自祖父，杜甫自己也说"吾祖诗冠古"（《赠蜀僧闾丘师兄》），虽然这种夸张的说法大半是出自孙辈对祖辈的尊敬和对家世的夸耀，但毕竟不是没有根基的胡吹乱侃和捕风捉影的盲目崇拜。

和晋陵陆丞早春游望①

独有宦游人，偏惊物候新②。
云霞出海曙，梅柳渡江春③。
淑气催黄鸟，晴光转绿蘋④。
忽闻歌古调⑤，归思欲沾巾。

① 晋陵：唐属毗陵郡，在今江苏常州；陆丞：名不详，当时晋陵县的县丞，曾作《早春游望》一诗赠给当时同在毗陵郡的江阴县任职的杜审言，这首诗便是杜审言的和诗，明人胡应麟《诗薮》曾说这首诗是初唐五言律中的第一好诗。

② 偏：特别；物候：各个季节里自然界的不同物象，像冰融、花开、虫鸣、叶落、降霜等能提示季节变化的物象都可以叫"物候"。这两句是说在外任职的人特别对自然变化感到惊异，因为物候提醒了人们，时光在飞速流逝。

③ 这两句的语法比较特殊，应当是"云霞出海（天才放）曙，梅柳（已开花长绿芽）渡江（才感到）春（天来临）"，这是写东南沿海一带物候的诗句，但近体诗歌里这些括号里的词全被压缩掉了，顿时显得很紧凑，这种密集化简约化的句式不仅包容了较多的内涵，而且由于缺少说明性、过渡性的文字而减少了阅读时的限制性，从而拓宽了联想空间，所以，越来越多的

诗人在写近体诗时采用了这种句式。

④ 淑气：和煦的春天气息；黄鸟：黄莺，《礼记·月令》说仲春二月"仓庚（黄莺）鸣"是早春的"物候"，但江南的黄莺却因春天来得早而叫得更早，晋代陆机《悲哉行》说"蕙草饶淑气，时鸟多好音"，杜审言化用这两句，并用一个"催"字点明江南春意早的含义；晴光：春天的阳光；绿蘋指绿色的蘋草，梁代诗人江淹《咏美人春游》有"江南二月春，东风转绿蘋"句，用"转"字是说蘋草由于春日而变为绿色。

⑤ 古调：陆丞的诗，暗指陆丞的诗中那种悲叹岁月流逝游子思归的意蕴，因为这种意蕴从《古诗十九首》以来一直是诗人咏叹的主题，所以下面说引起了自己归乡之思，不由得涕下沾巾。

夏日过郑七山斋①

共有樽中好②，言寻谷口来③。
薜萝山径入，荷芰水亭开④。
日气含残雨，云阴送晚雷。
洛阳钟鼓至，车马系迟回⑤。

① 郑七：名不详；山斋：山中别墅。从诗意来看，郑七山斋在洛阳近郊山间，当时杜审言正任洛阳丞。

② 樽中好（hào）：喝酒的嗜好。

③ 言：助词。谷口：汉代隐士郑璞曾在谷口隐居耕种，名气很大，见皇甫谧《高士传》及扬雄《法言·问神》，这里因为郑七也姓郑，就用来借指郑七山斋所在地。

④ 这两句也是近体诗里典型的句式，意思是薜萝和山径一道弯曲延伸入峪，荷芰开在水亭之旁。薜萝：蔓藤类植物；荷芰：荷花与菱花。

⑤ 洛阳钟鼓：指洛阳城内报时的钟声与鼓声；迟回：犹豫徘徊的样子。这两句是说在郑七山斋饮酒赏玩，不知不觉天色已暮，远处传来报时的钟鼓声，但诗人仍然拴着车马迟迟不愿离去。

旅寓安南①

交趾殊风候②，寒迟暖复催。
仲冬山果熟，正月野花开。
积雨生昏雾，轻霜下震雷③。
故乡逾万里，客思倍从来。

① 安南：今越南河内市。唐中宗神龙元年（705），杜审言被流放到峰州（今
越南河西省山西西北），途经安南，在客舍或驿站中写了这首诗怀念
家乡。

② 交趾：泛指今越南北部。

③ 以上四句非常准确地描写了南方的气候与风景：冬天果熟，正月花开，连
雨生瘴气，山林像蒙着一重昏雾，虽然微有轻霜，却又响着雷声，写这些
令人陌生的景物，正为了表现对熟悉的家乡的思念，所以下面笔锋一转，
立刻转到加倍而来的乡思上去。

春日京中有怀

今年游寓独游秦①，愁思看春不当春②。
上林苑里花徒发，细柳营前叶漫新③。
公子南桥应尽兴，将军西第几留宾④。
寄语洛城风日道，明年春色倍还人⑤。

① 游寓：指宦游在外；秦：指长安。

② 心里一团愁绪，所以虽然看着春天却没有把它当作春天，这句的句法就好
像欧阳修《蝶恋花》里的"泪眼问花花不语"，杜审言是因为自己心里有愁
而不把春天当春天，欧阳修是自己心里有悲想把花当人花却不理他。中唐
戎昱《秋月》里的两句诗"思苦自看明月苦，人愁不是月华愁"正好移来解
释杜审言的这首诗。他自己宦游长安觉得苦闷，就不把长安春天当春天，
一心想着回洛阳，其实他自己也明白这里仍是花开柳绿，到处宴乐歌舞，

只是自己在异乡仿佛是一个外人，心里孤单寂寞而已。这种意思可参见汉《郊祀歌·日出入》："春非我春，夏非我夏。"庾信《和庾四》："无妨对春日，怀抱只言秋。"

③ 上林苑：汉代皇家园囿，在长安城郊，借指唐代皇家园林；细柳营：汉代周亚夫屯军之地，故址在今咸阳西南渭河北岸。这里用"徒"、"漫"两字暗示自己没有赏玩春景的心情，所以花开是白开，柳绿是自绿，撩不动人的春兴。

④ 南桥：洛水上的天津桥；西第：汉代梁冀为大将军时曾起别第于洛阳城西。这两句是写自己思念洛阳旧友宴饮游乐的情景，公子、将军、南桥、西第都是泛指洛阳的旧友和府第。

⑤ 倍还人：指自己明年春天回到洛阳，洛阳春色将加倍地补偿今年误了春期的损失。

渡湘江①

迟日园林悲昔游②，今春花鸟作边愁③。
独怜京国人南窜④，不似湘江水北流。

① 这首诗是神龙元年（705）杜审言被流放途中写的。

② 迟日：春日，《诗·豳风·七月》"春日迟迟，采蘩祁祁"。湘江曾是杜审言旧游之地，故地重游，本来是应该欢喜的，又何况是在春天的阳光下，但这时诗人是被流放，今非昔比，所以不由悲从中来。

③ 边愁：流放边远之地的哀愁。

④ 窜：流放。

杨炯·一首

杨炯（650—约693以后），华阴（今陕西华县）人，十一岁时应神童举，被授待制弘文馆，后来任校书郎，盈川令。在"初唐四杰"中，他谈论文学的见解最高明，常被后人引述来证明初唐文学思潮的变革，但他的诗却写得最差，所存诗歌很少有精彩的作品，却残留了不少陈、隋诗人搬弄词藻典故的毛病。只是有的诗体现了初唐诗逐渐律化、声韵和谐的发展趋向，有的诗里那种按捺不住的愤懑激昂之气也使它摆脱了上层诗坛的平庸与无聊，像下面这首《从军行》便是一例。

从军行①

烽火照西京②，心中自不平。
牙璋辞凤阙，铁骑绕龙城③。
雪暗凋旗画，风多杂鼓声④
宁为百夫长⑤，胜作一书生。

① 从军：乐府旧题，属于相和歌辞的"平调曲"，汉魏时人常用这个乐府题写军旅生活，但到了唐代，汉魏乐曲大多已经亡佚，诗人只是用这个乐府题来写诗，无法配合乐曲演唱了，所以这首诗本来应当属于"乐府诗"。但是对于诗歌句式、音律、结构的审美习惯却使六朝以来的诗人把这种"乐府诗"也逐渐写成了五言八句、平仄相间的格式，便使得后人一概将它们称为"五言律诗"。其实，在初唐诗人心目中未必有现在那么明确的格律概念，也未必是有意地要写出一种与乐府、古诗都不同的"律诗"，只是一种审美方面的习惯使他们写诗的时候不约而同地注意了句式、平仄与结构而已。

② 烽火：古代边境报警的烟火；西京：长安。

③ 这两句是说调兵遣将，大军离京，铁骑包围了敌方的重镇。牙璋：古代调兵的符信，用玉做成，分为两半，相合处凸凹相嵌，合则是，不合则非，像人的上下牙，所以叫牙璋。《周礼·典瑞》："牙璋以起军旅"，郑注："若今时以铜虎符发兵"，这里用"牙璋"指领军大将。凤阙：本指长安宫阙，《史记·封禅书》记汉武帝修建章宫，"东则凤阙，高二十馀丈"，这里是用"凤阙"代指皇宫，说奉命出征的将士辞别了皇宫。龙城：匈奴的重要城市，《汉书·匈奴传》记载："匈奴……五月大会龙城，祭其先、天地、鬼神。"后来人写诗文多用"龙城"代指敌人的核心要地。

④ 这两句写战地风光，在战争中，雪色也显得那么暗淡，映得战旗都失去了颜色，风声萧萧中，夹杂着阵阵战鼓的响声。

⑤ 百夫长：军队里的低级军官。

王勃·六首

王勃（650—676），字子安，绛州龙门（今山西省河津县）人。当过朝散郎、沛王府修撰，由于为沛王写斗鸡檄文被赶出王府，后又当了虢州参军。上元二年（675）到交趾探望父亲，次年落海淹死。

王勃与杨炯、卢照邻、骆宾王被称为"四杰"固然是初唐人就有了的说法，但在诗史上的地位却有相当的缘故应当归之于杜甫对他们的辩护与赞扬。杜甫在《戏为六绝句》里说，"王杨卢骆当时体，轻薄为文哂未休。尔曹身与名俱灭，不废江河万古流"，这当然很正确，不过，他把哂笑王杨卢骆的人称为"轻薄"，恰恰忘了初唐人正是把王、杨、卢、骆骂为"轻薄"的。诗歌史上常有的这种健忘，是因为同代人更多地看到诗人的人品行为，于是评价时不免以"人"论文，而后代人只能看到诗人的诗歌作品，于是评价时又容易以"诗"取人。其实我们如果"人"、"诗"合观就可以发现，"初唐四杰"之所以是"初唐四杰"，成为初、盛唐诗史承上启下的重要一环，一半儿在他们的"人"，一半儿在他们的"诗"。

张说《赠太尉裴公神道碑》中曾记载裴行俭对王、杨、卢、骆的评价，说"（杨）炯虽有才名，不过令长。其馀华而不实，鲜克令终"。这个颇像神算子看相的故事，显然是张说看到了四杰身后生前遭遇才编出来恭维裴行俭的谀词，但也透露了当时人对他们人品的印象。在旧时代道德尺度比照下，四杰无疑都是有大缺陷的文人，首先他们都很自负，而缺少谦谦君子的风度，像杨炯讽刺同僚是"麒麟楦"（《唐才子传》卷一）、王勃"恃才傲物，为同僚所嫉"（《旧唐书·文苑传》），彼此之间还为争名次先后而互相攻讦，杨炯虽然给王勃文集写序时说了不少好话，背后却说自己"愧在卢前，耻居王后"（《旧唐书·文苑传》），卢照邻比杨炯谦虚一些，却也不愿和骆宾王排在一块儿，说"喜居王后，耻在骆前"（《朝野佥载》卷六）；
其次是行为出乎常理不够本分，如王勃为沛王的鸡作"斗鸡檄文"、
卢照邻写乞讨药钱的"乞药值文"、骆宾王更写了惹火烧身的《讨武
曌檄》，所以裴行俭说他们"浮躁浅露"，何况他们还时时有些人们
看上去颇"恶"的举动，卢照邻的自沉、骆宾王的造反违背了当时的
道德规范，不免还属于扬才炫己、奔竞浮躁一流，而王勃藏了逃犯又
杀了逃犯灭口，杨炯为官严酷滥杀下属，就简直令人不可思议，似乎
有心理缺陷了。但是缺陷使他们免于千人一面的平庸，浮躁使他们不
甘于众口一词的无聊，尤其是他们都有生不逢时、怀才不遇的悲愤、
极为倔强浓烈的个性和满肚皮的牢骚，恰恰是这种悲愤的情感使他
们的诗涌动着一种其他人所没有的气势，恰恰是这种个性使他们的
诗摆脱了初唐诗坛的无聊与平庸而有了"气骨"，恰恰是他们的坎
坷经历拓宽了初唐诗的表现领域而使诗歌承担了更广阔的责任与义
务，就是说，他们的个性、经历、气质使他们的诗歌主题、情感、内涵
都与六朝初唐诗歌不太一样了，这正是王、杨、卢、骆在诗史上承上
启下的作用之一。

　　王、杨、卢、骆在诗史上承上启下的作用之二就在于他们的
"诗"，换句话说就是他们的"诗"在诗歌语言形式上有变革意义。
比如他们的七言歌行不仅改变了六朝以来比较局促、比较短小、拘
泥于音乐的格局，大开大阖、气势雄张、内蕴丰富，而且在意韵的转
换衔接、结构的安排与节奏的变化上都拓展了六朝的旧路数；他们
的五言诗歌在音律、句式、结构上也都越发接近律体，使五言诗的
最佳格式逐渐成熟，写出了一大批音韵铿锵、意境开阔、语词清丽
而且气脉流畅的好诗。当然，他们的律体还不如沈（佺期）、宋（之
问）、杜（审言）那么精巧圆熟，句法还不够凝练紧缩，"多以古脉行
之"（《诗镜总论》），篇法还不够变化舒张，有时"八句皆浓"（《四
溟诗话》卷二），词语还过于雕琢，"词旨华靡固沿陈隋之遗"（《艺
苑卮言》卷四），有时还爱翻来覆去地重复那几个得意的意象或啰

里啰嗦地堆垛典故，但毕竟他们已经不同于六朝诗歌的繁芜、华丽、平板，多少有了一些"苍深浑厚之气"与"清新朴峻之风"，《诗镜总论》说他们"调入初唐，时带六朝颜色"，这句话其实可以反过来说，虽然四杰仍沾染了六朝风气，但他们却已经开启了有唐一代诗格，尤其是为盛唐诗人开拓了一条比较宽的诗歌路子。

至于王勃本人，应该说在四杰中是最出色的一杰，这不仅在当时人为他们排座次时已经有了定论，就是后人也同意这一看法。《诗镜总论》可以代表私下的议论，它说四杰中"子安最其杰"，《四库简目》可以代表官方的见解，它说王勃"文章巨丽为四杰之冠"。他的五、七言诗都有杰作，尤其是五言诗仿佛把六朝人用丽词艳藻排得密密麻麻的诗歌撕开了一些缝隙，那些自然质朴的诗句挟着或苍劲或悲凉的情感渗入诗中，使诗歌有开有阖有疏有密有句有篇，让读者读上去不再是喘不过气或眼花缭乱，而是张弛有序心理舒畅，只是他有时疏忽，使六朝诗风又偷偷地跑进来叫他的诗再犯典丽浮靡的老毛病。

咏　风

肃肃凉景生^①，加我林壑清。
驱烟寻硐户，卷雾出山楹^②。
去来固无迹，动息如有情^③。
日落山水静，为君起松声。

① 肃肃：形容风吹得很急速的样子，《诗经·召南·小星》"肃肃宵征"，毛传："疾貌"；《后汉书·蔡琰传》引蔡琰《悲愤诗》"胡风春夏起，翩翩吹我衣，肃肃入我耳"。凉景：凉风，晋庾阐《江都遇风诗》"流景登扶摇"也是用"景"来比拟风的。

② 风带着烟雾在深山溪涧间来来去去。硐户：溪涧的门户，即夹峙在山涧两侧的岩崖；山楹：大山的楹柱，即高耸如柱的群山之门。

③ 这两句说风来去虽然渺无痕迹，但动静之中似乎很通人情。晋湛方生《风

赋》说风"等至道于无情"，梁王台卿《咏风》也说风"侵望不可识，去来非有情"，王勃却说风有情，因为它送来了林壑的"清凉"，又送来了静谧中的松声。

春日还郊

闲情兼默语，携杖赴岩泉。
草绿萦新带，榆青缀古钱[①]。
鱼床侵岸水，鸟路入山烟[②]。
还题平子赋，花树满春田[③]。

① 绿草环绕像簇新的丝带，榆树的青荚像一串串连缀的古钱。榆树未生叶先结荚，荚的样子像古代铜钱，庾信《燕歌行》："榆荚新开巧似钱"，据《汉书》记载，西汉时已将钱币称为"榆荚钱"了。而据《本草纲目》，古人也将榆荚称为"榆钱"，用"钱"比榆荚或用"榆荚"比钱在古代很普遍。

② 鱼床：鱼群栖居的地方；鸟路：鸟飞的痕迹。

③ 平子：东汉张衡字平子，他写有《归田赋》，王勃在这里提到张衡的《归田赋》，是因为他在郊外春景中领略到了自然的纯朴与秀丽，不免动了"归田"的念头，于是也想写一篇归隐田园的赋。

深湾夜宿

津涂临巨壑[①]，村宇架危岑[②]。
堰绝滩声隐，峰交树影深[③]。
江童暮理楫，山女夜调砧[④]。
此时故乡远，宁知游子心。

① 津涂：渡口的路；巨壑：深而大的山沟，这句是说渡口去村寨的路正好挡着高高的山崖，因为从高山上的村中看下来渡口正在深深的峡谷之中。

② 村宇：村里的房屋；架危岑：架在高山上。危：高；岑：高山。

③ 绝：隔绝；这两句说堰坝像将河水隔在极远处，人只能听到隐隐的流水声，山峰重叠，使树影也显得浓密而幽深。

④ 江童：江畔生长的少年；理楫：收拾船上的工具；调砧：整理洗衣用的石块。

送杜少府之任蜀州①

城阙辅三秦②，风烟望五津③。
与君离别意，同是宦游人④。
海内存知己，天涯若比邻⑤。
无为在歧路⑥，儿女共沾巾⑦。

① 这是王勃送别友人的作品。王勃写送别的诗不少，像《别薛升华》《秋日别薛升华》《送卢主簿》《饯韦兵曹》《白下驿饯唐少府》《羁游饯别》《江亭夜月送别二首》等，大都写得悲凉凄绝，如"心事同漂泊，生涯共苦辛"、"穷途惟有泪，还望独潸然"，偏偏这一首写得旷达豪爽，于是人们便总是记住了它而称赞王勃的送别诗别具一格。其实应该说，王勃送别友人时同样免不了"悲莫悲兮生别离"的情调和"送君南浦，伤如之何"的俗套，但他独特的个性有时使他不免出格一下。这首不带任何小儿女气的送别诗就恰使偶然引起了必然，人们记不住千篇一律哭哭啼啼的诗反而记住了这首独具一格长歌朗笑的诗，于是王勃这首诗连同"海内存知己，天涯若比邻"两句就成了千古传诵的名篇与名句。杜少府，不详何人；少府，县尉的通称；之任，赴任；蜀州，治所在今四川省崇庆县。有的版本蜀州作"蜀川"。

② 城阙：长安宫阙；辅：护持；三秦：今陕西一带，项羽灭秦后曾将其地分为雍、塞、翟三国，所以叫"三秦"。这句说长安以三秦为护持之地，意思其实就是说长安在三秦的中心。

③ 五津：泛指蜀州一带，《唐音癸签》卷十六引杨慎说从灌县到犍为一段岷江中有五津，即白华津、万里津、江首津、涉头津、江南津，王勃这首诗的五津就是指这一带。这句说蜀州一带离长安极为辽远，但见风烟浩渺，暗指杜少府的行程还很远。

④ 都是为了官事而奔忙的人。

⑤ 这两句被人们传诵的诗其实脱胎于曹植《赠白马王彪》"丈夫志四海,万里犹比邻"。

⑥ 无为:不要,不须;歧路:分路的地方。

⑦ 像妇女儿童一样哭哭啼啼。《孔丛子·儒服》记载鲁人子高与友人邹文、季节分手,邹、季泪流满面,子高就说"始吾谓此二子丈夫尔,乃今知其妇人也",曹植《赠白马王彪》也写道:"忧思成疾疢,无乃儿女仁。"王勃参用了上述典故与诗句。

秋江送别①

早是他乡值早秋,江亭明月带江流②。
已觉逝川伤别念③,复看津树隐离舟④。

① 原为两首一组,这里选一首。

② 第一、二句叠用"早"、"江"二字,读起来有一种回环往复的感觉,也有一种节奏紧凑的效果。和下面两句一比,节奏的变化就显出来了。而节奏由紧张变为纤缓,又正与送别时的怆然与别离后的惆怅相吻合。

③ 逝川:《论语·子罕》"子在川上曰:逝者如斯夫,不舍昼夜",这里指流逝的江水,说看到流逝不返的江水更增添了别离的伤感。

④ 更何况看到渡口的树林隐没了友人的舟船。宋人李觏《乡思》中"已恨碧山相阻隔,碧山还被暮云遮"用的也是这种更进一层的写法。

春 庄

山中兰叶径,城外李桃园。
岂知人事静,不觉鸟声喧①。

① 当人间杂事都离我远去,连鸟的喧闹也不觉得了,这就是陶渊明《饮酒》"心远地自偏"的意思。

刘希夷·一首

刘希夷（651—?），字庭芝，汝州（今河南临汝）人，上元二年（675）中进士。据《大唐新语》卷八说，他"少有文华，好为宫体，词旨悲苦，不为时所重"，所谓"不为时所重"，也许是因为他的诗"多依古调，体势与时不合"（《唐才子传》卷一），也就是说在语言体制、声律对仗上没有赶上时髦，并不是说他的诗内容意蕴上不受人重视，那个广为流传的宋之问与他争抢"年年岁岁花相似，岁岁年年人不同"著作权的故事虽然只是谣传（见《大唐新语》卷八、《刘宾客嘉话录》《本事诗·微咎第六》），但也可以说明他的诗在当时未必那么受人冷落。其实他的诗，尤其是他的诗里表现的一种对于人生的思索，恰恰与当时弥漫在整个诗坛上的一种悲凉情调合拍。而他所擅长的，通过女性角度感受韶华易失来表现的一种充满青春气息的伤感和一种追求享乐的浪漫，却不仅超出了初唐诗人生主题的局限，还启迪了盛唐诗浪漫人生咏叹调的全新境界。也许当时人忽略了他的价值是由于他已太"新潮"，而他通过女性来表现的方式又太容易让人误解为这只不过是宫体、闺情的老一套。不过，当人们意识到他的诗的新意之后，就很快被看重，盛唐孙翌编《正声集》，他曾被列为"集中之最"，连远在边陲的敦煌也传抄着不少他的诗。不仅唐人贾曾抄袭过他的诗，就连千年后曹雪芹写《红楼梦》，也从他《洛川怀古》和《代悲白头翁》里分别抄了好几句咏叹人生的话，改头换面地编成甄士隐的《好了歌注》和林黛玉的《葬花词》。

代悲白头翁①

洛阳城东桃李花，飞来飞去落谁家。
洛阳女儿好颜色，坐见落花长叹息。

今年花落颜色改，明年花开复谁在②。
已见松柏摧为薪，更闻桑田变成海③。
古人无复洛阳东④，今人还对落花风。
年年岁岁花相似，岁岁年年人不同。
寄言全盛红颜子⑤，应怜半死白头翁。
此翁白头真可怜，伊昔红颜美少年。
公子王孙芳树下，清歌妙舞落花前⑥。
光禄池台开锦绣，将军楼阁画神仙⑦。
一朝卧病无相识，三春行乐在谁边。
宛转蛾眉能几时，须臾鹤发乱如丝⑧。
但看古来歌舞地，惟有黄昏鸟雀悲⑨。

① 这首诗的题目在各个版本中或作《代白头吟》《白头吟》《白头翁咏》。

② 《玉台新咏》卷一宋子侯《董娇娆》"洛阳城东路，桃李生路傍。花花自
相对，叶叶自相当。春风东北起，花叶正低昂。不知谁家子，提笼行采桑。
纤手折其枝，花落何飘飏。请谢彼姝子，何为见损伤。高秋八九月，白露
变为霜。终年会飘堕，安得久馨香……"南朝陈沈炯《幽庭赋》引长谣
"故年花落今复新，新年一故成故人"，刘希夷以下几句即化用此意，后
来岑参《韦员外家花树歌》又写作"今年花似去年好，去年人到今年老。始
知人老不如花，可惜落花君莫扫"，曹雪芹在《红楼梦》第二十七回替林黛
玉写葬花词则又写作"花谢花飞飞满天，红消香断有谁怜。游丝软系飘香
榭，落絮轻沾扑绣帘。闺中女儿惜春暮，愁绪满怀无着处……桃李明年能
再发，明年闺中知有谁……"便更细腻些了。

③ 摧：砍伐；薪：柴；《古诗十九首》"古墓犁为田，松柏摧为薪"，《神仙传》
卷七"麻姑自说云：'接侍以来，已见东海三为桑田。'"这两个典故都是
说岁月变迁迅速。

④ 洛阳东：指繁华喧闹的洛阳东城，这句是说古人一去不复返，不能再见到
洛阳东城的繁盛。又一说指洛阳东北的北邙，《乐府诗集》卷九十四引张

协《登北邙赋》说这里"坟陇嵬叠，棋布星罗"，是汉、晋著名的墓地。刘希夷有《北邙篇》云"南桥昏晓人万万，北邙新故塚千千。自为骄奢彼都邑，何图零落此山颠"，那么这句是说古人已一去不复返都归于北邙，和他另一首《蜀城怀古》里的"古人无岁月，白骨冥丘荒"及《洛川怀古》里的"北邙是吾宅，东岳为吾乡"相仿。

⑤ 面色红润的年轻人。

⑥ 曾是芳树下的公子王孙，也曾是落花前轻歌曼舞的翩翩少年。

⑦ 光禄：官名，《后汉书》卷二十四《马防传》记载马防为光禄勋，"贵宠最盛……资产巨亿，皆买京师膏腴美田，又大起第观，连阁临道，弥亘街路，多聚声乐，曲度比诸郊庙"。将军：指东汉贵戚梁冀，参见卢照邻《长安古意》注⑦；这两句形容白头老翁年轻时的盛况。

⑧ 宛转蛾眉：弯弯长长的眉毛，唐代女子多画眉弯长如蛾蚕触须，故称蛾眉，这里指青春美貌；鹤发：白发，这里指年老。

⑨ 这句就和他《洛川怀古》"昔时歌舞台，今成狐兔穴"的意思一样，曹雪芹《红楼梦》第一回中甄士隐注《好了歌》说"陋室空堂，当年笏满床，衰草枯杨，曾为歌舞场"也是这个意思，很可能就是从这两句里化出来的。

沈佺期·三首

沈佺期（？—713），字云卿，相州内黄（今河南内黄）人。他上元二年（675）中进士后，当过协律郎、通事舍人、考功员外郎、给事中，因受贿入狱，刚放出来不久又因与武则天宠臣张昌宗、张易之关系密切被反对二张的人贬斥，流放到岭南驩州（今越南荣市），后来被赦北归，一直当到中书舍人、太子少詹事。

沈佺期和宋之问并称"沈宋"，以创建近体诗律而闻名，但是把这桩诗歌语言形式变革功劳完全安在他们头上多少有些不妥，因为近体诗律从魏晋以来逐渐成熟，到初唐已经差不多瓜熟蒂落，像"四杰"、杜审言等就写有不少合辙中矩的近体律绝诗，并不能说沈宋就是近体诗律的"创始人"。清人钱良择《唐音审体》所说的"律诗始于初唐，至沈、宋而其格始备"虽然是千口一词的公论，但它实际上只不过沿袭了唐代独孤及、皎然一直到欧阳修《新唐书》的现成说法，而这些人的说法又多少有些诗歌史家为确定坐标而简单化的意味，就仿佛地理学家为一条长江分段不得不求助于江岸的显著标志。当然，沈、宋的确是当时诗坛上擅长写近体律诗的诗人，正因为如此他们成了后人所选中的标记，用他们来显示诗歌语言形式的演进轨迹。不过，沈、宋本人却未必有自觉创建诗律的意识，而更多地是在一种普遍的审美风气推动下，不自觉地承继了六朝以来诗歌语言形式整饬化和四声平仄二元化的趋势。以七律为例，按清人方世举《兰丛诗话》的说法，"五言犹承齐梁格诗而整饬其音调，七言则沈、宋新裁"，但就是沈德潜极为推崇"骨高气高色泽情韵俱高"、"擅古今之奇"的《古意呈补阙乔知之》和《龙池》（《说诗晬语》），也被后人看出新旧参半的痕迹，清人管世铭《读雪山房唐诗序例》就偏以它们证明七律"出于乐府"而不是沈宋独出新裁。不仅仅因为这两首诗都用了乐府题，其实那半叙事半抒情的方式和不那么紧缩凝练的语言都残存了乐府的馀味；另一个清人吴乔《围炉诗话》卷二则偏以《龙池》为例猜测律诗之前还有一种"古律诗"，这个"古"字正好说明这种号称"近体"的诗歌语言形式并不是沈、宋的发明而是逐渐演化而来的体制，就是在沈、宋笔下仍在不断变化尚未定型的过程中。因此，以沈、宋为近体诗律创建的标志并不等于沈、宋创建了近体诗律，也不等于到了沈、宋诗律就已定型，就仿佛我们以重庆、武汉为长江某段的标志并不等于长江在重庆、武汉就自动停顿一样，标志只不过是为了帮助人们识别与记忆的方便而设立的符号，当然这并不否认沈、宋二人声韵谐和对仗精巧的作品也的确促成了近体诗的成熟。至于沈佺期的诗，当时文坛领袖之一张说曾评以"清丽"二字（《唐才子传》卷一），这"清丽"二字大体吻合沈佺期诗着色鲜丽、用词雕琢的风格，但清丽便不免有些柔弱，缺乏猛锐的感情力度，这仿佛是宫廷诗人的通病。明人陆时雍说他"安详合度"（《诗镜总论》），这"安详合度"是说沈佺期写诗时感情不温不火，雍容平和，但安详合度就不免没有个性，完全违反了"愤怒出诗人"或"穷而后工"的规律。特别是沈佺期写诗不够聪明，缺乏想象力，不得不牵惹一些典故丽词，袭用一些六朝诗境，这使得他的诗缺少精警而新颖的意思，常常不耐读，还不时泛出六朝人的底色来，像他常常被人提起的那联"人疑天上坐，鱼似镜中悬"（《钓竿篇》），譬喻和想象倒很奇特，也曾被李白、杜甫、许浑及宋徐俯借用在自己的诗词里（见李白《江上赠窦长史》"人疑天上坐楼船，水净霞明两重绮"、《清溪行》"人行明镜中，鸟度屏风里"、杜甫《小寒食舟中作》"春水船如天上坐，老年花似雾中看"、许浑《村舍二首》之二"鱼下碧潭当镜跃，鸟还青嶂拂屏飞"、徐俯《鹧鸪天》"明月棹，夕阳船，鲈鱼恰似镜中悬"），但实际并非他的发明而是挪用了东晋王羲之的两句话"山阴路上行，如在镜中游"和南朝陈释慧标《咏水》的两句诗"舟如空里泛，人似镜中行"（参见《优古堂诗话》《升庵诗话》卷五）。而同样用剪刀隐喻春之将至，他的"寒依刀尺尽，春向绮罗生"
（《剪彩》）未免笨拙，似乎赶不上宋之问"今年春色早，应为剪刀
催"（《奉和立春日侍宴内出剪彩花应制》）来得自然，更赶不上贺知
章"不知细叶谁裁出，二月春风似剪刀"（《咏柳》）来得新巧。

夜宿七盘岭①

独游千里外，高卧七盘西。
山月临窗近，天河入户低。
芳春平仲绿，清夜子规啼②。
浮客空留听，褒城闻曙鸡③。

① 七盘岭：在今四川广元市东北，岭上有七盘关。
② 平仲：银杏；子规：杜鹃。旧时有银杏象征清白的说法，左思《吴都赋》
　"平仲君迁，松梓古度"，李善注引刘成曰"平仲之木，实白如银"，沈佺
　期可能借写银杏来暗示自己为人清白；子规古时相传是古蜀王望帝杜宇之
　魂所化，春天里时时哀鸣"不如归去"，沈佺期写夜间子规啼声，可能用来
　寄寓自己背井离乡的愁思。
③ 浮客：飘零在外的人；褒城：今陕西关中北面；末句的意思是已经入了蜀
　地，远远地还能听见褒城的晨鸡报晓声，暗示自己心系故地，又暗示一夜
　未眠。

杂　诗①

闻道黄龙戍②，频年不解兵③。
可怜闺里月，长在汉家营④。
少妇今春意，良人昨夜情⑤。
谁能将旗鼓，一为取龙城⑥。

① 原为三首，这里只选一首。

② 黄龙戍：唐代东北要塞，在今辽宁开原西北。

③ 解兵：停战撤兵。

④ 因为闺中和军营在同一轮明月照耀下，所以在远征边塞的丈夫看来，这轮昔日在家共同赏玩的明月总在营中伴随自己，让自己想起昔日团聚的欢乐。

⑤ 良人：丈夫。这两句写闺中少妇与营中丈夫的相思。

⑥ 将：率领；龙城：匈奴的名城。《汉书》卷九十四《匈奴传》"匈奴诸王长少五月大会龙城，祭其先、天地、鬼神"，又卷六《武帝本纪》"遣车骑将军卫青出上谷……青至龙城，获首虏七百级"，后来顾炎武《京东考古录》便指出六朝以下，文人多用"龙城"指代敌方要地，用卫青故事比喻一战而捷。这两句的意思和后来王昌龄《出塞》"但使龙城飞将在，不教胡马度阴山"、李白《子夜吴歌》"何日平胡虏，良人罢远征"相似，并不是要偃旗息鼓地撤兵罢战，而是要一举获胜凯旋，并不想穷兵黩武征战不休，而是想速战速决家人团聚，这仿佛代表了大多数唐代文人对战争的心情。

古意呈补阙乔知之①

卢家少妇郁金堂②，海燕双栖玳瑁梁③。
九月寒砧催木叶，十年征戍忆辽阳④。
白狼河北音书断⑤，丹凤城南秋夜长⑥。
谁为含愁独不见，更教明月照流黄⑦。

① 这首诗在《乐府诗集》中题作《独不见》，归入"杂曲歌辞"一类，但不少人却认为它是一首七律，明代诗人何景明就以它为唐代七律的卷首之作。其实从它意脉流贯圆畅、语句比较疏朗、下字不避重复等语言特点来看，它的确像乐府，明代王世贞《艺苑卮言》卷四就指出它"末句是齐梁乐府语"，但七律本身就与乐府有渊源关系，这首诗平仄大体合律，中间两联对仗首尾不对仗也基本入格，所以说是七律也不错。补阙：掌管讽谏的

官；乔知之：武则天时代当过右补阙，后被武承嗣杀害。

② 《乐府诗集》卷八十五南朝梁武帝《河中之水歌》"河中之水向东流，洛阳女儿名莫愁。莫愁十三能织绮，十四采桑南陌头。十五嫁为卢郎妇，十六生儿字阿侯。卢家兰室桂为梁，中有郁金苏合香"，写的是一个名叫莫愁嫁给卢郎的少妇，后人往往以她指代少妇；郁金堂：就是堂上燃着郁金苏合香。

③ 玳瑁：本是一种海龟，龟甲黑黄相间呈半透明状；玳瑁梁：漆得像玳瑁色泽的房梁。这句用"双栖"反衬卢家少妇的孤独寂寞，用"郁金"、"玳瑁"的华丽反衬卢家的清冷空寂。

④ 寒砧：指寒风冷水中捣衣的砧杵相击声，砧是承托衣物的大石块，古人九月将换冬衣，所以家家洗衣准备冬装。在捣衣声中，黄叶纷纷坠落，这时最容易引起对远行亲人的思念，所以下面紧接着就写到了远在辽阳守边十年的亲人。辽阳：指辽东一带。

⑤ 白狼河：即今辽宁的大凌河。

⑥ 丹凤城：指长安。相传秦穆公女儿弄玉吹箫引凤到咸阳，因而以"丹凤"为城名，长安与咸阳紧邻，所以也可称"凤城"。

⑦ 谁为：为谁。流黄：黄紫相间的绢，这里指帷帐。

宋之问·四首

宋之问（？—712），字延清，一名少连，虢州弘农（今河南灵宝）人，一说汾州（今山西汾阳）人。上元二年（675）中进士，曾当过洛州参军、尚方监丞、左奉宸内供奉，因攀附武则天宠臣张易之被反对武、张的人贬斥，与沈佺期、杜审言等同被流放岭南，不久逃归洛阳，唐中宗景龙年间再任考功员外郎兼修文馆直学士，又因受贿贬为越州（今浙江绍兴）长史，唐睿宗即位后认为他"狯险盈恶"，所以再度将他流放钦州（今广西境内），唐玄宗先天年间勒令自杀。宋之问和沈佺期是初唐最负盛名的宫廷诗人，并称"沈宋"，他们的诗都以声律调谐、对偶整齐为特色，相比起来，宋之问的诗写得更聪明灵动一些，他不仅时时能琢磨出一些像"野人相问姓，山鸟自呼名"（《陆浑山庄》）、"江静潮初落，林昏瘴不开"（《题大庾岭北驿》）、"楼观沧海日，门对浙江潮"（《灵隐寺》）、"雨色摇丹嶂，泉声聒翠微"（《早入清远峡》）之类或隽秀或生动或开阔的诗句，而且那几首饶有田园风情的五律和《渡汉江》《燕巢军幕》等颇具情趣的小诗也显出他的才情的确比沈佺期略高一筹。《唐音癸签》卷五所谓"沈、宋固是并驱，然沈视宋稍偏枯，宋视沈较缜密，沈制作亦不如宋之繁富"似乎应是公平之论，而《唐诗纪事》卷三所记唐中宗时上官婉儿评沈、宋诗"二诗工力悉敌，沈诗落句……词气已竭，宋诗……犹陟健举"，虽然也许只是传闻，但也恰巧可以作为上面那段评论的佐证。

泛镜湖南溪[①]

乘兴入幽栖，舟行日向低[②]。
岩花候冬发，谷鸟作春啼。
沓嶂开天小，丛篁夹路迷[③]。

犹闻可怜处，更在若耶溪④。

① 镜湖：在今浙江绍兴，是东汉永和年间会稽太守马臻筑塘蓄水而建成的人工湖，因水平如镜而得名。宋吴曾《能改斋漫录》卷九引《舆地志》说"山阴南湖，萦带郊郭。白水翠岩，互相映发，若镜若图。故王逸少云：'山阴路上行，如在镜中游。'名始羲之耳"。宋代讳"敬"字，改称"鉴湖"。
② 谢灵运《邻里相送方山》"资此永幽栖，岂伊年岁别"，幽栖：本指隐居，但在这里却用作名词，指幽静而且宜于隐居的地方。日向低：迎人而来的太阳渐渐西下，刘长卿《登馀干古县城》"落日亭亭向客低"即是这个意思，宋王安石《将次洺州憩漳上》有一句"天随日去低"则是说天边的太阳离人远去，越来越低。
③ 沓嶂：指重叠的山峦；天小：指山峰耸峙下显得天格外狭窄；篁：竹。
④ 可怜：即可爱；若耶溪：又名五云溪，在浙江绍兴东南若耶山下，相传是欧冶子铸剑和西施浣纱的地方，是道教七十二福地之一，也是唐代著名的山水游览地。

陆浑山庄①

归来物外情②，负杖阅岩耕。
源水看花入，幽林采药行。
野人相问姓，山鸟自呼名③。
去去独吾乐，无能愧此生④。

① 陆浑：县名，在今河南嵩县东北；山庄：别墅。
② 归来：指归隐田园，陶渊明有《归去来辞》；物外情：超脱于世俗事务之外的情致。
③ 晋崔豹《古今注》卷中："南方有鸟名鹧鸪，其名自呼，常向日而飞。"这两句写农夫互相寻问，鹧鸪自问自答，显示了农村浑朴淳厚的风情与自己闲

旷自然的心境。

④ 离开世俗琐事，让我独自怡乐，不能浪费了一生时光。

题大庾岭北驿①

阳月南飞雁，传闻至此回②。
我行殊未已③，何日复归来。
江静潮初落，林昏瘴不开④。
明朝望乡处，应见陇头梅⑤。

① 大庾岭：在今江西大庾县南，神龙元年（705）宋之问被贬岭南，经过大庾岭时写下这首诗。

② 阳月：十月，正是雁南飞时，但传说鸿雁南飞到大庾岭便折回。

③ 殊未已：还没到目的地。

④ 瘴：南方山林中的郁蒸之气。

⑤ 大庾岭上多梅树，又称梅岭，据说因为南北寒暖不同，常岭南梅花已落而岭北梅花犹开。宋之问十月度岭，正是岭上梅花盛开时，他想象明天度岭后，再回头北望，将看见岭上的梅花。还有一种解释是，他想到"明朝"，也就是等到了流放地钦州的时候，再回头眺望，恐怕北方家乡的梅花也开了。

渡汉江①

岭外音书断，经冬复历春。
近乡情更怯，不敢问来人。

① 汉江：今汉水中游的襄河，宋之问于神龙二年（706）从岭南逃回洛阳，途经汉江。

贺知章·二首

　　贺知章（659—744），字季真，山阴（今浙江绍兴）人。武后证圣元年（695）中进士，当过太子宾客、秘书监。天宝二年（743）底上表请求回乡当道士，次年回乡，不久就病死了。贺知章和包融、张旭、张若虚合称"吴中四士"。似乎这些来自吴地的文人都有些狂放不羁的性格，诗歌也多是自然流畅的路数，也许这是受了吴楚精神的熏染和吴地民歌的影响。

咏　柳①

碧玉妆成一树高，万条垂下绿丝绦②。
不知细叶谁裁出，二月春风似剪刀③。

① 题目一作《柳枝词》。

② 丝绦：即丝带。

③ 这个比喻很新巧，很可能是从古代初春"剪彩"习俗中联想而来的。唐代宫廷立春之初，常令宫女剪彩花装点尚未生芽叶的树枝，以表示花叶即将滋生，沈佺期《剪彩》就有"寒依刀尺尽，春向绮罗生"，宋之问《奉和立春日侍宴内出剪彩花应制》就有"今年春色早，应为剪刀催"。但彩花与剪刀毕竟粘着过近，贺知章这两句写真正的柳叶被春风吹绿，而以剪刀比拟风，却显得又转过一层，于是便使这平淡流畅的诗句显出了新巧精致。

回乡偶书①

少小离家老大回，乡音无改鬓毛衰②。
儿童相见不相识，笑问客从何处来③。

① 原题有两首，这是第一首。作于天宝三载（744）初贺知章辞官回乡时，这时他已是八十多岁的老人了。

② 衰（cuī）：疏落。

③ 宋人范晞文《对床夜语》卷三："卢象《还家》诗云：'小弟更孩幼，归来不相识'，贺知章云'儿童相见不相识，笑问客从何处来'，语益换而益佳，善脱胎者宜参之。"其实贺知章这两句未必是从卢象那里脱胎而来的，也许只是偶然巧合，但卢象那两句近乎纪实，有"小弟"则有亲人有家，而贺知章少小离家老大归，只有不相识的儿童惊问他从何处来，则多少有些"无家感"在其中，因此这"笑"字背后的悲哀就比卢象诗中直露的凄凉更让人沉吟深思。

陈子昂 · 四首

陈子昂（661—702），字伯玉，梓州射洪（今四川射洪）人，出身富豪之家。唐睿宗文明元年（684）中进士，因受武则天赏识授麟台正字，后历任右卫胄曹参军、右拾遗，圣历元年（698）辞官回乡，被县令段简陷害，死在狱中。

陈子昂向来被认为是初唐以复古为革新手段的文学家，自从他的朋友卢藏用对他高度评价，称其"卓立千古，横制颓波，天下翕然，质文一变"（《陈子昂别传》），杜甫和韩愈又称他"名与日月悬"（《陈拾遗故宅》）、"子昂始高蹈"（《荐士》）以来，他的地位一直高得吓人，他的诗也不知不觉中抬了身价。被杜、韩两大诗文宗师名头镇住了的后人忙不迭地尊他为"唐之诗祖"，仿佛他身后的唐代诗人都是亦步亦趋地踩着他的足迹走路（方回《瀛奎律髓》卷一）。沿着现成思路惯性下滑的后人则不假思索地把他当作沈、宋的对头，认为应当用黄金铸陈子昂像来顶礼膜拜，仿佛没有他力挽狂澜于既倒，唐诗就成了齐梁徐庾（元好问《论诗绝句》），以至于欧阳修《新唐书》对陈子昂人品的小小微词也引起了后人的不满，好像这种批评会玷污他的伟大形象（如文同《拾遗亭记》、叶适《习学记言序目》卷四十一、陈沆《诗比兴笺》卷三）。其实，用"复古"口号来掩护"革新"内容是中国文化人常用的伎俩，虽然很容易奏效，但也常常要以某种偏颇的缺失为代价。初唐诗坛承袭了齐梁以来的诗歌语言技巧，使诗歌日益精巧成熟，也承袭了齐梁诗歌的主题内涵，使一部分诗歌内容贫瘠苍白显得陈旧，这已经引起了诗人的关注，"四杰"甚至沈、宋、杜都已开始对此矫正。陈子昂激烈的"复古"主张只不过是矫枉须过正的口号而已，他疾呼诗歌的"风骨"，追踪超越齐梁的汉魏，寻找深沉悲凉的情怀，要求阔大开朗的视境，这本来很对，但他一味上溯汉魏，漠视齐梁初唐以来逐渐完美的诗歌语言形式, 就不免忘掉革新而只记得复古, 无疑偏离了初唐 "文质彬彬" (《隋书·文学传序》)、"斟酌古今" (《周书·王褒庾信传论》) 的公正而偏执一隅。说起来, 他的 "风骨"、"比兴" 论只是《诗大序》《诗品序》《文心雕龙·比兴》的唐代再版, 而他的复古也只是想让诗歌回归到建安、正始时代, 因此他的诗虽然被人称为 "以雅易郑" (独孤及《检校尚书吏部员外郎赵郡李公中集序》)、"始变雅正" (《新唐书》卷一〇七《陈子昂传》), 但也并没有变回 "杭育杭育" 的号子或 "关关雎鸠" 的四言那里, 只不过 "专师汉魏" (宋濂《答章秀才论诗书》)、"蹈袭汉魏蹊径" (《原诗》内篇卷上)。虽然慷慨悲凉, 但不免缺乏文采没有韵味, 所以明人王世贞说他 "天韵不及" (《艺苑卮言》卷四), 清人姚范说他 "才韵犹有未充" (《援鹑堂笔记》卷四十)。过多地模拟阮籍《咏怀》, 虽然赢得了 "子昂, 阮也" 的赞誉 (《诗薮》内编卷二), 但也让人看出了 "失自家体段" 的毛病 (《原诗》内篇卷上), 唐代皎然《诗式》说他 "复多而变少", 正是一针见血。

感 遇①

朔风吹海树, 萧条边已秋。
亭上谁家子, 哀哀明月楼②。
自言幽燕客, 结发事远游③。
赤丸杀公吏, 白刃报私仇④。
避仇至海上, 被役此边州。
故乡三千里, 辽水复悠悠⑤。
每愤胡兵入, 常为汉国羞。
何知七十战, 白首未封侯⑥。

---

① 《感遇》是陈子昂感慨生平遭遇和天下大事写的一组诗, 共三十八首, 这是陈子昂常常被人引述和赞赏的作品, 它的特点是有感而发, 常写出心中一段悲凉, 涉及社会广泛现实, 多为当时写照存真, 语言比较古朴流畅, 没

有雕饰造作的痕迹，所以前人称它"尽削浮靡，一振古雅"（《诗薮》内编卷二）。但这组诗过于模拟阮籍《咏怀》，这一点很多人都曾指出过（如清田雯《古欢堂集·杂著》卷二、乔亿《剑溪说诗》又编），而且说理太多，显得质木而没有韵味，清人毛先舒《诗辩坻》卷四说"阮逐兴生，陈依义立"正好切中要害。其中有的诗入世意味很重，写得像议论奏折，有的诗又有些出世之想，正像清张谦宜《絸斋诗谈》卷四所说"见得理浅，到感慨极深处，不过逃世远去，学佛学仙耳"，当然也有写得很好的。这里所选的一首在组诗中是第三十四首。

② 亭、楼：都是指戍边军人的居所。

③ 幽燕：即幽州与燕州，在今河北、北京一带；结发：束发，古代男子成年即把披散的头发束于头顶，上面加冠。这里指成年。

④ 赤丸：见卢照邻《长安古意》注⑰。

⑤ 辽水：今辽河，出自吉林东辽吉林哈达岭及内蒙白岔山，于辽宁昌图汇合，称辽河，由盘山湾入渤海。

⑥ 《史记》卷一〇九《李将军列传》记载李广与匈奴大大小小打了七十馀仗，到六十岁还得不到封侯，反而因出兵迷路而须受审，终于悲愤自杀。

登幽州台歌①

前不见古人，后不见来者。
念天地之悠悠，独怆然而涕下②。

① 幽州：郡名，治所在今北京大兴。幽州台：蓟北楼，在今北京市内，陈子昂于万岁通天二年（697）随军北征契丹，在此登台远眺，便写下了这首诗。

② 怆然：伤感悲凉的样子。这四句诗来自《楚辞·远游》"惟天地之无穷兮，哀人生之长勤。往者余弗及兮，来者吾不闻。步徙倚而遥思兮，怊惝恍而乖怀"。感叹人生短暂，宇宙无垠，时光流逝，这是初唐诗中的常见主题，像前面选注过的卢照邻的《长安古意》、刘希夷《代悲白头翁》以及未选注的李峤《汾阴行》。

度荆门望楚①

遥遥去巫峡，望望下章台②。

巴国山川尽，荆门烟雾开③。

城分苍野外，树断白云隈④。

今日狂歌客，谁知入楚来⑤。

① 荆门山在今湖北宜都县西北，《水经注》卷三十四《江水注》：“江水又东历荆门、虎牙之间，荆门在南，上合下开，暗彻山南，有门像，虎牙在北，石壁色红，间有白文，类牙形……此二山，楚之西塞也。”陈子昂沿江而下，经荆门至楚地，便写了这首诗。这首诗是五言律诗，虽然有少许不合平仄处，但章法却很标准，王世贞《艺苑卮言》卷四说他“律诗时时入古”，其实并不是有意“矫枉”，而实在是当时律诗限制尚未落入刻板规范的缘故。胡应麟《诗薮》内编卷二批评陈子昂除《感遇》而外，“馀自是陈、隋格调，与《感遇》如出两手”，则未免是老吏断狱的过苛之辞。当时律诗已成时尚，他也不能例外，倒是他有意立异写的《感遇》《蓟丘览古》像在满城洋装中独着马褂一样。清人乔亿《剑溪说诗》又编说得好，“陈伯玉惟《感遇》诸篇全法阮步兵，馀皆其自体”，这“自体”就是说“自家面目”，可见陈子昂也在时尚诗风中摇摇晃晃，曾跟着走，只是为了标新立异才有意学为“古诗”的。公正地说，这首诗虽然是近体，但无论语言词汇还是情感内蕴，都不比《感遇》逊色。

② 巫峡：三峡之一，在荆门上游的四川巫山东；望望：远眺的样子；章台：章华台，春秋时楚国所建，在荆门以东的湖北省境内。

③ 巴国：指今四川东部古代巴国一带。

④ 隈：边角处。

⑤ 《论语·微子》记楚狂接舆高歌讽刺孔子，这里作者自称“狂歌客”，意思是说想不到我这个狂歌客今天竟狂歌着到楚狂的老家来了。

晚次乐乡县^①

故乡杳无际^②，日暮且孤征^③。
川原迷旧国，道路入边城^④。
野戍荒烟断，深山古木平^⑤。
如何此时恨，嗷嗷夜猿鸣^⑥。

① 乐乡县：在今湖北荆门北九十里。

② 杳：辽远。

③ 孤征：独自远行。

④ 乐乡县原属楚国，春秋战国时的楚国及三国时的吴国都是接近边疆的地方。这两句说平川荒野一片迷茫，看不见昔日旧国，长长的道路一直延伸，通向往日边城。

⑤ 野戍：荒野中士兵的守望处；平：指暮色中树林不辨高低。

⑥ 嗷嗷：野猿叫声。

张若虚·一首

张若虚（生卒年不详），扬州（今江苏扬州）人，当过兖州兵曹。唐玄宗开元初年与贺知章、包融、张旭合称"吴中四士"，现存诗虽然只有两首，但下面这首《春江花月夜》却以摇曳生姿的章法和悲而不伤的情调使他跻身于一流诗人中，并使他的姓名出现在几乎所有的唐诗选本里。

春江花月夜①

春江潮水连海平，海上明月共潮生。
滟滟随波千万里②，何处春江无月明。
江流宛转绕芳甸，月照花林皆似霰③。
空里流霜不觉飞，汀上白沙看不见④。
江天一色无纤尘，皎皎空中孤月轮。
江畔何人初见月？江月何年初照人？
人生代代无穷已，江月年年只相似。
不知江月照何人，但见长江送流水⑤。
白云一片去悠悠，青枫浦上不胜愁。
谁家今夜扁舟子？何处相思明月楼？
可怜楼上月裴回，应照离人妆镜台⑥。
玉户帘中卷不去，捣衣砧上拂还来⑦。
此时相望不相闻，愿逐月华流照君⑧。
鸿雁长飞光不度，鱼龙潜跃水成文⑨。
昨夜闲潭梦落花，可怜春半不还家⑩。
江水流春去欲尽，江潭落月复西斜⑪。
斜月沉沉藏海雾，碣石潇湘无限路⑫。
不知乘月几人归，落月摇情满江树⑬。

① 春江花月夜: 是乐府歌曲名, 属于"清商曲·吴声歌"。《旧唐书·音乐志》说创始于陈后主, 可能是陈后主采用吴地流传的民歌乐曲改编而成的。张若虚是吴人, 也许很熟悉它的体制, 便用它来写诗, 不过, 也可能在张若虚的时代"春江花月夜"的乐曲与歌辞已经完全不相干了, 他只是借"春江花月夜"五字的意境来写自己的人生感慨。这首诗以"江"、"花"、"月"为咏叹对象写诗人春夜中对宇宙与人生的伤感之情, 在后世极为流传。清人毛先舒《诗辩坻》卷三说它"不事粉泽, 自有腴姿, 而缠绵酝藉, 一意萦纡, 调法出没, 令人不测", 看出了它在结构章法和意境情感两方面的高超, 但没有说到它所蕴含的人生伤感与哲理正是初、盛唐之间诗歌的一大主题。贺裳《载酒园诗话又编》里从"风度格调"中看出它与刘希夷《捣衣》相近, 并指出它是"盛唐中之初唐", 但他也没有说出它为什么有"初唐"韵味。其实, 一方面它的歌行体制如转韵、铺陈及节奏与初唐七言歌行相似, 另一方面它带有女性意味的对青春韶华、美景良辰的慨叹与伤感, 和刘希夷《捣衣》《代悲白头翁》相近, 多少有些初唐文人的敏感、纤弱而不大有盛唐意味的开朗、旷放, 所以让人感到它"盛唐中之初唐"的韵味。不过, 比起刘希夷等人来, 阔大的时空视界使它的悲凉意味少些, 境界阔朗些, 色彩也明亮些, 所以明人胡应麟认为它"流畅婉转出刘希夷《白头翁》上"(《诗薮》内编卷三), 而今人闻一多则把它和卢照邻、骆宾王、刘希夷的歌行体诗一并列入齐梁以来的旧调宫体, 说它的宁静爽朗中有强烈的宇宙意识, 是"诗中的诗, 顶峰上的顶峰, 从这边回头一望, 连刘希夷都是过程了, 不用说卢照邻和他配角骆宾王, 更是过程的过程"(《闻一多全集》三《宫体诗的自赎》)。

② 滟滟: 波光粼粼的样子。

③ 芳甸: 鲜花盛开的平野; 霰: 雪珠。后一句用萧绎《春别应令》"昆明夜月光如练, 上林朝花色如霰"的意思。以上几句写"春江花月夜", 类似的景观在隋炀帝《春江花月夜》里也有过, "暮江平不动, 春花满正开。流波将月去, 潮水带星来", 但远不如这几句的阔大, 也没有这几句的动感, 更没有这几句寓意深沉, 至于梁元帝《望江中月影》就更只是单纯写景了。

④ 月光像空中飞霜一样流动, 洒在汀洲白沙上看也看不见。

⑤ 以上六句先以发问的方式寻问江上什么人最先看见月亮，江上月亮最早在什么时候看到人身上，然后感叹月亮永恒闪耀而人生却短暂即逝，并以长江流水暗示无穷无尽地逝去的时间，和刘希夷《代悲白头翁》"年年岁岁花相似，岁岁年年人不同"一个意思，和刘希夷另一首《谒汉世祖庙》"空馀今夜月，长似旧时悬"更相仿佛。这一主题在过去的诗里也曾有过，如曹植《送应氏》"天地无终极，人命若朝霜"，阮籍《咏怀》"人生若尘露，天道邈悠悠"，但都不如这几句那么出色，有一种明媚的青春意识与淡淡的伤感情怀。后来在诗文中也经常出现，像李白《把酒问月》："今人不见古时月，今月曾经照古人。"最有名的当然是苏轼在《前赤壁赋》里写的那段话："哀吾生之须臾，羡长江之无穷，挟飞仙以邀游，抱明月而长终，知不可乎骤得，托遗响于悲风。苏子曰：客亦知夫水与月乎？逝者如斯，而未尝往也，盈虚者如彼，而卒莫消长也。"当然苏轼的态度更旷达一些，而这几句则更伤感一些。

⑥ 裴回：徘徊。曹植《七哀诗》："明月照高楼，流光正徘徊。"

⑦ 离愁像月光一样，在门帘上隔不断也卷不起，在捣衣砧上拂也拂不去，就仿佛李煜《清平乐》"离恨恰如春草，更行更远还生"，秦观《八六子》"恨如芳草，凄凄刬尽还生"一样，写愁绪缠人，无法排遣。

⑧ 以上八句转而用女性口吻写缠绵愁思，这是齐梁以来乐府诗的一贯手法。

⑨ 鸿雁飞得再远依然是这一片月光，鱼龙潜得再深月光依然照着它划动的水纹。

⑩ 昨夜梦见花落江潭，伤心春天又将过去。

⑪ 又以水流春去的"动"与映潭斜月的"不动"感叹时光流逝。

⑫ 碣石：山名，在河北；潇湘：水名，在湖南。这里用碣石、潇湘相距万里再一次伤感人相去之远。

⑬ 西落的明月把一片伤感惆怅洒遍江树；末两句照应开头，以月起兴，以月结束，归于一片静谧。

张旭·一首

张旭（生卒年不详），字伯高，吴（今江苏苏州）人。曾当过常熟县尉，和贺知章、包融、张若虚并称"吴中四士"。他的狂放不羁、好饮常醉和他的草书一样有名，杜甫《饮中八仙歌》就说他"脱帽露顶王公前，挥毫落纸如云烟"，李颀《赠张旭》也说他"瞪目视霄汉，不知醉与醒"。现存诗只有六首，但几乎每首都很有味，自然流畅、轻灵新巧，仿佛当时吴中诗人都走的是这个路子。

山行留客

山光物态弄春晖，莫为轻阴便拟归[①]。
纵使晴明无雨色，入云深处亦沾衣[②]。

① 轻阴：天气微阴。

② 山中云气湿润，晴天入山也会沾湿衣衫，所以不要因为阴天就罢游，辜负了一山春色。

张说·一首

张说（667—730），字道济，一字说之，洛阳人。武后天授元年（690）制科登第后，当过太子校书郎、凤阁舍人，长安三年（703）因得罪武后宠臣张易之兄弟而被流放钦州（今广西境内），唐中宗即位后召还。在中宗、睿宗、玄宗三朝历任兵部侍郎、同中书门下平章事、封燕国公，玄宗时一度被贬为相州、岳州刺史，但不久便回到长安，最后当到左丞相。张说的散文写得刚健流畅，在当时和苏颋（许国公）并称"燕许大手笔"，被誉为"海内文章伯"，在后世也很有影响。但他的诗歌却写来平平，也许是那些仿佛大批量机器生产似的应制、奉和、赠酬诗损害了他的机智与文采，使得他不得不手忙脚乱地草草搪塞诗债，而无法细细琢磨慢慢涵咏，只是到了被贬放逐，周围冷清时才写了一些好诗。《唐诗纪事》卷十四说他"谪岳州后，诗益悽惋，人谓得江山助云"，其实江山处处都有，长安、岳州并无不同，只是心境变异使诗人游心物境由浅入深，斟字酌句由粗而细罢了。

深渡驿①

旅宿青山夜，荒庭白露秋。
洞房悬月影，高枕听江流②。
猿响寒岩树，萤飞古驿楼③。
他乡对摇落④，并觉起离忧⑤。

① 深渡驿：在今安徽歙县一带新安江边。
② 洞房：深而狭的内室，指驿站的房舍。宋人吴开《优古堂诗话》指出杜甫《客夜》里的"入帘残月影，高枕远江声"是仿效了张说这两句诗，但未加

评论，明人谢榛《四溟诗话》卷二则说"句意相类，子美自优"，但也没有说出所以然。其实，关键在"残"字和"远"字上，用"残"字带有怜惜的心情和月光破碎的含意，用"远"字则暗示了渐渐入梦的时间流动，又暗示了江水声的隐隐约约，因而使杜甫的两句诗在心理与物理的容量上比张说的两句诗大得多。

③ 古人总认为猿啼悲哀、萤影清冷，像《艺文类聚》卷九十五引晋袁山松《宜都山水记》："峡中猿鸣至清，诸山谷传其响，泠泠不绝，行者歌之曰：巴东三峡猿鸣悲，猿鸣三声泪沾衣。"又卷九十七引晋傅咸《萤火赋》："潜空馆之寂寂，意遥遥而靡宁，夜耿耿而不寐，忧悄悄以伤情。"这里用猿啼之声与萤影之色加上寒岩树、古驿楼构成一个荒凉凄婉的意象来表现诗人的愁苦。

④ 摇落：指秋天草木凋零的肃杀景象。《楚辞·九辩》中有"悲哉，秋之为气也，萧瑟兮草木摇落而变衰"。

⑤ 并觉：倍觉；离忧：指被贬谪之忧愁。《史记·屈原贾生列传》说《离骚》"犹离忧也"，"离"通"罹"，遭受苦难的意思，《诗·王风·兔爰》中有"我生之后，逢此百罹"。

张九龄 · 四首

张九龄（678—740），字子寿，韶州曲江（今广东韶关）人。武后神功元年（697）中进士后，曾任过左拾遗，唐玄宗时当到同中书门下平章事、中书令，是开元时期有声誉的宰相，因被素有"口蜜腹剑"之称的李林甫排挤，开元二十五年（737）贬为荆州长史，不久便死于荆州。张九龄与张说一样，是高级官员兼诗人，也是开元初"学士院"诗人的领袖，但张九龄的诗要比张说高明，正如后人所说的既"雅正冲澹"（《剑溪说诗》卷上），又"委婉深秀"（《石洲诗话》卷一），不像张说的诗那么千篇一律。比如"一水云际飞，数峰湖心出"（《彭蠡湖上》）的动感，"水暗先秋冷，山晴当昼阴"（《浈阳峡》）的细腻，"日照虹霓似，天清风雨闻"（《湖口望庐山瀑布泉》）的传神，"瓦飞屋且发，帆快樯已摧"（《江上遇疾风》）的夸张，都显出他的确具有诗人气质。而被后人反复抄来改去化用在各种诗词里的"却记从来意，翻疑梦里游"（《初入湘中有喜》）、"扁舟从此去，鸥鸟自为群"（《初发江陵有怀》）等颇新巧的句子，则表明他的确具有诗人才能。不过，《沧浪诗话》把他的诗单列一个"张曲江体"则未免太过，他的律绝体诗不够绵密精致，有时匆匆忙忙地讲些道理，粗针大线地缀些感受，使诗显得呆板枯燥缺乏形象，有时勉勉强强地夹杂些古诗的句式，平平白白地描写些古澹的意象，使诗显得"质直有馀，微伤雅致"（《诗辩坻》卷三）。而他的古体诗虽然受到了后人的一致称赞，但始终没有越出《古诗十九首》、阮籍《咏怀》的樊篱，像他著名的《感遇》二十首，虽然"语语本色"（《诗筏》）、"直接汉、魏"（《岘佣说诗》），但毕竟"窘于边幅"，让人读来不免有似曾相识的感觉，终究缺乏沁人心脾的魅力和新颖独特的个性。

耒阳溪夜行[①]

乘夕棹归舟，缘源路转幽[②]。
月明看岭树，风静听溪流。
岚气船间入，霜华衣上浮[③]。
猿声虽此夜，不是别家愁。

[①] 耒阳：县名，在今湖南境内，唐代属衡州。

[②] 棹：划船。缘源：沿流而上。

[③] 岚气：山间雾气。谢灵运《晚出西射堂》"夕曛岚气阴"就是说黄昏时山间雾气在夕阳中的暗淡样子，张九龄这句则是说，在月光下，山林雾气缕缕飘入船中。霜华：月光。

望月怀远[①]

海上生明月，天涯共此时[②]。
情人怨遥夜[③]，竟夕起相思[④]。
灭烛怜光满，披衣觉露滋[⑤]。
不堪盈手赠，还寝梦佳期[⑥]。

[①] 怀远：思念远方的亲人。

[②] 对空间和时间距离的差异，古人常常想到月亮，像谢庄《月赋》中的"隔千里兮共明月"，说的就是在同一时间而不在同一空间的人都能看到同一个月亮，而刘希夷《谒汉世祖庙》"空馀今夜月，长似旧时悬"、李白《把酒问月》"今人不见古时月，今月曾经照古人"，说的则是在同一空间却在不同时间的人也都能看到同一个月亮。前者由于同一个月亮把悬隔万里的人联系在一起，所以特别容易引发思念之情，仿佛这一思念也能借助月光分洒两地；后者由于同一个月亮把身处异代的人联系起来，所以特别容易引发思古幽情，仿佛"秦时明月"的一直存在，使人感到古今人们各自短暂的人生都在永恒的时间中相遇。张九龄在这两句里使用的是前一个意思，说

远隔天涯的亲人和我都在同一时间眺望这从海上生起的明月。

③ 情人：这里是用女子口吻来写诗的，所以指思念有情人的女子。遥夜：
长夜。

④ 竟夕：终夜。

⑤ 怜：爱；露滋：露沾湿衣物，暗示已到夜深时分。

⑥ 陆机《拟明月何皎皎》写月色"照之有馀辉，揽之不盈手"，后句指月色捉
不住。这里化用陆机诗意，说既然月光不能捉来赠送远方的亲人，还不如
回去做一个梦，梦见欢娱的时刻。

湖口望庐山瀑布泉①

万丈红泉落，迢迢半紫氛②。
奔飞下杂树，洒落出重云。
日照虹霓似，天清风雨闻③。
灵山多秀色，空水共氤氲④。

① 湖口：在今江西九江东，唐代为彭泽县地，曾置湖口戍所，因为这里是鄱阳
湖口。

② 红泉：指瀑布在日光下呈灿烂的红色。谢灵运《入华子冈是麻源第三谷》
中也说"石磴泻红泉"；紫氛：即李白《望庐山瀑布水》所说的"日照香炉
生紫烟"的紫烟，释慧远《庐山记》说"游气笼其上，则氤氲若香烟"，紫
氛就是山间岚气。

③ 阳光下瀑布像七色彩虹，虽然天气晴朗却听见风雨之声。

④ 灵山：仙山；空水：天空与瀑布；氤氲：云烟弥漫融为一体的样子。

赋得自君之出矣①

自君之出矣，不复理残机②。
思君如满月，夜夜减清辉③。

① 赋得：凡指定或限定诗题写诗，照例往往在题目前加上"赋得"二字，就好像"咏物"的"咏"字一样；"自君之出矣"是一个乐府旧题，三国魏徐干有《室思诗》五章，第一章就是"自君之出矣，明镜暗不治。思君如流水，无有穷已时"，后来很多人都仿照它写乐府歌辞，张九龄也是吟咏这个乐府旧题，所以叫"赋得自君之出矣"。

② 机：织机。

③ 这是一个很新巧的譬喻，月到十五为满月，以后一天天变小，光泽也减弱，用来拟人因相思而瘦。清人贺贻孙《诗筏》说："'满'字'减'字纤而无痕，殊近乐府，此题第一首诗也。"

王翰·二首

　　王翰（生卒年不详），字子羽，并州（今山西太原）人，景云元年（710）中进士。开元八年至开元九年间（720—721）张说任并州长史时很看重王翰，荐举他参加直言极谏、超群拔类科考试，当张说入朝辅政时，又召他任秘书正字驾部员外郎。开元十四年（726）张说罢相，王翰也被牵连，被贬为仙州别驾。据《旧唐书》卷一九〇说，王翰是个放浪形骸、豪放不羁的世家弟子，养名马、蓄妓乐，说话不拘小节，自比王侯，对人颐指气使，目空一切，《封氏闻见记》卷三还记载了一个故事，说王翰曾在科举时自己评定了九等文人的名单贴在吏部东街，搞得沸沸扬扬，惹得不少人大为恼火。这证明王翰诗中"落花一度无再春，人生作乐须及辰"（《春女行》）、"情知白日不可私，一死一生何足算"（《古蛾眉怨》）并不是人云亦云的话，而是发自内心的人生意识与生命意识的流露，也证明了下面这首著名的《凉州词》里的豪放气概与苦中作乐情调，绝不是惺惺作态，而是他性格的自然表现。

凉州词[①]

葡萄美酒夜光杯[②]，欲饮琵琶马上催[③]。
醉卧沙场君莫笑，古来征战几人回。

① 乐府有《凉州歌》，据《乐府诗集》卷七十九引《乐苑》说，是开元中西凉府都督郭知运采集进献给朝廷的，王翰、王之涣等人大约就是为《凉州歌》写词而题为《凉州词》的。凉州在今甘肃武威。

② 用葡萄酿成的美酒在西汉已传入中国，但因为它原产于西域大宛，所以写边塞诗时用它来渲染西北边关的气氛；夜光杯：据《十洲记》说，周穆王

时西胡曾献"夜光常满杯","杯是白玉之精，光明夜照"，因为它原产西北，所以也用它来营造一种边塞风情。

③ 催有两种解释：一说是以音乐劝人饮酒，相当于"侑"，李白《襄阳歌》"车旁侧挂一壶酒，凤笙龙管行相催"、韩翃《赠张千牛》"急管昼催平乐酒"，这两个"催"字都是这个意思；一说是催人出征，就像王昌龄《从军行》"琵琶起舞换新声"、李颀《古塞下曲》"琵琶出塞曲"里的琵琶声一样，使将士感到战争迫近；但是这里的"催"字并不需要这样寻根究底的解释，"催"字本身就有弹奏的意思，李白《前有尊酒行》之二"催弦拂柱与君饮"中的"催"字即拨弦弹奏，军士们刚捧起酒杯，就听到马上琵琶声，这琵琶声是凄楚的塞下曲在催人出征，还是欢快的劝酒歌在促人痛饮，这都无关紧要，反正后两句那种悲凉中带豪爽的无可奈何的情调已经定下了这乐声与酒味的基调：乐声有如项羽垓下之战时的《力拔山操》，酒味有如项羽与虞姬对饮时的美酒，前者豪放而又悲凉，后者甘醇而又苦涩，清人施补华《岘佣说诗》说"作悲伤语读便浅，作谐谑语读便妙，在学人领悟"。不过，这里应当补充的是，这"谐谑"绝不是兴冲冲时的调侃，而是怀着必死之心时的自我解嘲与自我宣泄。

春日归思

杨柳青青杏发花，年光误客转思家。
不知湖上菱歌女，几个春舟在若耶①。

① 若耶：即若耶溪，传说是欧冶子铸剑处，在今浙江绍兴南，南朝至唐代这里是著名的风景区，《水经注·渐江水》说若耶溪"水至清，照众山倒影。窥之如画"。

王湾·一首

王湾（生卒年不详），洛阳人。先天元年（712）中进士，曾任荥阳主簿，开元年间曾参预朝廷校理群书，后任洛阳尉。王湾成名很早，诗歌被当时人推崇，但现在却只存下十首。下面所选的这首《次北固山下作》最有名，不仅当时曾被宰相张说"手题政事堂，每示能文，令为楷式"（《河岳英灵集》卷下），而且后世各种选本也无一例外地选录了它，觉得它显示了一种"盛唐气象"。

次北固山下作①

客路青山外，行舟绿水前②。
潮平两岸阔③，风正一帆悬④。
海日生残夜，江春入旧年⑤。
乡书何处达，归雁洛阳边⑥。

① 次：停宿；北固山：在今江苏镇江长江南岸，与金山、焦山并称"京口三山"。唐代殷璠《河岳英灵集》卷下收录了这首诗，题目是《江南意》，文字也有很大差异，这里采用唐代芮挺章《国秀集》卷下的文本。

② 远行人的船还在绿水上，但要走的路还远在青山外。《河岳英灵集》中这两句作"南国多新意，东行伺早天"，意思比较明确，说明北方人王湾乍一见江南风光，感到处处新鲜，又说明他是趁着天色尚早向东航行，虽然有助于理解诗意，但没有这两句形象和含蓄。

③ 阔：《河岳英灵集》中作"失"，潮水上涨和两岸平行，使江面显得格外开阔，这种情景在《庄子·秋水》中就有过："泾流之大，两涘渚崖之间，不辨牛马。"当然，这里讲的不是秋水，而是春潮。清人沈德潜《唐诗别裁》卷十认为，用"失"字比用"阔"字更有气势，"两岸失，言潮平而不见两岸

也，别本作阔，少味"，潘德舆《养一斋诗话》卷八也说"阔字不如失字之隽"，但贺裳《载酒园诗话》卷一却反驳说："凡波浪汹涌，则隔岸不见，波平，岸始出耳。'阔'字正与'平'字相应，犹'悬'字与'正'字相应。"纪昀评《瀛奎律髓》卷十也说"失字有斧凿痕，唐人不甚用此种字"。似乎前者想象力更丰富，而后者观察力更细腻。

④ 风向正好吹帆前往，远远看去，一只船帆像悬在天上。贺裳《载酒园诗话》卷一说"正"字和"悬"字正相配合，"若使斜风，则帆欹侧不似悬矣"。有的版本"一"作"数"，"数帆悬"当然不如"一帆悬"好，不仅杂乱，而且失去了一帆孤悬江面横阔给人的立体感，和上一句缺乏配合。再说，好几条船结伴而行，也没有行客孤舟独行的暗示意味。

⑤ 这是当时盛传的名句，海上涌出一轮红日，但四周却是残夜，江上已有春意，但旧年尚未过完。王湾初到江南，对南方近海处的这些物候格外敏感，观察也很细腻，这两句诗不仅准确地传达了这里的特有景色，而且色彩很强烈，视野很开阔，所用的字句也很精巧。《岘佣说诗》指出这是"残夜海日生，旧年江春入"的倒装，但没说清为什么要"倒装"，其实，这种词序的颠倒绝不仅仅是为了凑韵，而是这样一来，就使得"海日"、"残夜"、"江春"、"旧年"四个语词不再有主宾轻重的差别而成了四个并列的意象。当读者读到这四个并列凸现的意象时，海上旭日、残夜黑幕、江上春色、旧年残冬就同时呈现在视界中，让你在刹那间体验出时序交替的情景，而不像正常语序有主谓宾定状之分，使读者只注意到它提示的"意思"而忽略了它呈现的"意象"。此外，动词"生"、"入"两字也用得十分讲究，"生"字很平常，使你几乎注意不到它的存在，突出了两端的意象；而"入"字却很"别扭"，不说"旧年"有了"春意"，却说"江春"入了"旧年"，于是读者就感到了新颖与精致。正因为这两句诗的视界开阔、语言新巧和意蕴深沉，使它成为千古传诵的佳句，唐人殷璠《河岳英灵集》卷下说"诗人以来，少有此句"，郑谷《偶题》说"何如海日生残夜，一句能令万古传"，而清人沈德潜《说诗晬语》则以它为例告诫诗人"不可不造句，江中日早，残冬立春，亦寻常意思，而王湾……一经锤炼，便成警绝"。就

是现代人，也常常因为它的阔朗旷逸而把这首诗都看成"盛唐气象的象征"。晚唐顾非熊《月夜登王屋仙坛》模拟前一句写成"云中日已赤，山外夜初残"，就没有味道得很了。

⑥ 家信寄到哪里？归雁飞到洛阳。这两句《河岳英灵集》作"从来观气象，惟向此中偏"，意思是从来观赏山川气象，唯有这里最别致奇异。这样虽然与开头"南国多新意"相呼应，但未免损害了诗意，把一首山水诗写成了考察报告，远不如"乡书何处达，归雁洛阳边"来得感慨良多，意蕴含蓄。

崔颢·四首

崔颢（？—754），汴州（今河南开封）人。开元十一年（723）中进士，曾入河东节度使手下为幕僚，后任太仆寺丞、司勋员外郎。

自从宋代严羽《沧浪诗话·诗评》有过"唐人七言律诗，当以崔颢《黄鹤楼》为第一"的评语，后人选唐代七律总要选崔颢的这首诗，但明清以来很多人却看出了这首七律"体例不纯"，明人崇拜盛唐诗，只敢含含混混，便说它"律间出古"（《麓堂诗话》），"起法是盛唐歌行语"（《艺苑卮言》卷四），根本不加褒贬；清人胆子大些，便说好说歹，名气很大的尤侗批评它一连用了"悠悠、历历、萋萋"三个叠词，并说"若遇了美，恐遭小儿之呵"（《养一斋诗话》卷八引），仿佛有个蛮横霸道的成衣铺老板按一个型号做了衣裳，却要胖瘦高矮的顾客各自砍长削短将就他的产品，完全按后人的七律规矩来横挑鼻子竖挑眼；跟着赵执信作《声调谱拾遗》的翟翚则指出它前四句或"不粘"或"六仄"的声律反常，但没有指出它为何反常，仿佛崔颢是个善于花样翻新的时装大师，故意在七律中别出心裁似地自有他不合律的理由。其实，《黄鹤楼》"直以古歌行入律"，既不是崔颢疏忽忘了格律规则，也不是他有意违反近体声韵，而是当时并没有"平平仄仄平平仄，仄仄平平仄仄平"这样死板的格套，也没有下字避重复、结构讲起承转合之类僵硬的规矩，更没有私塾先生或阅卷委员在那里预定标准答案让人照猫画虎，七律的形式只不过来自诗人比较一致的审美习惯和语言形式，出自歌行的七律自然常常参用歌行的句式，而这种新旧羼糅的语言形式恰恰没有后来定型七律的呆板僵滞或圆熟俗滥，所以当时沈佺期、崔颢、李白等人的所谓"七律"反而显出一种刚健奇崛而又流动灵活的韵味。也许崔颢当时登楼赋诗，只是信口而吟，信笔而书，根本没有粉本规矩的拘束，恰如《说诗晬语》所说，"意在象先，纵笔所到，遂擅古今之奇"，因此写来如"大斧劈皴"（《升庵诗话》卷十），于是自然免不了"体例不纯"，显出七言歌行的底色纹路来。

《沧浪诗话》给了"第一"的评语，《唐诗纪事》卷二十一又不知从哪儿抄了一则李白见《黄鹤楼》诗而感慨"眼前有景道不得，崔颢题诗在上头"的逸闻。于是，后人的目光大都被这首《黄鹤楼》吸引过去而忽略了崔颢的其他各体诗作，就连看得最全面的清人吴乔，在《围炉诗话》卷二中也只说到他"五古奇崛，五律精能，七律尤胜"，而偏偏忘了提崔颢最本色当行的七言歌行。其实崔颢的七言歌行中像《长安道》《江畔老人愁》《渭城少年行》《邯郸宫人愁》不仅有对人生、命运的深沉感慨，而且对社会的人情炎凉有自己的洞察；不仅有流畅灵动的意脉，而且章法结构颇为精致，节奏转换流畅自然，如《江畔老人愁》中繁盛与衰颓之间的衔接，不禁令人想起人人惊叹的《长恨歌》那两句"渔阳鼙鼓动地来，惊破霓裳羽衣曲"，这种简练而又轻快的转换就像一个合页把两扇门不动声色地连接起来一样，既突出了层次，又贯通了意脉，正如《红楼梦》七十八回众人评贾宝玉《姽婳词》时说的"连转带煞"或"转的不板"。《黄鹤楼》一诗连用三个叠词，两用"去"、"空"二字，交叉使用"白云"、"黄鹤"两个意象，使它不像成型七律那么节奏呆板，反而有一种歌行辘轳相转、气脉连贯相通的灵动感，这焉知不是由于他擅长七言歌行的缘故。应当注意到，初唐以气脉流贯取胜的古体和以声韵辞藻见长的近体本来各为一路，入得盛唐逐渐融为一体后，才造就了"声律风骨"兼备的盛唐诗歌，从这个角度来看崔颢的各体诗，也许对他的七律和七言歌行都能有新的理解。

长干行①

其 一

君家何处住？妾住在横塘②。

停船暂借问，或恐是同乡。

其 二

家临九江水③，来去九江侧。

同是长干人，自小不相识④。

① 《长干行》是乐府"杂曲歌辞"旧题，大约来源于当地民歌，所以多男女情
歌。崔颢《长干行》共四首，是联章体，写舟行途中男女对话。这里选了第
一、二首。长干在今江苏南京秦淮河之南，其地为狭长的山岗，号长干里。

② 横塘：在长干附近。

③ 九江：泛指长江中下游一带的江水，不是指九江这个地名。

④ 王夫之《薑斋诗话》卷二曾以这组诗为例说写诗要有"咫尺万里之妙"，
并说第一首末句"墨气所射，四表无穷，无字处皆其意也"。也许是因为
"或恐是同乡"背后潜藏了孤独女子寻求温暖友情的期望和屡屡失望
之后的胆怯，而第二首末句"自小不相识"背后的潜台词，则是希望今日
相识。

古 意①

十五嫁王昌②，盈盈入画堂。

自矜年最少，复倚婿为郎③。

舞爱前溪绿，歌怜子夜长④。

闲来斗百草⑤，度日不成妆。

① 一作《王家少妇》。据说当时大学者李邕听说崔颢诗名而邀请他，崔颢献
上这首诗，李邕听了第一句"十五嫁王昌"，便拂袖大怒，说"小儿无礼"，
大概这时崔颢还年轻（《新唐书》卷二〇三，《国史补》卷上）。据说崔颢

是个狂放不羁的文人，好游侠赌博，好美人醇酒，历来都认为他"有俊才无士行"（《旧唐书》卷一九〇）、"名陷轻薄"（《河岳英灵集》卷下），李邕大概就是这么看的。其实这未免过分以道德尺度量诗歌，盛唐文人大多并不那么一本正经，倒是明胡应麟《诗薮》外编卷四说得清楚，"这是乐府本色语，李邕以为小儿轻薄，岂六朝诸人制作全未过目邪？"而清人贺裳《载酒园诗话又编》也说得有理："（李邕）生平好持正论，作煞风景事，真是方枘圆凿。"

② 王昌：是南朝乐府中的人名，据说他的妻子是著名的美人，所以诗人常吟咏到他。梁武帝《河中之水歌》"人生富贵何所望，恨不早嫁东家王"，唐代上官仪、王维等也曾有诗说到他，究竟是否实有其人，则不可考。

③ 矜：倚仗、自负；婿：女子称自己的丈夫；郎：郎官，古代诸司长官有侍郎、郎中、员外郎，这里只是说这个女子倚仗丈夫在朝中为郎官。

④ 前溪：南朝歌舞名，因出自吴兴武康，即今浙江德清的前溪而得名。子夜：晋代歌曲名，相传是一个叫子夜的女子所作，属吴地歌曲，南朝极为流行。

⑤ 斗百草：梁宗懔《荆楚岁时记》记载古代五月初五斗草的习俗，唐代叫"斗百草"，主要是以花草的名称或韧性来比高下。宋代诗词中常提到这种游戏，魏野《春日述怀》有"儿夸斗草赢"，晏殊《破阵子》有"疑怪昨宵春梦好，元是今朝斗草赢"。《红楼梦》六十二回记小螺、香菱、芳官、藕官等人斗草，即以"观音柳"比"罗汉松"，"君子竹"比"美人蕉"等；近时乡间也有以狗尾巴草互相拉扯，不断者胜。也许都是古时"斗草"的遗风。

黄鹤楼①

昔人已乘白云去②，此地空馀黄鹤楼。
黄鹤一去不复返，白云千载空悠悠。
晴川历历汉阳树，芳草萋萋鹦鹉洲③。
日暮乡关何处是④，烟波江上使人愁。

① 黄鹤楼在今湖北武昌黄鹤山西北黄鹤矶，峭立江边，俯瞰江汉，旧时传说因仙人子安驾黄鹤过此地而得名，一说是因费文祎乘黄鹤登仙，于此地休息而得名。

② 此句一作"昔人已乘黄鹤去"。昔人：指传说中的仙人。

③ 历历汉阳树：指汉阳树木清晰可见；芳草萋萋：春草茂盛的样子；鹦鹉洲：唐代在汉阳西南长江中的一个沙洲，后被江水淹没，据说它是因为东汉末写过《鹦鹉赋》的祢衡被杀于此地而得名的。

④ 乡关：故乡。

王之涣·二首

　　王之涣（688—742），字季凌，祖籍晋阳（今山西太原），移居绛郡（今山西新绛）。曾任衡水主簿，后被诬告辞官，十五年后才又任文安县尉，卒于任上。唐代薛用弱《集异记》卷二曾记载了一个很有名的"旗亭赌唱"故事，说王之涣、王昌龄、高适三人寒雪天在旗亭小饮，有梨园伶官十馀人也到此会饮唱曲，三人便暗中记下伶官演唱的自己的作品以赌赛自己的诗名高下。开头三首分别是王昌龄及高适的，王之涣不忿，便指着最好的歌妓说，其他人唱的只是"巴人下俚之词"，等她唱时一定是"阳春白雪之曲"，果然这个歌妓唱的是他的《凉州词》。这个故事不一定可靠，但可以证明靳能为他所作墓志铭中"传乎乐章，布在人口"及《唐才子传》卷三关于他"每有作，乐工辄取以被声律"的可信。可是他在开元年间诗名虽然很盛，现在却只剩下六首诗，就连下面所选的这首著名的《登鹳雀楼》，唐人芮挺章《国秀集》还说是另一个处士朱斌所作的。

登鹳雀楼①

白日依山尽，黄河入海流。
欲穷千里目，更上一层楼。

① 鹳雀楼在蒲州（今山西永济）西南城上，因鹳雀常栖于此而得名，宋沈括《梦溪笔谈》卷十五记载"鹳雀楼三层，前瞻中条，下瞰大河"。唐代写鹳雀楼的诗有三首最有名，一是王之涣这首，二是畅诸的一首五律，三是李益的一首七律，按清潘德舆《养一斋诗话》卷九的说法，畅诸那首"兴之深远，不逮之涣作，而体亦峻拔，可以相亚"，而李益那首"去王、畅二诗

终不可以道里计"。当然，最出名的仍是这一首，不仅简洁凝练，而且意味深长，境界阔大。

凉州词

黄河远上白云间①，一片孤城万仞山②。
羌笛何须怨杨柳③，春风不度玉门关。

① 此句一作"黄沙直上白云间"，像来历颇早的《文苑英华》《乐府诗集》和《唐诗纪事》，因此清人吴乔《围炉诗话》卷三说应该作"黄沙直上"，并且认为"黄河去凉州千里，何得为景？且河岂可言'直上白云'耶？"这种见解也许有版本校勘学上的理由与依据，但却不符合诗歌创作的想象。诗歌并不是地理考察报告，以想象写诗也不必尽如测量画地图，从诗的气势与意境上来说，也许"黄河远上白云间"更深邃阔大而辽远些。

② 用"一片"使得孤城在万仞山中更显得渺小，就像王维《同崔傅答贤弟》中的"一片扬州五湖白"把扬州夹置在五湖中的感觉一样。

③ 古人有临别折柳送行的习俗，像梁元帝《折杨柳》"同心宜同折，故人怀故乡"，刘邈《折杨柳》"摘叶惊开驶，攀条恨久离"，卢照邻《折杨柳》"攀折聊将寄，军中书信稀"，王之涣也有一首《送别》咏到柳，说"近来攀折苦，应为别离多"。所以杨柳总是别离与远行的象征，而《折杨柳》也成了怀乡怨别的曲调。羌笛据说是一种来自西部的"羌乐"，汉代马融《长笛赋》说"近代双笛从羌起"，据《乐府杂录》，笛子古曲恰恰就有《折杨柳》，陈贺微《长笛》诗说"柳折城边树"，吹起这首笛曲便会引起离愁别恨，所以李白《春夜洛城闻笛》就说"谁家玉笛暗飞声，散入春风满洛城。此夜曲中闻折柳，何人不起故园情"。王之涣这两句中的"怨杨柳"极巧妙地利用了这些典故与内涵，构造了一个语义多歧的诗境：既可以解释为羌笛何必吹奏幽怨的《折杨柳》曲，反正没有回归之期，而春风又是不会光顾玉门关外远戍的人的；也可以解释为羌笛曲调似在埋怨杨柳，其实何必抱怨它，春风不到玉门关外，杨柳也得不到温暖而迟迟不长枝叶。前者悲

凉中有放旷，后者宛转而又伤感，这些复杂的感情便被交织在这两句看似平淡的句子里，使后人读它时常品咂出不同的意味来，于是长期以来它都被称为盛唐绝句的"压卷之作"（见明王世懋《艺圃撷馀》），因为它哀怨又不失豪爽，凄婉而不失宏放。

孟浩然·七首

　　孟浩然（689—740），襄阳（今湖北襄樊）人。他一生中曾于开元十六年（728）、开元二十一年（733）两次入长安应试或求职，但因为"当路无人"或其他缘故都没有结果，只好归乡闲居。开元二十五年（737）一度入荆州大都督长史张九龄幕府为从事。三年后，王昌龄到襄阳时他正害毒疮，但一见之下，"浪情宴谑"，吃了不该吃的食物病发而死。

　　后人常常把孟浩然算作"田园诗人"或"隐逸诗人"，其实这是一种误会。在他的诗里，田园诗不过寥寥几首，远不如储光羲田园诗多；他也不曾真正坚定过隐遁的念头，虽然他一再地在诗里表示"余意在山水"（《听郑五愔弹琴》）、"归赏故园间"（《秋登张明府海亭》），但始终在孜孜以求做官。"魏阙心恒在，金门诏不忘"（《自浔阳泛舟经明海》），比起"愿言解缨络，从此去烦恼"（《宿天台桐柏观》）来更像是实话，至少他也是在"朱绂恩虽重，沧洲趣每怀"（《奉先张明府休沐还乡海亭宴集》）的心理矛盾中左右徘徊的。之所以后人觉得他是田园或隐逸诗人也许有以下两方面原因：一是他自己爱在诗里标榜"日耽田园趣，自谓羲皇人"（《仲夏归汉南园寄京邑耆旧》），以至于后人把他言不由衷的自我安慰和写给人看的自我表白当成了真实内心的写照，觉得他真的热爱乡村田园；二是他的诗在语意的淡泊、语脉的流畅和语词的朴素上常常有些像陶渊明的地方，以至于后人把他"尝读高士传，最嘉陶徵君"（同上）的诗句和他的诗作本身混为一谈，叠成了一个陶渊明式的剪影。由于这种朴素诗风总是来自遥远而恬静乡村的牧歌，而不是出于喧闹而繁华都市的时调，所以后人总觉得孟浩然就是陶渊明一流的隐逸诗人，他的诗就像陶渊明笔下的田园诗歌，并把他和另一个仿佛也学过陶渊明的大诗人王维并称为"王孟"。

关于"王孟"有两点应当注意。第一，孟浩然其实与王维一样，是学陶（渊明）也学谢（灵运、朓）的，这一点，清人田雯《古欢堂集杂著》卷二说得很清楚："王维、孟浩然……取神于陶、谢之间。"牟愿相《小澥草堂杂论诗》说得也很对："唐人学陶者……（孟）浩然清词丽句有小谢之意。"我们看孟浩然一些诗句，如"回潭石下深，绿篠岸傍密"、"狭径花障迷，闲庭竹扫净"、"天边树若荠，江畔舟如月"、"松月生夜凉，风泉满清听"，这些出自五古的丽句，在字面的精巧、语法的凝练和意境的清丽上都仿佛二谢，就连他赖以成名的一联"微云淡河汉，疏雨滴梧桐"和最为人传诵的两句"野旷天低树，江清月近人"，也被人指出是脱化于谢灵运的诗句。只不过孟浩然属于京城外"野体"诗人，擅长于写古体诗而不擅写近体诗，习惯于采用一气直贯的句法，朴素直露的词语和平缓疏朗的节奏而不习惯于近体诗的紧缩句法、精丽词语和凸出节奏，所以诗歌不免写得平易浅近，让人觉得更像陶渊明罢了。第二，王、孟并称，固然有幸抬高了孟浩然的地位，但也不幸地使他总是在巨人面前矮了一头。明清以来，除了《麓堂诗话》之外，绝大多数诗论家都认为他比不过王维，有人说他"未免浅俗"（《筱园诗话》卷一）、"有寒俭之态"（《师友诗传续录》），有人说他可短不可长，"衍作五言排律，转觉易尽"（《蟏斋诗话》）、"局于狭隘"（《野鸿诗的》），因此有人想出两个漂亮而含蓄的比喻，说"王是佛语，孟是菩萨语"（《师友诗传续录》），"王如一轮秋月，碧天如洗，而孟则江月一色，荡漾空明。虽同此月，而孟所得者特其光与影耳"（《诗筏》）。这种结论当然不无道理，但批评却似乎没有说到点子，孟不如王并不在俗不俗、善不善长篇，而在于孟浩然不如王维才气大视野宽诗思巧，下笔时肚里往往没有"材料"，构思时心中往往缺乏巧思，所以苏轼说他"韵高才短"，"如造内法酒手而无材料"（《后山诗话》引），有时写的诗虽朴素却很平熟，像《载酒园诗话又编》举的"当杯已入手，歌妓莫停声"之类，就不免滥俗，有时写的诗虽冲淡却很单薄，像《自洛之越》"扁舟泛湖海，长揖谢公卿"，就不免直露，所以叶燮《原诗》说他"无缥缈幽深思致……后人胸无才思，易于冲口而出，孟开其端也"。但是，公正地说来，孟浩然虽然比不上王维，但他毕竟是盛唐一个出色的诗人，他的朴素冲淡的五古毕竟独具一格，而他近乎古体的五律也毕竟避开了近体诗的圆熟，所以正如徐献忠《唐诗品》所说，他虽"藻思不及李翰林，秀调不及王右丞，而闲淡疏豁，翛翛自得之趣，亦有独长"（《唐音癸签》卷五引）。

夏日南亭怀辛大①

山光忽西落，池月渐东上②。
散发乘夕凉③，开轩卧闲敞④。
荷风送香气，竹露滴清响。
欲取鸣琴弹，恨无知音赏⑤。
感此怀故人，中宵劳梦想。

① 辛大：不详，一作"辛子"，有人怀疑即孟浩然另一首诗《西山寻辛谔》中的辛谔。

② 山头太阳忽然西落，映在池塘里的月亮渐渐东升。这种一开头就点明时间的叙述方式是陶渊明常用的，它使诗的节奏平缓顺畅，给人以从容不迫的感觉，像陶渊明《杂诗十二首》中第二首的开头就是"白日沦西河，素月出东岭"，而孟浩然这两句就像把陶渊明那两句的山、河与日、月重新组合了一下，意思却没有变化。

③ 古人在公众场合总是束发戴冠、正襟危坐的，散发是表示闲居时不拘小节的潇洒与自由，比如那个著名的阮籍就常常"散发箕踞"，而嵇康的诗中也说"采薇山阿，散发岩岫"。

④ 轩：窗；闲敞：安静宽敞的地方。

⑤ 知音：指辛大。《吕氏春秋·本味》里记载楚人钟子期能听出伯牙琴声中的

高山、流水之意，钟子期死后，伯牙就不再演奏，认为世上已没有知音了。后世就用"知音"来比拟知己朋友。

夜归鹿门山歌①

山寺鸣钟昼已昏，渔梁渡头争渡喧②。
人随沙岸向江村，余亦乘舟归鹿门。
鹿门月照开烟树③，忽到庞公栖隐处。
岩扉松径长寂寥，唯有幽人自来去④。

① 鹿门山：在今湖北襄阳，孟浩然曾在此隐居，据《后汉书·庞公传》说，东汉时襄阳人庞公曾携妻儿到鹿门山采药，再也没有返回城市，是著名的隐逸之人，孟浩然在襄阳郭外有先人留下来的涧南园，在鹿门山隐居只是为了仿效庞公。

② 渔梁：一种以土石截水分流并以竹网拦水捕鱼的装置，因土石垒砌成一道梁而得名，这里是指紧傍渡口的渔梁。宋胡仔《苕溪渔隐丛话》后集卷九说这两句不如岑参《巴南舟中夜市》中的"渡口欲黄昏，归人争渡喧"，因为岑参的诗"语简而意尽"，其实不见得，诗歌不是发电报，字数越少就越能省钱，如果字少便好，那么陆游《梅市道中》"人喧北渡头"岂非最佳？古歌行也不比五律，越精练就越巧妙，倒如《红楼梦》七十八回宝玉所说"长歌也须得要些词藻点缀点缀"。何况这两句还说到"山寺鸣钟"，而岑参的诗还需接上两句"近钟清野寺，远火点江村"才提到山寺与钟声，算起来也不简省。孟浩然这两句诗后来成了中国诗画的一个常见意象，中唐人皇甫冉《归渡洛水》中的名句"暝色赴春愁，归人南渡头"写的意思与此相近，宋元画家就画有《渔梁渡头争渡喧》，直到明代，一个叫张羽的诗人还写过"渔梁夜争渡，知是醉巫归"（《静居集》卷一）。

③ 开烟树：树林本来笼罩着暮烟，月光一照，烟雾似乎散开了，现出树林来。

④ 岩扉：山崖相对如门称岩扉；幽人：隐者。

过故人庄

故人具鸡黍①，邀我至田家。
绿树村边合②，青山郭外斜。
开筵面场圃，把酒话桑麻③。
待到重阳日，还来就菊花④。

① 故人：老朋友；鸡黍：农家丰盛的待客饭菜，《论语·子微》记子路遇荷篠
　　丈人，荷篠丈人曾"杀鸡为黍而食之"，后来鸡黍成了乡村待客饭菜的代
　　称，仿佛用了它就顿时有了田园风味。范云《赠张徐州谡》就说过"恨不
　　具鸡黍，得与故人挥"，而孟浩然有一首《裴士见寻》说"厨人具鸡黍，
　　稚子摘杨梅"，另一首《戏赠主人》也说"已言鸡黍熟，复道瓮头清"。

② 合：绿树将村庄罩成一片绿荫。用"合"字还有一种动态的意思在内，树叶
　　长茂盛了，稀疏的枝干就隐没其中，仿佛绿荫渐渐合拢起来遮蔽了村庄，
　　唐玄宗《早渡蒲关》"春来津树合"的"合"字中这种意思尤其明显，许浑
　　《岁暮自广江至新兴往复中题峡山寺》"树随山崦合"的"合"也是这个
　　意思，后来宋代曾几《榴花》也写过"树阴看已合"。

③ 场圃：晒谷场和菜园子；桑麻：农事。陶渊明《归园田居》"相见无杂言，但
　　道桑麻长"。

④ 古人认为九是阳数，所以九月九日是重阳，这一天古代习俗要饮菊花酒，
　　所以说"还来就菊花"，意思是再来聚饮欢宴。明杨慎《升庵诗话》卷六
　　说："孟集有'到得重阳日，还来就菊花'之句，刻本脱一'就'字，有拟补
　　者，或作'醉'，或作'赏'，或作'泛'，或作'对'，皆不同，后得善本，是
　　'就'字，乃知其妙。"这可能是杨慎自己仿照《六一诗话》关于杜诗"身
　　轻一鸟过"的"过"字故事的杜撰，因为各种刻本这个"就"字都不曾脱、
　　误，其用意无非是赞叹这个"就"字下得好而已，既妥帖而自然，又有悠
　　久的来历，因为乐府冯子都诗就有"就我求清酒"、"就我求珍肴"。《历
　　代诗话考索》更找出来头古老的《国语》证明战国时已有"处士就闲晏"。

孟浩然写诗是否胸中先存了这么些故典很难说，不过他有时的确是把古人的话化用在诗里的，宋人《王直方诗话》就曾指出他的诗中"以吾一日长"、"异方之乐令人悲"、"吾亦从此逝"等或来自经或来自史，这一点和陶渊明自然风格不同，却与善于用典下字的二谢一流诗人合拍。

临洞庭^①

八月湖水平，涵虚混太清^②。
气蒸云梦泽，波撼岳阳城^③。
欲济无舟楫^④，端居耻圣明^⑤。
坐观垂钓者，徒有羡鱼情^⑥。

① 诗题又作《望洞庭湖赠张丞相》，张丞相即张九龄。

② 虚：天空，太清：也指天空，《文选·吴都赋》刘渊注："太清，谓天也。"这句的意思是八月湖水浩森阔大，仿佛水天一色。

③ 蒸：水气升腾；撼：摇动。云梦泽：在今湖北湖南长江南北，古有云、梦两大湖泊，后来大部分淤为陆地，便并称云梦泽，现在洞庭湖即云梦泽一部分，岳阳城在今湖南岳阳。这两句形容洞庭气势，可参见宋人范致明《岳阳风土记》的记载："（岳阳）城据湖东北，湖面百里，常多西南风，夏秋水涨，涛声喧如万鼓，昼夜不息"，也可参见宋范仲淹《岳阳楼记》："（洞庭湖）衔远山，吞长江，浩浩汤汤，横无际涯，朝晖夕阴，气象万千。"前人都很称赞"蒸"、"撼"两字，认为用得很传神，像《然灯记闻》就曾引述王士禛的话说这两字"何等响，何等确，何等警拔也"；前人也很称赞这两句的气势，像方回《瀛奎律髓》就把它和杜甫《登岳阳楼》"吴楚东南坼，乾坤日夜浮"并提，说这两联写在岳阳楼上，"后人自不敢复题也"。不过，孟浩然并不擅长写这种雄壮阔大的句子，这两句应该说是他的"别调"（《野鸿诗的》），所以全诗未免轻重失调，清人毛先舒《诗辩坻》卷三就指出："起句平平，三四雄，而'蒸'、'撼'，语势太矜，句无馀力。……上截过壮，下截不称"，张谦宜《絸斋诗谈》卷五也指出它"力尽于前四句，后

面趁不起，故一边轻耳"，批评得很有道理，这也是孟浩然不如王维才气胸襟之"厚"的一例。

④ 济：渡。这句是说想渡过湖去但又没有船只，暗示想做官而无人引荐。

⑤ 端居：安居、闲居；圣明：指圣明的时代；这句是说，生于圣明时代却安居在家，不能有所作为，自己感到羞愧。

⑥《淮南子·说林》有"临河而羡鱼，不若归家织网"，就是说与其啧啧称羡河中鱼的美味，不如回家织网来捕鱼。孟浩然这里则说，我徒然有称羡鱼的心，可是没有网，也没有钓竿，只好看着别人垂钓，暗示没有人引荐自己，自己空有从政心也是白搭。

春　晓

春眠不觉晓，处处闻啼鸟①。
夜来风雨声，花落知多少。

① 鸟的啼声暗示了天亮与天晴。

宿建德江①

移舟泊烟渚，日暮客愁新②。
野旷天低树，江清月近人③。

① 建德江：新安江下游，在今浙江建德境内。

② 烟渚：烟气笼罩的江中小洲；客愁新：指无端又勾起了游子的愁绪，仿佛日暮时分人很容易怅惘，所以梁费昶《长门怨》说"向夕千愁起"，孟浩然另一首《秋登兰山寄张五》也说"愁因薄暮起"，这里的"新"字和"暮"字相映，天已黄昏，一日已"旧"，游子心情本已稍稍平静，此时又生怅惘，所以是"新"。

③ 这两句源自谢灵运《初去郡》"野旷沙岸静，天高秋月明"，都是写自己视境中的感觉，但孟浩然这句更含蓄凝练细腻，"低"字既指自己感觉中树

林的"低",又指田野开阔天空压迫着树林的上端,"近"字既指感觉中月亮与人的距离,又指清清江水中月影与人的距离,孟浩然把动词放在天、树和月、人之间,比谢灵运把动词放在沙岸、秋月后面要巧妙得多,使意思多了一层转折,所以张谦宜《绚斋诗谈》卷五说它是"宋人所谓诗眼,却无造作痕,此唐诗之妙也。"后来宋人罗大经《鹤林玉露》卷十三发现,杜甫有一句"江月去人只数尺",和孟浩然这句"江清月近人"很像,怀疑年辈较小的杜甫"祖述而敷衍"孟诗,但这是偶然巧合还是有意模仿,却不太好下断语。所以他也只好说"浩然之句浑涵,子美之句精工",而宋人陈师道的《寓目》中也照样写了"野旷低归鸟,江平进晚牵",但显得很拙劣,仿佛是画虎不成反类犬。

过融上人兰若①

山头禅室挂僧衣,窗外无人溪鸟飞。
黄昏半在下山路,却听钟声连翠微②。

① 融上人:不详。上人是对佛教僧人的尊称;兰若:僧舍。梵文Aranyaka的音译,原指树林,意译为寂静处、远离处,后逐渐引申,指佛寺僧室,这首诗一作綦毋潜诗。
② 黄昏时已下到半山腰,却又听见了山头的钟声。翠微:淡绿青葱的山色。

王维·二十三首

王维（692—761），字摩诘，太原祁（今山西祁县）人，开元九年（721）中进士，任大乐丞，因伶人舞黄狮子一事被贬到济州当司仓参军，幸好赏识他的张九龄当了中书令，才又被重用为右拾遗、左补阙、给事中。安史之乱时，他沦陷在长安，照规矩，凡是乱中接受了伪职的人都要受严惩，但由于他装过病，又写过一首哀伤当时百官被迫听音乐的诗，所以安史之乱后在他弟弟的回护下仅受到降职的处分，后来又当上了中书舍人、尚书右丞等官。

人们通常把王维和李白、杜甫并称为盛唐三大诗人，倒不仅仅是由于他们刚好象征了盛唐诗坛佛、道、儒三大思潮，而是很早就有人把他们一视同仁地视为当时最了不起的诗歌大师。和他时代先后的殷璠编《河岳英灵集》便在序中以他和王昌龄、储光羲为开元、天宝间的诗坛代表，独孤及《唐故左补阙安定皇甫公集序》则认为沈（佺期）、宋（之问）之后的大诗人当推王维与崔颢，宋代人也说李、杜之下孟浩然、王维"当为第一"（《许彦周诗话》）。无论什么人论盛唐诗，都要数到王维，就连在李白、杜甫声誉如日中天的后世，人们私下里还是更偏好文人味道十足的王维，觉得他的诗不像李白那么激扬蹈厉，热烈得让人难以平静，也不像杜甫那么严肃整饬，沉重得让人难以轻松，所以《诗镜总论》便对"世以李、杜为大家，王维、高（适）、岑（参）为傍户"的说法颇有微词，转弯抹角地提醒人们王维"写色清微，已望陶（渊明）、谢（灵运）之藩"；《而庵诗话》则对"俎豆杜陵者比比，而皈依摩诘者甚鲜"的现象公开表示不满，暗中以"天子"、"妙悟"比王维，以"宰相"、"师承"说杜甫，狠抬了王维一番；那位素来不喜欢杜诗的王士禛虽然碍于舆论不便公然扬王抑杜，但论诗的时候也免不了表露出自己的偏爱，像《师友诗传录》里说到唐人七律就说王维是"正宗"，偏不提最擅长七律的杜甫。

关于王维的诗，比较一致的说法，当然是称赞它"澄澹精致"（司空图《与李生论诗书》）、"淳古淡泊"（欧阳修《书梅圣俞稿后》）、"清深闲淡"（魏庆之《诗人玉屑》）。这种直接来自感受的印象式评论和象征式术语大体不错，一下子就抓住了王维诗的特征，也很吻合王维深受佛禅熏染而追求旷逸高远的心理性格。但应当更明确、更具体地说明的，也许还有以下两点：

第一，既擅绘画又精乐理的王维有极出色的声、色感觉。宋人曾有王维"诗中有画"，兼顾长康善画、杜子美善诗之长的赞语，但他们都只提到了有关色彩的一面，其实，最早指出这一点的唐人殷璠，在《河岳英灵集》里就已说到王维诗"在泉为珠，着壁成绘"。前一句的"珠"好像《琵琶行》里"大珠小珠落玉盘"的"珠"，它不是哗哗啦啦淅淅沥沥不断流淌的水声雨声，而是清泉滴露深潭溅玉般既清亮又幽深的泉声，这种声响给人的感觉恰恰是无声，因而反倒渲染了幽深静谧的气氛，像《鹿柴》的"空山不见人，但闻人语响"、《竹里馆》的"独坐幽篁里，弹琴复长啸"、《鸟鸣涧》的"月出惊山鸟，时鸣深涧中"，这种方式可能受到南朝人"蝉噪林逾静，鸟鸣山更幽"的启发，所以他一再使用，如《赠东岳焦炼师》"山静泉愈响"、《奉和圣制幸玉真公主山庄因题石壁十韵之作应制》"谷静泉愈响"、《过感化寺昙兴上人山院》"谷鸟一声幽"等等，都是试图营造一种秋夜听蟋蟀声似的清幽听觉效果；后一句"着壁成绘"就是苏轼说的"诗中有画"，但这画毕竟不是有形有色的真画，而是以语词在读者视境中突出鲜亮或朦胧的色感，比如令苏轼感佩不已的那首"蓝溪白石出，玉川红叶稀。山路元无雨，空翠湿人衣"，白石在碧水，红叶点山川，这些跳动的色彩一下子就使视境豁亮，而后两句又以"空翠"这种大块色调一笔染过，尤其是下一个"湿"字使读者眼中顿时出现朦胧空灵的淡色和淡色中的几块亮点，这就是中国水墨画般的色彩效果。此外，如"满园深浅色，照在绿波中"（《游春曲》之一）、"嫩竹含新粉，红莲落故衣"（《山居即事》）、"泉声咽危石，日色冷青松"（《过香积寺》）、"江流天地外，山色有无中"（《汉江临泛》）、"青菰临水映，白鸟向山翻"（《辋川闲居》）等，都显出一种淡而不暗、亮而不艳、可触可摸的色彩。这种声、色感交融在一道，使他的山水田园诗常常能一下子抓住读者的视觉与听觉，不由自主地随他的诗句进入那幽深清远的境界。

第二，在盛唐诗人中王维是很能全面吸收汉魏六朝诗歌长处的。一方面他学了陶渊明的淡旷闲恬，即《后山诗话》说的"得其自在"，这"自在"包括了意境高远闲旷，也包括了意脉从容不迫，意象朴素自然。他的诗歌语言不像李白那么奇异谲诡，也不像杜甫那么精致艰深，看上去明白如话，所用的也大多是简单词汇，很少绕弯子引典故捏腔子作文绉绉状，相反他还有意仿照汉魏六朝古诗，以一些最普通的名词为意象，用最平直的语序说出来，构成最朴素的诗境，反而造就了自然淡泊的韵味；另一方面他又学了谢灵运、谢朓一流的精致工巧，在朴素淡雅的诗句中融入了尖新流丽，使诗歌既不过分枯瘠质直，又不过分浓艳华丽，即《麓堂诗话》所谓的"丰缛而不华靡"或吕燮《王右丞集序》所谓的"句本冲淡而兴则悠长，诸词清婉流丽"，这使得六朝诗歌两大风格在盛唐合而为一，并启迪了中晚唐诗歌的发展路向，后来的大历十才子、刘长卿、韦应物乃至晚唐一些诗人大都走的是这个路数。当然，早年王维的诗风与此并不相同，多少还有些激扬风发的作品，晚年王维也有一些诗并不能包容在上述风格中，有的时候也不免写些繁缛、平直或枯瘠的诗作。不过，就其主导诗风来说，他还是像上面所说的那样，关于这一点，只要读一读下面所选的诗就能明白。

渭川田家①

斜光照墟落，穷巷牛羊归②。
野老念牧童，倚杖候荆扉③。
雉雊麦苗秀④，蚕眠桑叶稀。
田夫荷锄立，相见语依依。
即此羡闲逸，怅然吟式微⑤。

① 渭川：即今流贯陕西境内的渭水，发源于甘肃渭源，到潼关注入黄河。王
维这首诗写的是渭水流域的农村生活，从语言、景物到主题都很像陶渊明
的田园诗。

② 斜光：黄昏的阳光；一作"斜阳"。墟落：泛指村郭；穷巷：深巷。这种黄昏
乡村景象在《诗经》的时代就有人吟唱过，《诗·王风·君子于役》有"日
之夕矣，牛羊下来"，"日之夕矣，牛羊下括"，江淹《杂体三十首》中那首
拟陶渊明的诗中也有"日暮巾柴车，路暗光已夕。归人望烟火，稚子候檐
隙"，据说日暮时分的夕阳西下、牛羊归圈、鸡栖于埘，再加上亲人倚门盼
归，炊烟缕缕向上，不仅是典型的田园风光，而且特别能唤起人们对家园
的眷念之情与温馨回忆。

③ 荆扉：柴门。

④ 雉：野鸡；雊（gòu）：鸣叫。

⑤ 式微：《诗经·邶风》中的篇名，其诗中有"式微，式微，胡不归"一句，王
维在这里只截用了"胡不归"三字，即为什么还不回的意思，表示自己羡
慕田园生活闲逸，想归隐乡村。

山居秋暝

空山新雨后，天气晚来秋①。
明月松间照，清泉石上流②。
竹喧归浣女，莲动下渔舟③。

随意春芳歇④，王孙自可留⑤。

① 这两句中值得一提的是"空"字与"秋"字。"空山"并不是什么也没有的山，而是幽深静谧得有些朦朦胧胧的山。唐人爱用"空"字作山林的定语，王维尤其好用"空"字，如"空谷归人少"（《酬比部杨员外暮宿琴台》）、"夜坐空林寂"（《过感化寺昙兴上人山院》）、"空山五柳春"（《过沈居士山居哭之》），当然最出名的还是"空山不见人"（《鹿柴》）和"夜静春山空"（《鸟鸣涧》），大概用"空"字很能烘托诗人那种幽静空寂的主观感受；"秋"字则有双重意味，一是点明标题中的季节，二是名词作形容词用，来表现晚来秋寒袭人的感觉。把"秋"字放在句末似乎不太合语法，但很合符感觉的顺序，因为天色近晚才能感到凉意，而感到凉意则意识到秋天的到来。

② 清人宋徵璧《抱真堂诗话》说："王摩诘'明月松间照，清泉石上流'，魏文帝'俯视清水波，仰看明月光'，俱自然妙境。"但王维这两句比曹丕的两句色彩层次更丰富，松间明月不仅有"明月光"的皎洁还有松林的幽深，石上清泉不仅有"清水波"的碧清还有石滩溪水的清浅。所以后来的好多诗人画家都追踪王维这两句的意境，如明人项圣谟就专门用这两句画了好几幅山水画，张羽干脆在一首题画诗上把五言两句敷衍成了四句七言"百道清泉石上流，白云初起乱峰秋。此中疑有陶弘景，高卧松风第一楼"，而那个特别好题字的乾隆皇帝，也三番五次地御笔书下这两句诗，当作几处园林的对联。

③ 这是两个倒装句，从语法上来说应当是"浣女归（而）竹喧，渔舟下（而）莲动"，但从感觉上来说却是先听到了竹林中的喧闹才知道浣女归来，先看到了莲叶摆动才看到了渔舟驶近，诗歌尤其是近体诗，不必过分拘泥语法而更注重感觉，所以王维这样安排反而更有韵味，当然也有着韵律的缘故。

④ 随意：这里是任从的意思；歇：消失。

⑤ 这句出自《楚辞·招隐士》"王孙兮归来，山中兮不可以久留"，本来，《招

隐士》的主题是招隐逸者出山，而王维却反其意而用之，说春天的芳华尽管已消失，但这里秋景也很美丽，人们尽可以留在山中，两句中暗寓了诗人归隐秋山的希望。

汉江临泛①

楚塞三湘接，荆门九派通②。
江流天地外，山色有无中③。
郡邑浮前浦，波澜动远空④。
襄阳好风日，留醉与山翁⑤。

① 汉江：即汉水，发源于陕西宁强嶓冢山，入湖北，于汉阳注入长江。临泛：临流泛舟，一作"临眺"。

② 楚塞：楚地；三湘：湘水合漓水称漓湘、合蒸水称蒸湘、合潇水称潇湘，所以叫三湘；荆门：山名，在湖北荆门，与长江北岸虎牙山相对；九派：指长江九条支流，《文选》郭璞《江赋》李善注引应劭《汉书》："江自庐江浔阳分为九。"这两句写江汉的广袤，南连三湘，西至荆门，东达九江。

③ 江：汉水；山：荆门。江流望不到尽头，所以如在"天地外"，山色若隐若现，所以似乎"有无中"。这两句诗以十个字勾勒了一幅广阔而渺茫的山水，气势浩大，不料竟遭到王夫之的指摘，《薑斋诗话》卷二说："有大景，有小景，有大景中小景。……若'江流天地外，山色有无中'……张皇使大，反令落拓不亲。"其实这种批评未免牵强，盛唐人胸襟宏放，常常想象力丰富，像"黄河远上白云间"（王之涣）、"一览众山小"（杜甫）、"秦时明月汉时关"（王昌龄）、"黄河之水天上来"（李白），都是"欲穷千里目"的写法，就是专写荆门的诗，初唐有陈子昂"巴国山川尽，荆门烟雾开"（《度荆门望楚》）、盛唐有李白"山随平野阔，江入大荒流"（《渡荆门送别》），都不拘泥于眼中所见，杜甫《客亭》中的"日出寒山外，江流宿雾中"也很像这两句，何必像晚唐诗人那样斤斤于细水小涧孤峰片石之间，专门模写刻画一角山水才算真实可亲呢？何况这两句简淡渺远，极富

神韵，深得水墨丹青的真髓！后来不少人学这种意境，但学得好的也只有中唐权德舆《晚渡扬子江》"远岫有无中，片帆烟水上"、宋代欧阳修《平山堂》词"平山栏槛倚晴空，山色有无中"，气势仍不如王维的开阔。

④ 水势浩大，郡邑就如浮在水面，波澜起伏，远空也仿佛随之波动。

⑤ 这两句意思是说，襄阳风景好，愿与山翁一道，留在这里畅饮酣醉。山翁：指西晋名士山简，据说他性好饮酒，在襄阳任征南将军时，常到习氏园林去，边游赏山水，边设宴饮酒，而且每次都大醉方休。

终南山①

太乙近天都，连山接海隅②。
白云回望合，青霭入看无③。
分野中峰变，阴晴众壑殊④。
欲投人处宿，隔水问樵夫⑤。

① 终南山：又称秦岭，为渭水与汉水分水界，王维有终南别业在山中。

② 太乙：即终南山主峰；天都：天帝所居之处，一说指京城长安；海隅：海边。这两句写远处望终南山时的感觉。

③ 这两句写入终南山后看山的感觉，回头望去白云缭绕锁住了后面，进得山来，山间青色的烟岚又不见了。

④ 终南山很高大，在峰顶望去，各处阴晴都不一样。这两句又写从峰顶俯视的感觉。

⑤ 前六句都写的是辽阔浩瀚的大景，这两句却突然转入具体的小景，前六句都没有写到人，这两句则转入活动于山中的人，于是画面就有了层次与动感。王夫之《薑斋诗话》卷下说，读这两句，"则山之辽廓荒远可知，与上六句初无异致，且得主宾分明"，正是这个意思。人处：人家。

观　猎

风劲角弓鸣，将军猎渭城①。
草枯鹰眼疾②，雪尽马蹄轻。
忽过新丰市，还归细柳营③。
回看射雕处，千里暮云平④。

① 渭城：即咸阳故城，在长安西北渭水之北，秦代称咸阳，汉代初期称新城，
　汉武帝时改称渭城。

② 疾：锐利。

③ 新丰市在今陕西临潼东，是产美酒的地方；细柳营在今陕西长安县，是汉
　代名将周亚夫屯兵处。这两处都是泛指长安附近，写打猎的将军返回途中
　所经过的地方。

④ 射雕处：打猎的地方。雕是猛禽，不易射得，北魏斛律光曾射落大雕，人
　称射雕手，这里不说"田猎处"而说"射雕处"，暗中赞美将军的勇武并烘
　托围猎的壮观。清人极赞赏这首诗的结构章法，清代名诗人王士禛曾一
　再称赞这首诗前两句"警策"、"工于发端"（《师友诗传续录》《渔洋诗
　话》卷中），末两句"何等气概"（《然灯记闻》），施补华《岘佣说诗》也
　以这首诗为例，指出"起处须有峻嶒之势，收处须有完固之力，则中两联
　愈形警策"，这指的是前两句不是按常规先写将军打猎后写打猎情形，而
　是"一句空摹声势，一句实出正面"（《绳斋诗谈》卷五），"倒戟而入"，于
　是一起头就渲染了一种突兀健举的气氛，使后面接踵而来的几句都精神
　抖擞，而后两句则"勒回追想"，又回头照应前二句，并以"千里暮云平"
　这种渺远疏缓的意境与前面形成了对比，使全诗由张而弛，渐入辽远，
　所以沈德潜《说诗晬语》说这首诗"神完气足，章法、句法、字法俱臻绝
　顶"，而张谦宜《绳斋诗谈》也用起承转合的"永"字八法说它是"五律
　准绳"。

使至塞上 [1]

单车欲问边，属国过居延 [2]。
征蓬出汉塞 [3]，归雁入胡天。
大漠孤烟直，长河落日圆 [4]。
萧关逢候骑，都护在燕然 [5]。

[1] 开元二十五年（737），王维曾奉命出使凉州，慰问河西节度副大使崔希逸，这首诗就是在出使途中所作。

[2] 单车：独车；问边：到边关慰问；属国：一说指归属汉朝的地区，那么这句即"过居延属国"，居延在今甘肃张掖西北，《后汉书·郡国志》"凉州有张掖、居延属国"；一说指秦汉时掌管少数民族事务的官员典属国，唐代曾以"属国"代指出使边塞的官员，如杜甫《秦州杂诗》"属国归何晚"，那么王维这句"属国"是自称，指自己已经过了居延。

[3] 征蓬：风卷起的蓬草。

[4] 戈壁滩上的狼烟直上云天。唐代在边地设戍所，在无事时用狼粪点烟表示平安，胡三省注《资治通鉴》引《六典》说，"唐镇戍烽候所至，大率相去三十里，每日初夜放烟一炬，谓之平安火"，戈壁晴日，狼烟凝聚不散，直上如缕，所以唐段成式《酉阳杂俎》、宋陆佃《埤雅》说"其烟直上风吹不斜"。长河，一说指黄河，一说指弱水，即额洛纳河、黑河。这两句都是写边塞景色的名句，正如张谦宜《絸斋诗谈》卷五所说"边景如画，工力相敌"，可是不少诗论家却在这烟如何直等问题上喋喋不休，甚至还有人为了说明这两句写景的合符实情牵来了龙卷风、气压高低等现代气象学知识，也有人为了弥缝所谓的"写景不实"则想把"烟"改为"沙"，这种胶柱鼓瑟的说解仿佛还不如《红楼梦》四十八回初学诗的香菱的那段话："想来烟如何直？日自然是圆的。这'直'似无理，'圆'字似太俗，合上书一想，倒像是见了这景的，要说再找两个字来换这两个，竟再找不出两个字来。"因为诗不是勘测报告而是诗，"诗的好处，有口里说不出来的意思，想去却是逼真的，又似乎无理的，想去竟是有理有情的"。王维这两句

诗之所以"边景如画",正在于它"想去竟是有理有情的",大漠辽阔,孤
烟直上,一纵一横,长河远卧,落日西下,又是一纵一横,大漠长河勾出渺
远辽阔,烟直上而日孤下,则勾出苍穹无垠,这正是王维使至塞上时心中
的感觉与眼前的视境,而白居易《渡淮》一诗模仿这两句说:"孤烟生乍
直,远树望多圆",就远不如它,因为白诗看不出写的是什么地方的特有
景致。

⑤ 萧关:今宁夏固原东南;候骑:骑马的哨兵;都护:边疆统帅,指河西节度
使;燕然:山名,在今蒙古杭爱山,东汉窦宪与匈奴作战曾到此山,班固作
有《封燕然山铭》,这里指都护正在胜利进军,所以都护居处还在前方。
这两句仿佛从虞世南《饮马长城窟行》中的两句"前逢锦车使,都护在楼
兰"中化出。

辋川闲居赠裴秀才迪①

寒山转苍翠,秋水日潺湲②。
倚杖柴门外③,临风听暮蝉。
渡头馀落日,墟里上孤烟④。
复值接舆醉,狂歌五柳前⑤。

① 辋川在陕西蓝田南终南山下,宋之问曾在此建有蓝田别墅,后归王维,王
维曾长期居住在这里;裴迪,是王维的朋友,也是一个诗人,后曾任蜀州
刺史。

② 转苍翠:指黄昏山色越来越浓;日潺湲:日日不停流淌。

③ 参见《渭川田家》注③。

④ 后一句是从陶渊明《归园田居》其一"暧暧远人村,依依墟里烟"中化出,
但显得更凝练,特别是与前一句相对,渡头在水,墟里在陆,落日昏黄,
孤烟灰青,落日徐下,孤烟直上,构成了一幅恬淡的黄昏乡景。《红楼梦》
四十八回香菱说得很妙:"这'馀'字合'上'字,难为他怎么想来,我们那
年上京来,那日下晚便挽住船,岸上又没有人,只有几棵树,远远的几家人

家作晚饭，那个烟竟是青碧连云。谁知我昨儿晚上看了这两句，倒像我又到了那个地方去了。"真可谓"会心处不在远"。

⑤ 接舆：春秋时楚国隐士，曾佯狂避世，这里指裴迪；五柳：陶渊明有《五柳先生传》写自己"宅边有五柳树，因以为号焉"，这里王维自比陶潜。

酬张少府 ①

晚年惟好静，万事不关心。
自顾无长策，空知返旧林 ②。
松风吹解带，山月照弹琴 ③。
君问穷通理 ④，渔歌入浦深 ⑤。

① 张少府：不详，诗题冠以"酬"字，当是张少府先有诗相赠，这是王维的酬答诗。

② 长策：指深远的策略与计划；旧林：指旧日闲居的山林。

③ 松林吹来的清风为我宽衣解带，山间高悬的明月照我弹琴。松风、明月在旧时都是高洁的象征，解带与弹琴在古代则是闲适的表现。

④ 穷通：困厄与显达。

⑤ 《楚辞·渔父》里记载一个看透世情的渔父在听了屈原执拗的话后"莞尔而笑，鼓枻而去"，并作歌"沧浪之水清兮，可以濯吾缨，沧浪之水浊兮，可以濯我足"，据汉王逸《楚辞章句》说，水清比喻时代"昭明"，水浊比喻时代"昏暗"。但无论时代如何，真正的高士都自有一套处世之道，这就是《庄子·让王》里说的"古之得道者，穷亦乐，通亦乐，所乐非穷通也"，不为物喜不为己忧，后来陶渊明《岁暮和张常侍》就说"穷通靡攸虑，颠颔由化迁"，王维在这里暗用了这些故事与诗意，说你问我关于穷通的道理吗？且听水边渐渐远去的渔歌吧。暗示应当如不计荣辱自得其乐的渔父一样，对一切抱着无所谓的潇洒心情。

山居即事

寂寞掩柴扉，苍茫对落晖 ①。

鹤巢松树偏，人访荜门稀 ②。

嫩竹含新粉，红莲落故衣 ③。

渡头灯火起，处处采菱归。

① 黄昏落日半暗半明。

② 偏：遍；荜门：即柴门或竹门。

③ 故衣：指莲花外部先行剥落的花瓣。

过香积寺 ①

不知香积寺，数里入云峰。

古木无人径，深山何处钟 ②。

泉声咽危石，日色冷青松 ③。

薄暮空潭曲 ④，安禅制毒龙 ⑤。

① 香积寺：在今陕西长安县附近山中。

② 到处是古木参天没有人行小路的踪迹，但深山中却有钟声。

③ 咽：泉水流经巨石发出幽咽苦涩的声音，《北山移文》中曾有"石泉咽而下怆"；危石：高而险峻的山石；冷：指透过浓密青松日光似乎也变得冷了。参看骆宾王《至分水戍》注③。

④ 空潭曲：使深潭宁静而清澈。

⑤ 安禅：佛教徒坐禅时心灵空净安详，进入境界，称为"安禅"，安禅是梵文的音译与意译的结合，东汉安世高曾译《安般守意经》，"安般"即音译，"守意"即意译，前者又与"安静"的"安"混为一谈，后者则又与"禅那"的"禅"互通，于是又合成了"安禅"一词。毒龙：在佛经中，"毒龙"是一个常见的譬喻。《大般涅槃经》说，"我心无他，深相爱重"。但这一"爱重"却有如"毒龙"，"其性暴急，恐相危害"，所以要靠"坐禅"之类的佛

教方法来制服它，如果能够这样，就可以心境放松而超越。

积雨辋川庄作

积雨空林烟火迟[1]，蒸藜炊黍饷东菑[2]。

漠漠水田飞白鹭，阴阴夏木啭黄鹂[3]。

山中习静观朝槿，松下清斋折露葵[4]。

野老与人争席罢[5]，海鸥何事更相疑[6]。

[1] 迟：烟气缭绕不散的样子。空气湿润时炊烟与雨缠绕罩在林梢是雨天常见的现象。

[2] 藜：一种野菜；黍：参见孟浩然《过故人庄》注[1]，是北方农村主要粮食，又称黄米。饷东菑：把饭菜送到东面新开的田土上去，送饭叫"饷"，新开一年的上地叫"菑"。

[3] 这两句从李肇《国史补》说是王维窃取李嘉祐之作以来，王维仿佛背上了黑锅，差点儿得了个"剽窃之雄"的诨名（《王直方诗话》），但这只是个冤假错案，且不说王维创作时代与成名时代都比李嘉祐早，不大可能去抄袭年代较晚的李诗，就算这两句用了李嘉祐"水田飞白鹭，夏木啭黄鹂"，可王维加上了"漠漠"、"阴阴"，就使两句诗摆脱了单纯的写景而渗入了心境与感受，摆脱了单色调的自然描摹而加上了水墨画似的朦胧意味。宋虞似良《横溪堂春晓》"轻烟漠漠雨冥冥"、"白鹭飞来无处停"似乎就是从这一句中拆出的景致，所以宋叶梦得《石林诗话》卷上说"此两句好处正在添漠漠阴阴四字"，而清人施补华《岘佣说诗》也说"不知无此四字，便成死语，有此四字，乃现活相"。

[4] 习静：道教静坐守一的方法；观朝槿：槿花朝开暮落，静观槿花可以悟到人生短暂的道理；清斋：素食；露葵：带露的新鲜蔬菜。

[5] 《庄子》杂篇《寓言》记载杨朱去见老子之前，倨傲骄矜，人们都得给他让出坐席，见老子之后，学到了隐晦谦和，人们不再把他当特殊人物，敢于和他争坐席了，于是他便成了一个淳厚而平凡的人了。这句是说通过修

炼习静与清斋,已没有骄傲和损人之心。

⑥《列子·黄帝》中说有人在海边,常与海鸥相亲,海鸥都不怕他,但他父亲却要他捉海鸥来玩,第二天他去海上,海鸥都不下来与他亲近了。这句意思是我已没有好胜害人之心,海鸥还有什么不相信我的呢?

鸟鸣涧 ①

人闲桂花落,夜静春山空。
月出惊山鸟,时鸣深涧中 ②。

① 这是《皇甫岳云溪杂题》五首中的第一首。

② 这首诗的核心在一个 "闲" 字一个 "静" 字,王维崇信佛教,而佛教正讲究由闲入静而达到无欲无念。在闲适心境中,人对自然微细的变动既敏感又安详,恰如《祖堂集》卷三所引《乐道歌》所说 "兀然无事坐,春来草自青",所谓 "人闲桂花落" 即是在人安闲静坐时体察到的花开花落,这个意思李嘉祐诗 "闲花落地听无声"(《送严员外》)、宋王安石诗 "细数落花因坐久"(《北山》)曾说到,王维自己的《从岐王过杨氏别业应教》"坐久落花多" 也曾说到过。而在极静谧的时候,常常又会听到自然极细微的声音,就像王维自己形容的 "夜静群动息,蟋蟀声悠悠"(《秋夜独坐怀内弟崔兴宗》)似的秋夜蛩声,这种细微的声响更增加了四周的静谧感,所以王维曾多次写到过鸟鸣涧一类的意境,像 "谷鸟一声幽"(《过感化寺昙兴上人山院》)、"谷静泉逾响"(《奉和圣制幸玉真公主山庄因题石壁十韵之作应制》)、"谷静惟松响"(《过感化寺》)等等,当然后两句还令人想到曹操《短歌行》里的 "月明星稀,乌鹊南飞"。

鹿 柴 ①

空山不见人,但闻人语响。
返景入深林 ②,复照青苔上 ③。

① 王维吟咏自己辋川别业有《辋川集》二十首五言绝句，这首《鹿柴》以及下面所选的《木兰柴》《竹里馆》《辛夷坞》都是《辋川集》中的。柴：即栅篱，鹿柴是辋川别业中的一个地名。

② 返景：夕阳返照的光。

③ 空山人语，反衬了山林的幽静，青苔光影，更烘托深林的幽暗，但幽静中有声响，幽暗中有亮点，这正是王维诗的妙处。

木兰柴 ①

秋山敛馀照，飞鸟逐前侣。
彩翠时分明，夕岚无处所 ②。

① 《陕西通志》卷七三引《小辋川记》云"聚远楼之东有庑，庑南有楼台，绕以朱栏，植玉兰环之，题曰木兰柴"。

② 彩翠：指落日馀照；夕岚：黄昏山中烟气。这首诗的意境颇像陶渊明《饮酒》中的"山气日夕佳，飞鸟相与还"，但色彩绚丽得多。

竹里馆 ①

独坐幽篁里 ②，弹琴复长啸。
深林人不知，明月来相照。

① 竹里馆：辋川一个地名。

② 幽篁：幽深的竹林。

辛夷坞 ①

木末芙蓉花 ②，山中发红萼。
涧户寂无人，纷纷开且落。

① 辛夷：木笔树；坞：山间谷地。辛夷坞也是辋川一个地名。

② 木末：树梢；芙蓉花：指红色的辛夷树花。

山　中

荆溪白石出，天寒红叶稀①。

山路元无雨②，空翠湿人衣。

① 荆溪：本名长水，源出自陕西蓝田西北。荆溪：一作"蓝溪"；天寒：一作
　　"玉关"，一作"玉川"。

② 元：原。

田园乐①

其　一

萋萋芳草春绿，落落长松夏寒②。

牛羊自归村巷③，童稚不识衣冠④。

其　二

山下孤烟远村，天边独树高原。

一瓢颜回陋巷，五柳先生对门⑤。

其　三

桃红复含宿雨，柳绿更带春烟⑥。

花落家僮未扫，莺啼山客犹眠⑦。

① 原题七首，这是第四、五、六首。

② 萋萋芳草：参见崔颢《黄鹤楼》注③；落落：高超不凡的样子，汉杜笃《首
　　阳山赋》"长松落落，卉木蒙蒙"。

③ 参见《渭川田家》注②。

④ 衣冠：指城市里来的士大夫。这句是说乡村儿童不像城里人懂得礼仪，见
　　了城里士大夫浑然不知，反而更显得淳朴可爱，宋苏轼《浣溪沙》中写乡

村女子"旋抹红妆看使君，三三五五棘篱门，相挨踏破蒨罗裙"也是这个意思，但多少有些士大夫自鸣得意调侃乡下人的意味。

⑤ 《论语·雍也》中孔子曾称赞他的弟子颜回："贤哉，回也。一箪食，一瓢饮，在陋巷，人不堪其忧，回也不改其乐，贤哉，回也。"后来常以颜回比拟安贫乐道、不落俗情的贤人，王维这里是自喻。五柳先生：见《辋川闲居赠裴秀才迪》注⑤。

⑥ 宿雨：夜间雨滴；春烟：春日晴岚。

⑦ 一夜风雨，落花缤纷，家僮尚未扫去，雨过天晴，群莺乱啼，山居人犹未起身；这首诗写夜雨晨晴的天气、写春天艳丽的景色、写诗人闲适的心境，都十分细腻传神而且凝练自然，所以宋人《玉林诗话》说它"最为警绝，后难继者"，清人《绠斋诗谈》卷五说它"何尝不风流，只是浑含"。

送元二使安西 ①

渭城朝雨浥轻尘 ②，客舍青青柳色新 ③。
劝君更尽一杯酒，西出阳关无故人 ④。

① 元二：不详；安西：即安西都护府，治所在今新疆库车境内。这首诗题一作《渭城曲》，因为它在唐代曾被谱曲广泛演唱，所以人们就取了它头两个字"渭城"为乐题，又因为末句"西出阳关无故人"要反复叠唱，所以人们又叫它《阳关三叠》，刘禹锡《与歌者何戡》"旧人惟有何戡在，更与殷勤唱《渭城》"、白居易《晚春欲携酒寻沈四著作》"最忆《阳关》唱，真珠一串歌"、李商隐《饮席戏赠同舍》"唱尽《阳关》无限叠，半杯松叶冻颇黎"、《赠歌妓》其一"红绽樱桃含白雪，断肠声里唱《阳关》"，说的都是这首诗谱成的歌曲。

② 浥：湿润。

③ 杨柳与离别在古代似乎结下了不解之缘，自从《诗·采薇》"昔我往矣，杨柳依依"以来，文人墨客在杨柳的"依依"姿态、凡插必青等各个方面发掘它与离别的联系，以至于形成了条件反射。凡说杨柳，必想到离别，

凡说到离别，必想到杨柳，于是杨柳便积淀成为别离的固定象征与意象，其实倒是宋黄庭坚《题阳关图》说得透彻，"渭城柳色关何事，自是离人作许愁"。不过，既然离别人已经愁绪满怀了，看见青青柳色，想到明媚春日，当然就会愁上加愁，因为西去大漠戈壁里只有风沙，没有青青柳色与明媚春日。

④ 更：再，阳关：在今甘肃敦煌南，与玉门关同为出西北的必经之地，因在玉门关南，所以叫阳关。宋人《环溪诗话》卷下说这两句"写送别之真情也"，为什么？清沈德潜《唐诗别裁》说："阳关在中国外，安西更在阳关外，言阳关已无故人矣，况安西乎？此意须微参。"其实说得并不对，别离伤情，千里也罢，百里也罢，阳关也罢，安西也罢，都是一样的，这里须注意"更"字，一劝再劝，一杯又一杯，并非仅是殷勤，而是恋恋不舍、依依惜别之意，这样，有老友侑酒和下面无故人相迎就成了强烈对比，平添了几许惆怅，《绠斋诗谈》卷五评此诗说"凡情真以不说破为佳"，这首诗正是"不说破"，送别者的心情都潜藏在一个"更"字下。

九月九日忆山东兄弟 ①

独在异乡为异客，每逢佳节倍思亲。
遥知兄弟登高处，遍插茱萸少一人 ②。

① 这是王维早年的作品。九月九日是重阳节，古代有重阳佩戴茱萸登高饮菊花酒的习俗；山东：指华山以东，王维的家乡就在这一带。

② 茱萸：一名樾椒，一种有浓香的植物。《太平御览》卷三十二引周处《风土记》说"九月九日……折茱萸房以插头，言辟恶气而御初寒"。这两句是说，遥想故乡的兄弟今天都在登高插茱萸，但我一个人却独自在异乡，末句是从山东兄弟眼中写来，所以《绠斋诗谈》卷五说"不说我想他，却说他想我，加一倍凄凉"。

送沈子福归江东 [①]

杨柳渡头行客稀，罟师荡桨向临圻 [②]。
惟有相思似春色，江南江北送君归。

① 沈子福：不详；江东：指今长江下游南岸地区，唐开元二十一年（733）分江
   南东道，治吴郡，辖区相当于今江苏南部。
② 罟师：渔人；临圻：岸边。

祖咏·一首

祖咏(生卒年不详),洛阳人。开元十二年(724)中进士,与王维是好朋友。他的诗写得小巧细腻,尤其是一些景句写得凝练精致,似乎在下字和琢句上都很下功夫,像"砌分池水岸,窗度竹林风"(《宴吴王宅》)、"细烟生水上,圆月在舟中"(《过郑曲》),而境界则比较狭小,情调也略显低沉,如"涧鼠缘香案,山蝉噪竹扉"(《题远公经台》)、"风帘摇竹影,秋雨带虫声"(《宿陈留李少府揆厅》),好像不大有盛唐诗的自然高朗气韵,反而像中唐人的萧瑟窘迫味道。《岘佣说诗》说祖咏"苍秀之笔与韦(应物)相近",《全唐诗》卷一三一曾把两首中唐李端的诗误收于他的名下,也许都是由于这一原因。

终南望馀雪①

终南阴岭秀②,积雪浮云端③。
林表明霁色④,城中增暮寒⑤。

① 据说这是祖咏应试时的作品。唐代科考时写诗曾规定五言六韵十二句,但祖咏只写了这四句就交卷了。有人问他为什么只写四句,他回答:"意尽。"(《唐诗纪事》卷二十)

② 终南山在长安之南,从长安望去,只能看到终南山的北麓,古人把山南称"阳",山北称"阴",所以这里说"终南阴岭秀"。

③ 远远看去山头积雪像浮在云间。

④ 林表:林上;霁色:雪后晴光。

⑤ 城里傍晚寒意越发浓重。贺裳《载酒园诗话又编》说"愚意嫌一'增'字,'馀雪'者,残雪也,不应雪残而寒始增",这话说错了,所以黄白山评论说:"岂不闻'霜前暖,雪后寒'耶?"这就是现在俗话所说的"下雪不冷化雪冷",祖咏的观察还是很细腻的。

綦毋潜 · 一首

綦毋潜（生卒年不详），字孝通，虔州（今江西赣县）人。开元十四年（726）中进士，当过宜寿尉、集贤院直学士、秘书省校书郎、著作郎。殷璠《河岳英灵集》卷中说他"屹崒峭蒨足佳句，善写方外之情"，前一句是指他的诗常有一些新巧的丽句，像"松覆山殿冷，花藏溪路遥"（《题鹤林寺》）、"潭影竹间动，岩阴檐际斜"（《若耶溪逢孔九》）、"潭烟飞溶溶，林月低向后"（《春泛若耶溪》）和"塔影挂清汉，钟声和白云"（《题灵隐寺山顶禅院》），后一句是说他受佛教影响，诗里总是渗透着一种幽深清远的隐逸出尘意味。不过，綦毋潜的诗往往有佳句却少佳篇，他的"方外之情"也常常过于直露，时时匆匆说出几句来自佛典禅籍的词语，使诗歌的"景"与"情"像油水分作两处，理念化的结尾往往使那些"佳句"仿佛是浮在表层的点缀。

题灵隐寺山顶禅院 [①]

招提此山顶，下界不相闻 [②]。
塔影挂清汉，钟声和白云 [③]。
观空静室掩，行道众香焚 [④]。
且驻西来驾，人天日未曛 [⑤]。

① 灵隐寺：在今浙江杭州西北灵隐山。

② 招提：佛寺。梵文Caturdeśa的本义是四方，招提僧坊即四方僧人的住所，北魏时修佛寺题名只用"招提"二字，后来就把佛寺也叫"招提"了。下界：人世，相对于天上世界而言，这里是说佛寺在山顶，仿佛在天上，俗世之人不能了解。

③ 这是唐诗里有名的句子，殷璠《河岳英灵集》卷中说这两句"历代未有"，

据说晚唐人张祜自负诗才,夸耀自己的诗句"树影中流见,钟声两岸闻",也要拿綦毋潜这两句来作比较(见《云溪友议》)。其实张祜那两句并不出色,远比不上綦毋潜这两句,这两句的佳处一是他选择了四个最适于表现佛教出尘脱俗意味的意象:渺渺的塔影、淡淡的银河、悠远的钟声和任意东西的白云,二是他精心选择了两个极富有表现力的动词来系连这几个意象,塔本立在地面,他却说"挂"在银河,于是不仅显出它高,而且暗示了它的渺茫,钟声本与白云毫不相干,他却说"和"白云,于是悠扬的钟声仿佛随白云悠悠而去并留下袅袅馀音。相形之下,张祜那两句就显得韵味不足了。

④ 观空:佛教术语,指静静地思考体验一切本空的道理,以达到身心空寂境界。《仁王经·观空品》"言观空者,谓无相妙慧照无相境,内外并寂,缘观共空"。行道:僧众礼佛诵经时沿佛像右方旋绕的仪式。

⑤ 驻:停;西来驾:指从西方来东土的佛祖;人天:人间;曛:日暮,天黑。

王昌龄·十首

王昌龄（698—约757），字少伯，京兆（今陕西西安）人，一说太原（今山西太原）人。开元十五年（727）中进士，当过秘书省校书郎，开元二十二年（734）又应博学宏词科考试，当了汜水尉。开元二十七年（739）被贬岭南，第二年北归后再任江宁县丞，不久又一次被贬龙标（今湖南黔阳）当县尉。安史之乱中弃官家居，被刺史闾丘晓杀害。王昌龄在盛唐诗人中地位很高，在李白、杜甫还没有被人拈出来作"双子星座"的时候，仿佛他曾是当时诗坛的"天子"（《后村诗话》新集卷三引唐人《琉璃堂图》），盛唐人殷璠选《河岳英灵集》时选他的诗也最多，在王维、李白之上，并认为他是四百年后复兴诗歌"风骨"的两主将之一。就在李、杜日渐"光焰万丈长"并被尊为盛唐诗坛盟主的晚唐，人们数到那个时代的诗人，也在李、杜之后就立即会想起他，像顾陶《唐诗类选》的序文就说"杜、李挺生于时……其亚则昌龄"，司空图《与王驾评诗》也说"沈、宋始兴之后，杰出于江宁（王昌龄），宏肆于李、杜"。可是，到明代，人们再提起的时候，他的声望似乎没有那么大了，但他的七言绝句还使他仍厕身于一流诗人之中，像王世贞就说"七言绝句，王江宁与（李）太白争胜毫厘，俱是神品"（《唐音癸签》卷十），他的弟弟王世懋也说"惟青莲（李白）、龙标（王昌龄）二家诣极"（《艺圃撷馀》），这种说法到了清代似乎成了定论，就是那些平时论诗常好标新立异的诗论家也不得不承认这一点，像叶燮《原诗》卷四、宋荦《漫堂说诗》、沈德潜《唐诗别裁·凡例》，甚至那个一向很苛刻的王夫之《薑斋诗话》，说到七言绝句就一定会提到王昌龄，当然他们仍忘不了捎带说一下李白。应该说，后代人以后代的审美习惯对古人诗歌挑挑拣拣虽免不了越俎代庖，但也常常能披沙拣金，时代的距离有时会给人以隔膜误解，但有时也会给人以冷静与公正。殷璠《河岳英灵集》卷中列举的那些所谓"惊耳骇目"的诗句和现在盛传的王昌龄名句无一相合，固然说明王昌龄在盛唐并非仅以七绝一体见长，但明清人只推重他的七绝却绝非后人的偏见，如果我们用王昌龄《诗格》"搜求于象，心入于境"、"心偶照境，率然而生"、"力疲智竭，安放神思"这些理论来观照他自己的诗作，那么就可以发现只有他的七言绝句能够将心灵、世界、语言和谐地融汇在一起，让人感到他构思绵密细致而表达自然流畅，换句话说就是深层意绪婉转曲折而表层语言轻快流利，"和婉中浑成，尽谢炉锤之迹"（《诗薮》内编卷六），很吻合"意尚含蓄，语务从容"的美学原则，这也许是他正处于"学士院"诗人与"京城外"诗人之间，糅合了"雅"、"野"二体，综合了声律修辞与风骨气势两种长处的结果，但他的五古、五律等体诗却的确没有七言绝句出色，有的写得比较质朴却缺乏明亮色彩与变化节奏，有的虽然明丽却又羼入了六朝的陈词滥调，至于那寥寥两首七律，又写得"拙弱可笑"（《诗薮》内编卷五），那不多几首杂言歌行，则又没有超过初唐人的水平。

塞下曲 [①]

蝉鸣空桑林 [②]，八月萧关道 [③]。
出塞复入塞，处处黄芦草。
从来幽并客 [④]，皆向沙场老。
莫学游侠儿，矜夸紫骝好 [⑤]。

① 塞下曲：唐代乐府歌曲题，来自汉乐府《出塞》《入塞》，属"横吹曲"，多写边塞战争。原题一组三首，这是第一首。

② 空桑林：指边塞秋天凋落后的桑树林。

③ 萧关：据《元和郡县志》卷三，一为古萧关，在原州平高县东南三十里，一为唐代萧关县，在原州白草军城，均在今宁夏固原附近。

④ 幽并是幽州与并州，泛指今京津、河北北部、山西北部，《隋书·地理志》说："自古言勇侠者，皆推幽并。"

⑤ 紫骝：指骏马。有人说这两句是劝人莫学好名马的游侠儿，只会夸耀豪华而不去边关出力，而应学幽并健儿驻守边疆直到一生；也有人认为这两句中的"游侠儿"即指"幽并客"，是感叹那些好胜逞强的年轻人为出风头而死于沙场。

越 女

越女作桂舟，还将桂为楫①。
湖上水渺漫，清江不可涉。
摘取芙蓉花，莫摘芙蓉叶。
将归问夫婿，颜色何如妾②？

① 用桂木做船桨似乎被古人所珍视，《九歌·湘君》"桂櫂兮兰枻"，桂櫂就是桂木船桨。

② 在王昌龄之前，有徐延寿《人日剪彩》写了这种少妇娇羞的神态："擎来问夫婿：何处不如真？"但不如王昌龄这两句意思复杂，既有娇羞，又有矜夸；在王昌龄之后，有朱庆馀《近试上张水部》的"妆罢低声问夫婿，画眉深浅入时无"，似乎比王昌龄这两句又进了一层，在娇羞矜夸之外还多了一些言外之意。

从军行①

其 一
烽火城西百尺楼②，黄昏独坐海风秋③。
更吹羌笛关山月④，无那金闺万里愁⑤。

其 二
琵琶起舞换新声，总是关山旧别情⑥。
撩乱边愁听不尽⑦，高高秋月照长城⑧。

其 三

青海长云暗雪山^⑨，孤城遥望玉门关。
黄沙百战穿金甲，不破楼兰终不还^⑩。

① 从军行：见杨炯《从军行》注①。原题一组共七首，这里选的是第一、二、四首。

② 烽火：边境筑高台，有敌入侵时白天燃烟，夜晚举火以报警。

③ 西北有不少大湖称作海，这里指湖风吹来的秋意。

④ 《关山月》是乐府曲名，属"横吹曲"，《乐府诗集》卷二十三引《乐府解题》说"《关山月》，伤离别也"，所以下面转入写闺中人的万里边愁。

⑤ 这一句唐汝询《唐诗解》卷二十六，沈德潜《唐诗别裁》卷十九都说是戍边的人在万里之外念及家中亲人而生愁，其实是误解了诗意，他们只一串地从"更吹羌笛"看下去，以为"万里愁"是吹笛人的离别之思，其实王昌龄在末句已经转过一层，从闺中人眼中来望万里边塞了，所以说"无那"，无那即无可奈何，闺中人似乎遥遥闻笛，却不能飞越万里关山，所以愁绪万端。这样，诗就有了更广阔的视境，有了重叠的剪影，也有了两个彼此对立的视角。

⑥ 总是：都是。

⑦ 撩乱：心绪烦乱。

⑧ 对于末句突然拓开转而写景，唐汝询《唐诗解》卷二十六说"边声已不堪闻，其奈月照长城乎"，是把音乐声与边塞景放在一块儿体味其中相联系的意蕴，而黄牧邨在《唐诗笺注》卷八中说"听不尽"下已"无语可续"，"妙在即景以托之，思入微茫，魂游惝恍，似脱实粘"，则是把琵琶边愁与秋月长城打成两截再来追寻意蕴的延伸，这两种理解都可以，所谓"似脱实粘"，语脉断而意脉不断的好处就在于它供人玩味的空间极其阔朗。

⑨ 青海：即今青海湖；雪山：指祁连山。

⑩ 楼兰：汉代西域的鄯善国，在今新疆鄯善东南。汉武帝时，楼兰与匈奴屡

次勾通，阻杀汉朝使臣，汉昭帝元凤四年（前77）平乐监傅介子用计斩其国王而还。这里用这个典故，以"楼兰"泛指西北之敌。末句也有两种理解，一是说不击破敌人绝不回还，表示将士豪气干云；一是说不击败敌人就不能回还，表示将士心中悲壮慷慨，"终"一作"竟"，如果用"竟不还"，则后一种理解也不是没有道理的。

出　塞 ①

秦时明月汉时关 ②，万里长征人未还。
但使龙城飞将在 ③，不教胡马度阴山 ④。

① 出塞：是乐府中"汉横吹曲"中的旧题。

② 这句是久负盛名的名句。明杨慎《升庵诗话》卷二说"秦时虽远征而未设关，但在明月之地，犹有行役不逾时之意，汉则设关而戍守之，征人无有还期矣"，就是说秦朝远征但还没修筑关隘，所以远戍将士还可以回家，汉代修了边防建筑，因此将士长驻此地无回乡之日，杨慎还特意说这几个字"用意深矣"，其实这种看似落到实处的解释只是穿凿附会，而所谓"用意深"乃是评论者的故作深刻，所以黄牧邨说"七字天设地造训诂不得"（《唐诗笺注》卷八）；要认真讲起来，也许"秦时明月汉时关"的真正用意是一种怀古伤今的起兴：月亮还是秦时的月亮，边关仍是汉代的边关，古往今来，一代又一代的人抛枯骨洒热血在这里，这里却仍然还是秦时明月汉时关，正如唐汝询所说的"月之临关秦汉一辙，征人之出俱无还期"（《唐诗解》卷二十六），这样，使这一句诗中顿时有了开阔的空间与渺远的时间，开阔的空间造成空旷寂寥的感觉，渺远的时间引发悲凉失望的伤感，于是使人读到它就感到内涵十分丰富而语言却极其简练，胡震亨《唐音癸签》卷十说它"发端句虽奇，而后劲尚属中驷"，王夫之《薑斋诗话》卷下说它"施之小诗未免有头重之病"，虽然是从整体结构上着眼的批评，但也不能不承认这一句奇特而有分量，李攀龙选《唐诗选》以这首诗为压卷之作，看法与胡、王相反，但据王世懋《艺圃撷馀》说，他也是

"意止击节秦时明月四字"。

③ 龙城：一作卢城，清阎若璩《潜邱札记》卷二说指右北平，治卢龙县，西汉飞将军李广曾当过右北平太守，所以这里叫他"龙城飞将"。

④ 阴山：即今西起河套，横亘内蒙古，东与兴安岭相接的阴山山脉，汉代匈奴常从阴山南侵。

采莲曲 ①

荷叶罗裙一色裁，芙蓉向脸两边开。
乱入池中看不见 ②，闻歌始觉有人来。

① 采莲曲：乐府旧题，属"清商曲"七曲中的第三曲。原题一组两首，这是第二首。

② 这首诗的意思和梁元帝萧绎《碧玉诗》"莲花乱脸色，荷叶杂衣香"相似，但更有味道，说荷叶和罗裙都是绿的，芙蓉和脸都是红的，所以人入池塘"看不见"。

长信秋词 ①

奉帚平明秋殿开 ②，暂将团扇共徘徊 ③。
玉颜不及寒鸦色，犹带昭阳日影来 ④。

① 《乐府诗集》卷四十三曾将这一题下两首诗收入"相和歌·楚调曲"，题为"长信怨"，据说它来自"婕妤怨"。长信即长信宫，汉成帝时，班婕妤曾受到宠爱，后来汉成帝又宠爱赵飞燕姐妹，班婕妤失宠后怕受到赵飞燕姐妹的迫害，就请求到长信宫去侍奉太后，从此寂寞地度过一生。"婕妤怨"就是后人哀惜班婕妤所作的乐歌，"长信怨"也是以班婕妤的悲惨一生为内容的乐歌，多用来暗指宫妃精神的痛苦与生活的寂寞。这组《长信秋词》共五首。这是第三首。

② 奉帚：持帚洒扫。平明：黎明。

③ 相传班婕妤曾写有《团扇诗》，诗中说"常恐秋节至，凉飙夺炎热。弃捐箧笥中，恩情中道绝"，暗中以团扇夏用秋弃比喻皇帝恩宠中途变化。这句说暂且与团扇一道徘徊，实际上是说宫妃也像团扇一样的命运。

④ 玉颜：指宫中女子的容貌；昭阳：昭阳宫，在长信宫东面，是赵飞燕妹妹赵合德的住地，据《汉书·外戚传》说，赵飞燕当皇后不久，汉成帝便不太宠爱她了，更喜欢她妹妹赵合德，于是常住昭阳宫；日影：即阳光，古代以太阳比君主，日影即指皇帝的恩宠。这两句的意思是，我的花容月貌还比不上寒鸦，它从东边飞来，还能沾上一点昭阳宫里的阳光。清人施补华《岘佣说诗》很赞赏这两句，说它"羡寒鸦羡得妙……可悟含蓄之法"，为什么说它"含蓄"，因为它一用典，不直接说，二不怨怼斥骂，"怨而不怒"，正如宋人魏庆之《诗人玉屑》卷十所说"句、意俱含蓄"。

闺　怨

闺中少妇不知愁，春日凝妆上翠楼①。
忽见陌头杨柳色②，悔教夫婿觅封侯。

① 凝妆：精心打扮。又，凝妆据说是以花上黄粉涂在额上，妆作少女。

② 陌头：道边；杨柳色：春天杨柳发青，远别人一见就会感到时间的流逝；春天杨柳吐芽，闺中人见了会感到生活寂寞孤零；杨柳是别离的象征，少妇不由得后悔当时不"留"（"柳"的谐音）住夫婿。所以下句说后悔让丈夫去远方征战，挣个一官半职，还不如阖家团团圆圆共度春光，而现在"凝妆"虽好，又有谁来看！这里，"忽见"二字是一个转折，将"不知愁"到"愁"的心理变化写得极为自然妥帖。另一位唐代诗人于鹄有一首《题美人》和这首诗有些相仿："秦女窥人不解羞，攀花趁蝶出墙头。胸前空戴宜男草，嫁得萧郎爱远游"，但远不如这首诗细腻曲折，也不如这首诗寓意深远，更没有这首诗的悲凉情调，倒像是在轻佻地调侃。

芙蓉楼送辛渐 ①

寒雨连江夜入吴 ②，平明送客楚山孤 ③。
洛阳亲友如相问，一片冰心在玉壶 ④。

① 原题一组两首，这是第一首。芙蓉楼：在润州，即今江苏镇江，《元和郡县志》卷二十五记载"晋王恭为刺史，改创西南楼为万岁楼，西北楼为芙蓉楼"。辛渐：不详。

② 寒雨仿佛与江流一道在夜中降临润州，润州为古吴国地盘。

③ 由于夜来降雨，早晨送辛渐时，只见楚地山影在浩大的水面上显得孤孤零零。

④ 这个比喻早就有人写过，像南朝宋鲍照的《白头吟》"直如朱丝绳，清如玉壶冰"，像盛唐姚崇的《冰壶诫》"内怀冰清，外涵玉润，此君子冰壶之德也"，但前者把"玉壶冰"三字连用，虽然简练却失去了对映叠影的层次，仿佛把玉、冰融成了一团，后者虽分开了玉、冰的象征意义，却用"内"、"外"二字画地为牢，仿佛冰指内而玉比外，冰只清而玉只润，王昌龄这一句则冰心玉壶互相映发，一片晶莹，又不用任何说明性的理念文字，也不用任何"如"之类的明喻字样，于是比较起来生动含蓄得多。许多人都联系《河岳英灵集》卷中关于王昌龄"奈何晚节不矜细行，谤议沸腾"的记载，认为这一句有表白心迹的意思，这固然很有可能，但这样来读诗有可能把诗读成了申诉书或上告状，未免煞风景。

常建·二首

　　常建（生卒年及籍贯均不详），开元十五年（727）中进士，当过县尉一类小官，也曾一度隐居山林。他在开元、天宝之间诗名极盛，殷璠选《河岳英灵集》把他列在卷首，选诗数量也仅次于王昌龄、王维，比李白、孟浩然都多。直到宋代，欧阳修还极力称赞他的诗，觉得"竹径通幽处，禅房花木深"两句好得不得了，"欲效其语作一联，久不可得，乃知造意者为难工也"（《续居士集》卷二十三《题青州山斋》）。但明清以来，对常建的评价却越来越低，施补华《岘佣说诗》把他和王昌龄、孟浩然绑在一道，说他们的五古比起王维来"篇幅较窘"，而毛先舒《诗辩坻》卷三则干脆把他单挑出来，说他的七绝是盛唐"最劣"，好的不过中唐水平，卑的则是宋人格调，于是除了《题破山寺后禅院》外，常建仿佛被人轻轻抛在一边没人理会。其实，常建也可以算盛、中唐诗风嬗变的一个中间标志，他五律中的"清微灵洞"的意境和精巧工致的语词（《诗筏》），开启了大历乃至晚唐的诗风，而他那几首古体歌行，又隐隐与李贺歌诗有一定的关系，这一点清代贺裳看得很准，他在《载酒园诗话又编》里说："此实唐风之始变也。吾读盛唐诸家，虽浅深浓淡奇正疏密各自不同，咸有昌明之象，独常盱眙如去大梁、吴楚而入黔、蜀，触目举足，皆危崖深箐，其间幽泉怪石，良非中州所有，然亦阴森之气逼人。"

古　兴[①]

辘轳井上双梧桐[②]，飞鸟衔花日将没。
深闺女儿莫愁年[③]，玉指泠泠怨金碧[④]。
石榴裙裾蛱蝶飞[⑤]，见人不语颦蛾眉。
青丝素丝红绿丝，织成锦衾当为谁[⑥]？

① 古兴指仿效古代兴体诗歌而作的诗。兴是一种即景抒情的诗歌写作手法，《诗·周南·关雎》的小序说："诗有六义……四曰兴"，朱熹《诗集传》解释说："兴者，先言他物以引起所咏之词也。"这首诗的头两句就是"兴"，它只是以景烘托一种气氛，与下面的内容并没有直接的逻辑关系，最多有一些暗示意味。

② 辘轳：井上汲水的装置。

③ 莫愁年：莫愁的年岁。莫愁，古代诗歌中经常吟咏的一个女子，参见沈佺期《古意呈补阙乔知之》注②。

④ 玉指泠泠：指手指弹奏乐器，发出幽怨乐声。金碧：指豪华富裕的生活。

⑤ 石榴红色的裙裾上绣着彩蝶。

⑥ 锦衾：锦绣被子。

题破山寺后禅院 ①

清晨入古寺，初日照高林。
曲径通幽处 ②，禅房花木深 ③。
山光悦鸟性，潭影空人心 ④。
万籁此俱寂，但馀钟磬声 ⑤。

① 破山寺：即兴福寺，在今江苏常熟虞山北麓。

② 曲径通幽处：弯曲的小径通往幽静深邃之处。宋人吴可《藏海诗话》说当时破山寺刻了这首诗，这一句作"一径遇曲处"，并说用"遇"字是为了与下句"花"字相应，都成"拗"字，而宋人姚宽《西溪丛语》卷上则记欧阳修在青州题这首诗，作"竹径遇幽处"，"不知别本邪，抑永叔改之邪？"但无论"竹径"还是"一径"，都不如"曲径"有遮蔽视线的趣味，中国的园林用照壁、回廊、假山都是为了避免一览无馀，而"曲径"也是如此，才能与下面"幽处"互相照应；而"通"字则有使视线向远处延伸的意味，下一"通"字能使人遥想小径弯曲直向幽处的情景，若用"遇"字，则仿佛小径即在幽处，少了不少含蓄深远的意趣。

③ 禅房深藏于花木丛中。这就是上句的"幽处"。

④ 山光使野鸟怡然自得，潭影使人们心中俗念消净。

⑤ 一切声响在这里都消失了，只剩下寺院里的钟磬声。

李颀·四首

　　李颀（生卒年不详），赵郡（今河北赵县）人，居住颍阳（今河南许昌附近）。开元二十三年（735）中进士，当过新乡县尉，后弃官回乡隐居。从他的诗来看，他是个志向很高的文人，心里总有很多欲望，时而学佛习禅，时而学道饵丹，一会儿想出世，一会儿想入世，忽而觉得应当弃文就武取功名，后悔"徒尔当年声籍籍，滥作词林两京客"（《放歌行答从弟墨卿》），忽而觉得应当读书求禄位，后悔早年荒唐，"早知今日读书是，悔作从前任侠非"（《缓歌行》），所以心里总是沉甸甸地揣着一腔悲凉愤慨，以至于听琴、听胡笳、听觱篥，都听出"霜凄万树"、"长风吹林"的"寒飕飗"、"乱啾啾"味儿来（参《琴歌》《听董大弹胡笳声兼寄语房给事》及《听安万善吹觱篥歌》）。这种情怀渗入他的诗歌，则使他的诗呈现了盛唐特有的宏放的悲凉和高旷的哀婉，使得清人贺贻孙《诗筏》不得不用"幽细"和"沉壮坚老"两个几乎内涵相矛盾的印象式词语来评论他的诗风。距离李颀时代很近的殷璠曾对李颀诗歌有过十六字评语："发调既清，修辞亦秀。杂歌咸善，玄理最长"（《河岳英灵集》卷上），前两句说的是李颀诗既有高朗的意境又有秀丽的意象，既有雄放的气势又有精致的语言，历代诗论家均无异词接受了这一说法，但后两句说到李颀诗的众体皆佳富于哲理时，却被后世诗论家轻轻放过不置一词。自从明代颇负盛名的李攀龙把李颀和王维并称为盛唐七律顶峰后，明、清诗话几乎都首肯了这种说法，就连最自负的王士禛也随声附和"唐人七言律，以李东川、王右丞为正宗"（《师友诗传录》），虽然明代王世贞曾说过王维、李颀"极风雅之致而调不甚响"，但也只能抬出"大国武库"杜甫来压一头，仍不能不承认"老杜外，王维、李颀、岑参耳"（《艺苑卮言》卷四），似乎只有清人吴乔《围炉诗话》卷二反潮流，说"李颀五律高澹大胜七律"，但他并没有道出个子丑寅卯，于是谁也不把他当一回事儿，说到李颀，仍是"七律圣手"，全不把殷璠"杂歌咸善"四字放在心上，尽管李颀七律只有寥寥七首，而这七首中又只有三四首出色。其实，除了这三四首七律"圆如贯珠"（《国雅品》）之外，值得一提的是他那三四十首七言或杂言歌行体诗，这些诗不仅气脉流畅、节奏变幻，而且蕴含了他对世态炎凉、人情冷暖的喟叹，许多直率、辛酸的话语决不是人云亦云的套话，而是心直口快的陈述，也表达了他心中的欲望、理想与矛盾。这一切都仿佛小孩儿家口没遮拦似地写来，决不像后代文人那么扭捏造作犹抱琵琶半遮面，也不像近体诗那样各种欲望在象征典故中躲躲闪闪。《吴礼部诗话》说李颀诗"尤有古意"，不知是否就指的是这种慷慨悲凉直抒胸臆的风格。

古从军行①

白日登山望烽火，黄昏饮马傍交河②。
行人刁斗风沙暗③，公主琵琶幽怨多④。
野云万里无城郭，雨雪纷纷连大漠。
胡雁哀鸣夜夜飞，胡儿眼泪双双落⑤。
闻道玉门犹被遮⑥，应将性命逐轻车⑦。
年年战骨埋荒外，空见蒲桃入汉家⑧。

① 从军行：古乐府诗题，多写军旅征战生活，属"相和歌辞·平调曲"，李颀是拟古乐府之作，所以叫《古从军行》。

② 交河：在今新疆吐鲁番，因两河交叉环抱而得名，唐代为安西都护府治所。

③ 刁斗：古代军中的铜炊具，可容一斗，夜间用来敲击报更。

④ 傅玄《琵琶赋》记载汉代乌孙公主远嫁昆弥，在路上曾让乐工"载琴筝筑箜篌之属为马上之乐"，一乐器就是琵琶。

⑤ 这里的"胡儿"指的是远在西北边陲的士兵，不是像通常那样指少数

民族。

⑥ 遮：拦阻。《汉书·李广利传》及《史记·大宛传》都记载汉武帝时，曾派
使关闭玉门关，以断绝出关打仗的汉军的退路，并命令"军有敢入，斩
之"。

⑦ 轻车：汉代有轻车将军。这里指领兵征战的将领。

⑧ 《汉书·西域传》记载当时"汉使采蒲陶、苜蓿种归"，蒲桃、蒲陶即葡萄，
汉代传入中原。这里是说将士的牺牲只换来葡萄种进入皇家园林或葡萄
酒进入汉家宫廷。

送刘昱①

八月寒苇花，秋江浪头白。
北风吹五两②，谁是浔阳客③？
鸬鹚山头微雨晴，扬州郭里暮潮生。
行人夜宿金陵渚④，试听沙边有雁声⑤。

① 刘昱：不详。

② 古人测风向，用五两鸡毛扎在高竿或旗杆上看它飘动的方向，这种简易的
测风器叫"五两"或"绕"，王维《送宇文太守赴宣城》一诗中也有"何处
寄相思，南风吹五两"。

③ 浔阳客：指刘昱即将远客浔阳。浔阳在今江西九江。

④ 鸬鹚：鸬鹚堰，在今扬州、镇江一带；扬州：今江苏扬州；金陵：今江苏南
京。以上三地都是刘昱即将经过的地方。

⑤ 《唐诗解》卷十七说，这句之所以用"雁声"，是因为"雁集必有俦侣，故
离别者兴思焉"，也就是说用群聚的雁反衬离别者的孤独与悲哀。

送魏万之京①

朝闻游子唱离歌，昨夜微霜初渡河②。

鸿雁不堪愁里听，云山况是客中过③。
关城树色催寒近，御苑砧声向晚多④。
莫见长安行乐处，空令岁月易蹉跎⑤。

① 魏万：后名魏颢，号王屋山人，上元初登第，与李白是好朋友，曾为《李白集》作过序。之：往。

② 通常认为这两句是跨句倒装的句式，方东树《昭昧詹言》说："言昨夜微霜游子今朝渡河耳，却炼句入妙。"那么这两句的正常语序应当是"昨夜微霜，朝闻游子唱离歌初渡河"，也就是昨夜降了微霜，今天早晨，听见你唱着离歌渡河而去。但这种解释有些令人怀疑，一是这种句法太特殊，既跨句又倒置，似乎不可思议，二是这种理解有些转弯抹角过了头，三是"初"字无法圆满解释。其实，可以把这两句看作只是在时间叙述上有意倒叙：早上听见你唱起离别歌离去，昨晚薄薄的霜初次降在河这边。用"渡"字形容物候随地域变化，就好似杜审言《和晋陵陆丞早春游望》中"梅柳渡江春"的"渡"字一样。游子，指魏万；离歌，告别之歌。一作"骊歌"，逸诗有《骊驹》篇，《汉书》卷八十八《王式传》记载这是告别时客人唱的，"客歌《骊驹》，主人歌《客毋庸归》"，歌词是"骊驹在门，仆夫具存；骊驹在路，仆夫整驾"，李白《灞陵行送别》诗就有"正当今夕断肠处，骊歌愁绝不忍听"。

③ 鸿雁鸣叫本来已令人心忧，何况正当别离之愁的时候听到它，云雾山本来就难行，何况是在客游四方的漂泊途中经过它。

④ 关城：潼关；御苑：皇家宫苑，指长安。本来是寒气催树色变黄，这里故意倒着说树色使寒意迫近，一方面为对仗，一方面使语言更远离日常话语而富于诗味。

⑤ 不要看到长安是行乐之地，就让岁月年华白白地浪费掉了。《升庵诗话》卷六说这两句和杜审言"始出凤凰池，京师易春晚"句一样，"盖言繁华之地，流景易迈"。

绝 句①

远客坐长夜，雨声孤寺秋。
请量东海水，看取浅深愁②。

① 这首缺了诗题的诗不见于《全唐诗》及各种唐人选本，见于宋人洪迈《容
斋随笔》卷四。

② 洪迈评这首诗说："作客涉远，适当穷秋，暮投孤村古寺中，夜不能寐，起
坐凄恻，而闻檐外雨声，其为一时襟抱，不言可知。而此两句十字中，尽其
意态。海水喻愁，非过语也。"

李白·二十二首

　　李白（701—762），字太白，先祖据说是陇西成纪（今甘肃天水）人，但很早迁徙到西域，李白就出生在中亚碎叶（今哈萨克斯坦托克马克，一说在新疆库尔勒和焉耆附近）。他五岁时随父迁回绵州彰明（今四川江油），二十五岁时"仗剑去国，辞亲远游"（《上安州裴长史书》），离开蜀中，到处漫游。据说十年间他仗剑任侠，学仙访道、饮酒赋诗，结交文友，闯出了不小的名声，以至于比他年长了四十多岁的老诗人贺知章都对他惊佩不已，称他为"谪仙人"，称他的诗"可以泣鬼神"（参见孟棨《本事诗·高逸》及王定保《唐摭言》卷七），于是他的狂放性格和天赋诗才都一下子闻名遐迩。靠着这种名气和一些手眼通天的道教徒的推荐，天宝元年（742）他第二次入京时当上了供奉翰林并受到唐玄宗特殊礼遇，据说玄宗不仅亲自迎接，以七宝床赐食，还亲手为他调羹（参见李阳冰《草堂集序》、范传正《唐左拾遗翰林学士李公新墓碑》），但唐玄宗并没有把他当成辅弼之才委以重任，而只不过把他视为"敏捷"诗人来养一个清客，李白也并不是胸怀韬略能匡时经国的政治家而只是一个天真狂放的诗人在做入世之梦。所以不过两年，这个皇帝和文人的"蜜月"就在重重猜忌、挑拨、谗毁下结束了，唐玄宗仍当他的天子，李白仍四处漫游作他的诗，直到安史之乱爆发，玄宗退位，李白也又一次结束了他浪漫的诗人生活，入了永王李璘的幕府去讨伐叛乱。可是至德二年（757），李璘由于受朝廷猜忌被击败，李白又被牵连，受到流放夜郎（今贵州桐梓）的处分，幸而中途遇赦才得返回。上元二年（761）六十一岁的李白从金陵出发，到临淮（今安徽泗县）参加太尉李光弼的军队去讨伐叛乱，不料中途生病只能返回，第二年就病逝于当涂县令李阳冰处。

李白是盛唐最有天赋的诗人，"豪放"、"飘逸"是古人谈论李白诗时最常用的词眼，它们和今人最爱用的"浪漫主义"、"富于想象"等文学批评术语一样，用在李白诗的评论上有足够的依据和充分的概括力，但在这里我们想拣出另外一个词来形容李白的诗，这就是宋代王安石首先使用过的那个"快"字（《冷斋夜话》与《扪虱新话》均引王安石语说李白"词语迅快"）。"快"在中国最古老最权威的字典《说文解字》里是"喜也"，但人们常用于诗评的却是它的引申义"疾速"（《说文解字注》），以及再引申义"爽快"、"痛快"、"畅快"，王安石所谓的"快"似乎没有兼容这许多意思在内，但后来《韵语阳秋》卷一所谓"思疾而语豪"的"疾"、《四溟诗话》卷二引孔文谷所谓的"然却太快"的"快"，《小澥草堂杂论诗》所谓的"只是一爽字"的"爽"，大约都涵盖了爽快、痛快、畅快之意，这使李白的诗得了这样一个形象却不怎么雅致的比喻："饥鹰下掠。"

不过，我们这里说李白诗"快"更侧重于指他诗思与诗语之间的疾速。李白身上浓重的诗人气质和豪爽的天真性情使他不愿意像其他诗人那样斟字酌句、涵咏体味，把心头的意思掖掖藏藏，也不愿意被诗律声病捆手绑脚，弄得磕磕绊绊，他的心思和他的话语之间仿佛没有闸门，心头的冲动总是那么急不可耐、争先恐后地从喉咙里奔跑出来，于是，他的诗一方面由于"迅快"而自然流畅、气脉贯通，所谓"语多卒然而成者"（《沧浪诗话》），即明江盈科《雪涛诗评》说的"青莲是快活人，当其得意，斗酒百篇"，往往写来就仿佛"小孩儿家口没遮拦"似的心直口快地表现着他的情感和性格，所谓"他人作诗用笔想，太白但用胸口一喷即是"，就是说他完全是以"我"为主，随情绪变化来安排诗歌气脉的曲折，而绝不像杜甫一流以学力与技巧取胜的诗人那样含蓄曲折，靠语言词句上费心安排，因而后人就把他评别人诗的两句话"清水出芙蓉，天然去雕饰"转用在他自己身上；一方面由于"迅快"而显出了豪爽潇洒，所谓"思疾而语豪"，就是说他"兴酣落笔而不自觉，然逸气横生"（《剑溪说诗又编》），他是一个极端自信自大的文人，他自认为是"巢由以来，一人而已"的天才（《代寿山答孟少府移文书》），是"谪仙人"（《答湖州迦叶司马》），所以说话从不扭扭捏捏躲躲闪闪，而是嗓门大，喉咙粗，"跌宕自喜，不闲整栗"（《诗辩坻》卷三），再加上他把从道教那里学来的五花八门的神话仙话鬼话一古脑写在诗里，把自己幻想到的种种奇幻谲诡的幻象、自己膨胀得无边无际的自信和古往今来各种句法语词统统捏在一块，于是使眼花缭乱的读者不得不被他的想象所震慑，才气小的后人不得不被他的气势压倒，只好惊叹他"言在口头，想出天外"（《诗概》）、"仙人无踪迹可蹑"（《岘佣说诗》），所以后来的不少诗论家只好挪借杜甫写李白其人的一句诗"飞扬跋扈为谁雄"（《赠李白》）来评李白的诗（《诗筏》及《载酒园诗话又编》）。

当然，说李白诗"快"不是说他写诗只凭天赋可以冲口而出，后来不少人学李白而"画虎不成反类犬"变成了粗率俗滑，证明李白并非没有本钱的买空卖空，相反，他"五岁诵六甲，十岁观百家"（《上安州裴长史书》），肚子里积攒了雄厚的诗家资本，所以他可以从上自《诗经》《楚辞》下至齐梁诗人那里挪借来无数诗材。在盛唐诗人中他是学古最多的一个，杜甫用阴铿、鲍照、庾信来比拟他的诗，也许只是朋友间互相赞美的例行用语，但李白自己反复吟咏阮籍、谢朓等人，无疑是亮出了自家的底牌，清人《剑溪说诗》卷上就曾说到"太白诗有似《国风》《小雅》者，有似《楚辞》者，似汉魏乐府及古歌谣杂曲者，有似曹子建、阮嗣宗者，有似鲍明远者，似谢玄晖者，又有似阴铿、庾信者，独无一篇似陶"。这里前面一段说得有理，却忘了李白模拟对象中还有左思、谢灵运，他的《古风》中一些诗意直接来自左思《咏史》，而"襟前林壑敛暝色，袖上烟霞收夕霏"则只是给谢灵运《石壁精舍还湖中作》两句名句加了帽子；后面一句则结论下得太干脆，其实李白《月下独酌》四首、《春日独酌》二首，《下终南山过斛斯山人宿置酒》全是拟陶，其中"孤云还空山，众鸟各已归。彼物皆有托,吾生独无依"简直就是从陶渊明《咏贫士》中抄出来的。

可是由于他的诗来得太"快",使他自己的诗思来不及细细琢磨,自己的诗语来不及修饰,而古人的诗材、意境、语言也常常消化得不够细致,于是就像清人毛先舒《诗辩坻》卷三所说"飘逸而失之轻率",便使他的诗时有粗糙、时有浅近,有时自己的意思"开门见山"就说得干干净净(《沧浪诗话》),以至于后面敷衍成篇,有时古人的诗材疙疙瘩瘩囫囵囵在诗中以至于全篇不谐。有时候他的横溢天才使他的独创个性凸现得淋漓尽致,使人们不得不佩服他"奇之又奇,自骚人以还,鲜有此体调"(《河岳英灵集》卷上),有时候却不免让人总是看出他的模拟底色,像《蔡百衲诗评》所说的"时作齐梁人体段"(《竹庄诗话》卷一引),《艺苑卮言》所说的"乐府……尚沿六朝旧习"、《岘佣说诗》所说的"五言古犹是魏晋旧制"。于是有人甚至把杜甫《春日忆李白》中"重与细论文"的"细"字看成了"讥其太俊快"或"讥其欠缜密"的文学批评(《韵语阳秋》卷一、《鹤林玉露》卷六),就像清人陈廷焯《白雨斋词话》所说的"粗而不精,枝而不理"。这种说法虽然有些老吏断狱的苛刻,却也有老吏断狱的明细,在这一点上应当承认,李白尽管囊括了古代诗歌传统却没有把它消化吸收为自己的东西,他的天才足以让他左右采撷随心所欲,但他的"迅快"并不足以让他重建一套新的诗歌语言,所以《竹庄诗话》卷五说他"格止于此而已,不知变也",在这个意义上他只是一个总结前代的诗人而不是开创后代的诗人,不像杜甫那样善于把诗史传统的终点和未来诗史的起点连接在自己手中,将传统诗歌的语言技巧更新变异开创出新的诗歌天地。

古　风①

其　一

西上莲花山,迢迢见明星②。
素手把芙蓉,虚步蹑太清。

霓裳曳广带，飘拂升天行③。
邀我登云台，高揖卫叔卿④。
恍恍与之去，驾鸿凌紫冥⑤。
俯视洛阳川，茫茫走胡兵。
流血涂野草，豺狼尽冠缨⑥。

其 二

朝弄紫泥海，夕披丹霞裳⑦。
挥手折若木，拂此西日光⑧。
云卧游八极，玉颜已千霜⑨。
飘飘入无倪，稽首礼上皇⑩。
呼我游太素⑪，玉杯赐琼浆。
一餐历万岁⑫，何用还故乡。
永随长风去，天外恣飘扬。

① 原题共五十九首，这里选的是第十九、四十一首。
② 莲花山：即华山西峰，《太平御览》卷三九引《华山记》"山顶有池，生千叶莲花"，因而得名。明星即华山明星峰，《陕西通志》卷八"华岳三峰，芙蓉、明星、玉女"，据《太平广记》卷五九说，有明星玉女"居华山，服玉浆，白日升天"。
③ 明星玉女纤纤素手拿着芙蓉，轻盈地凌空而行，虹霓似的衣裳拖着宽阔的飘带，飘飘飘飘地升上蓝天。
④ 云台峰在华山东北，慎蒙《天下名山诸胜一览记》说它"上冠景云，下通地脉，巍然独秀，有若灵台"。卫叔卿：西汉人，据说是仙人，居于华山。
⑤ 驾鸿：乘鸿雁；紫冥：高空。这句仿佛郭璞《游仙诗》"驾鸿乘紫烟"。
⑥ 这种从幻想一下子转入现实的写法仿佛《离骚》末尾的"忽临睨夫旧乡"。据不少人考证，这首诗写于至德元年（756）安史之乱时，所以诗里写了洛阳城里的"胡兵"、百姓的流血和败类的升迁。胡兵指罗、奚、契丹、室韦等民族跟从安史叛乱的军队；冠缨是古人束发的帽子和系冠的丝带，这里指做官。

⑦ 《洞冥记》记载东方朔三岁时失踪,累月才归,后又离去,经年方归,他母亲问他到哪里去了,他说"儿至紫泥海,有紫水污衣,仍过虞渊湔浣,朝发中返,何云经年"?显然紫泥海是传说里天上的海名,东方朔去转了一上午,而他母亲却等了一年,可见那是天上的时间。李白这里就想象自己也和东方朔一样,早上在紫泥海游玩,黄昏则又转到西面太阳落山的地方披上了晚霞,就像《离骚》里"朝发轫于天津兮,夕余至乎西极"。

⑧ 若木:传说中昆仑西边的大树。《离骚》中有"折若木以拂日",李白这两句就从这句中化来。

⑨ 八极:极边远的八方;千霜:历经千年。

⑩ 无倪:无边际;上皇:天帝。

⑪ 太素:古人传说中的天上境界。

⑫ 前面"玉颜已千霜"和这句"一餐历万岁"都是李白根据"天上一日地下一年"之类的传说想象出来的时间变形。

蜀道难 ①

噫吁嚱②! 危乎高哉!
蜀道之难, 难于上青天。
蚕丛及鱼凫, 开国何茫然③。
尔来四万八千岁, 不与秦塞通人烟。
西当太白有鸟道, 可以横绝峨眉巅④。
地崩山摧壮士死, 然后天梯石栈相钩连⑤。
上有六龙回日之高标,
下有冲波逆折之回川⑥。
黄鹤之飞尚不得过, 猿猱欲度愁攀援。
青泥何盘盘, 百步九折萦岩峦⑦。
扪参历井仰胁息, 以手抚膺坐长叹⑧。
问君西游何时还, 畏途巉岩不可攀。
但见悲鸟号古木, 雄飞雌从绕林间,

又闻子规啼，夜月愁空山⑨。

蜀道之难，难于上青天，使人听此凋朱颜。

连峰去天不盈尺，枯松倒挂倚绝壁。

飞湍瀑流争喧豗，砯厓转石万壑雷⑩。

其险也如此，嗟尔远道之人胡为乎来哉？

剑阁峥嵘而崔嵬⑪，一夫当关万夫莫开。

所守或匪亲⑫，化为狼与豺。

朝避猛虎，夕避长蛇，

磨牙吮血，杀人如麻。

锦城虽云乐⑬，不如早还家。

蜀道之难，难于上青天，侧身西望长咨嗟⑭。

① 《蜀道难》本是六朝"瑟调曲"的旧题，都以蜀道险阻为内容，李白这首诗也是写入蜀道路的艰难险峻。

② 噫吁嚱是惊叹词，和屈原诗里的"已矣哉"，汉乐府里的"妃呼豨"、"伊那何"一样，不过，据《宋景文笔记》说"蜀人见物惊异，辄曰噫嘻，李太白作《蜀道难》因用之"，那么它可能只是蜀人惊叹时特有的叹呼声，宋代另一个蜀中文人苏轼在《后赤壁赋》中也曾用过它，只是多了一个字，变成了"呜呼噫嘻"。

③ 蚕丛、鱼凫：传说中古蜀国的国王。茫然：指蜀国开国史事悠久渺茫，难以确知。

④ 鸟道：飞鸟往还的痕迹，指险峻高远的羊肠小道。这几句说古来蜀国与秦地之间隔绝，只有一条险峻的小路把太白山和峨眉山连接起来，李白《送友人入蜀》也写到"见说蚕丛路，崎岖不易行"。

⑤ 扬雄《蜀王本纪》、常璩《华阳国志·蜀志》都记载了一个传说：秦惠王许嫁五名美女给蜀王，蜀王派五丁力士去迎接，行至梓潼，有一大蛇钻入山穴，五力士共掣蛇尾，忽然山岭崩塌，壮士、美女、蛇都被压死，但山也因此分成五岭，从此终于开通了秦蜀之间的道路，李白这两句即用这个传

说。石栈是在直立山崖上凿孔架木而成的通道,川陕之间古时多靠它交
通往来。

⑥ 古代传说,羲和驾六龙载日神每天从东到西,这里说蜀中山高,连羲和所
驾的六龙之车也不得不折回;高标:高山,左思《蜀都赋》写蜀中之山的
高峻就说"阳鸟回翼乎高标",这句就是从左思赋中脱化来的;而这种"上
有……下有……"的句式是从楚辞、汉赋中演变来的,李白好像很喜欢这
种句式,在《长相思》《灞陵行送别》等诗中也曾一用再用。

⑦ 青泥岭是由陕入川要道,《元和郡县志》卷二十二说它在兴州长举县(今
陕西略阳),"悬崖万仞,上多云雨,行者屡逢泥淖,故号为青泥岭";盘
盘:山路弯曲盘旋;萦:绕。

⑧ 参、井:天上星宿,参是二十八宿中西方七宿之一,井是南方七宿之一,古
人认为天上星宿与地下区域有对应关系,参是蜀的分野,井是秦的分野,
李白这句"扪参历井"是说蜀道高处可以扪摸到天上的星宿;仰胁息:仰
面感到压抑,于是不敢出气;膺:胸。

⑨ 子规:杜鹃,传说杜鹃是蜀帝魂魄所化,它的叫声是"不如归去"。

⑩ 喧豗:急流直下时的轰鸣声;砯:水冲击岩石。李白《剑阁赋》也写到"飞
湍走壑,洒石喷阁,汹涌而惊雷"。

⑪ 剑阁:在今四川剑阁北,大剑山与小剑山夹峙一条险峻的小道,易守难
攻,是川北门户,又称剑门关,《剑阁赋》也说"咸阳之南直望五千里,见
云峰之崔嵬,前有剑阁横断,倚青天而中开"。

⑫ 或匪亲:若不是可靠的人。

⑬ 锦城:成都古代以产锦闻名,朝廷曾设官于此专收锦织品,故称锦城或锦
官城。

⑭ 这首诗句法参差怪异,完全打破了乐府诗的节奏,倒把楚辞、古赋或古
文的句式夹杂在里边,所以让人觉得它"奇之又奇,自骚人以还鲜有此体
调"(《河岳英灵集》卷上),加上诗意跳荡变幻,视境光怪陆离,所以又
让人觉得它"白云从空,随风变灭"(《唐诗别裁》),以至于后人猜测纷
纷,弄出许多穿凿附会的意思,有人说它是在斥骂剑南节度使严武迫害

杜甫（像唐范摅《云溪友议》），有人说它是在讽咏安史之乱时唐玄宗逃往四川的事（元萧士赟《分类补注李太白集》），其实都"傅会不足据"、"失之细而不足味矣"（明胡震亨《唐音癸签》卷二十一），李白有一篇送友人入蜀的《剑阁赋》，其中很多句子的句式、意思都和这首《蜀道难》相似，所以这首《蜀道难》也可以说是送友人入蜀的作品，至于诗里参差的句式，有人说是李白天才，可以操纵任何句法，所以是"笔陈纵横，如虬飞蠖动，起雷霆乎指顾，任华、卢仝辈仿之，适得其怪耳，太白所以为天才也"（《唐诗别裁》），其实这只是不负责任的阿谀；有人说它有意如此，是"为了仿效蜀中山道高峻凸凹"，营造一种蜀道难的感受，其实这不过是清人贺裳《载酒园诗话又编》的发明，似乎一开头七个字就给人感觉"累棋架卵"之险，后面又让人颠簸得仿佛"剑阁阴平如在目前"。

将进酒 ①

君不见，黄河之水天上来，
奔流到海不复回。
君不见，高堂明镜悲白发，
朝如青丝暮如雪 ②。
人生得意须尽欢，莫使金樽空对月。
天生我材必有用，千金散尽还复来。
烹羊宰牛且为乐，会须一饮三百杯 ③。
岑夫子，丹邱生 ④，将进酒，君莫停。
与君歌一曲，请君为我侧耳听：
钟鼎玉帛岂足贵 ⑤，但愿长醉不愿醒。
古来圣贤皆寂寞，惟有饮者留其名。
陈王昔时宴平乐，斗酒十千恣欢谑 ⑥。
主人何为言少钱，径须沽取对君酌。
五花马，千金裘 ⑦，
呼儿将出换美酒，与尔共销万古愁 ⑧。

① 将进酒：宋郭茂倩《乐府诗集》卷十六说是"鼓吹曲·汉铙歌"旧题，古词
　　有"将进酒，乘大白"，大体上都是写饮酒放歌的。

② 黄河水东去不回，人生易老难再少，以流水喻人生衰老的迅速。

③ 会须：应当。

④ 岑夫子：即岑勋，南阳人；丹邱生：即元丹邱。李白有一首《酬岑勋见寻就
　　元丹邱对酒相待以诗见招》，诗中也说到"开颜酌美酒，乐极忽成醉。我
　　情既不浅，君意方亦深。相知两相得，一顾轻千金"，似乎与《将进酒》同
　　时写成。

⑤ 一作"钟鼓馔玉不足贵"。钟鼎：古代贵族进食要鸣奏钟磬之乐，用鼎盛
　　食物，这里泛指功名；玉帛：美玉与丝绸，这里泛指财富。

⑥ 陈王：曹植曾封为陈王；平乐：观名，曹植《名都篇》有"归来宴平乐，美
　　酒斗十千"的句子；十千：一斗酒值十千钱，这是夸张的说法，形容酒好
　　而贵。

⑦ 唐开元、天宝之际，凡名贵的马都将鬃毛剪成花瓣形，三瓣称三花，五瓣
　　称五花。五花马、千金裘就是说名贵的马和皮衣。

⑧ 万古愁：即前面所说"朝如青丝暮如雪"的生命忧患，也就是他在《拟古》
　　诗中一再写到的"天地一逆旅，同悲万古尘"和"长绳难系日，自古共悲
　　辛"。

行路难①

金樽清酒斗十千，玉盘珍羞直万钱②。
停杯投箸不能食，拔剑四顾心茫然③。
欲渡黄河冰塞川，将登太行雪满山④。
闲来垂钓碧溪上，忽复乘舟梦日边⑤。
行路难，行路难，多歧路，今安在⑥？
长风破浪会有时，直挂云帆济沧海⑦。

① 行路难：乐府"杂曲歌辞"旧题，《乐府古题要解》说这个题目"备言世路

艰难及离别伤悲之意"。原为一组三首,这里选第一首。

② 珍羞: 珍贵的菜肴; 直: 值。

③ 箸: 筷子。鲍照《行路难》已写了这两句的意思,"对案不能食,拔剑击柱长叹息。丈夫生世会几时,安能蹀躞垂羽翼",李白是化用鲍照的诗句。

④ 这两句的意思在顾况《悲歌》其二中也有过,只不过变成了四句:"我欲升天天隔霄,我欲渡水水无桥。我欲上山山路险,我欲汲井井泉遥",即现在人常说的"上天无路入地无门"或"屋漏偏遭连夜雨,行船偏遇顶头风"的意思。

⑤ 古代传说吕尚(姜太公)未遇周文王前,曾在渭水的磻溪垂钓,伊尹受商王汤聘用前,曾梦乘船经过日月边。这里两句分别用这两个典故,或暗示人生遭遇变幻莫测,自己对前途仍抱有幻想,或暗示自己出世入世的心情矛盾,自己虽垂钓溪上却仍挂念政治。

⑥ "今安在"句也可以有两种理解:一是说人生道路本来很多,可是现在其他道路又在哪里? 一是说人生道路很多,我该走在哪条道路上呢?

⑦ 《宋书》卷六十七《宗悫传》记宗炳问宗悫的志向是什么,宗悫说:"愿乘长风破万里浪",李白这里正是借用宗悫这句话表示自己的理想远大,终会实现。云帆指大海中航行的船,那帆若在云中。济: 渡过。

梦游天姥吟留别①

海客谈瀛洲, 烟涛微茫信难求②。

越人语天姥, 云霓明灭或可睹。

天姥连天向天横, 势拔五岳掩赤城③。

天台四万八千丈, 对此欲倒东南倾④。

我欲因之梦吴越, 一夜飞渡镜湖月⑤。

湖月照我影, 送我至剡溪⑥。

谢公宿处今尚在⑦, 渌水荡漾清猿啼。

脚著谢公屐, 身登青云梯⑧。

半壁见海日, 空中闻天鸡⑨。

千岩万转路不定，迷花倚石忽已暝。

熊咆龙吟殷岩泉⑩，慄深林兮惊层巅。

云青青兮欲雨，水澹澹兮生烟。

列缺霹雳，邱峦崩摧。

洞天石扇，訇然中开⑪。

青冥浩荡不见底，日月照耀金银台⑫。

霓为衣兮风为马，云之君兮纷纷而来下。

虎鼓瑟兮鸾回车，仙之人兮列如麻⑬。

忽魂悸以魄动，恍惊起而长嗟⑭。

惟觉时之枕席，失向来之烟霞⑮。

世间行乐亦如此，古来万事东流水。

别君去兮何时还，且放白鹿青崖间，

须行即骑访名山⑯。

安能摧眉折腰事权贵，使我不得开心颜⑰。

① 天姥：山名，在剡县南（今浙江天台、嵊县与新昌之间），是道教七十二福地之一（《云笈七签》卷二十七），《后吴录》说相传登山者曾听见天姥歌谣之声而得名。宋谢灵运《登临海峤与从弟惠连》一诗中有"暝投剡中宿，明登天姥岑。高高入云霓，还期那可寻"，可见很早这里就是游览的风景区和传说中的仙人居处了，中唐白居易《沃洲山禅院记》又说"东南山水，越为首，剡为面，沃洲、天姥为眉目"，可见唐代那里仍是人们游览和隐居的地方。吟留别：一作"别东鲁诸公"。

② 瀛洲：传说中的海上三仙山之一，《十洲记》里说："瀛洲在东大海中，地方四千里，大抵是对会稽郡，去西岸七十万里，上生神芝仙草，又有玉石，高且千丈，出泉如酒味，名之为玉醴泉……洲上多仙家，风俗似吴中，山川如中国也。"微茫：隐约迷离。

③ 拔：超过；掩：压倒；赤城：山名，是仙霞岭支脉，孔灵符《会稽记》说赤城山"山色皆赤，状如云霞"。

④ 这两句说天台山虽然高，但在天姥山面前却矮了一头，看上去仿佛天也朝东南方倾斜了似的。天台是山名，在浙江天台北，天姥山东南。以上四句都是"越人语天姥"的话。

⑤ 我想按越人的话梦游吴越，于是梦魂一夜间便飞渡镜湖到了那里。镜湖：见宋之问《泛镜湖南溪》注①。

⑥ 剡溪：即曹娥江上游，在浙江嵊县，是越中著名风景胜地。

⑦ 谢公：谢灵运。

⑧ 《南史》卷十九《谢灵运传》记载谢灵运曾为游山专门改造了一种木屐，"上山则去其前齿，下山去其后齿"，世称"谢公屐"；青云梯：谢灵运《登石门最高顶》"惜无同怀客，共登青云梯"，指上山的石板小径。

⑨ 看见海上初升太阳的半个轮廓，听见空中传来的天鸡啼鸣。《述异记》卷下说桃都山上的天鸡看见朝阳照到了它所在的大树上就开始啼叫，天下的鸡便随之报晓。

⑩ 殷：声音洪亮。

⑪ 列缺：闪电；洞天：神仙居处；石扉：石门；訇然：轰然作响。

⑫ 青冥：天空，这里指洞天石门打开后的又一番天地；金银台：神仙宫阙。

⑬ 云之君、仙之人：泛指洞天中纷纷来迎接的神仙，以上四句写洞天石门訇然中开后所看到的景象。

⑭ 忽、恍：都是突然的意思。

⑮ 醒来后只看见自己睡的枕席，已找不到梦中的烟霞。以上四句是全诗的转折，即《唐宋诗醇》所说"因语而梦，因梦而悟，因悟而别"这一过程的中介环节，元代范德机说"至'失向来之烟霞'，梦极而与人接矣"，所谓"与人接"就是从幻梦转回了人间，《唐诗选脉会通》说"惟觉时之枕席"二语"篇中神句，结上启下"，其实这种方式和前面选的《古风》之一一样，都是仿照《楚辞·离骚》末段的转折法。

⑯ 《楚辞·哀时命》"浮云雾而入冥兮，骑白鹿而容与"，王逸注："言已与仙人俱出……乘云雾骑白鹿而游戏也。"后来一些诗都写到仙人骑白鹿的事，像梁庾肩吾《道馆诗》"仙人白鹿上，隐士潜溪边"，《乐府诗集》卷

二十九"王子乔骑白鹿云中游"等,李白这里也说自己若回归,也要骑鹿游
名山,希望朋友预先把鹿放在山崖间等着。

⑰ 摧眉折腰:低头弯腰,萧统《陶渊明传》曾记载陶渊明的话:"我岂能为五
斗米折腰向乡里小儿",李白也是这个意思。

襄阳歌

落日欲没岘山西, 倒著接䍦花下迷①。
襄阳小儿齐拍手, 拦街争唱白铜鞮②。
傍人借问笑何事, 笑杀山公醉似泥③。
鸬鹚杓, 鹦鹉杯④,
百年三万六千日, 一日须倾三百杯。
遥看汉水鸭头绿, 恰似葡萄初酦醅⑤。
此江若变作春酒, 垒麹便筑糟丘台⑥。
千金骏马换小妾, 笑坐雕鞍歌落梅⑦。
车旁侧挂一壶酒, 凤笙龙管行相催⑧。
咸阳市中叹黄犬, 何如月下倾金罍⑨。
君不见,
晋朝羊公一片石, 龟头剥落生莓苔⑩。
泪亦不能为之堕, 心亦不能为之哀。
清风朗月不用一钱买, 玉山自倒非人推⑪。
舒州杓, 力士铛⑫, 李白与尔同死生。
襄王云雨今安在, 江水东流猿夜声⑬。

① 岘山:在今湖北襄阳,东临汉水,是交通要道;接䍦:白帽;晋代羊祜曾登
岘山,死后人们为他在岘山立碑,人称堕泪碑。晋代山简曾在襄阳酣饮,
人们曾编了歌咏他的醉态是"复能骑骏马,倒著白接䍦"(见《晋书》卷
四十三《羊祜传》《世说新语·任诞》),李白另有《襄阳曲》四首也总是用
这两个典故,如第二、三、四首都写到过,其中第四首说"且醉习家池,莫

看堕泪碑。山公欲上马，笑杀襄阳儿"。

② 白铜鞮：歌名，相传为南朝梁代武帝所制，沈约也曾写过一首（《襄阳白铜鞮》："分首桃林岸，送别岘山头。若欲寄音息，汉水向东流。"（《玉台新咏》卷十）

③ 山公：即山简。

④ 仿照鸬鹚长颈所造的酒杓和模拟鹦鹉螺尖屈嘴所造的酒杯。

⑤ 酦醅：酒重酿未滤。李白这句说汉水上鸭头绿色就让他想起了重酿但还未滤的葡萄酒，《南部新书》曾记载唐太宗破高昌后，从西域引进了马乳葡萄和造葡萄酒的方法，经过改进，"造酒绿色，长安始识其味"。

⑥ 李白想象如果汉江水都成了酒，那么酒麹就能筑起山丘高台。麹，即造酒用的发酵物；糟丘台，《韩诗外传》《论衡》曾载夏、商两朝的末代天子桀、纣造酒极多，以至于酒糟都堆成了小山。但李白这个想象仿佛主要受了《列子·杨朱》中"聚酒千钟，积麹成封"的启发。

⑦ 《独异志》说曹彰曾以爱妾换骏马，《乐府诗集》卷七三也有梁简文帝《爱妾换马》诗，在古人看来这仿佛是很洒脱的举动。落梅：乐府歌曲名，又称"梅花落"，本是笛曲，李白有一首《与史郎中钦听黄鹤楼上吹笛》就写道："黄鹤楼中吹玉笛，江城五月落梅花。"

⑧ 凤笙、龙管：指美妙的音乐；催：劝酒，参看王翰《凉州词》注③。

⑨ 《史记·李斯列传》记秦相李斯曾为秦一统天下立下大功，最终却被腰斩于咸阳，临刑前他对儿子长叹："吾欲与若复牵黄犬俱出上蔡东门逐狡兔，岂可得乎？"金罍：一种金制酒器，《诗·周南·卷耳》曾说"我姑酌彼金罍"。李白在这两句里是说，与其入世参与残酷的政治，不如出世饮酒作乐。

⑩ 羊祜死后，人们为他立碑，岁时祭享，常见碑落泪，于是名为"堕泪碑"。后来有人曾问庾信，北方人的文字如何，庾信曾说，唯有温子升写的《韩陵山寺碑》"一片石堪共语"（《朝野佥载》、又（《太平广记》卷一九八），李白是把"堕泪碑"称作"一片石"。龟头指墓前托碑的赑屃的头，传说龙生九子，其一即赑屃，好负重，形似龟，古人立碑多以石刻它为基座。这句

说羊祜纵然受人爱戴，但岁月变迁也就被淡忘了，连碑下石赑屃也长满了青苔。

⑪ 玉山：指人，《世说新语·容止》记载山简的话，说嵇叔夜醉时"傀俄若玉山之将崩"。

⑫ 舒州：在今安徽安庆，据《新唐书·地理志》说，舒州同安县进贡朝廷的土产中有酒器，大约舒州杓也是上贡酒器中的一种，力士铛不详，铛是一种温酒的器皿，《太平御览》卷七五七引服虔《通俗文》说："鬴有足曰铛。"

⑬ 宋玉《高唐赋》说楚襄王游云梦台望高唐观时，曾问宋玉观上的云气是什么，宋玉说是"朝云"，并告诉楚襄王，当年楚怀王曾游高唐，与巫山之女交欢，临分手时巫山之女说"妾在巫山之阳，高丘之岨，旦为朝云，暮为行雨，朝朝暮暮，阳台之下"。但后来引用这个典故的时候都把楚怀王当成了楚襄王，李白也一样。这两句的意思是说当年的欢乐也只是历史，如今只看见长江东流水只听见三峡猿啼声。

子夜吴歌①

长安一片月，万户捣衣声②。
秋风吹不尽，总是玉关情③。
何日平胡虏，良人罢远征④。

① 子夜吴歌：属乐府"清商曲"的旧题，据说是东晋时一个名叫子夜的女子所创，因它是吴声歌曲，所以叫"子夜吴歌"。原题共四首，这里选的是第三首。

② 古代裁衣前必先捣帛，而裁制冬衣又多在秋天，于是秋天为远戍边关亲人准备御寒衣裳的捣衣声就成了诗人写边塞情思的永恒意象。

③ 玉关情：怀念边塞远戍亲人的情思。

④ 良人：丈夫。清人田同之《西圃诗说》觉得末两句多馀，如果删掉而成一首绝句，"更觉浑含无尽"，这个批评有它的道理。

静夜思 ①

床前明月光，疑是地上霜 ②。
举头望明月 ③，低头思故乡 ④。

① 宋郭茂倩《乐府诗集》卷九十曾将此诗收入"新乐府辞"中，说"新乐府者，皆唐世新歌也，以其辞实乐府，而未尝被于声，故曰新乐府也"。
② 梁简文帝萧纲《玄圃纳凉》"夜月似秋霜"，唐张若虚《春江花月夜》"空里流霜不觉飞"，都用霜来比拟月光。
③ 晋清商曲辞中《子夜四时歌·秋歌》第十八首"仰头看明月，寄情千里光"，也是这个意思。
④ 这首诗一作"床前看月光，疑是地上霜。举头望山月，低头思故乡"，据说还是比较古老和可靠的版本，但不如现在通行的好，因为两次出现的"明月"并不显得迭出而显出回环，而省去的那个"看"字却避免了与"望"字的重复。

玉阶怨 ①

玉阶生白露，夜久侵罗袜。
却下水精帘，玲珑望秋月 ②。

① 玉阶怨：属乐府"相和歌·楚调"，是乐府歌辞旧题。
② 玲珑：指月色透过水精帘照来的空明光色，所以吴文溥《南野堂笔记》说"玲珑二字最妙，真是隔帘见月也"。萧士赟注这首诗时评论得很有理："太白此篇，无一字言怨，而隐然幽怨之意见于言外。"还应当指出的是"却下"二字，却是还的意思，在外伫立沉思已久，不觉露湿罗袜，已含有不尽怅惘，垂下水精帘不入寝，却还回头看月，则又更加一层孤寂；"秋月"二字，不仅暗示了悲秋意味与同在月光下人却不相见的幽怨情思，还与"玉阶"、"白露"、"水精"合成了一个晶莹剔透的视觉世界。

峨眉山月歌

峨眉山月半轮秋，影入平羌江水流①。
夜发清溪向三峡，思君不见下渝州②。

① 平羌江：即青衣江，源出四川芦山，流至乐山入岷江，在峨眉山东北，这句
写月影随江水流动，实际上是在江中的月影随舟行的人眼在流动。他另一
首《峨眉山月歌送蜀僧晏入中京》就说"月出峨眉照沧海，与人万里长相
随"，当然一是看水中月影，一是看天上月亮。

② 清溪：驿名，在犍为县，邻近峨眉；三峡：指在今四川乐山的黎头、背峨、平
羌三峡。渝州：今重庆。

月下独酌①

花间一壶酒，独酌无相亲。
举杯邀明月，对影成三人②。
月既不解饮，影徒随我身。
暂伴月将影③，行乐须及春。
我歌月徘徊，我舞影零乱。
醒时同交欢，醉后各分散。
永结无情游，相期邈云汉④。

① 题一作《月下对影独酌》。原题共四首，这里选第一首。

② 清李家瑞《停云阁诗话》说这个意思和《南史》卷三十七《沈庆之传》沈
庆之所说的"我每游履田园，有人时与马成三，无人则与马成二"相似。
其实未必。李白另有《独酌》一诗写到"独酌劝孤影"，宋人吴开《优古堂
诗话》说这两句的灵感启迪都来自陶渊明《杂诗十二首》之二的"欲言无
予和，挥杯劝孤影"，也许较上一说可信，因为这句诗的意思与陶渊明《饮
酒》二十首小序中的"无夕不饮，顾影独尽"也隐约相似，这首诗的风格与
陶渊明的诗也很相近，从陶渊明那里接受启发的可能性远远大于一句多

数人陌生的话语,当然从人、影对酌发展到月、人、影三人相邀,则是李白的想象力。

③ 将:与。

④ 无情游:忘却世俗交情的友谊与交往。因为"月"与"影"都不通人事,所以与自己不是世俗所理解的那种交情;邈云汉:遥远的星空,这里指仙境。

访戴天山道士不遇①

犬吠水声中,桃花带露浓。
树深时见鹿,溪午不闻钟②。
野竹分青霭,飞泉挂碧峰。
无人知所去,愁倚两三松。

① 戴天山:又名大康山或大匡山,在今四川江油西三十里,开元初李白曾在山中大明寺读书。

② 溪中到了午时还听不到钟声,暗示道士未归。

送友人

青山横北郭,白水绕东城。
此地一为别,孤蓬万里征①。
浮云游子意,落日故人情②。
挥手自兹去,萧萧班马鸣③。

① 蓬草遇风吹散,漂泊无定,是中国古代诗人常用来比喻远行者的意象。

② 浮云和孤蓬一样四处飘荡,相传西汉苏武、李陵的赠答诗中就有"仰视浮云驰,奄忽互相逾。风波一失所,各在天一隅"的说法,《文选》李善注说:"飘摇不定,逮乎因风波荡,各在天之一隅,以喻人之客游飞薄亦尔",后来曹丕《杂诗》之二、徐干《室思》、应玚《别诗》之一、陶渊明《于王抚军

座送客》《咏贫士》、江淹《还故国》等都用浮云作为游子漂泊的意象；落
日下山仿佛与人别离，陈后主《自君之出矣》之四"思君如落日，无有暂还
时"，但黄昏牛羊归来田夫返家，又是盼望团聚不忍分别的意象，可参见
王维《渭川田家》注②。

③ 萧萧：马叫声，《诗经·小雅·车攻》中有"萧萧马鸣"；班马则为离群之
马，《左传》"有班马之声"句杜预注"班，别也"；这句说分别时马也发
出萧萧悲鸣。

登金陵凤凰台 ①

凤凰台上凤凰游，凤去台空江自流。
吴宫花草埋幽径，晋代衣冠成古丘 ②。
三山半落青天外，一水中分白鹭洲 ③。
总为浮云能蔽日，长安不见使人愁 ④。

① 金陵即今江苏南京，凤凰台在城西南凤凰山，相传南朝宋时有三只凤凰
降于此而得名。

② 三国时吴国曾建都于金陵，这里说吴国宫殿里小径都已被花草埋没，东晋
的国都也曾在这里，诗里则说晋代风流潇洒的士族文人都已变成了坟丘，
暗示岁华变迁的伤感。在另一首《金陵凤凰台置酒》中他也曾感叹"六帝
没幽草，深宫冥绿苔"。

③ 三山：金陵西南临江的三座山峰，据陆游《入蜀记》说："三山自石头及凤
凰台望之，杳杳有无中耳，及过其下，则距金陵才五十馀里。"一水：一作
"二水"，指秦淮河；白鹭洲：据宋代乐史《太平寰宇记》卷九十，"在大江
中，多聚白鹭，因名之"，《大明一统志》卷六则指出它"在府西南江中"，
靠长江东岸，秦淮河穿城而出入长江，正好分成两支绕过白鹭洲，所以说
"中分白鹭洲"。

④ 末两句很多注家都猜是李白"自伤谗废，望帝乡而不见，触景生愁"（胡
震亨《李诗通》），明瞿佑《归田诗话》卷上甚至以这两句有"爱君爱国之

意"，因而觉得比崔颢《黄鹤楼》末两句只有"乡关之念"强得多。其实，诗的高低未必要从政治寓意上来比较。这两首诗很像，也有人说是李白因为不敢题黄鹤楼而另写这首来与崔颢比试，所以，用它们来比较也是可以的，但绝不能以谁有政治含意来论高下，崔颢诗在前，李白诗在后，若是真有比试或拟作的意思，李白这首诗就要稍逊一筹了。若抛开先后时间关系，那么倒还是刘克庄《后村诗话》说得对，这两首诗"格律气势未易甲乙"，而李白另有一首《鹦鹉洲》，全为模拟《黄鹤楼》，的确"取法乎上，仅得其中"，远不如崔颢原作。

苏台览古 ①

旧苑荒台杨柳新，菱歌清唱不胜春。
只今惟有西江月，曾照吴王宫里人 ②。

① 苏台：即姑苏台，宋范成大《吴郡志》卷八引了地方志和史书证明它在吴县（今江苏苏州）西南，是春秋末期吴王夫差所建。

② 李白另一首《把酒问月》中"今人不见古时月，今月曾经照古人"可以作这两句诗的注脚，参看张若虚《春江花月夜》注⑤。张九龄《望月怀远》注①。《唐宋诗醇》说这首诗"通篇言其萧索，而末一语兜转其盛"，和另一首《越中览古》三句说盛一句转入荒凉不同，但在盛衰对比中显示伤感却是一样的，这是怀古咏史诗的一个常用格式。

山中与幽人对酌

两人对酌山花开，一杯一杯复一杯。
我醉欲眠卿且去 ①，明朝有意抱琴来。

① 这句诗套用陶渊明的话，《宋书》卷九三《陶潜传》说陶渊明"若先醉，便语客：我醉欲眠卿可去"，后来宋人葛立方《韵语阳秋》卷十九说这两人"虽曰任真之言，然亦太无主人之情矣"，真有些胶柱鼓瑟，把诗中语当

作请客吃饭的请帖了。

闻王昌龄左迁龙标遥有此寄 [①]

杨花落尽子规啼，闻道龙标过五溪 [②]。
我寄愁心与明月，随风直到夜郎西 [③]。

[①] 王昌龄因事被贬为龙标尉，李白听说后写了这首诗遥寄给他表示同情与
悲哀。左迁：古人尊右卑左，所以把贬官叫左迁；龙标：在今湖南黔阳。

[②] 五溪：指今湖南西部的辰溪、酉溪、巫溪、武溪、沅溪。

[③] 夜郎：指唐贞观年间所设置的夜郎县，在今湖南芷江西南，龙标在夜郎
西面。这两句的意思很多人都写过，像曹植《杂诗》"愿为南流景，驰光见
我君"，汤惠休《杨花曲》"黄鹤西北去，衔我千里心"，张若虚《春江花
月夜》"愿逐月华流照君"，王维《送沈子福之江东》"惟有相思似春色，
江南江北送君归"，但都不如李白这两句来得奇特，把月亮和心灵都当作
了可以任意挪来移去的东西，这种想象在李白诗里一再被使用，像"雁引
愁心去，山衔好月来"（《与夏十二登岳阳楼》），前一句的意思又曾写成过
"狂风吹我心，西挂咸阳树"（《金乡送韦八之西京》），后一句的意思则
写成过"长留一片月，挂在东溪松"（《送杨山人归嵩山》），这两联仿佛一
个模子里铸出似的，把不可能挂起来的心与月都挂在了树上，而这首诗似
乎又把挂在树上的月亮与心灵当作一片题了字的树叶，让风吹到夜郎西面
去了。

黄鹤楼送孟浩然之广陵 [①]

故人西辞黄鹤楼，烟花三月下扬州 [②]。
孤帆远影碧空尽，唯见长江天际流 [③]。

[①] 之：去；广陵：即今江苏扬州。

[②] 烟花三月：花树繁茂浓艳的春天。

③ 这两句的意境在他另一首诗《送别》中也曾出现过，写作"云帆望远不相见，日暮长江空自流"，但由于少了"碧空"、"天际"四字，不仅少了辽远的空间感受，也少了渺茫的视觉效果。

望天门山 ①

天门中断楚江开，碧水东流至此回。
两岸青山相对出，孤帆一片日边来。

① 天门山：在今安徽当涂、和县的长江边，东岸是博望山，西岸是梁山，夹江而峙，相对如门。李白另有《天门山铭》说："梁山、博望，关扃楚滨，夹据洪流，实为吴津，两坐错落，如鲸张鳞。"

望庐山瀑布水 ①

日照香炉生紫烟 ②，遥看瀑布挂前川。
飞流直下三千尺，疑是银河落九天。

① 参看张九龄《湖口望庐山瀑布水》注① ，原题二首，这里选第二首。
② 参看张九龄同诗注② 。

早发白帝城 ①

朝辞白帝彩云间，千里江陵一日还。
两岸猿声啼不住 ②，轻舟已过万重山 ③。

① 白帝城：在今四川奉节东白帝山上，为东汉末公孙述所筑。
② 清人沈德潜、施补华、桂馥都指出这一句的作用是使"文势不伤于直"（《唐诗别裁》卷二十），"有此句走处仍留，急语仍缓"（《岘佣说诗》），"能使通首精神飞越，若无此句，将不得为才人之作矣"（《札朴》）。

③ 《太平御览》卷五十三，引盛弘之《荆州记》："三峡七百里中，两岸连山，略无阙处，重岩叠嶂，隐天蔽日。……有时朝发白帝，暮至江陵，其间一千二百里，虽乘奔御风，不为疾也。……每晴初霜旦，林寒涧肃，常有高猿长啸，属引凄异，空岫传响，哀转久绝。故渔者歌曰：'巴东三峡巫峡长，猿鸣三声泪沾裳'"，可与此诗参看。

高适·三首

　　高适（702—765），字达夫，蓨（今河北景县南）人。早年随父居岭南，后移居商丘、宋中。据说他年轻时"不拘小节"，好"隐迹博徒"（《河岳英灵集》卷上），甚至"以求丐取给"（《旧唐书》卷一一一《高适传》），但中年以后却忽然官运亨通，自天宝八载（749）举有道科后，十年间一直当到太子少詹事、彭州刺史、蜀州刺史，最后当到刑部侍郎、左散骑常侍，并封了渤海县侯，在唐代诗人中他是仕途最顺利的一个。在杜甫《寄彭州高三十五使君适虢州岑二十七长史参三十韵》中虽然已经有"高、岑殊缓步，沈、鲍得同行"的诗句，但真正把高适、岑参并提并冠以"悲壮"二字风格的则是宋人严羽的《沧浪诗话》，后来很多人都首肯了这一评价，像明代高棅《唐诗品汇·总序》、胡应麟《诗薮》内编卷二等。但同样是"悲壮"，高适的悲壮中带有质直古朴，岑参的悲壮中却显出奇峭挺拔，相比起来，高适的诗写得沉重古板，更多地残存了汉、魏、西晋古诗的馀风，不如岑参的诗那么轻快聪明，能给人以奇峭瑰丽的新鲜感，高适的诗写得质直平拙，虽然"多胸臆语，兼有气骨"（《河岳英灵集》卷上），但缺乏含蓄悠长的涵蕴，不如岑参的诗那么耐人寻味富于诗意，所以明胡应麟《诗薮》内编卷二说"嘉州清新奇逸，大是俊才，质力造诣，皆出高（适）上"。

燕歌行 ①

汉家烟尘在东北，汉将辞家破残贼 ②。
男儿本自重横行，天子非常赐颜色 ③。
摐金伐鼓下榆关，旌旆逶迤碣石间 ④。
校尉羽书飞瀚海，单于猎火照狼山 ⑤。

山川萧条极边土，胡骑凭陵杂风雨⑥。

战士军前半死生，美人帐下犹歌舞⑦。

大漠穷秋塞草腓⑧，孤城落日斗兵稀。

身当恩遇恒轻敌⑨，力尽关山未解围。

铁衣远戍辛勤久，玉箸应啼别离后⑩。

少妇城南欲断肠，征人蓟北空回首。

边风飘飖那可度，绝域苍茫更何有。

杀气三时作阵云，寒声一夜传刁斗⑪。

相看白刃血纷纷，死节从来岂顾勋⑫。

君不见沙场征战苦，至今犹忆李将军⑬。

① 题下原有序文说："开元二十六年，客有从御史大夫张公出塞而还者，作《燕歌行》以示适，感征戍之事，因而和焉。"这里的"张公"指河北节度副使张守珪，开元二十三年（735）张守珪任辅国大将军兼御史大夫，据《旧唐书·张守珪传》记载，开元二十六年他的部下打了败仗，张守珪非但不据实上报，反而宣称打了胜仗，还贿赂前去调查的人，高适这首诗大约就是针对此事而写的。燕歌行是乐府旧题，属"相和歌·平调曲"，首创于曹丕，据冯班《钝吟杂录》说梁元帝曾有《燕歌行》，《周书·王褒传》则说王褒曾作《燕歌行》，"妙尽关塞寒苦之状，元帝及诸文士并和之"。燕指今河北北部，《乐府广题》说《燕歌行》是"良人从役于燕而为此曲"，多写思妇征夫的别离和边塞生活的艰辛，高适这首《燕歌行》仿佛把所有这些方面的内容都和谐地融进了一首诗中。

② 以汉喻唐是唐代诗人惯用的手段，这并不是避讳，而是感到这样写更方便更含蓄，况且在唐代诗人心中，唐代就是大汉帝国的再现。

③ 横行：指旁若无人地冲击，无人可挡地扫荡，《史记·季布列传》"愿得十万众，横行匈奴中"。赐颜色：给予厚遇。

④ 拟金伐鼓：指军队中用于号令的敲钲击鼓；榆关：山海关；旌旆：旗帜；逶迤：连绵不绝的样子；碣石：山名，在今河北，这里泛指东北滨海地区。

⑤ 校尉: 武将官名, 泛指领兵将领; 羽书: 即插羽毛表示紧急的文书; 瀚海: 大沙漠; 单于: 匈奴首领, 这里代指当时与唐战争的契丹、奚族首领; 狼山: 泛指敌我交战处, 今内蒙乌拉特旗、河北易县均有狼山, 但这首诗里的"狼山"只是泛称, 而未必实指某地。

⑥ 敌方骑兵倚仗优势, 像狂风暴雨般进攻。

⑦ 战士在战场上拼得出生入死, 将军营帐中却仍在欣赏美人歌舞。

⑧ 腓: 病, 枯萎。

⑨ 轻敌不是轻视敌人而是蔑视敌人。

⑩ 铁衣: 铁甲。玉箸: 借指远在家乡妻子的眼泪, 见刘孝威《独不见》: "谁怜双玉箸, 流面复流襟。"

⑪ 白天杀气升腾于阵地上空历久不散, 夜里刁斗整夜敲得心里发寒。刁斗: 军中巡夜打更的铜器。

⑫ 死节: 为国而死; 顾勋: 为了个人利禄官位。

⑬ 李将军: 西汉名将李广,《史记·李将军列传》说李广"得赏赐, 辄分其麾下, 饮食与士共之。……士卒不尽饮, 广不近水, 士卒不尽食, 广不尝食"。这与"战士军前半死生, 美人帐下犹歌舞"成了尖锐对照, 所以高适说"至今犹忆李将军"。

别董大 ①

千里黄云白日曛 ②, 北风吹雁雪纷纷。
莫愁前路无知己, 天下谁人不识君 ③。

① 原题两首, 这是第二首。董大, 一说是当时著名音乐演奏家董庭兰, 李颀有《听董大弹胡笳兼寄语房给事》, 这个董大就是《旧唐书·房琯传》所记的董庭兰。但敦煌出土唐抄本《唐诗选》(伯2567、伯2552)中这首诗题作《别董令望》, 那么董令望是否就是董庭兰、董大就成问题了, 也许另有一人也是董大叫董令望。

② 曛: 日色昏暗。

③《而庵说唐诗》卷十一说"此诗妙在粗豪",就是指这两句,它不像一般赠别诗又是折柳又是抹泪,比王勃"海内存知己,天涯若比邻"更多一份自信与爽快。

和王七玉门关听吹笛 ①

胡人吹笛戍楼间, 楼上萧条海月闲 ②。
借问落梅凡几曲, 从风一夜满关山 ③。

① 这首诗的诗题,《河岳英灵集》卷上作《塞上闻笛》,《高常侍集》作《塞上听吹笛》,这里根据《国秀集》。王七:不详,有人认为是王之涣,这首诗就是和王之涣《凉州词》的(见岑仲勉《唐人行第录》)。

② 这两句《高常侍集》与《国秀集》不同,是"雪净胡天牧马还,月明羌笛戍楼间",《河岳英灵集》和《国秀集》也有小异,是"胡人羌笛戍楼间,楼上萧条明月闲"。

③ 这两句《高常侍集》和《河岳英灵集》都是"借问梅花何处落,风吹一夜满关山"。落梅,指《梅花落》乐曲,《乐府诗集》说"本笛中曲也",属"横吹曲"。参看王之涣《凉州词》注③。

储光羲·七首

储光羲（约706—？），祖籍兖州（今山东兖州），家居润州（今江苏镇江）。开元十四年（726）中进士，当过安宜等地县尉，曾辞官归隐，天宝六载至七载间（747—748）又出任太祝、监察御史。安史之乱时曾接受过安史叛军的职务，后来虽然自己逃归，但安史乱平后仍被贬到岭南。

储光羲的诗很像陶渊明的诗，他和王维又是好朋友，所以后人总是拿他和陶、王比较，陶渊明时代早，来头大，是田园诗的祖师，所以储光羲只能以徒子徒孙的身份屈居于后，但王维和他时代相同，以平辈相较，于是后人可以不客气地评价他们的高下。储光羲是盛唐最爱写田园诗的人，也是最善于写朴素质直的古体诗的人，所以后人觉得似乎王维都不如他，像清人施补华《岘佣说诗》就说"储光羲《田家》诸作真朴处胜于摩诘"，贺贻孙《诗筏》也说储光羲"与王着着敌手而储似争得一先"。当然，如果单就描写田园的五言古诗而论，这些评论似乎大体不错，储光羲的五言古诗语言风格很接近魏晋人，不仅常用虚词，语序平畅，很少对仗，连句子都常常直接化用魏晋诗句，他的田园诗也往往能写出一些本色农夫的生活体验和心理感受，像"顾望浮云阴，往往误伤苗"（《同王十三维偶然作》其一）刻画农民锄田时盼望雨水的心情，就和陶渊明"平畴交远风，良苗亦怀新"一样当得起"非古之耦耕植杖者不能道此语"的称赞（《王直方诗话》），"既念生子孙，方思广田畴"（《田家杂兴》其一）描写农村生儿育女需要土地的心理，一针见血地说到了从古到今农民的生育观念和土地意识，比起王维田园山水诗语言的隽秀清丽以及诗中流露的那种旁观者意识来，储光羲诗的确"历齿蓬头"（《小瀣草堂杂论诗》）、"存其朴实"（《说诗晬语》），"拟陶……

较王（维）为近"（《载酒园诗话又编》）。

不过，"近陶"并不能作为评价诗歌高下的标准，就像扮演伟人惟妙惟肖的演员决不等于伟人本身也决不证明其本人伟大一样，在诗歌的唐代成功地再现诗歌的晋代并不是一件值得夸耀的事，储光羲诗的朴素语言虽然更接近陶渊明，但毕竟缺乏创新，而他"煦媮命僮仆，可以树桑麻"（《田家即事答崔二东皋作》其一）、"裴回顾衡宇，僮仆邀我食"（《同王十三维偶然作》其九）则表明他和王维一样，也只是一个农村生活的旁观者，那些本色田夫语也和秀词丽句一样只是装饰性花絮，虽然后者越妆越丽前者却越缀越朴。盛唐诗歌的超绝之处之一在于，把六朝以来朴素流畅的语脉和精丽新巧的语词两种语言技巧糅合成一种全新的诗歌语言，并不在于使诗歌语言回复到诗文浑然不分的古朴状态，因此，从这个意义上来说，储光羲不如王维绝不仅仅在于"王之诸体皆妙而储独以五古胜场"（《诗筏》），而恰恰在于他太像陶渊明而王维却已经不太像陶渊明了。

钓鱼湾[1]

垂钓绿湾春，春深杏花乱[2]。
潭清疑水浅，荷动知鱼散[3]。
日暮待情人，维舟绿杨岸[4]。

[1] 这是储光羲《杂咏》五首中的第四首。
[2] 乱：杏花缤纷开放的样子。
[3] 后一句仿佛谢朓《游东田》中的"鱼戏新荷动"。
[4] 维：系。

同王十三维偶然作[1]

野老本贫贱[2]，冒暑锄瓜田。
一畦未及终，树下高枕眠。

荷篠者谁子？皤皤来息肩③。

不复问乡墟，相见但依然④。

腹中无一物，高话羲皇年⑤。

落日临层隅，逍遥望晴川⑥。

使妇提蚕筐，呼儿榜渔船⑦。

悠悠泛绿水，去摘浦中莲。

莲花艳且美，使我不能还。

① 原题共十首，这是第三首。王十三维：即王维，他排行第十三。

② 野老：田野老农。

③ 肩挑耘田竹器的是谁？他头发花白，前来休息。荷：肩扛；篠：耘田用的竹制农具；《论语·微子》里记一个隐士叫"荷篠丈人"，他曾讽刺孔子"四体不勤，五谷不分"；皤皤：头发斑白貌。

④ 也不问他从哪里来，相见时就像遇见老熟人一样。

⑤ 羲皇年：伏羲的时代。据说那是一个太平无事的时代，陶渊明《与子俨等疏》自称："五六月中，北窗下卧，遇凉风暂至，自谓是羲皇上人"，后来常用这个词来表现闲适隐居之乐和朴素淳厚之风，像李白《经乱离后天恩流夜郎忆旧游书怀赠江夏韦太守良宰》"百里独太古，陶然卧羲皇"。

⑥ 层隅：重重叠叠的山角；晴川：晴空下的河流。

⑦ 榜：本指船桨，这里指划船。

田家杂兴①

其 一

梧桐荫我门，薜荔网我屋②。

迢迢两夫妇③，朝出暮还宿。

稼穑既自种，牛羊还自牧。

日旰懒耕锄④，登高望川陆。

空山足禽兽，墟落多乔木⑤。

白马谁家儿⑥，联翩相驰逐。

其 二

种桑百馀树，种黍三十亩⑦。
衣食既有馀，时时会亲友。
夏来菰米饭⑧，秋至菊花酒。
孺人喜逢迎，稚子解趋走⑨。
日暮闲园里，团团荫榆柳⑩。
酩酊乘夜归，凉风吹户牖⑪。
清浅望河汉，低昂看北斗⑫。
数瓮犹未开，明朝能饮否？

① 原题共八首，这里选的是第七、八首。
② 荫：树影遮蔽；薜荔：又名木莲、木馒头，是一种蔓藤类植物，东汉王逸注
　《离骚》"贯薜荔之落蕊"时说："薜荔，香草也，缘木而生。"网：藤蔓如
　网一样罩着。
③ 迢迢：远离世俗的清高貌。
④ 日旰：日暮。
⑤ 足：多。墟落：村落。
⑥ 白马：指贵豪少年。
⑦ 黍：黏小米，俗称黄米子。古代人似乎觉得有宅有田，衣食温饱，就心满意
　足了。《孟子·梁惠王上》曾提出一个理想的小康社会中的人家是"五亩
　之宅，树之以桑"，外加"百亩之田，勿夺其时"，所以陶渊明归隐故乡，也
　以"方宅十馀亩，草屋八九间。榆柳荫后檐，桃李罗堂前"为知足常安的
　物质基础（《归园田居》其一），储光羲这里所谓"种桑百馀树，种黍三十
　亩"，实际上也是学学陶渊明的口吻，顺着传统的"小康"模式表示自己的
　恬然自怡，并不一定真的是他家业的精确登记表。
⑧ 菰米：茭白的果实像米，也叫"雕胡米"，可以做饭，古人以它为六谷
　之一。

⑨ 孺人：妻子；稚子：小儿子。这两句意思是妻子喜欢接待来客，小儿也已懂得替人忙前忙后。

⑩ 黄昏闲暇时，团团坐在园中榆柳树荫下乘凉。

⑪ 户牖：门窗。

⑫ 这两句是倒装句，意思是仰看银河清浅，北斗上下。

江南曲①

其　一

逐流牵荇叶②，缘岸摘芦苗。
为惜鸳鸯鸟，轻轻动画桡③。

其　二

日暮长江里，相邀归渡头。
落花如有意，来去逐船流④。

① 原题四首，这里选第二、三首。

② 荇：水生植物，嫩叶可食。

③ 因为爱惜鸳鸯而不惊动它们，所以轻轻地划桨。

④ 落花好像有情，飘来飘去跟着船走。

咏山泉

山中有流水，借问不知名。
映地为天色，飞空作雨声①。
转来深涧满，分出小池平②。
恬澹无人见，年年长自清。

① 衬着地面像天空一样清碧，飞溅空中发出下雨的声音。

② 山泉转流而使深涧水满，分流到池塘则使池塘水与岸齐平。

杜甫·二十四首

　　杜甫（712—770），字子美，巩县（今河南巩县）人，杜审言之孙。开元年间他曾漫游吴越齐赵作诗交友，虽然据说当时一些文坛名人都称赞他像汉代的扬雄、班固（《壮游诗》），可是去考进士却落第了。天宝五载（746），杜甫来到当时政治文化中心长安，希望在这里找到实现他"致君尧舜上，再使风俗淳"（《奉赠韦左丞丈二十二韵》）的理想的阶梯，但四处投诗献文却得不到当路者的援手，生活陷于困顿之中。虽然他于天宝十载、十三载两度献赋曾使唐玄宗颇为惊奇，但他却没有李白那么走运，直到安史之乱前夕才得到了一个掌管兵器甲仗和门禁锁钥的正八品下的小官右卫率府胄曹参军。安史之乱中，他曾在西去途中被叛军俘虏送往长安，脱逃后到当时朝廷所在地凤翔当了左拾遗，但随即又触怒唐肃宗，乾元元年（758）被贬为华州司功参军。第二年杜甫弃官西行，度关陇，客秦州，寓同谷，最后到了四川，定居于成都浣花溪旁，一住就是六七个年头。在这段时间里，他有时赋闲在家，也有时在幕府任职，曾当过参谋、检校工部员外郎。永泰元年（765）他离开成都后，又在夔州（今四川奉节）住了两年，大历三年（768）他结束了蜀中生活，携家出峡，在鄂、湘一带又漂泊了三年，最后在"郁郁冬炎瘴，濛濛雨滞淫"、"乌几重重缚，鹑衣寸寸针"（《风疾舟中伏枕书怀》）的凄惨境地中死于途中，最终没能回到他梦魂萦绕的"故国"。

　　在古代文人心目中，杜甫赢得"古今诗人第一"的地位，有一半靠了他诗歌内容里对国家君主忠贞不渝的信念、始终如一的热爱以及对苦难百姓的怜悯，不过，在中国诗史上杜甫赢得"诗圣"的桂冠却有一半要凭他在诗歌语言技巧上的变革与创新。毋庸置疑，他诗中感情的真挚和胸怀的博大是了不起的，很少有人能和他那种"时危思报主"(《江上》)与"一洗苍生忧"(《凤凰台》)的拳拳之心相比,所以宋人说"古今诗人众矣,而子美独为首者,岂非以其流落饥寒终身不用,而一饭未尝忘君也欤"(苏轼《东坡集》卷二十四《王定国诗集叙》),"大抵哀元元之穷,愤盗贼之横……亦骚人之伦而风雅之亚也"(孔武仲《宗伯集》卷六《书杜子美〈哀江头〉后》)。问题是这种情感和抱负虽然不能说是"老生常谈",却绝不是诗歌的新鲜话题,就以"朱门酒肉臭,路有冻死骨"为例,《瓯北诗话》卷二就指出这个对比在《孟子》《史记》《淮南子》中已经有过,而这一思想也只是《论语》《礼记·礼运》中某种大同理想或平均主义的唐代诗歌版,对于杜甫这样一个"奉儒守官"又"好论天下大事,高而不切"的文人来说,有这样的人格境界固然难能可贵但也理有必然(《新唐书》卷二〇一本传)。在中国富于入世精神的诗歌传统中,写出这样的诗句固然令人敬佩但不能令人惊异,诗歌的一些主题常常是代代沿袭的,沿用传统主题并不能使人成为思想家,更不消说成为杰出诗人,因为诗歌显然不靠你写什么,只能靠你怎么写,也就是如何变化、创新诗歌语言技巧来决定诗人的"诗史意义"。

是宋代人发现了杜甫在人格上的意义,也是宋代人察觉了杜甫在诗歌史上的价值。虽然杜甫在唐代已经名气很大,但唐代人却不怎么真正了解杜甫的诗,即便是宋初有王禹偁说到了"子美集开诗世界"(《日长简仲咸》)、孙何说到了杜甫"语成新体句"(《读杜子美集》),宋初大多数人也只是跟着元稹那一句"辞气豪迈"顺口打转,凭着印象大赞杜诗之"豪",像田锡、欧阳修、张方平、苏舜钦、范仲淹等等,于是杜甫似乎成了一个只会粗声大气说豪言壮语的莽汉。直到宋人想翻个筋斗跳出唐诗的天罗地网,自己开垦一块生荒地的时候,他们才仔仔细细地看出了杜诗的好处在于语言技巧的更新,于是他们细细地剔理杜诗的篇法,分析杜诗的句法,学习杜诗的字法,揣摩杜诗的声律,发现杜诗原来是一座开不尽掘不完的诗歌技巧宝库,是一份足够模拟仿效很久的诗歌语言范本,杜甫在诗史上的"诗圣"桂冠才被宋人恭恭敬敬地奉上,因此便有了仙童教杜甫在豆垄里掘"诗王"金字的神话(《云仙杂记》卷一)、杜诗可以驱疟的鬼话(《苕溪渔隐丛话》后集卷七引《艺苑雌黄》)、杜诗是诗歌中的"六经"的迂话(《扪虱新话》卷七)。但是,宋人发现了这些诗歌语言技巧却没有认真思索这在整个诗史上的意义,秦观《淮海集》卷二十二《论韩愈》所说的杜诗"集大成",给人的印象仿佛杜甫真的是掌管前代诗歌各种家什的钥匙的胄曹参军,把古人遗产统统搜罗在自己武库中供人挑挑拣拣,所以苏轼说"为诗欲法度备足当看杜子美"(《竹庄诗话》卷一引),而明清人生在宋人之后却看清了杜诗的意义在于它是诗史上的"变体"或"变调",它不仅改变了汉魏齐梁的诗歌语言甚至改变了"温柔掩雅,典丽冲和"的盛唐诗风(清施闰章《学馀堂文集》卷六《徐伯调五言律序》,参见明何景明《大复集》卷十四、王世贞《艺苑卮言》卷四、清沈德潜《说诗晬语》、叶燮《原诗》),于是他们给了杜甫一句更切合的评语"子美中兴……一变前人而前人皆在其中"(冯班《钝吟杂录》卷七《诫子帖》),所谓"前人皆在其中"即秦观所谓的"集大成","一变前人"则是《说诗晬语》所谓的"独开生面",而"中兴"就是说杜甫承上启下成了中国诗歌史上的一个标帜,划分着前后两个诗史时代。

我们曾用"快"字来象征李白的诗思,我们也可以用"细"字来形容杜甫的诗艺。这个"细"字不是我们的杜撰而是杜甫的夫子自道,他曾说"老来渐觉诗律细",这"细"就是他"新诗改罢自长吟"、"语不惊人死不休"的结果。古人常以"飘逸"、"沉郁"来分别形容李、杜诗,这种近乎对仗的象征主义评语虽然未必有意对举却让人想到另外两个比喻:"李青莲诗佳处在不着纸,杜浣花诗佳处在力透纸背"(清洪亮吉《北江诗话》),不着纸的飘逸仿佛列子御风,透纸背的沉郁仿佛拈针绣花,如果说李白的脱口而出常常是不自觉的宣泄情感,那么杜甫的反复长吟则是自觉地造句作诗,用刘熙载《诗概》的话来说就是"少陵思精,太白韵高",思精正是为了在诗歌语言上"独开生面"。杜甫生当声律风骨大备的盛唐，不另辟蹊径花样翻新势必淹没在诗海里无声无息，杜甫并非自甘寂寞的人，"诗是吾家事"的念头使他全身心地写诗，"好胜"的性格使他呕心沥血地创新，"性僻耽佳句"的习惯使他挖空心思地造句，明陆时雍《诗镜总论》曾指责他"在于好奇，作意好奇则于天然之致远矣。……细观之，觉几回不自在"，其实"作意好奇"正是杜甫自觉的追求，"不自在"正是杜甫革新的效果。他对诗歌尤其是近体律绝的句法、字法、篇法、声律都苦苦地琢磨，近体诗中虚字日益消退，他便有意羼入虚字使它化虚为实并曲折诗意（参见《石林诗话》卷中、《对床夜语》卷二、《瓯北诗话》卷二），近体诗日益陷入典丽雅致的套话，他便有意用生新的僻语和平畅的俗语去矫正（参见《冷斋夜话》卷四、《岁寒堂诗话》卷上、《师友诗传录》《岘佣说诗》论杜诗中"粗俗语"），近体诗日益受到定型句法与节奏的束缚，他便刻意用省略、倒装、虚词、离析句等反常的句法去扭曲它（参见《麈史》卷中论杜诗"多离析或倒句"条、《艺圃撷馀》论杜诗"结构自成一家言"条、《瓯北诗话》卷二论杜诗"独创句法"条、《说诗晬语》论杜诗"倒插"、"反接"条），近体诗声律日益谐调定型，他就刻意破弃音律作拗律吴体来矫正它（参见《环溪诗话》卷中论黄山谷拗体在杜诗中条，《瀛奎律髓》卷二五论老杜吴体条），尤其是他紧缩与舒展的两种句法，清人潘德舆《养一斋李杜诗话》卷二曾看出杜甫"有极意研练之诗，亦有兴到疾挥之诗"，其实前者即《童蒙诗训》引谢无逸所说的"雕琢语到极至处"的句式，它用了紧缩节略，颠倒错综、反接实插各种方式"冥心刻骨，奇险到十二三分"（《瓯北诗话》卷二），以至于"一句说得多事"、"意脉深藏曲折"、"字字不闲"（参见《诚斋诗话》《环溪诗话》《碧溪诗话》卷四），使这些诗句仿佛到处潜伏着机关，读到它时似乎迎头撞上意象接踵而来的车轮大战，让人目不暇接、手忙脚乱，又似乎踏进意脉变幻莫测的天门大阵，不得不小心翼翼地跟着它走兑踏坎寻找生门；后者即《童蒙诗训》引谢无逸所说的"自然不做底语到极至处"的句式，它看上去自然流畅明白如话，即元稹所谓"直道当时语"（《酬孝甫见赠十首》其二）、元人所谓"只把寻常话作诗"（《逸老堂诗话》引），其实这种看似"近质野"（《苕溪渔隐丛话》前集卷四十八）的句式对于当时诗坛已惯熟的句法恰是一种矫枉的变体，而这些看似平易寻常的诗句恰恰也是一种深思熟虑的"人造自然"，仿佛雕梁画栋的大观园里精心布置的那个稻香村。这两种句法对当时的诗歌实在是一种变革，所以当看惯了按部就班照本宣科式诗歌的人看到杜诗时便觉得他很"生"很"怪"，而宋初人读了杜诗之后也觉得它"驰骤怪骇"（孙仅《读杜工部诗集序》）得像"万蛟盘险句"（张伯玉《读子美集》），因为对于走惯了平坦而熟悉的路子的人来说，杜诗大变常态的确让人感到陌生与惊畏，但是当宋人想明白了"随人作诗终后人"（《仕学规范》卷三十九引黄庭坚语）的道理之后，这种把诗写得很"生"或很"熟"的方法就无疑给后人指出了一条生路，开出了无限法门。所以，当我们仔细梳理杜甫身后诗歌语言的变化脉络时，我们就会同意王禹偁的那句话："子美集开诗世界。"

石壕吏[①]

暮投石壕村，有吏夜捉人。
老翁逾墙走，老妇出门看。
吏呼一何怒，妇啼一何苦。
听妇前致词[②]：三男邺城戍[③]。
一男附书至[④]，二男新战死。
存者且偷生，死者长已矣[⑤]。
室中更无人，惟有乳下孙。
有孙母未去，出入无完裙。
老妪力虽衰，请从吏夜归。
急应河阳役，犹得备晨炊[⑥]。

夜久语声绝，如闻泣幽咽。
天明登前途，独与老翁别⑦。

① 这是杜甫著名的"三吏三别"之一，"三吏三别"除本首之外还有《新安吏》《潼关吏》《新婚别》《垂老别》《无家别》，都写于乾元二年（759）的兵荒马乱之中，据《资治通鉴》卷二二一记载，当时朝廷的九个节度使六十万大军败于安史叛军首领安庆绪、史思明，"战马万匹，惟存三千，甲仗十万，遗弃殆尽"，各节度使纷纷溃退回自己的辖区，其中郭子仪等"以朔方军断河阳桥保东京"，由于兵员不足，便大肆拉夫抓丁。当时杜甫正从洛阳回华州，就把目击的纷乱景象写成了这组乐府诗。这组乐府诗不再沿用乐府旧题，而是"即事名篇"，所以被后人称为"新乐府"。石壕：村镇名，在今河南陕县东七十里。

② 以下一直到"犹得备晨炊"十三句均为老妇对来捉丁的人说的话。

③ 三男：三个儿子；邺城：即相州，在今河南安阳，乾元元年（758）冬，九节度使二十万大军围攻此地，次年春，大败。

④ 附书：捎信。

⑤ 死者永远消失了。

⑥ 河阳：今河南孟县，郭子仪、李光弼军于乾元二年（759）退守河阳；备晨炊：做早饭。

⑦ 这四句是全诗最精彩的句子，王嗣奭《杜臆》卷三说是"此语夜久始绝，至晨行而独与翁别，则妇夜去矣，翁亦自知可免，故敢出而别客也"，这只看到了其一而没有看到其二，"夜久语声绝，如闻泣幽咽"句不仅涉及了一整夜抽泣独悲的儿媳的心情，还点出了辗转反侧久久不能入眠的诗人心头的关切，"天明登前途，独与老翁别"不仅与首句投宿互相呼应，而且"独"字更暗示了别去诗人无言的悲哀，这种作者不直接出面的方式就是后人评《史记》时所谓的"寓论断于叙事"，比那种作者直截了当地说出褒贬是非的方式要含蓄得多，像晚唐诗人唐彦谦学这首诗写的《宿田家》，末尾用了六句"使我不能眠，为渠滴清泪。民膏日已瘠，民力日愈弊。

空怀伊尹心，何补尧舜治"，写自己的感受与议论，就未免画蛇添足，至于这首诗"含蓄"或省略了什么，人们自己可以揣摩体验，仇兆鳌《杜诗详注》卷七说"三男戍，二男死，孙方乳，媳无裙，翁逾墙，妇夜往，一家之中，父子兄弟祖孙姑媳，惨酷至此，民不聊生极矣"，浦起龙《读杜心解》说"丁男俱尽，役及老妇，哀哉"，都说得八九不离十，但以善于理解杜诗著称的王嗣奭在《杜臆》卷三却说杜甫言外之意是为了表彰"女中丈夫"，那位老妇"胸中已有成算"，诉说"一半妆假"，这就未免想过头了。这种理解把沉痛哀苦当成了机巧狡狯，把无可奈何当成了金蝉脱壳，于是一场悲剧便被看成了"智斗"或"舌战"式的滑稽戏。

茅屋为秋风所破歌

八月秋高风怒号，卷我屋上三重茅。
茅飞渡江洒江郊，高者挂罥长林梢[①]，
下者飘转沉塘坳。
南村群童欺我老无力，忍能对面为盗贼[②]。
公然抱茅入竹去，唇焦口燥呼不得，
归来倚仗自叹息。
俄顷风定云墨色，秋天漠漠向昏黑[③]。
布衾多年冷似铁，娇儿恶卧踏里裂[④]。
床头屋漏无干处，雨脚如麻未断绝[⑤]。
自经丧乱少睡眠，长夜沾湿何由彻[⑥]。
安得广厦千万间，大庇天下寒士俱欢颜，
风雨不动安如山。
呜呼！
何时眼前突兀见此屋，吾庐独破受冻死亦足[⑦]。

① 罥：结。
② 忍能：忍心这样。

③ 俄顷：不久；漠漠：天色昏黄。

④ 前句写棉絮多年发硬，后句写被里旧脆一蹬就破；恶卧：指睡觉不老实。

⑤ 这就仿佛俗话"屋漏偏遭连夜雨"，晚唐皮日休、陆龟蒙互相唱和，写有
《吴中苦雨因书一百韵寄鲁望》《奉酬袭美先辈吴中苦雨一百韵》《苦雨
杂言寄鲁望》《奉酬袭美苦雨见寄》，洋洋洒洒，又是"朽处或似醉，漏时
又如沃"，又是"鸡犬各淋漓，儿童但咿噢"，又是"儿饥仆病漏空厨"，又
是"千家濛瀑练"、"万瓦垂玉绳"，但怎么写也不及杜甫这几句来得亲近
而真实，读上去似乎真的置身于人家常有的雨中屋漏秋寒儿泣场景之中。

⑥ 丧乱：安史之乱；何由彻：怎样能熬到天亮。

⑦ 突兀：广厦高耸的样子；见：现。这种意思在白居易诗里又一次写成"争
得大裘长万丈，与君都盖洛阳城"（《新制绫袄成感而有咏》）、"安得万
里裘，盖裹周四垠。稳暖皆如我，天下无寒人"（《新制布裘》）。《苕溪诗
话》卷九说："子美诗意宁苦身以利人，乐天诗意推身利以利人，二者较
之，少陵为难"，这种评价未免胶柱鼓瑟得让人啼笑皆非，无论是"先天
下之忧而忧"还是"后天下之乐而乐"，都是很高的人格境界，无法比较优
劣，只是白居易照猫画虎，模拟前人，就不太像内心流出的真情实话，倒有
点像在照本演戏念台词时的假腔假调，宋代陆游《对酒》说"天寒欲与人
同醉，安得长江化浊醪"，纪昀评："即子美广厦，乐天大裘意"，其实陆游
只不过是想找伴同醉，根本没有"与民同乐"的意思，和杜甫相比境界更
低，甚至还比不上白居易。

望　岳①

岱宗夫如何？齐鲁青未了②。

造化钟神秀，阴阳割昏晓③。

荡胸生曾云，决眦入归鸟④。

会当凌绝顶，一览众山小⑤。

① 据说这是杜甫现存最早的诗作，有的考证说这首诗作于开元二十四年

（736），也有的考证说比这早一年或晚一年。岳指东岳泰山。

② 岱宗：即泰山，《风俗通·山泽》说"泰山，山之尊者，一曰岱宗，岱，始也，宗，长也。万物之始，阴阳迭代，故为五岳之长"。齐鲁都是春秋时代国名，《史记·货殖列传》"泰山之阳则鲁，其阴则齐"，后泛指今山东一带；未了：不尽，这句说泰山青色笼罩齐鲁甚至齐鲁以外。这两句用"夫如何"、"青未了"这种散文句式发端，在唐代五言诗中很罕见，但也造成了突兀奇崛的效果。

③ 造化：大自然；钟：聚集。阴阳：泰山向阳面与背阴面；割：分割。

④ 山间云气吞吐涤荡胸襟，睁大眼睛看到归去的飞鸟。王嗣奭说前一句"状襟怀之浩荡"，后一句"状眼界之开阔"（《杜臆》卷一）。曾，即层；决眦，裂开眼眶，即睁大眼睛。这两句都采用了倒装的句式，后一句甚至连视觉与被视物的主被动关系都倒装了，嵇康《赠秀才入军》里那一句著名的"目送归鸿"和这句其实很相似，但嵇康还只是写到以目光去追踪归鸿，而杜甫却写得仿佛是人把眼眶撑大便把飞鸟摄进来了似的。

⑤ 《孟子·尽心上》说过"登泰山而小天下"，扬雄《法言·吾子》也说过"升东岳而知众山之峛崺也，况介丘乎？"杜甫在这里仿佛有借泰山自言胸怀的意思，所以清人周容《春酒堂诗话》觉得他过于自负，还不够成熟，"如王氏子弟闻郗公求婿，未忘'矜'字"。其实，这首诗真正骄矜处不在于杜甫以泰山自期的主题而在于它的有意扭曲的语言，有虚字散句又有对仗律句，有日常语序又有错综颠倒语序，有熟字有生字，这已经暗示了这个诗人的未来风格。当然这种风格在这首诗里还有些生涩扞格，所以另一个清人田雯在《古欢堂集·杂著》卷四中说"此乃少年有意造奇，非其至者"，不过，这不妨碍我们"由小看老"。

月　夜①

今夜鄜州月②，闺中只独看③。

遥怜小儿女，未解忆长安④。

香雾云鬟湿，清辉玉臂寒⑤。

何时倚虚幌，双照泪痕干 ⑥。

① 这是天宝十五载（756）杜甫被叛军俘至长安时所作的思家诗。

② 鄜州在今陕西富县，杜甫的家眷在那里暂住，《韵语阳秋》卷十说："月轮当空，天下之所共视，故谢庄有'隔千里兮共明月'之句，盖言人虽异处，而月则同瞻也。老杜当兵戈骚屑之际，与其妻各据一方，自人情观之，岂能免闺门之念？……至于明月之夕，则遐想长思，屡形诗什。"参见张九龄《望月怀远》注②。

③ 不说我想家却想象家中人看月思我，把诗的视角从诗人这里挪到对方那里形成反观，使诗的意思更为曲折，诗的空间更为开阔，这种方法早被清人拈出，王嗣奭《杜臆》卷二就指出这是"进一层"，施补华《岘佣说诗》也说这是诗的"忌直贵曲"法，后来最著名的这类例子是李商隐的《夜雨寄北》。

④ 一个叫胡朝颖的宋代诗人不仅借用了杜甫另一首《旅夜书怀》的题目，还借用了这两句的意思写道："遥怜儿女寒窗底，指点灯花语夜深"，不过这两句说的是儿女能忆父亲，而杜甫说的是儿女不解忆父亲。王嗣奭说："意本思家，而偏想家人之思我，已进一层，至念及儿女之不能思，又进一层。"这句照应上句"只独看"的"独"字，就是说"儿女尚小，虽与言父在长安，全然不解"，施补华则指出这是"用旁衬之笔。儿女不解忆，则解忆者独其妻矣"，李调元《雨村诗话》卷下也说这两句是"借叶衬花之法"。

⑤ 这两句想象妻子看月思念时的情景，云鬟有香雾亦香，但看月伫立则雾湿了云鬟，玉臂与月光相映，但秋夜久立则两臂生寒，"湿"、"寒"二字暗示妻子伫立月夜之久。

⑥ 虚幌：轻而透明的帷幔；双照：指月光照在两个人脸上，与上文"独看"相映；这两句想象那时两人相逢拭干泪水，月光透过轻纱照在脸上，有了团聚的喜悦。王嗣奭说"'何时'应'今夜'，'虚幌'应'闺中'，'双照'应'独看'"，可见杜甫构思之"细"。

春　望 ①

国破山河在，城春草木深 ②。

感时花溅泪，恨别鸟惊心 ③。

烽火连三月，家书抵万金 ④。

白头搔更短，浑欲不胜簪 ⑤。

① 这首诗据考证作于至德二载（757）三月杜甫被叛军俘至长安时。

② 破：破碎；深：草木丛生。宋司马光《温公续诗话》说："古人为诗，贵于意在言外，使人思而得之⋯⋯山河在，明无馀物矣，草木深，明无人矣。"

③ 这两句各人理解不同，古人大多把它看成是省略了"看"、"听"的紧缩型句子，像上引《温公续诗话》说："花鸟，平时可娱之物，见之而泣，闻之而悲，则时可知矣"，那么这两句即感伤时局，看到花却流泪，怅恨别离，听到鸟声而心惊，清人吴乔《围炉诗话》卷二说"花鸟乐事而溅泪惊心，景随情化也"，看来也是这个意思；但今人也有认为这两句是普通的句式，只是把花、鸟拟人化了，那么这两句即感伤时势连花也流泪，怅恨别离连鸟也心惊。

④ 连三月：一连三个月；一说"三月"指季春三月，意即战争从去年打到今年三月。后人有时模拟这两句，但总是很拙劣，像宋曾几《郡中吟怀玉山应真请雨未沾足》"悯雨连三月，为霖抵万金"。吴乔《围炉诗话》卷二称赞杜甫这两句"极平常语，以境苦情真，遂同于六经中语之不可动摇"。

⑤ 这十字分三层暗示"愁"，白头即愁白了头，这是一层；搔即搔头，心情焦急无可奈何才搔头，这又是一层；白发易落，越搔越短，以至于无法插上发簪，这又是一层。浑欲：简直要；鲍照《拟行路难》之十六"白发零落不胜冠"就有这个意思，宋陆游《秋晚登城北门》"山河兴废供搔首"用的也是这个意思。

春夜喜雨

好雨知时节，当春乃发生 ①。
随风潜入夜，润物细无声 ②。
野径云俱黑，江船火独明 ③。
晓看红湿处，花重锦官城 ④。

① 就像俗话说的"春雨贵如油"。

② 仇兆鳌《杜诗详注》卷十说"潜入，细润，正状好雨发生"，"曰潜，曰细，写得脉脉绵绵，于造化发生之机最为密切"。这两句写如丝春雨在夜里不知不觉地下起来，宋张耒《和应之细雨》硬把后一句分成两句："有润物皆泽，无声人不闻"，既啰嗦又无味。

③ 清人张谦宜《絸斋诗谈》卷四说这两句是"借火衬云"，也就是用一点明亮反衬笼罩田野的昏暗，而这一片昏暗正是春天雨夜的特点，浦起龙《读杜心解》说"写雨切夜易，切春难"，这两句的"黑"和上两句的"细"却既切夜又切春，仇兆鳌说"三四属闻，五六属见"，也就是说杜甫准确地传递了对春夜小雨的听觉视觉感受。

④ 红：指花；重：指雨后花朵湿润的感觉。梁简文帝《赋得入阶雨》曾说"渍花枝觉重"，就是这个意思，后来宋王安石《暮春》"雨花红半堕"也是这个意思。锦官城：成都，参见李白《蜀道难》注⑬。《絸斋诗谈》卷四提醒读者这两句是"借花衬雨，不知者谓止是写花。'红'下用'湿'字，可见其意。"

旅夜书怀 ①

细草微风岸，危樯独夜舟 ②。
星垂平野阔，月涌大江流 ③。
名岂文章著，官应老病休 ④。
飘飘何所似，天地一沙鸥 ⑤。

① 永泰元年（765）夏，杜甫离开成都经渝州（今四川重庆）、忠州（今四川忠县）东下，这是他在旅途中所作的一首咏怀诗。

② 不用任何动词、形容词，以名词直接组合成诗句，是中国古典诗尤其是近体律绝诗常用的句法，杜甫诗中这类句子很多，像《西山》"辩士安边策，元戎决胜威"、《雨》"秋日新沾影，寒江旧落声"、《春夜峡州田侍御长史津亭留宴》"北斗三更席，西江万里船"、《送十五弟侍御使蜀》"数杯巫峡酒，百丈内江船"等等，它们省略了标示行为、方位、处所等的语词，让人自行组合体验，因而赢得了广阔的理解空间，这两句同样如此。危樯，孤单而高耸的桅杆。

③ 这两句和李白《渡荆门送别》的"山随平野尽，江入大荒流"相近，但意思比李白复杂，句式也比李白凝练，在同样十个字内，它增加了"星垂"、"月涌"的意思，而且暗示了由于星"垂"于平野而更显出平野宽阔，由于月"涌"于江面而更看到江水的奔流。一"垂"一"涌"，虽然一向下一向上，但都与平野、大江成垂直，更衬托了后者的开阔，而前一句静垂，后一句涌动，也互相映衬，所以黄生《杜诗说》认为李白那两句"止说得江山，此则野阔星垂，江流月涌，自是四事也"。

④ 名声岂是由于文章而显著，官职倒应当是由于衰老有病而辞罢。前一句是不服气的申辩，意思是我的志向在匡时经国，可是人们却误以为我靠舞文弄墨赢得名气；后一句是愤懑的反话，杜甫罢官是因为上疏谏事，却故意说自己老病休官。这两句里的"岂"、"应"两个虚字用得很讲究，暗含了很多委曲和愤懑，宋人罗大经《鹤林玉露》卷六说这两字是"活字斡旋"，就像车轮的轴一样使诗意流动而含蓄了。

⑤ 黄生《杜诗说》"一沙鸥，何其渺，天地，何其大"，这种宇宙广阔与个人渺小对比中产生的孤独感、失落感，正是杜甫这首诗要表达的感受，这个"一"字正好与前面的"独"字呼应。

江　汉 ①

江汉思归客，乾坤一腐儒 ②。
片云天共远，永夜月同孤 ③。
落日心犹壮，秋风病欲苏 ④。
古来存老马，不必取长途 ⑤。

① 这首诗约写于大历三年或四年（768或769）。

② 天地之间的一个迂阔文人；《珊瑚钩诗话》卷二引宋代诗人陈师道的话说这句是指"乾坤之大，腐儒无所寄其身"，也就是说杜甫痛感自己不容于世，但清代黄生《杜诗说》却说"一腐儒上着'乾坤'字，自鄙兼自负之辞，身在草野，心忧社稷，乾坤之内，此腐儒能有几人"，则认为这里有杜甫自负之意；王嗣奭《杜臆》卷九说"若以世法绳之，真腐儒也，公（杜甫）自知之，故作此语"，则这句是杜甫有意自嘲来讽刺世俗。

③ 这两句写自己漂泊生涯与孤独感受，像一片云一样在天远处，像月一样孤零零在长夜中。不过，这"像……一样"是阅读时加上去的，这两句本身只是写"云"与"月"的景句。

④ "落日"仿佛后来李商隐《登乐游原》中的"夕阳"，"心犹壮"仿佛"无限好"，但杜甫是写"烈士暮年壮心未已"的自强不息而没有哀叹"只是近黄昏"的悲凉辛酸；苏：康复。《杜臆》卷九引赵子常语说："云天夜月，落日秋风，物也，景也，与天共远，与月同孤，心视落日而犹壮，病对秋风而欲苏者，我也，情也。他诗多以景对景，情对情，人亦能效之……若此则虚实一贯，不可分别，能效之者尤鲜。"

⑤ 存：存养；老马：杜甫自比老马，《韩非子·说林上》记载春秋时齐桓公伐孤竹，春天出兵，冬天返国，但却迷了路，管仲便建议"放老马而随之"，因为"老马之智可用也"。杜甫用这个典故是说，不必路遥才知马力，老马的智慧也是可用的，言外之意是说自己虽年老，但自信还有才智。

蜀　相①

丞相祠堂何处寻，锦官城外柏森森②。
映阶碧草自春色，隔叶黄鹂空好音③。
三顾频烦天下计，两朝开济老臣心④。
出师未捷身先死⑤，长使英雄泪满襟。

① 这首诗是杜甫上元元年（760）刚到成都游览诸葛武侯庙时所作，蜀相即诸葛亮。

② 诸葛武侯庙是晋李雄在蜀称王时修建的，今名武侯祠，在成都旧城西北二里，祠内有老柏树，相传为诸葛亮亲手所栽，杜甫另一首《古柏行》说"孔明庙前有老柏，柯如青铜根如石。霜皮溜雨四十围，黛色参天二千尺"。参见《成都文类》卷四十六宋田况《古柏记》。

③ 自春色：用"自"字暗示春色无人关注流连，自生自灭，显得祠堂荒凉；空好音：用"空"字暗示莺啼无人倾听，自呼自唤，显出古人英魂冷落。

④ 当年刘备曾三顾茅庐，一再向诸葛亮请教天下大计，诸葛亮出山后，呕心沥血，一直辅佐了刘备、刘禅两朝蜀帝，表现了老臣的忠心。

⑤ 蜀汉建兴十二年（234）春，诸葛亮出兵伐魏，在渭水南岸五丈原与魏军相持百馀日，八月病死于军中，所以说"出师未捷身先死"。

南　邻①

锦里先生乌角巾，园收芋栗未全贫②。
惯看宾客儿童喜，得食阶除鸟雀驯③。
秋水才深四五尺，野航恰受两三人④。
白沙翠竹江村暮，相送柴门月色新。

① 这首诗是杜甫住在成都浣花溪草堂时所作，南邻指朱山人，杜甫还有一首诗叫《过南邻朱山人水亭》。

② 锦里先生：指朱山人，锦里即成都，汉代有隐士角里先生，也许杜甫是仿此

而称呼友人的；角巾：四方有棱角的头巾，古代隐士常不着冠而戴巾；未全贫：不算太穷，这里暗示朱山人知足常乐的人生态度。

③ 这两句是既倒装又省略的紧缩句型，指儿童因主人好客看惯了宾客来往，所以来客时总是欢天喜地，鸟雀因主人和善常能在阶除得食，所以很驯良。

④ 野航：小船，王嗣奭《杜臆》卷四说："野航乃乡村过渡小船，所谓'一苇杭之'者，故'恰受两三人'。"仇兆鳌《杜诗详注》卷九引申涵光的话说，这两句"语疏落而不酸，今人作七律，堆砌排耦，全无生气，而矫之者又单弱无体裁，读杜诸律，可悟不整为整之妙"，所谓"疏落"也就是说杜甫很惯于写一种"自然不做底语到极至处"的流畅句式（《童蒙诗训》引宋谢无逸语），这种句子即元人所谓的"只把寻常话作诗"（《逸老堂诗话》），或清人所谓的"天然好句"（《瀛奎律髓》卷二十三纪昀评语），不过，这种看似白话的句式其实是杜甫极其精心写出来的，用申涵光的话说就是"不整为整"，用今天的术语来说就是"锤炼复归自然"，用个比喻来说就是"精致又逼真的人造乡村"，比如说那个看似不着力的"受"字，就是很巧妙用心的，所以宋代人才一再啧啧称赞（参见《杜工部草堂诗话》卷一），而清代人也一再告诫人们"无根柢而效之则易俚易率"（纪昀语）。

客　至①

舍南舍北皆春水，但见群鸥日日来②。
花径不曾缘客扫，蓬门今始为君开③。
盘飧市远无兼味，樽酒家贫只旧醅④。
肯与邻翁相对饮，隔篱呼取尽馀杯⑤。

① 这首诗也作于杜甫居住于成都时。原注说，"喜崔明府见过"，明府是唐人对县官的通称，杜甫的母亲姓崔，有人认为这首诗所写的"客"就是一个姓崔的县令，也是杜甫的母系亲戚。

② 这两句暗含了一个典故，《列子·黄帝》中说，有人与海鸥相亲，海鸥常和

他嬉戏，但有一天他父亲却让他捉一只海鸥，当他再去海边时，海鸥都心怀疑虑而不敢靠近他了。杜甫说自己这里"群鸥日日来"，暗示自己虽然孤独，但心中却无机心，所以鸥鸟常来安慰自己的寂寞。

③ 缘：为；蓬门：柴门。

④ 盘飧：菜肴；无兼味：没有第二样；旧醅：陈酒，唐人以新酒为贵，只有旧醅，则未免简慢，所以黄生《杜诗说》说："盘飧因市远，故无兼味，樽酒因家贫，只是旧醅。"

⑤ 上句探问客人是否愿意与邻叟共饮，下句说如愿意的话就隔着篱笆唤他过来一起喝完剩下的酒。

闻官军收河南河北 ①

剑外忽传收蓟北 ②，初闻涕泪满衣裳。
却看妻子愁何在，漫卷诗书喜欲狂。
白日放歌须纵酒，青春作伴好还乡 ③。
即从巴峡穿巫峡，便下襄阳向洛阳 ④。

① 这首诗作于广德元年（763），当时杜甫在梓州，据《旧唐书·史思明传》、《资治通鉴》卷二二二，前一年十月，唐朝军队已收复洛阳，平定河南，这一年正月史朝义兵败自缢（一说被俘至京师斩首，一说被乱兵所戮），河北收复，长达七年的安史之乱至此结束。

② 剑外：剑阁以南，指蜀地；蓟北：今河北北部，是安史之乱的发源地。

③ 青春：一说指柳暗花明花香鸟语的春景；一说指酒名，罗邺《下第》有"漫把青春酒一杯"。

④ 巴峡：泛指四川境内长江的峡谷，如明月峡、广屿峡、东突峡、鸡鸣峡等；巫峡：长江三峡之一，《水经注·江水》"巴东三峡巫峡长"，这里用来兼指三峡；浦起龙《读杜心解》说这是杜甫"生平第一首快诗"，王嗣奭《杜臆》卷五说这首诗"无一字非喜，无一字不跃"，其实这首诗的"快"、"喜"、"跃"不仅表现于内容中，而且表现在节奏上，"一气流注"的语

序, 六个地名的迭现, "忽传"、"初闻"、"却看"、"漫卷"、"即从"、"便下"六个虚词的使用, 使全诗不仅去势疾迅, 而且节奏急促, 极好地表现了诗人狂喜放歌, 手舞足蹈的情态, 同时还有收有放有张有弛, 正如清人施补华《岘佣说诗》所说: "即走即守, 再三读之思之, 可悟俯仰用笔之妙", 这也是杜诗顿挫的一例。

宿　府 ①

清秋幕府井梧寒, 独宿江城蜡炬残。
永夜角声悲自语, 中天月色好谁看 ②。
风尘荏苒音书绝 ③, 关塞萧条行路难。
已忍伶俜十年事, 强移栖息一枝安 ④。

① 这首诗作于广德二年 (764), 当时杜甫任节度使参谋, 检校工部员外郎。

② 永夜: 长夜; 角: 军中用的号角; 这两句清施补华《岘佣说诗》很称赞, 尤其说"'悲'字, '好'字, 作一顿挫, 实七律奇调", 但恰恰是这两个字的意义很难把握, 王嗣奭《杜臆》卷六说, 最初他是把"悲"字"好"字连上读的, 所以这两句是上五下二句型, 并说"此句法之奇者", 后来他又觉得应连下读, 于是这两句又成了普通的上四下三句型, 但他似乎又觉得没把握, 只好说这两个字"当作活字看", 这就是施补华"作一顿挫"的意思。"悲"、"好"两字就仿佛一只可以两头弯的双向节, 使这两句产生了多种解释的空间: 连上读, 则是长夜画角声悲, 如在自言自语, 中天月色好, 却无人观赏, "悲"、"好"二字是客观形容; 如连下读, 则是长夜画角声如悲切自语, 中天月色好给谁看, "悲"、"好"二字是主观判断; 如上下一串读, 则也可能是: 长夜画角声悲, 悲其自言自语, 中天月色好, 好又给谁看。王嗣奭曾把这两句作了这样的译解: "角声虽极悲惨……而今独悲其自语者, 自语谓无人与语; ……月色清辉诚好, 而今不知好谁人之观看乎", 看来他采用了第三种读法, 把"悲"、"好"两字作了客观形容与主观情意兼有的双重理解, 所以他说这两个字是"活字"。

③ 荏苒：岁月流逝。

④ 伶俜：奔波飘零；十年：自安史之乱以来已是十年；栖息一枝：《庄子·逍
遥游》"鷦鷯巢于深林，不过一枝"。杜甫这里用这句话来说自己飘零已
经十年，姑且在此地勉强任职谋生活安定。

白帝城最高楼 ①

城尖径仄旌旆愁，独立缥缈之飞楼 ②。
峡坼云霾龙虎睡，江清日抱鼋鼍游 ③。
扶桑西枝对断石，弱水东影随长流 ④。
杖藜叹世者谁子 ⑤，泣血迸空回白头 ⑥。

① 这首诗作于大历元年（766）杜甫在夔州时。白帝城：见李白《早发白帝
城》注① 。

② 白帝城在山势险峻的高山上，《水经注·江水》说它 "西南临大江，窥之
眩目"，所以说"城尖"，又说"缥缈之飞楼"；仄：狭而斜。

③ 坼：裂；霾：晦暗。上句写峡谷阴天时云雾笼罩怪石如龙虎酣睡，下句写大
江晴天太阳照射下如有无数鼋鼍游动。

④ 扶桑：古代传说中东方日出处的大树；弱水：古代传说中西方昆仑山下的
河流。上句写扶桑西边的树枝似乎正对着峡谷，下句写弱水东流的水影
仿佛与大江相随，形容在白帝城最高楼上登高望远视野辽阔，曹植《游
仙》一诗中有 "东观扶桑曜，西临弱水流"，仇兆鳌说 "是正言东西也"，
但杜甫这两句 "是就东言西"，"就西言东"（《杜诗详注》卷十五）。

⑤ 其实就是说自己。杖藜：拄着藜木杖。

⑥ 不说泣泪说泣血，不说流下却说迸空，形容极其惨痛。回白头：掉转白
发苍苍的头不忍再眺望。这首诗不合七律通常的平仄格式，也不合七律
惯常的四三句式，用的语词也颇奇诡怪异，所以有人说它是 "歌行之变
格"，有人说它是 "拗体之七律"。其实，这一方面是杜甫有意打破七律定
型的俗滥格套有意立异创新，即赵翼《瓯北诗话》卷二所谓 "冥心刻骨

奇险至十二三分者"，潘德舆《养一斋李杜诗话》卷二所谓"极意研练之诗"，所以显得"沉郁怪幻"（施闰章《学馀堂文集》卷六），一方面是用这种音调不谐、句式奇崛、语词异怪的富于刺激性的体势来表现自己难以言说的痛楚，即黄生《杜诗说》所谓的"翻成激楚悲壮之响"，王嗣奭《杜臆》卷七所谓的"真惊人语"。

秋 兴①

其 一

玉露凋伤枫树林②，巫山巫峡气萧森③。

江间波浪兼天涌，塞上风云接地阴④。

丛菊两开他日泪，孤舟一系故园心⑤。

寒衣处处催刀尺，白帝城高急暮砧⑥。

其 七

昆明池水汉时功，武帝旌旗在眼中⑦。

织女机丝虚夜月，石鲸鳞甲动秋风⑧。

波漂菰米沉云黑，露冷莲房坠粉红⑨。

关塞极天唯鸟道，江湖满地一渔翁⑩。

① 《秋兴》一组共八首，是杜甫大历元年（766）在夔州所作，这里选的是第一、第七首。秋兴，即感秋写情，自从宋玉《九辩》中有"悲哉！秋之为气也"一句后，很多诗人都写过悲秋的诗篇，如刘向《九叹·逢纷》、王逸《九思·哀岁》、《古诗十九首》之七等等。不过，就像刘桢《赠五官中郎将》"秋日多悲怀，感慨以长叹"所说的，秋天给人带来的感慨虽然都以悲凉为主基调，但悲凉的内容却不一样，杜甫《秋兴》八首虽然沿用了潘岳《秋兴赋》的题目，但咏叹的却不是潘岳的"江湖山薮之思"，而是伤时感己的故国之思。

② 玉露：白露。隋李密《淮阳感秋》："金风荡初节，玉露凋晚林"，后一句与这句相似，露是悲秋诗中常见的意象，似乎它能摧残生命，像刘向《九叹》

"白露纷纷以涂涂兮",《古诗十九首》之七"白露沾野草，时节忽复易"，曹丕《燕歌行》"草木摇落露为霜"，张载《七哀诗》之二"白露中夜结，木落柯条森"。

③ 萧森：萧瑟阴森。

④ 兼天：连天，这种波浪滔天的夸张写法让人想到另一个盛唐人张抃《题衡阳泗州寺》中很奇特的一句诗："几层峡浪寒春月。"上一句写波浪冲天，下一句写风云压地。

⑤ 丛菊两开：杜甫到夔州已两年，他本想像《闻官军收河南河北》中所说的"即下巴峡穿巫峡，便向襄阳下洛阳"，不料竟停滞在此地，两度看到秋菊；他日泪是过去的泪；故园心是眷念故乡之心；这两句即朱鹤龄《辑注杜工部集》所说的"公（杜甫）至夔已经二秋，时舣舟以俟出峡，故再见菊开，仍陨他日之泪，而孤舟乍系，辄动故园之心"，但这两句省略了很多文字，使句子变得十分紧缩凝练，甚至断续不通，"他日泪"仿佛是丛菊开的泪，"故园心"似乎被系舟的缆绳捆着，其实这正是杜甫有意使诗歌语言变得新颖紧凑的试验。宋人吴沆《环溪诗话》卷上说杜诗一句说得多件事，杨万里《诚斋诗话》说杜甫能七个字说三重意思，都是说杜诗紧缩凝练的省略句法，而清人贺贻孙《诗筏》说杜诗"从生处着力"、徐增《而庵诗话》说杜诗"一句中有二三读者，其不成句处，正是其极得意处"，也正是说杜甫在诗歌语言上避开平俗滑易自辟蹊径，这种省略、错综、断续的句子有很多中间意义空间要读者自己去补充，这就给阅读带来了"参与创造"的乐趣和"揣摩体味"的馀地，也使七言律诗的语言风格为之一变，正如清人管世铭《读雪山房唐诗序例》所说，"七言律诗至杜工部而曲尽其变，盖昔人多以自在流行出之，作者独加以沉郁顿挫……格法、句法、字法、章法，无美不备"。

⑥ 催刀尺：赶制寒衣；急暮砧：黄昏急促的捣衣声。这两句也省略了主语，却把"处处催刀尺"所做的"寒衣"和听"急暮砧"的地方挪到句首，王嗣奭《杜臆》卷八曾把这两句译解为"秋风戒寒，衣须早备，刀尺催而砧声急"，虽然简洁通畅，但少了"处处"、"白帝城高"，似乎没把四面闻砧声

而伫立城上头的氛围表现出来。

⑦ 昆明池在长安西南三十里，周回四十里，据说是汉武帝时开凿来练习水战用的，《史记·平准书》说当时建造了楼船，"高十馀丈，旗帜加其上，甚壮"。《西京杂记》卷下也说当时池中有"戈船楼船各数百艘……四角垂幡旄旌葆麾盖，照灼涯涘"，杜甫借汉喻唐，其实是在说他记忆中的盛唐豪壮气象，因为是追忆，所以说"在眼中"。

⑧ 这两句写昆明池畔的景物，《文选》卷一班固《西都赋》记昆明池"左牵牛而右织女，似云汉之无涯"，李善注引《汉宫阙疏》说："昆明池有二石人，牵牛织女像"；《西京杂记》卷上又记昆明池中"刻玉石为鲸，每至雷雨，常鸣吼，鬐尾皆动"，可见织女和石鲸本来都是昆明池旧有景观，但杜甫则在这种记忆里掺入了被《颐山诗话》称为"恍乎有无"的想象：织女应当有织机，有织机则上有丝，透过机丝夜月似乎朦朦胧胧，所以说"虚夜月"，石鲸应有鳞甲，既然它每至雷雨即动，那么它遇秋风也会不安，所以说"动秋风"。清人吴乔《围炉诗话》卷四说前两句写"武帝游幸之盛事犹可想见"，这两句"则'织女机丝'已'虚夜月'，石鲸鳞甲'惟动秋风'"是写"荒凉之极"。

⑨ 菰米：菰是茭白，秋天结籽即菰米，杜甫另一首《行官张望补稻畦水归》有"秋菰成黑米"，据陈藏器《本草拾遗》说有一种黑菰米叫"乌郁"，可食；莲房：莲蓬；上一句写波漂菰米就像黑云一样浮沉于水面，下一句写秋天露降使莲花粉红的花瓣片片坠落。明人杨慎《升庵诗话》卷六认为杜甫这两句诗来自《西京杂记》"太液池中有雕菰，紫箨绿节，凫雏雁子，唼喋其间"、《三黄旧图》"宫人泛舟采莲，为巴人棹歌"，但改变了上述两段话的含义，"菰米不收而任其沉，莲房不采而任其坠，兵戈乱离之状具见矣"。就是说杜甫把一片莺歌燕舞的欢娱写成了一派凄凄惨惨的衰败；但王嗣奭《杜臆》卷八却说"菰米莲房，物产丰饶，溥生民之利，予安能不思？"就是说杜甫是在回忆太平盛世的繁华景象，大概前一说对。

⑩ 关塞极天：指山岭关隘极高；鸟道：见李白《蜀道难》注④；江湖满地：到处漂泊；一渔翁：杜甫自谓，有人说末句指"江湖虽广无地可归，徒若渔翁

之漂泊"。

咏怀古迹 ①

群山万壑赴荆门 ②，生长明妃尚有村 ③。
一去紫台连朔漠，独留青冢向黄昏 ④。
画图省识春风面，环佩空归月夜魂 ⑤。
千载琵琶作胡语，分明怨恨曲中论 ⑥。

① 原题共五首，分别吟咏庾信、宋玉、王昭君、蜀先主刘备、诸葛亮，这是第
　三首。

② 用一个"赴"字使千山万壑都有了动感，也使荆门成了视境中的焦点，同
　样的例子还有《奉观严郑公厅事岷山沱江画图》的"岷山赴北堂"。王安
　石极力称赞的"暝色赴春愁"似乎也可以算一例，但《对床夜语》卷四说
　这是皇甫冉的诗而不是杜甫的诗。

③ 明妃：即王昭君。王昭君是今湖北兴山人，兴山距巫峡很近。唐代此地还
　有昭君故居遗址，所以说"尚有村"。

④ 紫台：即紫宫，指汉皇宫；朔漠：北方沙漠；青冢：昭君的坟墓，在今内蒙呼
　和浩特南。王昭君在汉元帝时选入皇宫，后朝廷为了和亲又将她嫁给匈奴
　呼韩邪单于，死于匈奴，所以这两句说昭君一离汉宫便北嫁匈奴，再也没
　有回来，只剩下坟墓矗立在黄昏的大漠中。

⑤ 传说汉代宫妃入宫后要由画工画像供皇帝鉴定挑选，画工常营私舞弊索
　要贿赂，王昭君貌美，不屑贿赂，于是画工毛延寿就把她画丑陋。直到
　和亲匈奴选定了王昭君，汉元帝召见，才发现受了画工欺骗，一怒之下杀
　了毛延寿，但昭君出嫁单于却无法改变了。前一句是诘问句，意思是靠图
　画怎么能知道她那美貌容颜，后一句是写这种糊涂方法的结果，即昭君只
　好抱恨天涯，葬身大漠，只有魂魄带着环佩的响声在月夜里回归汉宫，唤
　起人的回忆；一说前一句是说"至今画图可识者乃其面耳"，后一句是指
　"不知魂犹南归，深夜月明，若闻环佩之声"（《杜臆》卷八）。均可通。

⑥ 传说昭君出塞时怀抱琵琶弹奏思乡之曲，古乐府"琴曲歌辞"里的《昭君怨》就是当时她弹奏的乐曲。这两句说千年来琵琶弹奏《昭君怨》时虽然都有北方胡人歌曲的风格，但在其中仍然能清楚地分辨出昭君幽怨怅恨的思乡之心。

阁　夜①

岁暮阴阳催短景，天涯霜雪霁寒宵②。
五更鼓角声悲壮，三峡星河影动摇③。
野哭千家闻战伐，夷歌几处起渔樵④。
卧龙跃马终黄土，人事音书漫寂寥⑤。

① 这首诗写于大历元年（766）冬，当时杜甫在夔州。阁夜：西阁之夜。

② 阴阳：日月；催短景：冬天白天很短，所以日落月升像催促白天匆匆而过。天涯：指夔州，杜甫是中原人，所以到蜀中好像到了天涯；霁：雪后天晴。

③ 三峡水流映得星影随波摇动；杜甫另一首《将晓》之一也曾用过这一对偶："鼓角悲荒塞，星河落晓山。"

④ 这两句《杜臆》卷八说是"战伐败而野哭者约有千家，渔樵乐而夷歌者能有几处"，似乎是把"千家"、"几处"都看成实在的数字统计，把"战伐"和"渔樵"都当作夔州的实在情形，于是成了"几家欢乐几家愁"式的平面对映。其实前一句是杜甫遥想中原战争的惨烈，后一句是杜甫感叹夔州不曾遭战事的安恬。夷歌：夔州是少数民族杂居之地，他们的歌谣即被称为"夷歌"。

⑤ 卧龙：诸葛亮；跃马：指公孙述，诸葛亮是三国蜀相，才干出众，公孙述曾于西汉末年在蜀地称帝，左思《蜀都赋》说"公孙跃马而称帝"。上句说古来无论贤愚忠奸都已成为一抔黄土。漫：任凭；下句说自己的人事际遇和亲友的音书讯息就任凭它这样寂寥无闻下去吧。仇兆鳌《杜诗详注》卷十八解释得很准确："思及千古贤愚，同归于尽，则目前人事远地音书，亦漫付之寂寥而已。"

登 高①

风急天高猿啸哀，渚清沙白鸟飞回②。

无边落木萧萧下，不尽长江滚滚来③。

万里悲秋常作客，百年多病独登台④。

艰难苦恨繁霜鬓，潦倒新停浊酒杯⑤。

① 这首诗大约作于大历二年（767），当时杜甫仍滞留在夔州。

② 渚：水中小洲。

③ 上句化用《楚辞·九歌·湘夫人》"袅袅兮秋风，洞庭波兮木叶下"和《山鬼》"风飒飒兮木萧萧"的语意和语词，但加了"无边"二字便仿佛漫天飘落着黄叶；清人管世铭很称赞这两句的"萧萧"、"滚滚"，认为"七言用叠字近凑"，独有这两句"转就叠字生色"（《读雪山房唐诗序例》）。也许是这两组叠字所构筑的漫天黄叶纷坠、奔腾江水东流的动态情景正好烘托了诗人的满怀愁绪和一腔悲愤，这不禁让人想到后人形容悲愁时爱用的"纷纷坠叶"（范仲淹《御街行》），"满城风絮"（贺铸《青玉案》），"水流无限是侬愁"（刘禹锡《竹枝词》）和"恰似一江春水向东流"（李煜《虞美人》）。

④ 常作客：指自己没有家园四处漂泊；百年：一生。这两句和上两句的疏朗平畅正好成为对照，上两句的句法是日常句法，但这两句又改成紧缩凝练的节略句。宋人罗大经《鹤林玉露》卷十一说："万里，地之远也，秋，时之凄惨也，作客，羁旅也，常作客，久旅也，百年，齿暮也，多病，衰疾也，台，高迥处也，独登台，无亲朋也，十四字内含八意，而对偶又精切。"

⑤ 繁霜鬓：增多白发；潦倒：即多病；这两句是说艰难苦恨使自己白发日多，所患的肺病又使自己不得不戒酒，古来登高有饮酒的习惯，但这时杜甫患肺病，又不能不暂停借以浇愁的酒。这首诗曾被明胡应麟《诗薮》内编卷五称为"前无昔人，后无来学……当自为古今七言律第一"，后来杨伦《杜诗镜铨》、张谦宜《𬤇斋诗谈》卷四都认为如此。因为从声律上来说，"一篇之中句句皆律，一句之中字字皆律"；从篇法结构上来说，"首尾若

未尝有对者，胸腹若无意于对者，细绎之则锱铢钧两，毫发不差"；从字
法上来说，也字字精确传神，"皆古今人必不敢道决不能道者"；从节奏
句式上来说，起首二句和结尾二句很密集，但三四两句有"疏宕之气"，
五六两句有"顿挫之神"（《岘佣说诗》）。用现代话来说就是节奏疏密相
间，句式松紧变幻，显出了诗歌语意的顿挫与跌宕。

绝　句 [1]

江碧鸟逾白，山青花欲然 [2] 。
今春看又过，何日是归年。

[1] 原题二首，这里选第二首。

[2] 然：即燃，说花红得像火，最早有庾信《奉和赵王隐士》"山花焰火然"，
虞世南《发营逢雨应诏》"山花湿更然"。唐代三个最出色的诗人也都各
用了一次这个比喻，王维《辋川别业》说"水上桃花红欲然"，李白《寄韦
南陵冰馀江上乘兴访之遇寻颜尚书笑有此赠》说"山花开欲然"，似乎都
不如杜甫这句写得经济凝练。宋人丁元珍《和永叔新晴独过东山》把这个
意思变了一个说法，"万树绿堪染，群花红未然"，似乎勉强逃脱了这句诗
的笼罩。

江畔独步寻花 [1]

黄四娘家花满蹊 [2] ，千朵万朵压枝低。
留连戏蝶时时舞，自在娇莺恰恰啼 [3] 。

[1] 原题共七首，这是第六首，杜甫在成都时所作。

[2] 黄四娘：不详。浦起龙《读杜心解》说："黄四娘自是妓人，用戏蝶娇莺恰
合"，也就是说黄四娘是一个歌妓，所以杜甫才在写她时用了"戏蝶"、
"娇莺"这样轻佻艳媚的意象；但也有人认为黄四娘是一个当时已经死
了的女尼，并引宋赵明诚《金石录》中《唐王四娘塔铭》为证，说第五首

"黄师塔"即黄四娘墓塔，因为唐代常王、黄不分，当时杜甫是在黄四娘旧居及墓塔处游玩。

③ 恰恰：一说是鸟叫声，但宋人朱新仲《猗觉寮杂记》卷上引《广韵》说是"用心"，而清人翁方纲《石洲诗话》卷一认为是"正好"，并引王绩诗"年光恰恰来"、白居易诗"恰恰金碧繁"为证，各有各的道理。但从诗意来说，第一种解释最好，从训诂证据来说，第三种解释最多。在上述两句外，有人还举出了白居易"洽洽举头千万颗"和杨万里"梢头恰恰挂冰轮"，而现代口语中的"恰好"、"恰巧"也可以作为补证。

绝 句①

两个黄鹂鸣翠柳②，一行白鹭上青天③。
窗含西岭千秋雪，门泊东吴万里船④。

① 原题共四首，这是第三首，也是杜甫在成都时所作。

② 宋吴沆《碧溪诗话》卷七说："数物为个，谓食为吃，甚近鄙俗，独杜屡用"，这就是《岁寒堂诗话》卷上所谓的"非粗俗，乃高古之极"的杜诗技巧，他运用这些看似鄙俗的口语俚语正好矫正已经成了固定套数的诗歌语言，使诗产生了新的魅力。

③ 宋代王安石有两句诗也写黄鹂、白鹭："萧萧抟黍声中日，漠漠春锄影外天"，但用"抟黍"代指黄鹂，"春锄"代指白鹭，就未免不够自然流畅。

④ 西岭：西面的雪山；万里船：范成大《吴船录》说合江亭旁有万里桥，蜀人入吴者均在此登舟，"万里船"即指万里桥之船，这可能有些胶柱鼓瑟，其实从字面上去理解，就是门口停泊着万里外东吴来的船。王维《千塔主人》一诗中有两句和这两句颇相似："窗临汴河水，门渡楚人船。"

解 闷①

草阁柴扉星散居②，浪翻江黑雨飞初。
山禽引子哺红果，溪女得钱留白鱼③。

① 原题十二首，作于夔州，这里选的是第一首。"解闷"就是写诗来排遣愁
  闷，《杜臆》说"公当闷时，随意所至，吟为短章，以自消遣"，既然是"随
  意所至"，那么也没有什么目的，十二首之间也没有什么联系。

② 星散居：稀稀落落地居住。

③ 溪女来卖鱼，得钱后给买主留下白鱼。

江南逢李龟年 ①

岐王府里寻常见，崔九堂前几度闻②。
正是江南好风景，落花时节又逢君。

① 这首诗大约作于大历五年（770），也就是杜甫去世的那年。李龟年，开
  元、天宝年间著名乐师，唐郑处晦《明皇杂录》卷下记载开元中，李龟年
  及其弟彭年、鹤年三人因善于歌舞而受到唐玄宗喜爱，"于东都（洛阳）
  大起第宅，僭侈之制，逾于公侯……其后龟年流落江南，每遇良辰胜赏，
  为人歌数阕，座中闻之，莫不掩泣罢酒"，杜甫就是在这种时候遇见李龟
  年的，所以有些"同是天涯沦落人"的感慨。

② 岐王：李范，《旧唐书·睿宗诸子传》说他"好学工书，雅爱文章之士，士
  无贵贱皆尽礼接待"；崔九：崔涤，《旧唐书·崔仁师传》说他"多辨智，
  善谐谑，素与玄宗款密……为秘书监，出入禁中。与诸王侍宴，不让席而
  座"。因为李范和崔涤都死于开元十四年（726），当时杜甫才十五岁，所以
  从宋人黄鹤起就有人怀疑杜甫与李龟年是否能在岐王府、崔九堂相遇。
  有人觉得杜甫少年时曾到处交游，就像《壮游诗》所说"往者十四五，出
  游翰墨场"，李龟年是"洞知音律"的曲师，常往来京师，所以见面很有可
  能；有人提出岐王是指李范之弟李珍，他于天宝三载为"嗣岐王"，崔九
  堂是指崔府旧堂而不是崔涤生前的宅第，所以杜甫可以与李龟年在那里
  见面；当然也可能这只是杜甫写诗时随口说说叙叙旧，未必真的过去那么
  热络，就仿佛人们相遇时总要说"好像在哪儿见过"似的。

岑参·六首

岑参（717—770），祖籍南阳棘阳（今河南南阳南），家居江陵（今湖北江陵）。天宝五载（746）中进士，曾先后两次前往设在今新疆境内的安西节度使幕府任掌书记、节度判官，入朝任右补阙后又曾历任太子中允、殿中侍御史，宝应元年（762）再次入幕府，任关西节度判官，曾任天下兵马大元帅雍王李适的掌书记。大历元年（766）入蜀后，当到嘉州（今四川乐山）刺史，最终病死在蜀中。

从南北朝到盛唐越来越为人喜爱的边塞主题，逐渐被写成了一种"套语"式的诗歌。无论到过还是没有到过边塞的诗人凭着"大漠"、"羌笛"、"烽火"、"单于"以及征夫、思妇或玉门、楼兰等词汇，伴着寒秋与眼泪，都能捏出一首首边塞诗来。这些人们熟悉并立即能发生联想的词汇当然是边塞风情极佳的象征，它们和另一些象征，比如花树繁茂的故园、文明热闹的长安、亲切和谐的亲友及生机勃勃的春日恰成对照，总是能让人感受到离乡背井远戍边关者的痛苦与希望。但是，当这类边塞诗一旦成了固定的格式和滥熟的套路时，诗人的创作就仿佛变得毫无意义，充其量也只是沿着惯性给"边塞诗"增加一些重复的数量而不是给"边塞诗"注入新的肌质与生气。于是，曾两度亲临边塞的岑参就面临着如何改造边塞诗并使它成为属于自己独特风格的诗歌的问题。

显然，岑参是从以下两方面来超越自身所处的边塞诗传统的。首先，他把注意力从已成为固定意象的战争、思念等转移到了带有异国风情的边关景物上来，用一些奇崛夸张的语汇来描写人们所不熟悉的戈壁、火山、热海，这使他的诗充满了"陌生"与"惊异"的效果。同时，即使是描写飞雪、军旗、风沙、饮酒这些传统的意象，他也尽量走偏锋，用一些矫异瑰丽的词汇与出人意表的幻想来纠正传统的平庸、沉闷与滥熟，因此他的边塞诗里满天风石的戈壁、千树梨花的白雪、沉重不翻的红旗、沸浪炎波的热海以鲜丽奇诡的色彩使这一传统主题有了新的活力；其次，岑参在诗歌语言上也极力挣脱传统的樊篱，他早期和晚期的不少作品表明他对当时宫廷"雅体"与在野"野体"、讲究形式的近体与讲究气脉的古体都有娴熟的技巧，但在他最出色的一些边塞诗中，他却极力挣脱这些熟悉的套数，把各体的技巧糅合在最适于抒写边关风情的七言古诗中，例如安排章节结构时他放弃了古体语脉直接连贯的方式，"突兀万仞，则不用过句，陡顿便说他事"（元范梈《木天禁语》），仿佛是近体诗跌宕跳跃的章法与古体诗自然顺畅的气脉糅在一道，既明快又有变化，好像坂上走丸，而不是飞流直下，因而常常令人感到奇峻苍劲；而在韵脚安排上，他常用上、去、入声字押韵并不断转换，使得诗歌语言本身就产生了奇异的音乐效果，特别是他或三句或两句急促换韵的方式，更产生了铿锵催人的节奏，突出了边塞将士的紧张心理与异国风景的奇幻色彩，所以清施补华《岘佣说诗》说他"七古劲骨奇翼，如霜天一鹗，故施之边塞最宜"。也许，以上两方面合起来就是殷璠《河岳英灵集》卷中所说的"语奇体峻，意亦造奇"。不过，自从殷璠连用两个"奇"字评价岑参的诗以来，几乎所有的诗论家在谈及岑诗时都免不了说个"奇"字，"清新奇逸"（明胡应麟《诗薮》内编卷二）、"奇姿杰出"（清毛先舒《诗辩坻》卷三）、"奇气益出"（清翁方纲《石洲诗话》卷一）、"奇逸而峭"（清王士禛《师友诗传续录》），但应当指出，在古汉语中"奇"是与"正"相对的，"奇"虽然有"美者为神奇"（《庄子·知北游》）的意思，也有"以奇用兵"（《老子》）的意思，岑参诗的"奇"，当然既指它瑰丽峻峭，也指它出奇制胜，走的是矫激的偏锋，因此这个"奇"字只适用于他最为人称赞的边塞诗，并不包括他的另外作品。那些作品尤其是五律，虽然清新工巧，"句琢字雕，刻意锻炼"（《古欢堂集杂著》卷二），却并不"奇"，不仅颇落入"套语"而且"略逊于古诗"（《觇斋诗谈》卷五），更比不上他十分警绝而精巧的七言绝句。

白雪歌送武判官归京①

北风卷地白草折②，胡天八月即飞雪。

忽如一夜春风来，千树万树梨花开③。

散入珠帘湿罗幕，狐裘不暖锦衾薄。

将军角弓不得控，都护铁衣冷难着④。

瀚海阑干千尺冰⑤，愁云惨淡万里凝。

中军置酒饮归客⑥，胡琴琵琶与羌笛。

纷纷暮雪下辕门⑦，风掣红旗冻不翻⑧。

轮台东门送君去，去时雪满天山路。

山回路转不见君，雪上空留马行处。

① 武判官：不详。据考证，这首诗是天宝十三载（754）岑参任安西、北庭节度判官时所作，当时军府在轮台（今新疆库车东）。

② 白草：即芨芨草，《汉书·西域传》颜师古注"白草似莠而细，无芒，其干熟时正白色"，王先谦补注说它"冬枯而不萎，性至坚韧"。岑参另一首《赠酒泉韩太守》说"酒泉西望玉关道，千山万碛皆白草"，但这句诗里却说它在劲烈的北风中也吹折了，大约是写风中白草伏地的样子。

③ 萧子显《燕歌行》"洛阳梨花落如雪"，东方虬《春雪》"春雪满空来，触处似花开"，都比岑参这两句写得早，但没有岑参这两句写得好。按沈约《西地梨诗》"落素春徘徊"、宋孝武帝《梨花赞》"惟气在春，具物含滋"的说法，梨花只能像萧子显《燕歌行》和东方虬《春雪》那样放在春天，但岑参却用来比八月秋雪，暗下里就有了一层期待真正春天的意味，因为"胡地"春天来得总是很迟而秋冬却是到得很早的，这是一；"触处"未免细小，而"千树万树"却是一片晶莹，这视境何等开阔，"触处"给人的感觉是一点一点一朵一朵的，而"千树万树"则是刹那间雪便铺天盖地，这情景何等壮丽，只有这样写才写得出西北风情与远戍者的胸怀，这是二；《燕歌行》用一"如"字，《春雪》用一"似"字，便只是明喻，而岑参

诗"千树万树梨花开"则是隐喻,似乎真的出现了晶莹雪白春日梨花的幻景,这是三;更何况"梨花"比"花"更突出了洁白的色彩,只有一两处白色也没有意思,岑参在其他诗里也常写到梨花,像"客馆梨花飞"、"漫使梨花开"、"羞见梨花开",但只有这两句写得最有味,它恰恰不是写梨花而是写雪花。

④ 控:引弓,这个意思仿佛鲍照《代出自蓟北门行》的"角弓不可张";都护:镇守边疆的高级官员,唐代曾设六个都护府,各有大都护一员,这里的"都护"当然不是实指当时北庭都护封常清,而是泛指武将。

⑤ 瀚海:沙漠;阑干:纵横貌;清人施补华《岘佣说诗》曾对这句提出疑问:"瀚海即大漠,即戈壁,非有积水,安所得百丈冰也?"这未免有些胶柱鼓瑟,把岑参充满幻想的诗读成了西北地理报告了;有人又根据维吾尔人语言解释说当地人把陡峭山崖之陂谷称为"杭",所以瀚海就是指陂谷悬崖,那上面是可以有冰的,这也不免过于迂执。岑参懂不懂古维语且不论,写诗歌也不必如此处处凿实,否则下面万里凝愁云,红旗冻不翻,似乎也要引入气象学与物理学来解释了。

⑥ 中军:指主帅营帐。

⑦ 辕门:军营门。

⑧ 这句化自隋虞世基《出塞》"霜旗冻不翻",但加一个"风掣"更增添了雪天冰冷天气中旗帜的沉重与僵硬感,加一个"红"字则使暮色沉沉的飞雪中增添了一团亮色,中唐陈羽《从军行》也说"红旗直上天山雪",但远不如这句里的"红旗"有味道。

走马川行奉送出师西征①

君不见,走马川雪海边,平沙莽莽黄入天。
轮台九月风夜吼②,一川碎石大如斗,随风满地石乱走。
匈奴草黄马正肥③,金山西见烟尘飞④,汉家大将西出师。
将军金甲夜不脱,半夜军行戈相拨⑤,风头如刀面如割⑥。
马毛带雪汗气蒸,五花连钱旋作冰⑦,幕中草檄砚水凝。

虏骑闻之应胆慑，料知短兵不敢接⑧，车师西门伫献捷⑨。

① 走马川：不详，诗里说走马川与雪海边，似乎二者相去不远。《新唐书·西域传下》载："出安西南地千里所，得勃达岭……北三日行，度雪海，春夏常雨雪"，又同书《地理志》说："雪海，又三十里至碎卜戍，傍碎卜水五十里至热海"，则雪海、走马川在今吉尔吉斯斯坦伊塞克湖（热海）附近。一说即今新疆境内玛纳斯河。

② 轮台：在今新疆库车东，唐代属庭州，当时北庭都护瀚海军使封常清驻兵于此地，岑参当时也常居于此。

③ 《史记·匈奴列传》记载匈奴人在秋天草黄马肥时常到汉地骚扰。

④ 金山：不详，一说即阿尔泰山，但阿尔泰山不在此次征战的沿途，所以这里的金山也许只是泛指西域诸山；一说即天山北支的金岭。

⑤ 戈相拨：发出金属碰撞声。

⑥ 岑参在另一首《赵将军歌》里也说"九月天山风似刀"。

⑦ 五花连钱：唐人把马鬃绞成花状，三瓣称三花，五瓣称五花；马身上毛色斑驳如钱称"连钱"，《尔雅·释畜》注说："色有深浅，斑驳隐粼，今之连钱骢。"这句是说马鬃与马毛上的汗水冻成了冰花。

⑧ 短兵：刀、剑一类短兵器，这里指短兵相接的搏杀。

⑨ 车师：汉代西域国名，在今新疆吐鲁番一带，唐代为安西都护府所在地。伫：等待。

热海行送崔侍御还京①

侧闻阴山胡儿语②，西头热海水如煮。

海上众鸟不敢飞，中有鲤鱼长且肥。

岸傍青草常不歇，空中白雪遥旋灭③。

蒸沙砾石然虏云，沸浪炎波煎汉月④。

阴火潜烧天地炉，何事偏烘西一隅⑤。

势吞月窟侵太白，气连赤坂通单于⑥。

送君一醉天山郭，正见夕阳海边落。

柏台霜威寒逼人，热海炎气为之薄⑦。

① 热海：湖名，《大唐西域记》卷一记"大清池"即热海，同书并说它"周千
余里，东西长，南北狭，四面负山，众流交凑，色带青黑，味兼咸苦"，热海
古名"阗池"，今名伊塞克湖，在吉尔吉斯斯坦境内，热海是唐代通行名
称。岑参可能并没到过热海，而只是望文生义，从"热"字联想到西域特
有的地热温泉便写了这首充满幻想的诗，因为伊塞克湖水并非真是热的。
崔侍御：不详，侍御是殿中侍御史的简称，主管监察。

② 侧闻：听到传闻；阴山胡儿：泛指西北少数民族。

③ 以上都是岑参对热海的"热"的想象，因为热气蒸腾而鸟不敢飞，但湖中
却有大鲤鱼，岸边青草由于有地热常年青葱，但天上飞雪依然飘飘，只是
接近热海就化作蒸汽不见了。其实去过热海的玄奘只是说"洪涛浩汗，
惊波汩淴……水族虽多，莫敢渔捕"（《大唐西域记》卷一），何尝有这么
神奇。

④ 然：燃；虏云：唐人以西北民族为"胡虏"，故称西北上空的云为虏云，与
"汉月"相对。这两句依然极力夸张热海的热力，不仅烘烤着戈壁的沙
石，点燃了西北的云彩，而且煮沸的波浪好像要煎熬汉地的月亮。

⑤ 从《庄子·大宗师》"以天地为大炉"、贾谊《鵩鸟赋》"天地为炉"以来古
人们一直都认为天地是一座洪炉，地下有阴火燃烧。岑参在这里发问，既
然如此，为什么偏偏在西边有热海呢？难道阴火就只烘这一边隅？

⑥ 月窟：月亮；太白：金星；赤坂：一说在今陕西洋县东龙亭山，一说即火焰
山，在今新疆吐鲁番；单于：指单于都护府辖地，在今内蒙古一带。

⑦ 柏台：汉代御史台多柏树，故称御史台为"柏台"，御史主管监察弹劾，像
秋天的寒霜一样有肃杀之威，所以岑参说"柏台霜威寒逼人"，并巧妙地
想象崔侍御回到京城御史台后，由于御史台的寒气，连热海的酷热也会因
此而减弱，这样就把热海、御史、送行的内容一气贯穿下来了，元范梈《木
天禁语》曾说"前后重三叠四，用两三字贯穿，极精神好诵，岑参所长"，
这是很对的。

逢人京使 ①

故园东望路漫漫 ②，双袖龙钟泪不干 ③。
马上相逢无纸笔，凭君传语报平安 ④。

① 这首诗据考证是天宝八载（749）岑参赴安西节度使幕任掌书记途中所作。

② 岑参虽不是长安人，但他在杜陵购置了别业，安顿了家小，所以也常把长安当故乡看待，故园即故乡。

③ 龙钟：眼泪纵横流淌的样子。

④ 别离家人，以书信问是诗歌中一个常见的主题，如《文选》卷二十七《饮马长城窟行》"客从远方来，遗我双鲤鱼。呼儿烹鲤鱼，中有尺素书"，这是通过人传书信，而《楚辞·思美人》"因归鸟而致辞兮"，则是想由飞鸟传消息，可这都必须有空先写好书信，岑参在西去途中逢入京使者，匆匆忙忙，只好传个口信。故园难归思念家人，西去路遥黄沙千里，本是伤心事，所以"泪不干"，但只请人"报平安"，却又透出几分体贴，几分豪旷，宋苏茂一《祝英台近》上阕也写"结垂杨，临广陌，分袂唱阳关。稳上征鞍，目极万重山。归鸿欲到伊行，丁宁须记，写一封书报平安"。但没有这首简短的七绝层次多。

山房春事 ①

梁园日暮乱飞鸦，极目萧条三两家 ②。
庭树不知人去尽，春来还发旧时花 ③。

① 原题共两首，这是第二首。

② 梁园：又名兔园、竹园。据《史记》卷五十八《梁孝王世家》记载，是西汉梁孝王所建的大型宫苑，在今河南开封东南，是梁孝王招待文士豪杰的地方。枚乘《梁王兔园赋》曾记载它"晚春早夏，邯郸襄国易阳之容丽人

及其燕饰子，相与杂沓而往款焉"，并说那里"极乐到暮"，葛洪《西京杂记》也说梁园"宫观相连，奇果佳树，瑰禽异兽，靡不毕集"。可是，千年之后，这里却一片萧条，日暮飞鸦聒噪，地下必然人烟稀少，极目远望只有三两人家，已非当年车马喧闹盛况，古今变异如此之大，盛衰兴亡如此之烈，当然要引起诗人的伤感。

③ 这种把本来不关人事、不知人情的草木禽兽的自然生长说成是它们有意地冷酷无情地冷眼旁观人生的方法是诗人惯用的拟人化手法，《隋唐嘉话》引王冑"庭草无人随意绿"即一例，刘希夷《代悲白头翁》"年年岁岁花相似，岁岁年年人不同"也是一例，盛唐时这种例子更多，像杜甫《滕王亭子》"古墙犹竹色，虚阁自松声"。但岑参这两句却更直接更悲凉地道出了宇宙自然永恒长在而人事历史却沧桑变迁的感慨，所以沈德潜《唐诗别裁》卷十九说"后人袭用者多，然嘉州实为绝调"。中晚唐时像刘禹锡《石头城》"淮水东边旧时月，夜深还过女墙来"，《西塞山怀古》"人世几回伤往事，山形依旧枕寒流"，崔护《题城南》"人面不知何处去，桃花依旧笑东风"以及五代、宋像李煜"清香更何用，犹发去年枝"（《南唐书·女宪传》引），贺铸"不管兴亡城下水，稳浮渔艇入淮天"（《登戏马台》），都是用"还"、"依旧"、"犹"、"不管"这类虚词来表示一种无可奈何的心情，用不变的自然循环来反衬一去不返的人生的历史的悲哀，所以岑参这首诗虽然不是始创，但至少也启迪了后世这一类诗的创作思路。

春　梦

洞房昨夜春风起^①，故人尚隔湘江水。
枕上片时春梦中，行尽江南数千里^②。

① 洞房：不是今天意义上的新婚之房，而是深得像山洞一样的房屋。
② 春夜一枕梦里游遍了江南去寻故人。岑参常常有一些令人惊异的新颖巧思，像"京师故人不可见，寄将两眼看飞燕"（《入蒲关先寄秦中故人》）之类，他不少写到梦的诗也写得很聪明，像"梦魂知忆处，无夜不先归"

（《巴南舟中思陆浑别业》），仿佛梦像个有知觉的人而且还长了飞毛腿，自己可以先跑回故乡，这两句同样让梦长上了翅膀，载着自己在片刻之间走遍了江南，想象很奇特但也很吻合梦的实际情况，和"一枕黄粱"小说的构思异曲同工。清贺裳《载酒园诗话》卷一曾指出，中唐戎昱"归梦不知湖水阔，夜来还到洛阳城"、武元衡"春风一夜吹乡梦，又逐春风到洛城"、顾况"故园此去千馀里，春梦犹能夜夜归"等都来自岑参这两句，其实并不尽然，因为岑参这两句的精警特殊在于"片时"与"行尽"，写出梦魂倏忽已历遍江南，倒是晚唐柳中庸《秋怨》"不知肠断梦，空绕几山川"以一个"空"字显出了与岑诗的不同，宋晏几道《蝶恋花》"梦入江南烟水路，行尽江南，不与离人遇"，很显然来自岑诗而以"不与离人遇"脱出了岑诗的笼罩。

刘长卿 · 四首

刘长卿（？—约790），字文房，宣城（今安徽宣城）人。虽然他的青年时代是在盛唐度过的，但主要创作活动时间却在安史之乱以后，所以习惯上把他算作中唐诗人。他中过进士，当过海盐令，不久被贬南巴（今广东），后来北归又任监察御史、鄂西转运留后，但再次被贬到睦州，直到唐德宗时才任随州刺史。据独孤及说，他性格傲岸鲠直，所以屡遭诬谤，一贬再贬，似乎他受了冤枉（见《送长洲刘少府贬南巴使牒留洪州序》），而据高仲武说，他自恃有才，"刚而犯上，两遭迁谪"，却好像是咎由自取（《中兴间气集》卷下）。

读刘长卿的诗常觉得他有很多痛苦，这些痛苦有的来自世道变乱的沧桑之感，有的来自个人身世的困顿之痛，所以基调总是很低落消沉，寒水、夕阳、雪夜、荒村一类意象和寥寥、杳杳、空寂一类定语反复出现，给读者以荒疏萧瑟的感受，而哀叹华年早逝、命运乖舛的"白发"、"白头"、"老"等词语则不止十次二十次地登场，害得中唐一些诗人（甚至韩愈、白居易）也学了这个坏榜样成天唉声叹气，所以有人批评道："降而钱（起）刘（长卿），神情未远，气骨顿衰"（胡应麟《诗薮》内编卷三），而且"十首以上，语意稍同"（《中兴间气集》卷下），这种越敛越狭的境界便是盛、中唐诗歌分界的标帜。不过，他对生活的失望也许增加了他对自然的期望，他的视野的变狭也许促使了他对山水的细腻体察，在那些描写自然山水以抒发个人情怀的诗里，常常有刻画精微、意境幽深、极富魅力的句子，像"乱声沙上石，倒影云中树"（《横龙渡》）、"寒渚一孤雁，夕阳千万山"（《秋杪江亭有作》）、"山开斜照在，石浅乱流难"（《却归睦州至七里滩下作》）等，很有些南朝谢灵运、谢朓的意思，但在语言的锤炼、意象的选择和布局的匀称上似乎更胜一筹，不像六朝人那样繁芜拖沓，没完没了，而是较有节制，特别是他自己也很得意的五律，更是在一两个镜头中就能凸现山水的美感与内心的感受，这也许是五律自有句数与格式的限制，而六朝的五言诗则可以无休止地随登临游览顺序一个劲儿写下去的缘故。至于他的七言，虽不如他的五言诗那么精彩，但也算不错，明人谢榛《四溟诗话》卷四批评"中唐诗虚字愈多，则异乎少陵气象"，并挑出刘长卿七律为例，说《唐诗品汇》选了他二十一首，"中有虚字者半之"，这是不错的，像他举的那两句"暮雨不知浔口处，春风只到穆陵西"和下面所选的《登馀干古县城》中那两句"官舍已空秋草没，女墙犹在夜乌啼"都用了虚字，但并不一定就不好，不用虚字能使意象密集，但用了虚字能使意脉流贯而且表述细微，毕竟是环肥燕瘦各尽其美，不能简单地斥为"多用虚字便是讲，讲则宋调之根"。事实上用虚字正是中唐诗人对近体诗语言的变革，也是对宋代诗风的新的启迪，虽然这一变革与启迪在刘长卿、钱起诗中只是初露端倪，真正的革新要到韩愈才算开始。

登馀干古县城 ①

孤城上与白云齐 ②，万古荒凉楚水西。
官舍已空秋草没 ③，女墙犹在夜乌啼。
平沙渺渺迷人远，落日亭亭向客低。
飞鸟不知陵谷变，朝来暮去弋阳溪 ④。

① 馀干：即今江西余干，刘长卿到馀干所登之古县城，当时似已毁于兵乱，所以诗里说"官舍已空"、"女墙犹在"。

② 照理说"孤城"是不能上"齐"白云而只能由白云下靠"孤城"，不过一来诗歌并不是气象观测站的报告而是主观感觉的抒写，在诗人眼里孤城渺远上齐云端，于是便这样写来，倒也给人以孤城远逝于视境的寂寥之感；二来诗歌不能总用普通叙事语言而总是要有意违反语言通则，以期造成

陌生与新颖的效果，所以诗人便这样写来，的确也使人耳目一新，这就像那句著名的"黄河远上白云间，一片孤城万仞山"和"群山万壑赴荆门，生长明妃尚有村"。后来很多人都运用这种手法，像宋人写扬州平山堂的句子，不写堂与山齐却写"远山来与此堂平"便是一例。刘长卿这一句当然既比不上王之涣的《凉州词》，也比不上杜甫的《咏怀古迹》，但馀干县却因此修了一座"白云亭"于县城西侧古县城遗址处，当然现在早已不存了。

③ 没（mò）：掩没。

④ 陵谷变：《诗·小雅·十月之交》"高岸为谷，深谷为陵"，这两句本写地震，后人常用它来形容世事巨变就好像高山与深谷在巨震中颠倒过来了一样；弋阳溪：在馀干县西，注入信江。刘长卿这首诗写于安史之乱后，战乱给他的感觉就像大地震，因此看到依旧飞来飞去的鸟，心里不免半是怅惘，半是羡慕。后来杜牧《泊秦淮》写"商女不知亡国恨，隔江犹唱后庭花"，意思与他这两句相近，但因为商女是应该懂得爱恨悲欢的人而飞鸟是无知无识的禽类，所以斥责与批评的意味就浓多了。

碧涧别墅喜皇甫侍御相访 ①

荒村带返照，落叶乱纷纷 ②。
古路无行人，寒山独见君 ③。
野桥经雨断，涧水向田分 ④。
不为怜同病，何人到白云 ⑤。

① 皇甫侍御：即皇甫曾，字孝常，殿中侍御史，他写有《过刘员外长卿别墅》一诗，这首诗是刘长卿的答诗。

② 返照：即夕阳，刘长卿诗里常常出现夕阳之类的意象，如"荷笠带夕阳"（《送灵彻上人》）、"山开斜照在"（《却归睦州至七里滩下作》）、"落日独归鸟"（《谪至干越亭作》）、"夕阳山向背"（《陪郑中丞林园宴》）、"寒林空见日斜时"（《过贾谊宅》），这也许只是诗人个人用词的习惯，但

多少也表现了当时人的迟暮感和悲凉感。很多人都以李商隐《登乐游原》中"夕阳无限好，只是近黄昏"为晚唐时代衰飒的象征，其实这种时代的没落与人心的颓唐早已在中唐之初就显露在诗人遣词造句、选择意象的习惯中了。像夕阳、荒村、落叶组成的诗境就实在已不能引发人奋激的情绪而只能反映诗人的哀伤寂寥心情。

③ 君：皇甫曾。荒凉的路上没有行人，寒瑟的山上只见你独自的身影。

④ 这是中晚唐诗里常见的小景。

⑤ 不为正是"为"；怜同病：语出自《吴越春秋·阖闾内传》："子胥曰：……子不闻河上歌乎，同病相怜，同忧相救。"这两句的意思是说，如果不是你与我志趣相同，同病相怜，又有谁会到这里来过访我呢？这里流露了刘长卿寂寞的心情和对皇甫曾来访的惊喜。

穆陵关北逢人归渔阳 ①

逢君穆陵路，匹马向桑乾 ②。
楚国苍山古，幽州白日寒 ③。
城池百战后，耆旧几家残 ④。
处处蓬蒿遍，归人掩泪看 ⑤。

① 穆陵关：在今湖北麻城北；渔阳：指今河北蓟县一带。

② 桑乾：即今永定河，又名卢沟河，因流经渔阳，所以用来指代这个人所去的地方。

③ 楚国：指诗人和这个行人相逢的穆陵关，穆陵关在古楚地；幽州：治所在今北京大兴，是安史之乱的大本营，安史之乱虽渐渐平息，但经过战乱的地方恐怕仍是一片荒凉，所以说那里太阳也显得寒冷。王维《过香积寺》里"日色冷青松"也是写太阳光的寒冷，和这句"幽州白日寒"一样表达内心感受而不是自然现象，但王维是由于青松浓密而感觉到的凉爽愉快，刘长卿却是想到战乱而引发的不寒而栗。

④ 耆旧：本指年高而有名望的人，这里指渔阳昔日的旧世家；残：留剩。

⑤ 归人：即诗人所遇见的北归渔阳的行人；看：读平声。这里刘长卿想象北归者回到渔阳目睹一片蓬蒿时掩泪伤心的情状，其实这也是他自己的心情，安史之乱给刘长卿心头留下的伤痕很深，以至于他总是睹景伤情，像《送李录事兄归襄邓》中"白首相逢征战后，青春已过乱离中"，《奉使至申州伤经陷没》中的"废戍山烟出，荒田野火行"，都和这首诗的情调相仿。

逢雪宿芙蓉山主人①

日暮苍山远，天寒白屋贫②。
柴门闻犬吠，风雪夜归人③。

① 芙蓉山：在今江苏常州。这首诗写于大历十年（775）被贬谪之后，退居碧涧山庄时。主人：指留宿诗人的人家。

② 白屋：未经装饰的朴素房屋。

③ 清人《岘佣说诗》评论这首诗时说："较王（维）、韦（应物）稍浅，其清妙自不可废。"所谓"浅"大概指的是寓意或内涵不够含蓄，过于浅显，但这首诗的好处正在白描，诗人平平写来，自有一番风韵，尤其是"风雪夜归人"一句，承"犬吠"而来，于风雪夜的寒冷凛冽饥饿孤独之中归到"白屋"，不也会有一种欣喜与温馨感么？和白居易《问刘十九》"晚来天欲雪，能饮一杯无"同一机杼。

钱起·二首

钱起（约720—约782），字仲文，吴兴（今浙江湖州）人，天宝九载（750）进士，曾任尚书考功郎中，大历年间当到翰林学士，是"大历十才子"之一。

把唐诗分成初、盛、中、晚四期是明代人的发明，虽然不免有些胶柱鼓瑟，硬把政治时代与诗歌风格绑在一起的嫌疑，但多少还有些道理。说起来钱起和王维算是朋友，互相有过酬唱，而且还有人似乎把他们看成了一脉相承的私淑师生，说"文宗右丞（王维），许以高格，右丞没后，员外（钱起）为雄"（《中兴间气集》卷上），但是，比王维与李白小近二十岁、比杜甫小近十岁的钱起却无论如何没有李白的恢弘、杜甫的深沉、王维的高朗，换句话说就是没有了那一代人的气魄、视野和抱负，虽然钱起也写有很雄壮的诗句，如"宁唯玉剑报知己，更有龙韬佐师律"（《送崔校书从军》）、"劝君用却龙泉剑，莫负平生国士恩"（《送傅管记赴蜀军》），但内心深处却是灰暗的。他常叹息"四海尽穷途，一枝无宿处"（《冬夜题旅馆》）、"身世已悟空，归途复何去"（《归义寺题震上人壁》），他大多数诗里那种凄清伤感的情绪和狭小幽深的景致，总让人感到时代的巨变把诗人的心胸一下子挤榨得那么狭隘而压抑，把诗歌的境界一下子皴染得那么清冷而暗淡，所以他偶尔的雄壮豪放似乎有些声嘶力竭，仿佛一个中气不足的病人楞吹气球，他时常的恬淡宁静似乎有些垂头丧气，好像气球顿时泄气变瘪，在这一点上他确实和盛唐人不同，而与同时的"大历十才子"中其他人相仿。不过，有一点他确实很像王维，他也擅长五言近体诗，也善于写山水。有的诗句很有南朝二谢（谢灵运、谢朓）那种警绝的韵味，往往观察细腻、选景新巧而且用词精致，如"乱水归潭净，高花映竹明"（《过杨驸马亭子》）、"野竹通溪冷，秋泉入户鸣"（《宿洞口馆》）、"鸟道挂疏雨，人家残夕阳"
（《太子李舍人城东别业与二三文友逃暑》）、"鹊惊随叶散，萤远
入烟流"（《裴迪南门秋夜对月》）；还有些诗句则学了汉魏六朝古诗
的质朴自然句法，敢于用一些虚词和散文句式于近体诗中，如"虽看
北堂草，不望旧山薇"（《新昌里言怀》）、"从容只是愁风起，眷念常
须向日西"（《山花》），以至于明代谢榛《四溟诗话》卷四把"多用
虚字"及"开宋调"的罪过清算到了他的身上。其实，这两方面都是
中唐诗歌语言承上启下、另辟蹊径之处，是功是罪还很难说。钱起
身处盛、中唐之间，盛、中唐诗风嬗变的许多特征都在他身上折射出
来，因此他的诗歌虽然未见得出色，但他的意义也许并不在于他个
人的创作，而在于作为一个标帜，标志着时代与诗风的转向。当时有
人以"钱刘"并称，从诗作上来看钱起比不上刘长卿，因为他的诗不
仅同样有语句重复、境界狭小的毛病，而且还多了些无聊应酬的浅
薄，很多诗并无意思；也有人以"钱、郎"并列，但他似乎又比郎士元
强些，郎士元有钱起同样的毛病，却没有钱起那么多佳句。

省试湘灵鼓瑟①

善鼓云和瑟②，常闻帝子灵。

冯夷空自舞③，楚客不堪听④。

苦调凄金石⑤，清音入杳冥⑥。

苍梧来怨慕，白芷动芳馨。

流水传潇浦，悲风过洞庭⑦。

曲终人不见，江上数峰青⑧。

① 这首诗是钱起参加科举考试时写的，唐代科举考试由尚书省的礼部主持，
　通称礼部试或省试。这一年出的试题是"湘灵鼓瑟"，所以题目写作"省
　试湘灵鼓瑟"，"湘灵鼓瑟"一词出自《楚辞·远游》"使湘灵鼓瑟兮，令海
　若舞冯夷"。湘灵：神名，据王逸《楚辞章句》说是"百川之神"，按唐代章

怀太子李贤的说法，这个神灵是虞舜之妃即"湘夫人"；鼓：弹奏；瑟：古代的一种弦乐器。

② 云和瑟：古代传说中的一种瑟，《周礼·春官·大司乐》"云和之琴瑟"句郑玄注说"云和，地名也"，孔颖达疏则说是"山名"，看来"云和"和"空桑"、"龙门"一样，只是传说中的山，云和瑟也只是古人想象中的一种神仙乐器。

③ 冯（píng）夷：神名，《淮南子·原道》说冯夷出行时"乘云车，入云霄"。

④ "楚客"一句转弯抹角地化用了一个《史记·张仪列传》里的典故。据说越人庄舄在楚国当了大官，但一想到故乡就不由自主地发出越国的吟声，后来有的诗人把这个典故改成听见越声便思念家乡，像江淹《迁阳亭》"楚客心命绝，一愿闻越声"，有的诗人又把这个典故改成发出越吟以示不忘故乡，像杜甫《西阁》二首之一"哀世非王粲，终然学越吟"，钱起又把它改造了一下，变成楚客一听见湘灵鼓瑟心里就悲伤，所以说"不堪听"。不堪听不是说不能听，而是说悲哀得听不下去。

⑤ 凄金石：比金石之声还凄苦。

⑥ 杳冥：幽远无际处。

⑦ 流水带着乐声传到潇浦，悲风挟着瑟音飘过洞庭。

⑧ 这两句是全诗画龙点睛的佳句，也是千古传诵的名句。关于它有一种传说，《新唐书·钱徽传》记载，钱起曾在客舍月夜独吟，忽然听见有人吟诵这两句，大惊之下四处寻觅，却不见人影，他记住这两句诗，在参加科举考试时便用上了，果然使考官李晔大为赞赏，称为"绝唱"。这个传说无非是说这两句是"鬼诗"，就像人们称赞什么东西精美绝妙时说"鬼斧神工"一样，好像这种不可思议的神来之笔绝非人力能到似的，据说钱起就是由于这两句诗，不仅中了进士，还赢得了名声（《韵语阳秋》卷四）。确实，这两句诗使这首前面写得很一般的诗顿时有了神采，从听觉上说，这两句就像音乐上的休止符号，使诗歌突然由瑟声、水声、风声、人声的喧闹转为谧静，而这谧静又引发了幽远的意境与不尽的馀音；从视觉上说，它突然将神秘诡谲的幻影散去，显露出江上青峰，就像梦幻初醒却令人回味

梦境，所以明人谢榛说，如果"摘出末句，平平语尔，合两句味之，殊有含蓄"（《四溟诗话》卷四）。后人摹仿这两句意境多不成功，像李德裕"曲终却从仙宫去，万户千门空月明"、陈季"数曲暮山青"，都没有它的韵味，因为前者字数虽多，却写得过于明朗而不幽深，缺乏曲终人散的谧静与诡秘，后者又字数太少，虽然言简意赅，却把意韵给简化掉了。

裴迪南门秋夜对月 ①

夜来诗酒兴，月满谢公楼 ②。
影闭重门静，寒生独树秋。
鹊惊随叶散，萤远入烟流 ③。
今夕遥天末 ④，清辉几处愁 ⑤。

① 这首诗的诗题在《中兴间气集》里叫"裴迪书斋玩月之作"，在《又玄集》里叫"裴迪书斋玩月"，大约是钱起到裴迪那里做客时观赏秋月而作的。裴迪也是诗人，在天宝年间当过蜀州刺史及尚书省郎，是王维最要好的朋友之一，年岁比钱起要大些。

② 谢公：即谢庄，谢庄写过一篇很有名的《月赋》，所以提到"月"时总让人捎带联想到他，不过这里用"谢公楼"来比拟裴迪书斋，也多少有些尊重主人的意味，因为谢庄不仅是有才华的文人，还是有地位的世族。

③ 这四句表现了中唐五言律诗独特的句式、凝练的结构和巧妙的技法。一方面，似乎这几句都没有直接写"月"，但实际上处处都在写月光，"影"是月影，"寒"是月亮的寒光，"鹊惊"是因为月出，"烟流"是指月光如烟般地流动。四句正是说重门紧闭，隔断月光，院内一片幽静，独树在月光中，令人感到秋天的凉意，月出惊飞栖鸟，秋叶随之飘落，飞萤也悄然远逝，没入如烟般浮动的月光。另一方面，这四句诗和散文、口语的句式结构大不相同，"影闭重门静"实际上是"重门闭（月）影（而显出）静"的错综，就是梁刘孝绰《望月有所思》"长门隔清夜，高堂蒙容色"的意思，但它不仅写出幽暗的色还写了幽静的声；"寒生独树秋"则是"（月光之）寒（照）

独树（而）生（出）秋（意）"的倒装和紧缩，其中省略了许多逻辑上、语法上应有的关连词；"鹊惊随叶散"仿佛来自王维《鸟鸣涧》"月出惊山鸟"，实际上是"鹊惊（于月光而）随（落）叶（四）散"；"萤远入烟流"则是"萤远（飞溶）入（月光的）烟流"，梁萧纶《咏新月》中有"雾浓光若昼，云驶影疑流"，鲍泉《江上望月》中有"川澄光自动，流驶影难圆"，都想写月光浮动的景象，但都没有"烟流"一词来得贴切，只有宋代林逋的"暗香浮动月黄昏"比它更妙，因为它不仅有了流动缥缈的月色，还有了若隐若现的香气。上述四句或颠倒错综或紧缩省略的句子读来不仅符合内在节奏的要求，而且极精致凝练，很有品味的馀地。

④ 遥天末：遥远的天际。

⑤ 清辉：月光。这句是说，对着秋夜皎洁的月光，有多少人在沉思惆怅。

张继·一首

张继（生卒年不详），字懿孙，襄州（今湖北襄樊）人，天宝十二载（753）中进士，大历年间曾任检校祠部员外郎，在洪州（今江西南昌）掌管财赋。他的诗留传很少，但就是下面这一首《枫桥夜泊》，不仅使他名传千古，而且使他名扬海外。

枫桥夜泊①

月落乌啼霜满天，江枫渔火对愁眠②。
姑苏城外寒山寺③，夜半钟声到客船④。

① 枫桥：在今苏州西郊。

② 对愁眠：意思是愁人对着江枫渔火而眠，就好比说"伴愁眠"或"枕愁眠"。

③ 姑苏：即苏州；寒山寺：据《清一统志》，寒山寺在枫桥畔，因为唐代著名僧人寒山曾住此，所以叫寒山寺。

④ 这句诗在宋代曾引起议论纷纷。首先提出质疑的是欧阳修，《六一诗话》说"诗人贪求好句而理有不通，亦语病也"，原因是"三更不是打钟时"，但后来接二连三地遭到驳斥，叶梦得《石林诗话》卷中、王观国《学林》卷八以及《庚溪诗话》卷上、《潜溪诗眼》《遯斋闲览》《野客丛书》卷二十六等纷纷举出《南史》及于鹄、白居易、皇甫冉、陈羽、温庭筠等人的诗来证明佛寺的确夜半打钟。其实，诗歌不是史志档案，打钟也罢，不打钟也罢，都无关紧要，欧阳修以常情指责这首诗"理有不通"，是忘了"诗有别材，非关理也"的虚构想象，叶梦得等人以实况反驳欧阳修，其实正不知犯了同一毛病。宋人孙觌却不管这些，在《枫桥三绝》其一中仍然写道："乌啼月落桥边寺，欹枕犹闻半夜钟"，虽然他未必真的听到了半夜钟声，而只是袭用前人诗意。

韩翃·一首

　　韩翃（生卒年不详），字君平，南阳（今河南南阳）人，天宝十三载（754）中进士，曾在淄青及宣武节度使手下当过幕僚，唐德宗时当过驾部郎中知制诰，最后当到中书舍人。

　　唐代许尧佐写的著名传奇《柳氏传》曾记载韩翃和歌姬柳氏的一段生离死别的爱情故事，这个故事里的韩翃似乎是一个多愁善感、弱不禁风的文人，偏偏后人对他的诗也给予了一个清丽秀媚的评价，叫"芙蓉出水"（《中兴间气集》卷上）。的确，韩翃的诗是属于情感力度较弱而语词意象清丽的一流，他似乎对南朝二谢尤其是谢朓格外倾心，在诗里三番五次地提到谢朓，如"更喜宣城印，朝廷与谢公"（《褚主簿宅会毕庶子钱员外郎使君》）、"同人皆沈谢，自矜文武足"（《祭岳回重赠孟都督》）、"官齐魏公子，身逐谢玄晖"（《送李侍御归宣州使幕》）、"君到新林江口泊，吟诗应赏谢玄晖"（《送客还江东》）、"几日孙弘阁，当年谢朓诗"（《送韦秀才》），他自己写诗也很有意地模拟谢朓那种意象秀丽、下字清新的风格，这和大历、贞元间的诗坛风气完全同步，只是他们大历十才子总是把这些精心刻琢的句子用于平庸肤浅的应酬之作，又把这些尖新工巧的语词写成了固定的套数，所以反而让人觉得他们的诗"有句无篇"，甚至觉得他们的丽辞秀句也啰嗦得"繁富"。倒是他不多的几首绝句，反而自然流畅，不仅令皇帝赏识，也赢得了后世批评家的瞩目，像明代王世贞就在《艺苑卮言》卷四里说"绝句李益为胜，韩翃次之"。

寒　食 ①

春城无处不飞花 ②，寒食东风御柳斜 ③。
日暮汉宫传蜡烛，轻烟散入五侯家 ④。

① 寒食：节名，古代以冬至后一百零五天为寒食节，据说是为了春秋时自焚而死的介子推，所以习俗是在寒食节前后禁火三天。据今人考证，寒食禁火是古代一种名叫"改火"的习俗的延续，上古人认为每年应当改用新火，以避免陈疾，赢得新的生命力，所以每年春天都要熄灭旧火，重取新火。寒食就是熄灭旧火风俗的讹变，这首诗中说到的"传蜡烛"，恐怕就是取新火的习俗的一种方式。

② 这句诗很有名。寒食正值柳絮纷飞的清明前后，这句话就是写满城柳絮纷纷扬扬的情形。据《唐才子传》卷四说，唐德宗选知制诰，批了三个字"与韩翃"，恰巧当时有两个名叫韩翃的人，宰相就问究竟给谁，唐德宗就写："春城无处不飞花韩翃也"，可见这句诗传诵之广。

③ 御柳：宫苑之柳。

④ 这两句的意思是说，寒食节中特别受到皇帝恩宠，首先得到燃新火的，只是豪门权贵。汉宫：暗指唐皇宫；传蜡烛：指宫廷特颁新火，《周礼·夏官·司爟》说"四时变火"，郑注"春取榆柳之火，夏取枣杏之火"，唐代却只有寒食这一次改用新火，唐《辇下岁时记》说"清明日取榆柳之火以赐近臣"，这似乎在整个唐代都是定例。元稹《连昌宫词》"特敕宫中许燃烛"，韦庄《长安清明》"内官初赐清明火"，大概这新火是用蜡烛点燃后颁发的；轻烟：指蜡烛烟；五侯：指豪门贵族，《汉书·元后传》记载汉成帝时封王谭、王商、王立、王根、王逢时等五个外戚为侯，《后汉书·宦官列传》记载宦官单超等五人同日封侯，世称"五侯"，这里不知用的是哪个"五侯"的典故，但暗指炙手可热的权贵是很清楚的。

皎然·一首

皎然（约720—?），俗姓谢，字清昼，吴兴（今浙江吴兴）人，南朝诗人谢灵运十世孙，早年学儒学道，安史之乱后于杭州灵隐山从佛教徒守直剃度成了和尚，后长期居于吴兴杼山妙喜寺。他的著名诗学理论著作《诗式》给中国古典诗歌的创作和批评都设立了一些很重要的原则，但他自己的诗歌却写得不太出色。早期作品中有其祖谢灵运的清丽，也有大历诗坛流行的轻巧，他自己仿佛除了在那里添加一些带有禅玄意味的佐料外并无改进。只是他后期受了南宗禅清狂风气的影响，逐渐从捆手绑脚的大历诗风中挣脱出来，写了一些轻松的或自由的诗歌，尤其是一些歌行，更显得清壮跳荡，富于变化。也许是因为这个原因，所以他曾被后人尊为江左诗僧之首（参见刘禹锡《澈上人文集序》及于頔《吴兴昼上人集序》）。

寻陆鸿渐不遇①

移家虽带郭，野径入桑麻。
近种篱边菊，秋来未着花。
扣门无犬吠，欲去问西家②。
报道山中去，归时每日斜③。

① 陆羽字鸿渐，著有《茶经》，是皎然的好朋友。
② 本欲离开，转而又一想，便去问一问西边的邻居。
③ 报道：回答道。下面八个字即西邻的回答。

司空曙·二首

　　司空曙（生卒年不详），字文明，广平（今河北永年）人，中过进士，安史之乱中曾寓居江南，北归后当过右拾遗、长林县丞，贞元年间在剑南西川节度使幕府任检校水部郎中。

　　司空曙名列"大历十才子"之中，诗风当然与钱起等人相近，不过仔细比较，可以发现他的诗虽然也属清丽尖新、小巧工致一路，但多少有些朴素清新的诗句，不像钱起、郎士元等人那么窘迫呆滞，挤得散不开，有的诗句以情御词，常常显得真切清朗，有的诗句组织精巧，往往又不露雕琢痕迹。卢纶说他的诗是"雅韵与琴清"（《纶与吉侍郎中孚、司空郎中曙……》），《唐才子传》卷四说他的诗"属调幽闲，终篇调畅"，虽然不免过誉，但也正说到点子上。

云阳馆与韩绅宿别 ①

故人江海别，几度隔山川。
乍见翻疑梦，相悲各问年 ②。
孤灯寒照雨，湿竹暗浮烟。
更有明朝恨，离杯惜共传 ③。

① 云阳：县名，在今陕西泾阳北；馆：驿馆，即今旅店或招待所；韩绅：一作韩升卿，疑即韩绅卿，据韩愈《虢州司户韩府君墓志铭》，韩绅卿是韩愈的叔父，"文而能官"，曾任泾阳令。

② 乍一相逢，反而怀疑是在做梦，各有悲酸，见面忙问这些年的情况；翻：义同反；写梦境的诗很多，但把清醒时怀疑成梦境的却很少，最先写出这一意思的大概是张九龄《初入湘中有喜》"却记从来意，翻疑梦里游"，只不过这是写喜悦而不像这里是写悲喜交集，后来又有朱长文的"夜静忽疑

身是梦，更闻寒雨滴芭蕉"（《诗式》引），但这只是写悲哀，和杜甫《羌村》"夜阑更秉烛，相对如梦寐"还不太一样。宋代范晞文《对床夜语》卷五说这两句"久别倏逢之意，宛然在目，想而味之，情融神会，殆如直述"，好像这两句诗的好处只在于写得真切，明人谢榛《四溟诗话》卷二则说"诗有简而妙者，戴叔伦'还作江南会，翻疑梦里逢'，不如司空曙'乍见翻疑梦'"，似乎这两句诗的好处又只在于写得简练，其实把两方面评述合起来就比较全面。后来很多人写重逢的惊喜都用上了这句诗的意境，最有名的当然是宋代词人晏几道《鹧鸪天》里的"今宵剩把银釭照，犹恐相逢是梦中"。

③ 唐人饮酒有传杯同饮的习惯，因为司空曙和韩绅匆匆相见又匆匆离别，所以在驿馆一夜喝的是离别酒，想到明早分手的遗憾，不免传杯同饮，依依惜别；惜，既指惜别之情，又指惜别之酒。

喜外弟卢纶见宿①

静夜四无邻，荒居旧业贫。
雨中黄叶树，灯下白头人②。
以我独沉久，愧君相见频③。
平生自有分，况是蔡家亲④。

① 外弟：表弟；卢纶：中唐诗人，详见小传；见宿：来宿。

② 这两句是被人传诵的名句。宋人范晞文《对床夜语》卷四说它的句法出自王维"雨中山果落，灯下草虫鸣"，而意境参取白居易"树初黄叶日，人欲白头时"，并说"诗人发兴造语，往往不约而合……然诗家不以为袭也"，其实这段话却是整个儿出错。王维那两句诗语法关系很清楚，补语、主语、谓语，名词、虚词、动词整整齐齐，意思交代得干净利落，而司空曙这两句却没有动词，只是把雨、树、灯、人巧妙地拼合在一起，由读者去体验其中深意，句法风马牛不相及，尽管个别词汇相同；至于白居易，他生于司空曙之后，司空曙又怎能袭取他的诗意？明人谢榛《四溟诗话》卷一

也列举了韦应物《淮上遇洛阳李主簿》"窗里人将老, 门前树已秋"和白居易《途中感秋》"树初黄叶日, 人欲白头时"来和司空曙这两句相比, 只说"三诗同一机杼, 司空为优", 绝口不说谁抄袭谁或谁参取谁, 比范晞文聪明得多。

③ 因为自己长久孤独沉沦, 所以你多次来看我, 使我又感谢又惭愧。

④ 分（fèn）: 缘分。司空曙和卢纶是诗友, 所以说"自有分"; 蔡家亲: 晋朝大将羊祜是蔡邕的外孙, 曾在战争中立功, 朝廷将封他爵位, 他却请求将爵位赐给他的表兄弟蔡袭。司空曙用"蔡家亲"这一典故形容他与卢纶不仅是朋友, 而且还是羊祜和蔡袭这样手足情深的表兄弟。

郎士元 · 二首

郎士元（生卒年不详），字君胄，中山（今河北定县）人，天宝十五载（756）中进士，当过拾遗、员外郎等官，建中年间当到郢州刺史。

郎士元在中唐初期诗坛上与钱起齐名，都是沿袭王维诗歌的路子，所以《中兴间气集》以他和钱起分别为上下卷的首位，并说"右丞（王维）以往，与钱（起）更长……两君体调，大抵欲同"，但宋人葛立方《韵语阳秋》卷四就反驳"前有沈宋，后有钱郎"的说法，认为郎士元比不上钱起，现在看来，高仲武的确对郎士元过于偏爱，且不说他评郎士元比钱起"稍更闲雅，近于康乐"的话不太公平，就是他特意拈出，认为谢朓都会自惭不如的"工于发端"的那两句诗，不仅遭到了《艺圃撷馀》"合掌可笑"的讽刺，而且被清人王士禛揭出了它的来源是南朝人吴均的诗句（《池北偶谈》卷十二）。只有他的五言律诗和钱起相似，常有一些精警尖新的句子，像"乱流江渡浅，远色海山微"（《送孙愿》）、"罢磬风枝动，悬灯雪屋明"（《冬夕寄青龙寺源公》）、"虫丝黏户网，鼠迹印床尘"（《送张南史》）、"蝉声静空馆，雨色隔秋原"（《送钱拾遗归兼寄刘校书》），上承谢灵运、谢朓，下启晚唐诗人。

盩厔县郑礒宅送钱大①

暮蝉不可听，落叶岂堪闻②。
共是悲秋客，那知此路分③。
荒城背流水，远雁入寒云④。
陶令东篱菊，馀花可赠君⑤。

① 盩厔县：即陕西周至；郑礒：不详。

② 这两句即高仲武《中兴间气集》卷下认为"工于发端"的句子。所谓"工于发端",就是说开头两句就烘托出气氛笼罩了全诗,这两句将吴均"落叶思纷纷,蝉声犹可闻"改头换面翻空出奇,以暮蝉、落叶的秋景和不堪听闻的心境写出了悲凉惆怅,的确给全诗定下了基调,但上下两句意思几乎重复,不免有些噜苏,所以《艺圃撷馀》讽刺它"合掌可笑",虽然苛刻了些,但也一针见血。

③ 此路分不是说路分成了两岔,而是说人不得不分两条路行走,暗喻朋友分离。

④ 这两句是全诗最精心刻琢的所谓"景句",而"背"、"入"又是这两句中最下功夫的"诗眼"。荒城与流水本来是自然而然地相挨的两个景观,但用了"背"字似乎便有了流水远去而荒城近人那种互相背离的动感,远雁飞向寒云本来也是一个普通的意象,但"入"字却使人感到远雁消逝在云层之中的渺远,于是这两句又暗暗象征着朋友分手,天各一方的意味,而且两句一下一上,使整个视境顿时拓开,又让人有一种镜头大幅度摇动,不得不时而垂首沉思、时而仰面叹息的感觉。

⑤ 陶令:陶渊明;东篱菊:陶渊明《饮酒》"采菊东篱下,悠然见南山"。这里是用陶渊明比拟主人郑磋,用东篱比拟郑磋的住宅。

柏林寺南望

溪上遥闻精舍钟 ①,泊舟微径度深松。
青山霁后云犹在,画出东南四五峰。

① 精舍:指佛寺,古人觉得佛寺的钟要远远的听它似有似无的声响才有味,大概只有这样才能感受到渺远的意韵,贴近了听或看着和尚敲钟则不免有声而无韵,所以这里说"遥闻"。后来于良史《春山夜月》的"南望鸣钟处,楼台深翠微",姚鹄《晓发》的"月影缘山尽,钟声隔浦微",以及宋秘演《山中》的"危楼乘月上,远寺听钟寻",魏野《暮秋闲望》的"砧隔寒溪捣,钟随晓吹过",蔡肇《题李世南画扇》的"隔坞闻钟觉寺深",陆游《舍北摇落景物殊佳偶作》之四的"疏钟隔坞闻"都是这一写法。

顾况·五首

顾况（约727—约820），字逋翁，苏州人，一说润州丹阳（今江苏丹阳）人，至德二载（757）中进士，当过节度判官、著作佐郎，据说由于他性格傲岸，行为狂放，"不能慕顺"（皇甫湜《顾况诗集序》），"虽王公之贵与之交者，必戏侮之"（《旧唐书·顾况传》），被贬为饶州司户参军，晚年定居茅山隐逸学道。

在盛中唐诗风嬗变中顾况应该是一个不可忽略的人，其实他在唐宋也曾得到过很不错的评语，像皇甫湜就把他看成李白、杜甫的衣钵传人，说："李白、杜甫已死，非君，将谁及欤"（《顾况诗集序》），严羽也觉得他比元稹、白居易强，说："顾况诗多在元、白之上，稍有盛唐风骨处"（《沧浪诗话·诗评》），只不过后人不大看得惯他诡异奇谲的诗，又被那些貌似权威的评论唬住了，于是就觉得他的诗不那么规范典雅，像清代鼎鼎大名的翁方纲《石洲诗话》卷二就骂顾况的歌行是"邪门外道，直不入格"，仿佛诗歌自打一开始就有什么"正道"、"正格"似的。吴乔《围炉诗话》卷三稍心平气和，但也觉得顾况诗里"粗硬中杂鄙语，有高调，非雅音"，仿佛诗人一定要披上燕尾服、晚礼服才能入殿堂，否则就只能进三流酒吧似的。其实唐宋人的看法是对的，顾况的诗尤其他的七言诗恰恰以他"出天心，穿月肋"般的"意外惊人语"独树一帜于中唐前期（《顾况诗集序》）。他是一个狂放的文人，也是一个善画解乐的才子，又是一个出释入道的信徒，性格、才气及信仰使他具有异于常人的艺术感受和艺术语言，在他的歌行中，有奇幻诡异的想象和瑰丽奇崛的意象，如写瀑布的"火雷劈山珠喷日"（《庐山瀑布歌送李顾》）及写琵琶的"阴风切切四面来"（《刘禅奴弹琵琶歌》），有迥异于熟套的俚语俗语及口语，如写女仙的"心相许，为白阿嬢从嫁与"（《梁广画

花歌》）、题画的"八十老婆拍手笑"（《杜秀才画立走水牛歌》），有
参差不齐、拗折节奏韵律的句式，像三、五、七言交错迭出的《瑶草
春》，三、七、六、四言长短不一的《范山人画山水歌》以及句式、韵
脚急促变幻的名作《李供奉弹箜篌歌》等，正是这些独辟蹊径的诗
歌，使清人感觉他"邪"和"鄙"，也正是那些看似险怪或鄙俚的歌
行，使我们察觉到他的诗有些像李白，又有些像后来的韩愈、李贺以
及白居易。那么，是不是可以说他也是联结盛、中唐诗歌嬗变过程的
一个重要人物呢？

古离别 [①]

西江上，风动麻姑嫁时浪 [②]。
西山为水水为尘 [③]，不是人间离别人 [④]。

① 古离别：乐府杂曲歌中的旧题，写男女相思或别离之苦。

② 西江：长江；麻姑：传说中的女仙，《神仙传》卷七记载她与另一仙人王
　方平在东汉时曾降临蔡经家，"年十八九许，于顶中作髻，馀发垂至腰，其
　衣有文章而非锦绮，光彩耀目"。传说她曾自言她三见沧海变为桑田，那么
　"麻姑嫁时"应是极久远的时代，这一句的意思就是西江上风浪依然是
　古时的风浪，暗示自然界的永恒以反衬人世间的变动不居。

③ 西山为水水为尘：化用麻姑所说的沧海变桑田的故事，进一步象征时代的
　久远，风动麻姑嫁时浪已经追溯到了西江初有水的时代，这一句更推向西
　江为尘而西山为水的遥远年代。

④ 人间离别，归根到底还是因为人生太短暂，一次离别就占据了人生的一截
　时光，即所谓"一生祇百年，能容几回别"，可是麻姑却超越了时间，因为
　她是仙女，所以不会有人间别离之苦。

苔藓山歌 ①

野人夜梦江南山 ②，江南山深松桂闲。
野人觉后长叹息，帖藓黏苔作山色。
闭门无事任盈虚，终日欹眠观四如 ③：
一如白云飞出壁，二如飞雨岩前滴。
三如腾虎欲咆哮，四如懒龙遭霹雳 ④。
嶮峭嵌空潭洞寒，小儿两手扶栏干 ⑤。

① 苔藓山：即诗里所说的"帖藓黏苔作山色"的假山，顾况不仅常写及音乐、
  美术，把诗与乐、画艺术打成一片，也许还是最早把盆景这种中国特有的
  艺术写入诗的人。
② 野人：山野之人。
③ 盈虚：指时光流逝；欹眠：斜靠在床。
④ 这即所谓的"四如"，从苔藓粘贴的假山中看出种种幻象，就仿佛《梦溪
  笔谈》卷十七记宋迪所说的从败墙素绢上看出"高下曲折"的"山水之
  像"或清人高阜《与蔚生弟论画》中所说的从窗格蛛丝里看出"窈裒纵
  送"的"屈身自如之状"。
⑤ 前一句写苔藓山的险峻奇崛及镂空的岩洞与其中泉水的空寒景象，后一
  句也许是写盆景里还有小儿形状的人物。

郑女弹筝歌 ①

郑女八岁能弹筝，春风吹落天上声。
一声雍门泪承睫 ②，两声赤鲤露髻鬣 ③，
三声白猿臂拓颊 ④。
郑女出参丈人时 ⑤，落花惹断游空丝 ⑥。
高楼不掩许声出，羞杀百舌黄莺儿。

① 顾况写听音乐的诗还有《李供奉弹箜篌歌》《刘禅奴弹琵琶歌》《李湖州孺人弹筝歌》等等。筝，古乐器，《急就篇》卷三注："筝，亦小瑟类也，本十二弦，今则十三。"郑女：不详，郑是国名，在今河南中部，那里音乐很发达，传说有善于弹琴的郑师文（《列子·汤问》），又有善于跳舞的女子（宋玉《招魂》），传说郑国音乐放荡但又诱人（《礼记·乐记》），也许那里的音乐传统一直传到了唐代。

② 雍门：指战国齐人雍门周，《说苑·善说》记载他曾弹琴使孟尝君下泪，觉得自己像个"破国亡邑之人"，陆机《豪士赋·序》曾有"孟尝遭雍门而泣"的句子，这里说郑女刚一弹筝，就使人像孟尝君听了雍门周的琴声一样下泪。

③ 赤鲤：传说中仙人的坐骑。《列仙传》卷上记琴高骑赤鲤，江淹《采石上菖蒲》"赤鲤倘可乘，云雾不复还"；鬐鬣：鱼脊上的鬐。晋木华《海赋》"巨鳞插云，鬐鬣刺天"。

④ 拓颊：托腮。

⑤ 丈人：老人。

⑥ 惹：牵引；游空丝：蛛丝。

过山农家 ①

板桥人渡泉声，茅檐日午鸡鸣。
莫嗔焙茶烟暗 ②，却喜晒谷天晴。

① 本篇一作张继诗，题为《山家》。

② 焙茶：微火烘茶，唐代时，茶叶摘后要蒸、捣、拍、焙，和现代制茶不同（见陆羽《茶经》卷上《三之造》），顾况另有一首《焙茶坞》说："旋旋续新烟，呼儿劈寒木"，既然有烟，又用湿木，就仿佛熏的意思，所以这里说"烟暗"。

江　上

江清白鸟斜，荡桨罥蘋花^①。
听唱菱歌晚，回塘月照沙。

① 罥：缠绕。

韦应物·七首

韦应物(约737—?),京兆长安(今陕西西安)人,唐玄宗在位时曾任三卫郎,后历任洛阳丞、比部员外郎、滁州刺史、江州刺史,贞元年间任苏州刺史。

作为一个官吏,韦应物曾表现了他应有的正义感和责任感,在《广德中洛阳作》《始至郡》《夏冰行》《采玉行》《高陵书情寄三原卢少府》《答崔都水》等诗中都流露出一种父母官对子民的关怀,据说他确实是一个很有政绩的地方长官,生活很简朴,对老百姓也不是那么狠。但作为一个文人,他却不太愿意"沉埋案牍间"的繁琐事务之中,用他自己的话说,他是"日夕思自退",想归隐山林田园之中,寻找一种恬静与安闲。可是,官爵、禄位、薪俸又不是那么容易割舍,于是他常在进退、出处之间沉吟徘徊,一会儿觉得"独无外物牵,遂此幽居情"(《幽居》)最惬意,一会儿又觉得"不能林下去,祗恋府廷恩"(《示从子河南尉班》),似乎又被很多牵肠挂肚的"外物"拴住,因此只好坐在官府里隐逸,躺在官床上做田园之梦。他在《赠琮公》诗里说,自己案牍盈前,却和山僧一样,叫做"出处似殊致,喧静两皆禅",据李肇《国史补》(下)说,他一面当着刺史,一面"鲜食寡欲,所至焚香扫地而坐",这倒不失为一种自我平衡办法。当然,作为心理补偿,他常常要在诗里写隐逸、写田园、写山林,并对陶渊明表示极大的敬意,不但作诗"效陶体"(《与友生野饮效陶体》),而且在为人上也要"等陶"、"慕陶"(《沣上西斋寄诸友》《东郊》)。也许正因为如此,韦应物的诗歌中确实有一些类似陶渊明田园诗的作品,清新、朴素而流畅,像《观田家》《种瓜》《幽居》等便是,也正因为有了这些诗,从白居易以下唐宋不少人都爱把他和陶渊明联在一起评说,像《后山诗话》《竹坡诗话》,《蔡宽夫诗话》

甚至说"（陶）渊明诗，唐人绝无知其奥者，惟韦苏州、白乐天尝有效其体之作，而乐天去之亦自远甚"，好像唐代只有韦应物一个人得了陶渊明的真传似的。

不过，韦应物毕竟不是陶渊明，因为一来他毕竟不像陶渊明那样心头充满了对乡村生活的真挚热爱和对田园的真诚亲切，所以写来总不如陶诗那么自然真切，那么有泥土味，倒是像《蔡百衲诗评》说的"大似村寺高僧，奈时有野态"（《竹庄诗话》卷一），仿佛阔佬偶尔乡间走走略尝野菜；二来他"效陶"、"慕陶"只不过是一种摹拟，取法乎上仅得其中，因此《竹坡诗话》曾说他"非唯语似，而意亦太似"，《韵语阳秋》卷四更拈出他《答长安丞裴税》摹拟陶渊明《饮酒》的证据，说他拟得虽多，"终不近也"，仿佛蜡像馆的塑像，虽十分逼真却少了一口活气；三来他不仅学陶，而且学谢，在他的诗中常常能看到经过精心修饰具有明丽典雅的声色美感的警句秀句，如"寒雨暗深更，流萤度高阁"（《寺居独夜》）、"远峰明夕川，夏雨生众绿"（《始除尚书郎》）、"绿阴生昼静，孤花表春馀"（《游开元精舍》）、"雨歇林光变，塘绿鸟声幽"（《月晦忆去年》）、"淙流绝壁散，虚烟翠涧深"（《简寂观西涧瀑布下作》），可见他的诗有陶渊明冲淡、自然、流畅的一面，也有谢灵运、谢朓的典丽采饰、字词华美、句法紧缩的一面，所以司空图说他"澄淡精致"（《司空表圣文集》卷二《与李生论诗书》），所谓"澄淡"即指前者，所谓"精致"即指后者，这一点清人牟愿相《小澥草堂杂论诗》和叶矫然《龙性堂诗话续集》说得最清楚，也就是说他与王维走的是一条路子，只是他比王维诗来得清峻而没有王维诗那么空灵，所以《后山诗话》说"右丞、苏州皆学于陶，王得其自在"。

寄全椒山中道士 ①

今朝郡斋冷 ②，忽念山中客。
涧底束荆薪，归来煮白石 ③。

> 欲持一瓢酒,远慰风雨夕。
> 落叶满空山,何处寻行迹^④?

① 全椒:今安徽全椒。宋王象之《舆地纪胜》记载"淮南东路滁州:神山在全椒县西三十里,有洞极深,唐韦应物《寄全椒山中道士》诗,此即道士所居也"。

② 郡斋:刺史衙署中的斋舍,韦应物曾任滁州刺史,全椒在其辖区内;冷:既指天气寒冷,又指心境冷清。

③ 在涧底拾一捆杂柴,归来煮白石当饭。《神仙传》卷二"白石先生者,中黄丈人弟子也,至彭祖时已二千有馀岁矣,不肯修升天之道,但取不死而已,不失人间之乐……常煮白石为粮,因就白石山居,时人故号曰'白石先生'"。这两句形容道士孤独落寞的修炼生活,用"煮白石"一词既含有同情其艰辛之意,又含有仰慕其修仙之情。

④ 只看见幽静空旷的山上飘满了落叶,却不知到何处去寻找道士的行踪。这两句承上而来,前面既有对道士的怀念之思,又有对道士的关切之情,既仰慕道士的修炼,又想慰问道士的凄苦,但到山中,却不见人影,只见满山落叶,这时怀念之思、仰慕之情都化作了一团惆怅,在惆怅中又有一点失望,一点遐想,一点欢喜,一点疑惑,于是这两句便拓开了一层,留下不尽的馀味。宋人《许彦周诗话》说:"韦苏州诗'落叶满空山,何处寻行迹'。东坡用其韵曰'寄语庵中人,飞空本无迹'。此非才不逮,盖绝唱不当和也。"这未免有些替苏轼遮掩避讳,苏轼和诗之所以不如韦应物原诗,并不是原作太传神而临摹者总是输一筹,苏轼和别人的诗词常有超出原作的,诗里像《和子由渑池怀旧》,词里如和章质夫的《水龙吟》,都好像把呆直的素描变成了生动的水墨丹青,偏偏这两句不好是由于一来它与全诗缺乏整体的联系,不像韦应物先"念"而"慰",把思念写得浓浓的,忽然一跌,顿时把人投入怅然若失的情绪中;二来他两句说理味太重,诗人主观意识投入太多,让人看了既无形象,又好似被耳提面命,多少有些不惬意,而韦应物这两句一景一情,萧瑟的空山落叶与无处寻迹的失望互相

映衬，不必多说人也能想到"飞空无迹"。清人施补华《岘佣说诗》看出了这一点，就说"东坡刻意学之而终不似。盖东坡用力，韦公不用力，东坡尚意，韦公不尚意"，用力用意，就容易迫不及待地站出来说话，所以反而不如冷静地随意地写出来的两句让人回味无穷。

夕次盱眙县 ①

落帆逗淮镇，停舫临孤驿 ②。
浩浩风起波，冥冥日沉夕。
人归山郭暗，雁下芦洲白 ③。
独夜忆秦关 ④，听钟未眠客。

① 次：止宿，这里指停船靠岸；盱眙县：今江苏盱眙。

② 逗：逗留；淮镇：即盱眙，盱眙在淮河南岸；舫：船。

③ 远山和村郭渐渐暗下来，人们也归到家里，芦苇丛生的河洲在暮霭中变成灰白色，大雁纷纷飞落其中。这两句以人归雁下的黄昏景象引发一种思归的情绪，反衬离乡者的惆怅。这两句除了尾韵均为仄声外，对仗算得上工整，句式也很凝练精致，很像律诗中的颈、颔联，但这首诗却是五言古诗。一般说来，"正宗"的汉魏古诗多是自然流畅类似散文的句子，句数也不固定，直到西晋以后诗人才在对偶、声律、语词上刻意求工，写出不少秀丽的骈句，而到梁、陈以后，诗人又逐渐压缩句数，把五言诗常写在十句或八句以内，像阴铿《晚泊五洲诗》、江总《赋得携手上河梁应诏诗》、李巨仁《赋得方塘含白水诗》，都是八句中有对偶而又音律和谐的例子，但到了唐代以后，这种格式和句法成了律诗的专利，人们写古诗反而要特别避免这种格式与句法，像陈子昂、张九龄、李白的古诗就多以散行，免得一不小心走错了家门反落个体例不纯的名声。清人对这一点也许体会最深，吴乔《围炉诗话》卷二就引冯定远的话说"古诗之视律体，非直声律相诡也，其筋骨气格文字作用，亦迥然不同……云古者，对近体而言也"，尤其是对偶句，更应当是律诗的独家经营而不应当入古诗搅乱了阵线，据说古

诗用了对句就"气弱",所以《岘佣说诗》很客气地批评了陆机、颜延之，委婉地说五言古诗"整密中不可无疏宕"，而《围炉诗话》卷二虽然明白"汉魏五古之变而为唐人五古"是"欲去陈言而趋清新"，但仍很严厉地要"去其有偶句者"来论五古，仿佛一用对偶的五古就是赝品。韦应物以及比他更早的王维等人常常引律入古，也许是把古诗写成了四不像，但却使五言古诗在浑朴自然中显露了一些精巧隽永，脱去了那一层披得太久以至于令人生厌的旧袍子，换上了鲜亮惹眼的新衣裳，更重要的是这种引律入古的流向也能引出引古入律的风气，因为这就像两个隔了一块玻璃的房间，打破了玻璃，可以从这个房间到那个房间，当然也可以从那个房间到这个房间，而引古入律，便是中唐乃至北宋诗风大变的潜在因素之一。

④ 忆秦关指思念故乡，韦应物是长安人。

幽 居

贵贱虽异等，出门皆有营①。

独无外物牵，遂此幽居情②。

微雨夜来过，不知春草生③。

青山忽已曙，鸟雀绕舍鸣。

时与道人偶，或随樵者行。

自当安蹇劣，谁谓薄世荣④。

① 营：营求；这两句是说贵人追逐功名，贫贱寻求生计，凡出门都各有所求，就像《史记·货殖列传》里形容的天下熙熙皆为利来的样子。

② 外物：指功名利禄等身外之物；遂：如愿以偿。

③ 这两句和下面四句都是形容自己脱去世事羁绊，与自然生活融为一体的适意心境，用"不知"二字最能表现人的陶醉与安适心情，似乎自己与时、空一道流转迁化，像"不知东方之既白"，则黑夜也在不知不觉中流逝，"不知今夕何夕"，则人已进入了魂魄心神俱飞物我两忘的境界。夜里微风吹过，大地生出绿草，本来既像杜甫"随风潜入夜，润物细无声"的春夜喜

雨，又像谢灵运"池塘生春草，园柳变鸣禽"的物候惊新，但"不知"二字却又将惊喜之情变成顺其自然的旷达淡泊，于是便表现了一个沉浸于"幽居情"里的高士风度。

④ 自负才高而抱怨命运不济的人也容易归隐山林田园，但那是一种任情负气的情绪冲动或以退为进的策略转换，像《北山移文》讽刺的假隐士和以"终南捷径"而得名的卢藏用便是，韦应物在这里却想表现一种真正的隐逸心情，说自己才能低劣，应当安心于幽居生活，并不是鄙薄荣名利禄才作出这番隐逸举动的。謇劣：笨拙低劣。

游开元精舍

夏衣始轻体①，游步爱僧居。
果园新雨后，香台照日初。
绿阴生昼静，孤花表春馀②。
符竹方为累③，形迹一来疏。

① 轻体：指夏天衣单。古人说穿衣似乎也常注意到重量，"若不胜衣"是说女子苗条，连衣服的重量都禁受不起，而"夏衣轻体"则是说夏天衣服少身体也觉得轻。

② 这两句很受人赞美，像宋人《艇斋诗话》就说它比刘禹锡"神林社日鼓，茅屋午时鸡"、温庭筠"鸡声茅店月，人迹板桥霜"、杜牧"晚花红艳争，高树绿阴初"和张耒"草青春去后，麦秀日长时"都好，但并没有说出为什么好来。其实，这两句除了字面工整外，还在于一方面它选择了两个极贴切的春夏之交的意象，将声、色、动、静交织在一起，绿树的浓荫更增添寺院白昼的静谧，就像宋周邦彦《满庭芳》中那句"午阴嘉树清圆"一样，极吻合春夏之间的季节特征和佛教寺院的安静气氛，而孤零零留存的花朵表示春天的消逝，则一"孤"、一"馀"，又暗示了诗人心头淡淡的眷念之意；另一方面它又不像一般五律诗句那么雕琢生硬，虽然它的意象新颖，但一"生"、一"表"两个系连词用在句中，便使句子很流畅，但这流畅

中又有精巧机智之处，如"生"不像谢灵运"池塘生春草"的"生"，池塘生春草很自然，但绿树之阴生出白昼之静却要拐上几道弯才能品咂出味儿来，正是这种拐弯抹角的含蓄，使诗句有如橄榄含不尽馀意。

③ 符竹：竹制的符节，汉代分与各郡国守相的信符，后来便以符竹代指郡守，这句是说郡守的官职和事务成了自己的累赘。

登楼寄王卿

踏阁攀林恨不同 ①，楚云沧海思无穷。
数家砧杵秋山下 ②，一郡荆榛寒雨中 ③。

① 恨不同：指作者遗憾自己不能与王卿一同攀林踏阁，当时王卿与作者早已分别，登楼思友，所以下句便说"思无穷"。

② 砧杵：砧是捣衣的大石；杵：捶衣的木棒，秋末家家准备寒衣，砧杵之声不绝，最容易引起思恋远行人的情思，因为严寒的冬天是远行人最艰难的季节，也是家人应当团聚守岁的日子，但冬天将临，远行人会不会回来呢？

③ 这一句写秋风秋雨笼罩郡城，只看见一片丛林灌木的影子，更加重了怀念与惆怅之情，也仿佛把一重浓密雨幕般的愁思罩在了人心里。

滁州西涧 ①

独怜幽草涧边生，上有黄鹂深树鸣。
春潮带雨晚来急，野渡无人舟自横 ②。

① 滁州：今安徽滁州；西涧：在县城西边，俗名上马河。当时韦应物正任滁州刺史。

② 中国古代有一个被普遍接受的二元对立模式，就是"阴"和"阳"，在古人的心里这"阴"与"阳"无处不在，就像《红楼梦》第三十一回"撕扇子作千金一笑　因麒麟伏白首双星"里史湘云和丫头翠缕论阴阳那段对话里说的一样，"自古至今，开天辟地，都是些阴阳"，这阴阳与高下、动静、冷暖、正反都可以联系得上，所以《老子》二章说"有无相生，难易相成，

长短相形, 高下相倾"。古人把这种二元对立模式化用在各个方面, 包括写诗也不例外, 律绝诗中的对句常常就是一静一动、一远一近、一上一下、一张一弛的, 韦应物这四句便是下、上、动、静的组合, 写出了一个超越人为自生自化的幽境。明杨慎《升庵诗话》卷八说它"本于《诗》'泛彼柏舟'", 实在是穿凿附会地硬要给韦应物找祖宗、攀远亲, 而宋末元初赵章泉虽然看出这首诗上下动静的组织, 却硬说这是"君子在下小人在上之象"(王士禛《万首绝句选·凡例》), 却也把这首诗和毛公《诗序》以"美刺"解诗联在一起, 给他抹上了一层迂腐文人的油彩。末句实际上就是他自己另一首《自巩洛舟行入黄河》中"扁舟不系与心同"的意思, 曾被不少人画成图画, 也被不少人借去用在自己诗词里, 如宋代寇准《春日登楼晚归》"野水无人渡, 孤舟尽日横", 史达祖《绮罗香》"还被春潮晚急, 难寻官渡", 似乎都画虎不成反类犬。只有苏舜钦《淮中晚泊犊头》不用他的语句而用他的诗意:"春阴垂野草青青, 时有幽花一树明。晚泊孤舟古祠下, 满川风雨看潮生", 写来不失韵味。吕祖谦《春日》用他的诗句而加以改造:"柳阴小艇无人管, 自送流花下别溪", 写来别有情趣。据说一个宋代文官把黄庭坚手书这首诗的扇子献给了江神, 使得七天七夜风浪大作的江面"天水相照, 如两镜对展, 南风徐来, 帆一饷而济", 可见宋代人对这首诗的倾倒(《冷斋夜话》卷一)。

秋夜寄丘二十二员外 ①

怀君属秋夜 ②, 散步咏凉天。
山空松子落, 幽人应未眠 ③。

① 丘二十二: 即丘丹, 嘉兴(今浙江嘉兴)人, 诗人丘为之弟, 排行第二十二, 曾任仓部员外郎, 当时正在临平山中学道, 他写有《和韦使君秋夜见寄》: "露滴梧叶鸣, 秋风桂花发。中有学仙侣, 吹箫弄秋月。"

② 属(zhǔ): 适逢。

③ 幽人: 指丘丹, 因为他正在幽深的山中习静修道。

卢纶 · 二首

卢纶（748—？），字允言，河中蒲（今山西永济）人，安史之乱时曾客居鄱阳，后考进士不中，因有文才而受到宰相元载赏识补了个小小的阌乡尉，但又因元载被贬而受牵连丢官，建中初年才又当上了昭应县令，此后又当过河中元帅府判官、检校户部郎中。卢纶是大历十才子之一，诗风与钱起等人相似，但有时会写一些爽利豪放的作品，像下面所选的《和张仆射塞下曲》，似乎其他人就写不出来，如耿沣那首低沉的《塞上曲》和他这组诗一比，就好像软得提不起来似的。

和张仆射塞下曲①

其 一

林暗草惊风②，将军夜引弓③。
平明寻白羽，没在石棱中④。

其 二

月黑雁飞高，单于夜遁逃⑤。
欲将轻骑逐，大雪满弓刀。

① 张仆射（yè）：即张延赏，唐德宗贞元三年（787）官至左仆射同平章事；塞下曲：乐府诗题；原诗一组六首，这里选的是第二、三首。

② 林中很暗，风吹草动，惊疑有虎，因为老虎出行据说伴随风声，"惊"字烘托了紧张气氛。

③ 引：拉。

④ 这两句写将军的勇武，借用了汉代李广的故事，《史记·李将军列传》："广出猎，见草中石，以为虎而射之，中石，没镞，视之，石也。"白羽：箭杆上的白色羽毛。唐代人总爱以汉朝比唐朝，这大概是内心希望唐像汉一样

国祚绵延、国力强盛的缘故，所以每当国家危急之际，也总要期望出现一个汉代李广一类的英雄来力挽狂澜，于是诗中写到边塞时总爱用李广的典故，像李白《塞下曲》"汉皇按剑起，还召李将军"、高适《塞上》"惟昔李将军，按节出皇都。总戎扫大漠，一战擒单于"、王昌龄《出塞》"但使卢城飞将在，不教胡马度阴山"。

⑤ 单（chán）于：匈奴首领称号。

李益·三首

　　李益（748—约829），字君虞，姑臧（今甘肃武威）人，大历四年（769）中进士，当过郑县主簿，后曾几度入节度使幕府从军出征，用他自己的话说是"出身二十年，三受末秩，从事十八载，五在兵间"（《从军诗并序》），宪宗时曾因诗名受到皇帝赏识，任为秘书少监，最后以礼部尚书退休。宋江邻几《嘉祐杂志》和计有功《唐诗纪事》卷三十曾误把他也算到了"大历十才子"当中，其实他的诗和钱起、司空曙等人全不是一个路子，他的五言古诗和歌行有点儿盛唐时代李白的味道，他的绝句则有点儿盛唐时代王昌龄的气韵，而他的五言律诗则不太像大历十才子的轻丽和娴熟，倒有点儿像盛唐常见的掺入了古诗句法的风格。也许还可以顺便提一下的是，他是唐代最有名的传奇《霍小玉传》中那个势利熏心猜疑忌妒的男主角。小说家言虽然不一定可靠，但它和新旧《唐书》和《国史补》所记李益有"疑病"而"苛酷"大体可以互相映证，也许李益的确有些不怎么光彩的丑闻和不怎么可爱的品格，当然这并不影响我们照样选录和欣赏他的诗作。

江南曲 ①

嫁得瞿塘贾，朝朝误妾期 ②。
早知潮有信，嫁与弄潮儿 ③。

① 江南曲：乐府"相和歌"旧题，与《采莲曲》等同属"江南弄"七曲之一，源自南方民歌，多写男女之情。

② 瞿塘是长江三峡之一，瞿塘贾是入蜀经商的商人。妾：旧时女子自称。

③ 信：信期，潮水涨落有固定日期，和商人经商在外常常归家不定期不同，

所以这个女子说与其守空房盼归期，还不如嫁给弄潮的年轻人，因为他们在涨潮时总来撑船或泅水，搏击江潮。另有一首刘采春的《啰唝曲》也说："莫作商人妇，金钗当卜钱。朝朝江口望，错认几人船。"李益另有一首《长干行》中间两句说的"去来悲如何，见少离别多"，末两句说的"那作商人妇，愁水复愁风"也都是这种怨怼的意思。

从军北征 ①

天山雪后海风寒，横笛偏吹行路难 ②。
碛里征人三十万 ③，一时回首月中看 ④。

① 本篇一作严维诗。
② 海风：指西北湖泊上吹来的风；行路难：乐府曲名，见李白《行路难》注①。
③ 碛：沙漠戈壁。
④ 这种一齐回头望月的行动暗示了三十万征人思乡的普遍情绪，这种一齐抬头望空的写法使空间视境更拓开一层，参见张祜诗"万人齐指处，一雁落寒空"和宋柳开诗"碧眼胡儿三百骑，尽提金勒向云看"。

夜上受降城闻笛 ①

回乐烽前沙似雪 ②，受降城下月如霜。
不知何处吹芦管 ③，一夜征人尽望乡。

① 受降城：唐代受降城有东、西、中三座，武后景云年间朔方军总管张仁愿所筑，这里指西城，在今宁夏灵武。
② 回乐烽：回乐县附近的烽火台，回乐故城在今宁夏灵武西南。
③ 芦管：宋陈旸《乐书》称芦管与觱篥、芦笳相似，以芦叶为管，管口有哨簧，《太平御览》卷五八一引《晋先蚕仪注》说它即胡笳。

崔护·一首

崔护（生卒年不详），字殷功，博陵（今河北定县）人。贞元十二年（796）中进士，官至岭南节度使。他的诗仅存六首，下面这首最出名。

题都城南庄 ①

去年今日此门中，人面桃花相映红。
人面只今何处去 ②，桃花依旧笑东风 ③。

① 唐孟棨《本事诗·情感第一》记载，崔护是一个孤傲的美男子，一次科举不第，便在清明时独游长安城南，见一村庄桃花环绕，敲门求水，一美貌女子开门送水给他并请他进门坐下，自己却倚着桃枝看他，两人互相注视，渐有情意。第二年清明，崔护又去寻找这个女子，但人去门锁，崔护怅然之下就写了这首诗。几天后，崔护又到这里，听到哭声，便敲门询问。一老人说，他的女儿去年以来一直神思恍惚若有所失，清明日偶出门，回来时见到崔护题的诗，便不思茶饭而死。崔护急进门恸哭，这女子渐渐睁开眼睛，竟死而复生，于是两人终成眷属。后来这个故事曾被编成戏曲，元白朴、尚仲贤皆有《崔护谒浆》杂剧，明孟称舜有《桃花人面》杂剧。

② 只今：如今。关于这两个字，宋沈括《梦溪笔谈》曾说原作"不知"，后来崔护觉得"意未全，语未工"，就改成了"只今"，并说"唐人作诗大率如此，虽有两今字不恤也，取语意为主耳"。金王若虚《滹南诗话》卷一、清毛先舒《诗辩坻》卷三、吴乔《围炉诗话》卷三都同意这种说法，认为那种忌避重字的笨拙与酷忌是诗人之病，不必如此，吴乔还说有了第二个"今"字，"则前后交付明白，重字不惜也"。

③ 宋吴开《优古堂诗话》指出中唐另一诗人独孤及《和赠远》一诗与此诗意

趣相似。独孤及诗见《全唐诗》卷二四七，但那首诗中虽然"玉颜亭亭与花双"、"去年美人不在兹"与这首诗很像，但远不及这首诗含蓄优美，读来觉得啰嗦而且直露。

孟郊·二首

　　孟郊（751—814），字东野，湖州武康（今浙江德清）人，早年曾多次参加科举，但直到贞元十二年（796）四十六岁时才考中进士，他登第后曾写下"春风得意马蹄疾，一日看尽长安花"的诗句，但后来他的生活却远没有他当时期望的那么愉快，四年后才当了一个小小的溧阳尉，六十四岁时在赴山南西道任职途中得了暴疾死于阌乡（今河南灵宝）。

　　宋元人似乎特别讨厌孟郊的诗，觉得它"寒涩"（《中山诗话》）、"穷僻"（《临汉隐居诗话》）、"憔悴枯槁"（《沧浪诗话·诗评》），其中苏轼尤其瞧不上孟郊，不仅用一个"寒"字贬斥他，而且还专门写了两首《读孟郊诗》，把孟郊诗比作没有多少肉的小鱼小蟹，说读来白费力气，又把孟郊比作"寒号虫"，说根本不必读他的诗，而元好问则干脆把他比作"诗囚"（《论诗绝句》三十首），说得孟郊好像是一个哆哆嗦嗦地蜷缩在桎梏中的苦役囚犯。但是，清代人却出来为孟郊抱不平，李重华《贞一斋诗说》说孟郊是"卓荦偏才"，仿佛孟郊之所以被宋人贬斥是他走了偏锋，其实他还是很杰出的，方世举《兰丛诗话》说孟郊诗是"橄榄回味"，苦是苦，可是嚼久了会回甜，贺裳《载酒园诗话》卷一和潘德舆《养一斋诗话》卷一则专门针对宋人的议论为孟郊辩护，说孟郊真穷，所以写穷诗寒诗是真性情，而《载酒园诗话又编》甚至说在贞元、元和间，"孟东野最为高深"。

　　其实，说好说孬都只看到了孟郊诗的一面，孟郊诗的确写得没有才气和灵气，语言生涩枯燥。虽然他的五言古诗"自前汉李都尉（陵）、苏属国（武）及建安诸子、南朝二谢"兼而有之（李翱《荐所知于徐州张仆射书》），但显得很拙很直，缺乏含蓄的韵味，而他那种穷酸寒苦的经历和不太平衡的心理，虽然使他的诗有一种"不平则鸣"的气势，但也使他的诗气短节促，显得"蹇涩穷僻"，缺乏雍容的气度。但是，有时候一个诗人在诗史上的意义并不仅仅取决于他的诗作是否经久不衰代代传诵，应当注意到，孟郊的诗中出现了大历诗人所没有，汉魏六朝盛唐诗人也没有的新特点，即韩愈在《贞曜先生墓志铭》中所说的"钩章棘句，挦擢胃肾"式的苦思和《荐士》中所说的"横空盘硬语，妥帖力排奡"式的险奇，在《夜感自遣》中他曾说自己"夜学晓不休，苦吟鬼神愁。如何不自闲，心与身为仇"，他把诗看成自己博得声誉的本钱，因此苦苦地写诗，苦苦地写诗就必然要刻意求新，刻意求新则不免走上险僻一路，去道人所未道，加上他总是愁眉苦脸、心情郁闷、心理压抑，痛苦和烦恼一直纠缠着他的诗思，所以笔下的语词意象老是生新涩僻并带有荒疏险怪色彩，像"峭风梳骨寒"（《秋怀》之二）、"老虫乾铁鸣"（同上之十二）、"瘦攒如此枯"（同上之五）、"黑草濯铁发"（《石淙》之四）、"怒水懄馀惴"（同上之十），他常常用这些透骨钻心的动词、冰冷坚硬的名词和令人惊悸的音声构成一组组险怪瘦峻的句子传递他心中难言的愤懑愁苦，让人读来仿佛听到铁片刮瓷碗似的感到不舒服，清人方世举《兰丛诗话》曾用了一个不太雅的比喻："宋人说部有妓瘦而不堪，人谓之风流骸骨，孟诗是也"，这不知是挪揄还是赞叹，但比喻还是很恰当，难怪后人画孟郊像时单凭读诗的印象就把他画成了瘦骨嶙嶙的叫花子模样，全然不顾他多少还是一个小官。但正是孟郊诗的这种生涩险怪，超越了大历诗人写得烂熟的平庸内容和套式语言，和韩愈、卢仝、贾岛乃至李贺一道开启了元和时代因险出奇的新风气，使得"诗到元和体变新"，在这一点上，我们又不能不承认韩愈对他不遗馀力的揄扬的确独具只眼，清人为他愤愤不平的辩解的确有一定道理。

当然，孟郊也有平易朴素自然流畅的诗作，像下面我们选的《游子吟》和没有选的《结爱》等，但这些诗作在当时并不引人注目，倒是那些不够自然流畅读来别扭拗口的诗作表现了元和年代前后诗坛上的新走向，虽然我们并没有多选这些作品，只选了一首《秋怀》。

游子吟 [①]

慈母手中线，游子身上衣。
临行密密缝，意恐迟迟归。
谁言寸草心，报得三春晖 [②]。

① 题下有自注："迎母溧上作。"

② 寸草：象征子女，"心"字双关，既指草中抽出的嫩芽，也指子女之心；三春晖：春天的阳光，象征母爱。

秋　怀 [①]

秋月颜色冰 [②]，老客志气单 [③]。
冷露滴梦破，峭风梳骨寒 [④]。
席上印病文 [⑤]，肠中转愁盘 [⑥]。
疑怀无所凭，虚听多无端 [⑦]。
梧桐枯峥嵘，声响如哀弹。

① 原题共十五首，这里选的是第二首。

② 通常只说"秋月如冰"或"秋月颜色白如冰"，可孟郊既要用"颜色"二字又省去了"白如"字，便使本来不能连用的这两个名词成了主谓语，不仅让人感到又别扭又新鲜，而且省去了"白如"的字样还把冰的寒冷之意也一起带进颜色中来，使秋月不仅白而且寒。

③ 单：孤怯，将"志气"和"单"连用也很罕见。

④ 峭风：凛冽的劲风；这句不说"刺骨"而说"梳骨"，仿佛寒风在用钝刀挫人骨头似的，比"刺骨"更令人难受。

⑤ 通常席上纹路会印到睡者身上，但孟郊偏把自己的皮肉想象得特别硬，就像他另一首《秋怀》里所说的"病骨可�物"似的，能把身上的纹路印在

席子上，而且还点明这是病体的纹路，于是这句就很险怪了。

⑥ 这句仿佛今天常说的"愁肠百转"，"盘"是指愁得肠子盘成一团。

⑦ 前一句说他（老客）自己常多疑，但又没有根据，后一句说他常听到传言，却多数又不知是真是假。仿佛孟郊的郁闷压抑常来自这种妄想与狐疑。

张籍·四首

张籍（约766—约830），字文昌，吴郡（今江苏苏州）人，贞元十五年（799）中进士，曾任水部郎中、国子司业。也许是由于为人直爽的缘故，他与当时很多文人都是朋友，其中既有韩愈、孟郊、李贺、贾岛，也有白居易、元稹，所以他的诗风格并不太一致，既有《城南》一类颇似韩愈诗风的古诗，也有《宿江店》《雪溪西亭晚望》一类近乎大历诗风的律诗，也有《采莲曲》《春水曲》一类颇具民歌风的作品，还有与白居易相近的平白浅直的乐府，用他自己的说法，就是"学诗为众体"（《祭退之》）。当然，在上述各种诗中，后人最看重的是他那些轻快圆转的民歌风格作品和平易流畅的乐府类作品，宋元人甚至觉得唐人乐府诗他应当是"第一"（参见宋周紫芝《竹坡诗话》、元范梈《木天禁语》）。他的这类作品写得很精巧也很干净，虽然有时也有"边幅稍狭"即不够卷舒铺张的毛病（清贺贻孙《诗筏》），有时又有"结处正意悉出，虑人不知，露出卑手"的毛病（清毛先舒《诗辩坻》卷三），但比白居易来得精练，不像元、白乐府那么爱大发议论和自我表现，显得凝练含蓄节奏紧凑，所以宋人张戒《岁寒堂诗话》卷上说张籍是"思深而语精"，而白居易则是"才多而意切"，这个意见和清贺贻孙《诗筏》中元、白"才情有馀，边幅甚赡，然时有拖沓之累"、张籍"深秀古质，独成一家……所病者节短"的看法不谋而合。

野老歌 ①

老农家贫在山住，耕种山田三四亩。
苗疏税多不得食，输入官仓化为土 ②。
岁暮锄犁傍空室，呼儿登山收橡实 ③。

西江贾客珠百斛，船中养犬长食肉。

① 题一作《山农词》。

② 张籍另一首《山头鹿》中也说"贫儿多租输不足"、"县家唯忧少军食"。这两句前一句叹息赋税太重，这是中唐社会的一个问题，也是诗人常忧心忡忡地吟咏的一个主题，可参见元稹《竹部》"持此欲何为，官家岁输促"，白居易《杜陵叟》"急敛暴征求考课"。后一句谴责官府不顾百姓屯粮糟践，这是中唐社会的一种现象，也是诗人愤愤然吟咏的一个主题，参见白居易《重赋》"进入琼林库，岁久化为尘"、曹邺《官仓鼠》"健儿无粮百姓饥，谁遣朝朝入君口"。

③ 橡树的果实，可以充饥。

江南曲 ①

江南人家多橘树，吴姬舟上织白苎②。
土地卑湿饶虫蛇③，连木为牌入江住④。
江村亥日长为市⑤，落帆度桥来浦里。
清莎复城竹为屋⑥，无井家家饮潮水。
长干午日沽春酒⑦，高高酒旗悬江口。
娼楼两岸临水栅，夜唱竹枝留北客⑧。
江南风土欢乐多，悠悠处处尽经过。

① 江南曲：乐府旧题，又名"江南可采莲"，《乐府解题》说它是"江南古辞"，参见《乐府诗集》卷二十六。

② 吴姬：吴地女子；白苎：细白的夏布。

③ 这句说土地低洼潮湿，虫蛇很多。

④ 连木为牌：扎木排。

⑤ 唐代乡间有十二天一次定期集市，以十二支计日中的亥日举行的称"亥市"，白居易《江州赴忠州至江陵已来舟中示舍弟五十韵》诗有"亥市渔盐聚，神

林鼓笛鸣"，《东南行》有"亥日饶虾蟹，寅年足虎豾"，参见《岭南志》。

⑥ 清莎：绿色的莎草。

⑦ 长干：见崔颢《长干行》注①，但这里不一定是实指长干而是代称；春酒：冬酿春成的酒，又叫冻醪；又明胡震亨《唐音癸签》卷二十《诂笺五》引苏轼语："唐人酒多以春名，今具列一二：金陵春、竹叶春、麹米春、抛青春、梨花春、若下春、石冻春、土窟春、烧春、松醪春"，那么也许"春酒"不是春天的酒而是叫作"春"的美酒。

⑧ 竹枝：是唐代南方流行的民歌，源出于巴渝，又名"巴渝辞"。

春别曲

长江春水绿堪染，莲叶出水大如钱。
江头橘树君自种，那不长系木兰船①。

① 木兰船：用木兰树制成的船，刘孝威《采莲曲》"金桨木兰船，戏采江南莲"，据梁任昉《述异记》卷下说浔阳江木兰洲有木兰树，"鲁般刻木兰为舟，舟至今在洲。诗家云木兰舟出于此"，唐代李颀、韩翃都用过这个词，柳宗元《酬曹侍御过象县见寄》有两句有名的诗也用过这个典故："破额山前碧玉流，骚人遥驻木兰舟。"但这里的意思是江头橘树是你亲手种的，你应当经常停船于此地。因为这首诗是以一个女子口吻来写的，她希望"君"能长住此处。

秋　思

洛阳城里见秋风，欲作家书意万重。
复恐匆匆说不尽，行人临发又开封①。

① 行人：捎信的人；又开封：再一次打开封好的书信再添一些话。

王建·四首

王建（约766—?），字仲初，颍川（今河南许昌）人，曾任太府寺丞、太常丞、秘书丞，大和二年（828）任陕州司马。王建和张籍"年状皆齐"（张籍《逢王建有赠》），又是好朋友，诗歌风格也很接近，所以后人总是把他们两人并称"张、王"，论诗时也总是把他们的乐府古诗相提并论称作"张、王乐府"。不过时间一长，就有细心人明眼人看出了他们的差异："张籍善言情，王建善征事"（明王世贞《艺苑卮言》卷四），"王（建）促薄而调急，张（籍）风流而情永"（清毛先舒《诗辩坻》卷三）、"文昌善为哀婉之音，有娇弦玉指之致；仲初妙于不含蓄，亦自有晓钟残角之韵"（清贺裳《载酒园诗话又编》）。用现代的话来说，就是张籍的乐府诗意思比较委婉含蓄，情致比较浓郁绵密，结构比较轻快圆转，而王建的乐府诗写实叙事较多，结构比较平直简单。他擅长的是在叙述之后加上一两句看似平常而意味加深的句子，像《当窗织》的末两句"当窗却羡青楼娼，十指不动衣盈箱"、《田家行》末两句"田家衣食无厚薄，不见县门身即乐"、《辽东行》末两句"宁为草木乡中生，有身不向辽东行"等，顿时使诗歌意蕴更拓出一层。但是在看重凝练的抒情诗的古代诗论传统中，王建比较细致而具体的写法常常不太受人青睐，所以历来的评论中绝大多数认为王建比不上张籍（参见毛先舒《诗辩坻》卷三、潘德舆《养一斋诗话》卷三）。当然这种评价也许和王建写过一些《宫词》有关，这些《宫词》最初很为人传诵也很为人赞赏，但在渐渐把伦理道德奉为高于一切的批评原则的时代里，这些《宫词》就成了郑卫淫声或浅佻小词，似乎写成了诗就玷污了诗歌的圣洁也损害了人格的完美，所以这些本来很小巧轻丽的诗歌就成了沉重的包袱，连累了王建在诗史上的地位。

田家留客 [①]

人客少能留我屋，客有新浆马有粟 [②]。
远行僮仆应苦饥，新妇厨中炊欲熟 [③]。
不嫌田家破门户，蚕房新泥无风土 [④]。
行人但饮莫畏贫，明府上来可辛苦 [⑤]。
丁宁回语房中妻 [⑥]，有客勿令儿夜啼。
双井直西有官路，我教丁男送君去 [⑦]。

① 这首诗是以一个乡间老农口吻写来，除了"丁宁回语房中妻"一句之外，全是老农热心待客的话。

② 宋王楙《野客丛书》卷十一说这两句"正子美（杜甫）'肯访浣花老翁无？与奴白饭马青刍'之意"，而杜诗又是来自傅休《盘中诗》"惜马蹄，归不数，羊肉千斤酒百斛，令君马肥麦与粟"。少：同"稍"；新浆：新酒。

③ 新妇：儿媳，大概就是下面"丁男"新娶的妻子。

④ 养蚕的房屋怕风，常需用泥糊严。

⑤ 明府：本来是对县令的称呼，这里用来称呼城里来的客人。

⑥ 丁宁：嘱咐。

⑦ 唐代男子二十一岁成丁，这里指老农的儿子。

新嫁娘词 [①]

三日入厨下 [②]，洗手作羹汤。
未谙姑食性 [③]，先遣小姑尝 [④]。

① 原题三首，这是第三首。

② 古代风俗，婚后三天叫"过三朝"，新娘子要下厨做菜表示她的侍奉公婆责任。

③ 姑：婆婆；食性：口味。

④ 小姑了解婆婆的口味，又和新娘子年龄相近，容易沟通，所以先让她尝尝味道。

野　池①

野池水满连秋堤，菱花结实蒲叶齐。
川口雨晴风复止，蜻蜓上下鱼东西。

① 野外池塘。

宫　词①

鱼藻宫中锁翠娥，先皇行处不曾过②。
如今池底休铺锦，菱角鸡头积渐多③。

① 原题一百首，这是第十八首。据《云溪友议》卷下，这一百首《宫词》描写宫
廷内的生活，资料来自一个与王建同宗的宦官王守澄，这些事情本来是不
准外传的，即王建所说的"不是当家频向说，九重争遣外人知"，所以王
建写《宫词》，几乎惹来一场灾祸。

② 翠娥：宫妃；这两句说宫妃长年居住在鱼藻宫中，但前朝皇帝从来就不曾
光顾此处。

③ 这两句说鱼藻池根本不必铺锦绣，因为池中多年菱芡丛生，水底积的菱
角芡实已经成了锦绣的模样了。宋胡仔《苕溪渔隐丛话》前集卷二十二引
《西清诗话》说，唐文宗曾批评唐德宗奢侈："闻得禁中老宫人每饮流
泉，先于池底铺锦"，王建所说的"铺锦"就是指这个习惯。

韩愈·六首

韩愈（768—824），字退之，河南河阳（今河南孟县）人，自称昌黎人。贞元八年（792）中进士，当过节度推官、监察御史，贞元末年曾因上疏言事触怒当权者被贬阳山令，元和十二年（817）随裴度平定淮西藩镇之乱后任刑部侍郎，十四年（819）又因上疏谏迎佛骨触怒唐宪宗被贬为潮州刺史，后历任国子监祭酒、京兆尹、兵部及吏部侍郎。在中唐元和、长庆年间，韩愈是公认最能"折节下交"、奖拔文人的人，晚唐有个叫孙樵的人说他"开设户牖，主张后进"（《与友人论文书》，参见柳宗元《答韦中立论师道书》、赵璘《因话录》卷三），前一句仿佛说韩愈不仅敞开了大门甚至打开了窗户来接纳朋友，后一句则是指韩愈用了能撑船跑马的大将风度来表彰同辈甚至晚辈，所以王建《寄上韩愈侍郎》一诗里称赞他"不以雄名疏野贱"。他不遗馀力地奖拔了孟郊、张籍、贾岛、卢仝、樊宗师、李贺，而这些人也众星拱北辰似的使他成了诗坛文坛盟主，就连没有被韩门笼罩的刘禹锡也不能不承认他"手持文柄，高视寰海……三十馀年，名声塞天"的宗师地位（《祭韩吏部文》），而代表元和、长庆时代另一种诗风的白居易与代表这一门人丁兴旺大家族的韩愈比起来，就仿佛武林中"独行开扒"的小帮主遇上了门人遍天下的少林武当掌门人。

关于韩愈的诗，后世的评论令人惊讶地走了两个极端，说它好的人认为它"高出老杜之上"（《冷斋夜话》卷二），"姿态横生，变怪百出"（宋张戒《岁寒堂诗话》卷上），"不似唐却高于唐"（清叶矫然《龙性堂诗话初集》），说它不好的人认为"韩退之于诗本无所解"（明王世贞《艺苑卮言》卷四）、"适可为酒令而已"（清王夫之《薑斋诗话》卷下）、"不由正道"（清黄子云《野鸿诗的》），据说北宋时就发生过两种见解的正面交锋,《冷斋夜话》卷二记载沈括和吕惠卿争论,沈括觉得韩诗是"押韵之文耳,虽健美富赡,然终不是诗",吕惠卿激烈反驳说:"诗正当如是,吾谓诗人亦未有如退之者",这样针尖对麦芒似的辩论不禁让人想到西方的谚语:"见解如钟表,人人都说自家的准。"其实,这两种意见针对的乃是韩愈诗的同一个特点"以文为诗"(《后山诗话》引苏轼、黄庭坚语),意见的南辕北辙只不过是对"诗"的理解各自不同。

文体的互相越界其实是常见的现象,诗歌也曾侵犯过散文的领地(如赋),但散文犯规越界侵入诗歌疆域却是第一次,维护诗歌王国纯洁性的人对韩愈公然蔑视规则挟裹散文大举入侵的行为不能不表示愤慨,因为韩愈"以文为诗"几乎到了要颠覆诗国的地步:他用了雄辩的气势、汉赋式的铺张加上奇奇怪怪的想象冲破了诗歌应有的含蓄、节制和雍容;用了奇矫、生拗、扭曲的散文结构、句式和语词改变了诗歌历来遵循并不断成型的节奏、气脉和语言习惯;用了光怪陆离甚至奇诡丑陋的意象强行楔入文人表现美感世界专用的诗歌,在语气、语言、语意三方面都把诗写得仿佛不像"诗",形成了一种奇崛雄放险怪的风格,所以遭致了不少人的抨击和嘲讽。平心而论,这些抨击和嘲讽自有它的道理,由于韩愈过分地破坏了诗歌旧有的语言规范,以散文语言写诗,往往忽略了诗歌语言特殊的韵味、格律、节奏,使诗毫无"诗味"(比如《忽忽》《谁氏子》《寄卢仝》);由于韩愈过分炫博好奇,故意违背阅读习惯,采用僻字、强押窄韵,就使诗歌成了语言游戏而不是"心情兴会"的表现,仿佛一个不顾观众退席只顾自己兴致勃勃地嘟囔的演员,"徒聱牙辖舌,而实无意义"(《瓯北诗话》卷三),由于韩愈过分迷信以丑为美的诀窍,引入一些丑陋或骇怪的意象,违背了诗歌欣赏中长期积淀的审美习惯,所以有时引起了人的厌恶和反感(比如《昼月》写月亮、《苦寒》写鼻塞、《城南联句》写胡麻);由于韩愈把本应留给散文的议论任务摊派给了诗歌,使一些诗不堪重负,干瘪枯燥死气沉沉地大发宏论，使诗变成了酸腐呆滞的训话而不是轻松舒适的对谈（比如《符读书城南》），这些毛病以及遗传给后人的"以文为诗"、"以学问为诗"、"以议论为诗"的弊端，都不能不归咎于韩愈的"始作俑"（参见《瓯北诗话》卷三）。但是也应当看到文体的互相越界也常常是促进一种文体改弦更张的良好契机，中唐时代诗人面对着的一个严峻问题就是在盛唐"把好诗写尽了"之后怎样写诗，正像《原诗》卷一所说"开、天之诗，一时非不盛，递至大历、贞元、元和之间，沿其影响字句者且百年，此百馀年之诗，其传者已殊无出类之作，不传者更可知矣，必待有人焉，起而拨正之，则不得不改弦而更张之"，于是韩愈把散文引入诗歌便不失为一种走偏锋出奇兵的捷径，这一点宋人就已经察觉到了，所以苏轼说"诗之美者莫如韩退之，然诗格之变自退之始"（《王直方诗话》引），而清代人则说得更清楚："于李杜后，能别开生路、自成一家者，惟韩愈退之一人，既欲自立，势不得不行其心之所喜奇崛之路"（吴乔《围炉诗话》卷三），他这种"以文为诗"尽管给诗歌带来了种种弊病，使宋代诗歌从娘胎里就染上了不少坏习惯，但也使宋代人跳出了唐代诗歌的笼罩，从一开始就自立门户创造了中国古典诗歌的另一个天地，在这个意义上说，韩愈的富于个性的诗歌的确可以称为"大家"，宋人推崇韩愈绝不是像《艺苑卮言》卷四所说"势利他语"或《诗辩坻》卷三所说"震于其名"，韩愈用"险韵、奇字、古句、方言"也绝不是像《薑斋诗话》卷下所说"矜其饾辏之巧"，或《野鸿诗的》所说的"不由正道"。

山　石①

山石荦确行径微②，黄昏到寺蝙蝠飞。
升堂坐阶新雨足，芭蕉叶大栀子肥③。
僧言古壁佛画好，以火来照所见稀。
铺床拂席置羹饭，疏粝亦足饱我饥④。
夜深静卧百虫绝，清月出岭光入扉。

天明独去无道路，出入高下穷烟霏⑤。
山红涧碧纷烂漫，时见松枥皆十围。
当流赤足蹋涧石，水声激激风吹衣。
人生如此自可乐，岂必局束为人靰⑥。
嗟哉吾党二三子⑦，安得至老不更归。

① 这首诗是贞元十七年（801）韩愈在洛阳北惠林寺所作。

② 荦确：山石不平貌。

③ 芭蕉和栀子因为雨水充足而长得肥壮。

④ 疏粝：糙米饭。

⑤ 无道路不是没有路而是不拣道路，出入高下就是因为不拣道路而在山里转来转去时上时下，穷烟霏则是一直行走在云雾之中。

⑥ 靰：马嘴上套的络头。

⑦ 吾党和二三子借用《论语》中的语词，又暗用《论语》中两句话的意思，《论语·公冶长》说"吾党之小子狂简"，狂简就不愿意人给自己套上缰绳络头束缚自由，《论语·述而》"二三子以我为隐乎，吾无隐乎尔"，无隐则是道出真情，韩愈的真情即不愿受到拘束地自由生活。当然这也许并非真情，只是按照文人惯例来写诗，因为文人作诗总是要表现一种自然适意情趣来说明自己内心清高的。

雉带箭①

原头火烧静兀兀②，野雉畏鹰出复没③。
将军欲以巧伏人，盘马弯弓惜不发④。
地形渐窄观者多，雉惊弓满劲箭加⑤。
冲人决起百馀尺，红翎白镞随倾斜⑥。
将军仰笑军吏贺，五色离披马前堕⑦。

① 这首诗据考证是贞元十五年（799）韩愈随徐州节度使张建封射猎时

所作。

② 这句写猎火燎原烧起，而猎人却静悄悄地不动声色等待猎物出现，古人打猎多烧火驱赶禽兽离开潜伏处。

③ 野雉遇火而出，见鹰而没。

④ 沈德潜《唐诗别裁集》卷七说："李将军（李广）度不中不发，发必应弦而倒。审量于未弯弓之先，此（指将军）矜惜于已弯弓之候，总不肯轻见其技也。"这两句说张建封要以箭技巧妙使人佩服，所以拉开了弓却不轻易射箭，要等待必中的时机。

⑤ 野雉惊飞时才射箭。

⑥ 冲人决起写雉带箭挣扎飞起，倾斜写雉终于无力倾斜而下，红色箭羽白色箭头的箭也随着野雉一同堕地。

⑦ 五色：野雉斑斓的羽毛；离披：野雉羽毛散乱的样子。

听颖师弹琴①

昵昵儿女语，恩怨相尔汝②。
划然变轩昂，勇士赴敌场③。
浮云柳絮无根蒂，天地阔远随飞扬④。
喧啾百鸟群，忽见孤凤皇⑤。
跻攀分寸不可上，失势一落千丈强⑥。
嗟余有两耳，未省听丝篁⑦。
自闻颖师弹，起坐在一旁⑧。
推手遽止之，湿衣泪滂滂。
颖乎尔诚能，无以冰炭置我肠⑨。

① 颖师是一个善于弹琴的和尚，李贺也曾听过他弹琴，并也写过一首《听颖师弹琴歌》。

② 昵昵：亲热的样子；尔汝：熟人间无须客套地直称"你我"；这两句写琴声轻柔缠绵如青年男女谈情说爱时恩恩怨怨的絮语。

③ 这两句写琴声突然由轻柔缠绵转为慷慨高亢。从宋代欧阳修起，就有人觉得它是写琵琶而不是写琴声（见《东坡题跋》卷三记欧阳修语），但一个"以琴名世"的和尚义海则反驳欧阳修说，韩愈写得如此美妙的乐声"皆指下丝声妙处，惟琴为然，琵琶格上声，乌能尔邪"（蔡條《西清诗话》引）。后来直到明清还争论不休，明人张萱《疑耀》卷七说他自己有一个妾会弹琵琶，这首诗里"上下分寸，失铢千丈"，变异太大，绝不是琴而是琵琶声，但清何焯《义门读书记》卷一则以"清苑行台，听李世得弹琴"证明这写的是琴声，薛雪《一瓢诗话》又说这首诗九、十两句"除却吟猱绰注，更无可以形容"，证明绝不是写琵琶。其实这些争辩都有些胶柱鼓瑟，写音乐的诗多写自己感受，感受人人而异，写成文字更言人人殊，绝不可以从诗句中考证乐器及演奏方式，宋胡仔《苕溪渔隐丛话》前集卷十六曾引李商隐《锦瑟》诗说"若移作听琴、阮等诗，谁谓不可乎"，这话很对，就以这首诗前四句为例，其实它写轻柔写高亢和王褒《洞箫赋》以"澎濞沆瀣，一何壮士，优柔温润，又似君子"写洞箫，阮瑀《筝赋》"不疾不徐，迟速合度，君子之衢也，慷慨磊落，卓砾盘纡，壮士之节也"写筝，实际上如出一辙，这些描写感受的比喻，又怎么能硬去辨别哪一句专指琴，哪一句专指瑟；哪一句专指筝、阮或琵琶呢？

④ 这两句写琴声悠远轻扬，宋许顗《许彦周诗话》说是写的"泛声"（又见吴曾《能改斋漫录》卷五）。

⑤ 这两句写琴声如百鸟喧鸣中突然有凤凰长鸣一声，呈现高扬清越之音。许顗说这是写"泛声中寄指声"。

⑥ 上句写琴声艰难升高，下句写琴声迅速沉降；千丈强：千丈有馀。许顗说上句是写"吟绎声"，下句是写"顺下声"。

⑦ 丝篁：丝竹乐器，这里指音乐。

⑧ 起坐：竦然而立；一说指坐也不是站也不是。

⑨ 冰炭置肠，冷热交战，人经受不起，《庄子·人间世》"事若成则必有阴阳之患"句郭象注："人患虽去，然喜惧战于胸中，固已结冰炭于五脏矣。"这几句写自己被琴声震撼，心情激荡，不敢再听下去了，所以一面称赞颖

师的才能，一面止住他不必继续演奏。

左迁至蓝关示侄孙湘[①]

一封朝奏九重天，夕贬潮阳路八千[②]。
欲为圣明除弊事，肯将衰朽惜残年[③]。
云横秦岭家何在，雪拥蓝关马不前[④]。
知汝远来应有意，好收吾骨瘴江边[⑤]。

[①] 元和十四年（819），韩愈上书，认为唐宪宗迎佛骨鼓励了百姓崇信佛教的
陋习，将导致百姓放弃正业，佛寺势力庞大，伤风败俗等弊病（见《昌黎
集》卷三十九《论佛骨表》），这份奏疏触怒了皇帝，将韩愈由刑部侍郎贬
为潮州刺史，这首诗就是出京后所作。左迁是降职，古人贵右贱左；蓝关
又名蓝田关，在今陕西蓝田南；侄孙湘即韩愈之侄韩老成的儿子韩湘，韩
湘后来被说成是八仙之一的韩湘子，这首诗的五、六两句也被说成是谶语
（参见宋刘斧《青琐高议》前集卷九《韩湘子作诗谶文公》条）。其实是
附会的传说（参见胡应麟《庄岳委谈》上、赵翼《陔馀丛考》卷三十四《八
仙》）。

[②] 朝奏、夕贬：指皇帝怒气极重，自己获罪极快，根本没有想到；九重天：皇
宫；潮阳在今广东，距长安约八千里之遥。

[③] 岂能为了顾惜自己残年衰体而不说话，这时韩愈已五十馀岁。

[④] 这两句是韩愈的名句，《青琐高议》说它原是韩湘子为韩愈写的谶语，还
有人据这两句画了《韩文公度蓝关图》（见明吴宽《匏翁家藏集》卷六）。
宋曾季貍《艇斋诗话》说"马不前"三字沿用了古乐府《饮马长城窟行》
"驱马涉阴山，山高马不前"。

[⑤] 指自己恐怕要死在潮州。瘴江：古人觉得岭南多瘴气，潮州在岭南，所以
说那里的江是"瘴江"。

早春呈水部张十八员外 ①

天街小雨润如酥 ②，草色遥看近却无。
最是一年春好处，绝胜烟柳满皇都 ③。

① 这首诗是长庆三年（823）写给张籍的，原题二首，这是第一首。张籍排行
　 十八，当时任水部员外郎。
② 天街：皇城中的街道。
③ 烟柳满皇都则时已晚春，这句说早春雨景胜过晚春烟柳。

盆　池 ①

瓦沼晨朝水自清 ②，小虫无数不知名。
忽然分散无踪影，惟有鱼儿作队行。

① 原题五首，这是第三首，可以看到韩愈也有浅近轻松的诗歌。
② 瓦沼：盆池。

刘禹锡 · 五首

　　刘禹锡（772—842），字梦得，洛阳人。贞元九年（793）中进士，不久又登博学宏辞科，当过幕府掌书记、渭南主簿、监察御史。贞元二十一年（805）与柳宗元等人一道参与王叔文、王伾领导的政治革新活动，失败后被贬，二十几年里宦海浮沉，先后当过朗州、连州、夔州、和州等地的地方官员，直到大和二年（828）才再度入京，后来官至检校礼部尚书兼太子宾客。在中唐刘禹锡算是一个不傍门户的诗人，他的诗不像韩愈一流诗人那么奇崛生拗，也不像白居易一流诗人那么平畅浅俗。据说他曾深受皎然、灵澈的影响。皎然、灵澈等人试图捏合佛教“心冥空无”式的体验和诗歌“迹寄文字”式的推敲于一体的理想（参见皎然《诗式》及权德舆《送灵澈上人庐山回归沃洲序》），似乎给了他一些启发（参见《董氏武陵集序》及《秋日过鸿举法师寺院便送归江陵诗引》）。他的诗干净明快，不过分雕琢也不流于俗滑平易，常有细腻婉转的隐喻、别致新颖的词句点缀其中，宋人苏辙“晚年多令人学刘禹锡诗，以为用意深远有曲折处”（《童蒙诗训》），看到了刘禹锡诗在平易字面下常暗藏丰富隐义，清人吴乔说刘禹锡诗“可喜处多在新声变调尖警不含蓄者”（《围炉诗话》卷三），看到了它新颖别致的字句和浅畅平易的体格。不过有一点应当指出，历来诗评家论诗都仿佛是在评选劳模或陈列橱窗，把眼光过多地放在那些好诗佳作上，这种做法往往掩护了其他劣作，对刘禹锡的评论也是这样，他现存的近千首诗中有一些很呆板平庸，也有一些仿佛也受了些韩、白两派的影响，又有一些仿佛沿袭了大历诗人的旧习，诗论家对刘禹锡诗的那些评价只能对他那些出色的作品比较算数而对其他作品并不生效。这是难免的，就好比我们议论一个人的容貌总要说到这个人异于他人的特征而不必说他与常人都有的五官四肢一样。

西塞山怀古 ①

王濬楼船下益州 ②，金陵王气黯然收 ③。
千寻铁锁沉江底 ④，一片降幡出石头 ⑤。
人世几回伤往事，山形依旧枕寒流 ⑥。
今逢四海为家日，故垒萧萧芦荻秋 ⑦。

① 西塞山：在今湖北大冶，是长江中流要塞。

② 《晋书》卷四十二《王濬传》《通鉴》卷八十一记载，晋武帝咸宁五年（279），益州刺史王濬为伐吴建造战船"方百二十步，受二千馀人，以木为城，起楼橹，开四出门，其上皆得驰马来往，又画鹢首怪兽于船首，以惧江神"，太康元年（280）正月，王濬率船从益州出发攻吴国，首先攻克丹杨（今湖北秭归东）；益州：即今四川成都。

③ 《太平御览》卷一七〇引《金陵图》记载："昔楚威王见此有王气，因埋金以镇之，故曰金陵"，金陵即吴国都城。这句说王濬战船东下，吴国都城的王气顿时黯然，显出败亡之象。

④ 为阻止王濬战船，吴人曾"于江险碛要害之处，并以铁锁横截之，又作铁锥长丈馀，暗置江中，以逆距船"。寻是古代长度单位，合古八尺。

⑤ 史书记载，太康元年春，王濬顺流而下，兵临吴国都城，不久攻克，吴主孙皓"面缚舆榇，诣军门降，（王）濬解缚焚榇，延请相见"，这句即写吴国亡国之事。降幡，降旗；石头，即石头城，在今江苏江宁，即楚时的金陵城，是吴国国都近郊的屏障，据《元和郡县志》说吴国曾在此"贮财宝军器，有戍"，《通鉴》卷八十一载王濬"戎卒八万，方舟百里，鼓噪入于石头"，吴主孙皓即投降了。

⑥ 人世屡变，山河依旧。

⑦ 上句说自己处在天下统一的时候，下句则说江边昔日营垒都荒废毁弃，只有萧萧秋风，瑟瑟芦荻。清方世举《兰丛诗话》引方观承的话说："'今逢'二字有居安思危之遥深。"

始闻秋风

昔看黄菊与君别，今听玄蝉我却回^①。
五夜飕飗枕前觉^②，一年颜状镜中来^③。
马思边草拳毛动，雕眄青云睡眼开^④。
天地肃清堪四望^⑤，为君扶病上高台。

① 《礼记·月令》载秋季物候，七月寒蝉鸣，九月菊花黄；这句说去年秋末别
离，今年秋初又回来。

② 五夜：五更夜；飕飗：风声。

③ 从镜中容颜的衰老想到了一年的各种事情。

④ 这是刘禹锡的名句，上句从晋王赞《杂诗》"朔风动秋草，边马有归心"句
化来，说战马思念边疆的草，身上的卷毛都颤动起来，下句写卧雕斜看到
天上的青云，兴奋得睁开了睡眼。刘禹锡很喜欢用马与雕对举来表现自己
的志向，像《学阮公体》中的"朔风悲老骥，秋霜动鸷禽"、《秋声赋》中
的"骥伏枥而已老，鹰在韝而有情，聆朔风而心动，眄天籁而神惊"。清潘
德舆《养一斋诗话》卷七不分青红皂白，不讲版本依据，硬说这两句是赵
嘏的诗，也许是他对赵嘏的格外偏爱使他忽略了上述刘禹锡写马与雕的
类似作品。拳毛：旋卷的鬃毛；眄：斜看。

⑤ 指秋天天高气爽，可以一望无际。

秋 词^①

自古逢秋悲寂寥^②，我言秋日胜春朝。
晴空一鹤排云上^③，便引诗情到碧霄。

① 原题二首，这是第一首。

② 所谓"自古"是从宋玉《九辩》开始的"悲秋"咏叹。

③ 《诗·小雅·鹤鸣》："鹤鸣于九皋。"

石头城 ①

山围故国周遭在，潮打空城寂寞回 ②。
淮水东边旧时月，夜深还过女墙来 ③。

① 石头城：见《西塞山怀古》注⑤；这首诗是刘禹锡《金陵五题》第
一首。

② 故国：指旧城，金陵一直是六朝故都，石头城北临大江，此时青山依旧、江
潮依旧，只是六朝繁华已成烟消云散。周遭，指周围，指环绕故国的山，范成
大《吴船录》："金陵山本止三面，至此（伏鼍楼）则形势回互，江南诸山
与淮山团栾应接，无复空阙，唐人诗所谓'山围故国周遭在'者，惟此处所
见为然。"

③ 旧时月曾见过昔日繁华，再临此地则不胜凄凉，用"旧"字正是指世上
沧桑盛衰巨变；昔日繁华也曾见过旧时明月，今日再见仍是旧时明月，用
"还"字是暗示宇宙永恒更显世事倏忽。淮水是秦淮河，女墙指石头城上
的矮墙。

乌衣巷 ①

朱雀桥边野草花 ②，乌衣巷口夕阳斜。
旧时王谢堂前燕，飞入寻常百姓家 ③。

① 乌衣巷：在今南京市区东南，从东晋以来，一直是王、谢两大世家的居处。
这首诗是《金陵五题》的第二首。

② 朱雀桥：是六朝都城正南朱雀门外的浮桥，建于东晋，在当时是繁华的处
所，见《六朝事迹》。

③ 王、谢两姓是六朝最有权势的世袭贵族大家，但在隋唐已经没落，他
们的宅第也成了普通百姓的家，燕子仍然来来去去，但宅第主人的身
份却变了。清人施补华《岘佣说诗》说："若作燕子他去，便呆，盖燕
子仍入此堂，王、谢零落，已化作寻常百姓矣，如此则感慨无穷，用笔

极曲",这话很有意思;何文焕《历代诗话考索》说后两句"妙处全在'旧'字及'寻常'字",这话说得也很对,不过不能忽略前两句的"野草"和"夕阳",繁华的朱雀桥边野草茂盛,已经暗伏盛衰的感叹,而乌衣巷口夕阳斜照,也是昔日威势没落的象征,宋周邦彦《西河》(金陵怀古)隐括这首诗的诗意说"酒旗戏鼓甚处市,想依稀、王谢邻里。燕子不知何世,向寻常、巷陌人家,相对如说兴亡,斜阳里",辛弃疾《沁园春》也沿用这首诗说"朱雀桥边,何人会道,野草斜阳春燕飞",都没有忘掉"斜阳"二字。

白居易·五首

　　白居易（772—846），字乐天，号香山居士，下邽（今陕西渭南）人。贞元十六年（800）中进士，两年后参加书判拔萃科考试，被任命为秘书省校书郎。元和元年（806）再次应制举，被任命为盩厔（今陕西周至）县尉，召回长安后历任翰林学士、左拾遗、京兆府户曹参军。元和十年（815），宰相武元衡被刺，白居易上书主张追捕刺客肃正法纪，反而遭到诬陷，有人说白居易母亲“看花堕井而死，而居易作《赏花》及《新井》诗，甚伤名教”（《旧唐书·白居易传》），于是白居易被贬为江州司马。这次打击使白居易很伤心，也使他早年入世的理念发生了动摇，他在庐山香炉峰下东林寺建了草堂，礼佛参禅，走向了独善其身式的逍遥自娱。此后，他虽然仕途比较顺利，当过忠州、杭州、苏州等地的刺史，最后当到秘书监、河南尹、太子少傅，但越到晚年，他心中入世念头越淡，受佛教浸染越深，在他致仕闲居洛阳后，还与香山寺僧人结社，捐银修寺，用他的话说是“迷路心回因向佛，宦途事了是悬车”（《刑部尚书致仕》）、“莫嫌山木无人用，大胜笼禽不自由”（《感所见》）。唐武宗会昌六年（846）他病逝于洛阳，年七十五岁。

　　宋代诗人苏轼在《祭柳子玉文》中对白居易诗下了一个很容易引起误会的字“俗”。按《诗人玉屑》卷十六的说法，“最爱乐天之为人”的苏轼下这个“俗”字也许并没有人格批评的贬义，即白居易“诗中凡及富贵处，皆说得口津津地涎出”（《朱子语类》），或时时不忘爱惜自家羽毛的俗气（参见洪迈《容斋五笔》卷八“白诗纪年岁”、“白公说俸禄”诸条），可能指的是他诗歌语言的“通俗”，因为在诗史上很少有人像白居易那样自觉地把诗写得明白如话平易浅畅，且不说那些乐府诗，就连已经惯于使用紧缩凝练句式及象征暗示语词的近体诗，在白居易笔下也被写得很浅切自然。宋人龚颐正《芥隐笔记》、明人俞弁《逸老堂诗话》就曾挑出白诗的"俗话"、"俚语"来证明它"近乎人情物理"，但并不是说白居易只会挑拣俚俗词眼来把他的诗妆扮成"易服游春"的贵族女子，而应该说它在语序、语词和意蕴上的彻底通俗化已经使他的诗真的仿佛贫女村姑般的天然，正是这种"务言人所共欲言"的语言（《瓯北诗话》卷四），使白居易的诗赢得了读者。"禁省、观寺、邮候墙壁之上无不书，王公妾妇、牛童马走之口无不道"，元稹《白氏长庆集序》中的话虽然不无连类而及的自矜自夸，但日本、朝鲜对白诗的顶礼膜拜和长安恶少浑身刺白诗的故事证明这一矜夸还没有过分失实（参见《酉阳杂俎》卷八记葛清及《全唐诗》卷八七三赵武建《刺左右膊诗》题下小注）。显然，"通俗"并不意味着脱口而出说大白话或滔滔不绝说轱辘话，后人用通俗语言常常画虎不成反类犬，要么煮夹生饭，文不文白不白，仿佛生就一副铁青面孔硬要挤眉弄眼插科打诨，要么粗率油滑，毫无节制地滥用俚俗口语，仿佛做了一锅没油没盐的菜硬塞在读者面前，而白居易一些写得好的诗在通俗之中有紧峭凝练，在流畅之中有节奏变化。据说有人曾看过他的诗歌手稿，上面圈点删改处极多（《诗人玉屑》卷八《乐天》引张耒语、周必大《跋宋景文唐史稿》《王直方诗话》），可见这是一种经过反复琢磨锤炼后的通俗语言，所以白居易这些诗读来脉络圆畅、节奏轻快、语词清丽，按清人赵翼《瓯北诗话》卷四的说法，就是"看是平易，其实精纯"，而这种平易浅切的诗歌语言在当时整个诗坛变革中正起到了瓦解旧的诗歌语言范型与格套的作用。《唐国史补》卷上所谓"元和之风尚怪"的"怪"中也包含了白居易的"俗"，因为引"俗"入诗也像现代白话诗初期被人视为"骇怪"一样，打破了人们写诗读诗的习惯，于是拓宽了中国古典诗歌的语言技巧，这一诗史上的意义宋刘克庄《后村大全集》卷一八六《诗话》、清赵翼《瓯北诗话》卷四及薛雪《一瓢诗话》等都感觉到了。

不过白居易也有相当多数量的诗很不耐读，清人王士禛说白诗

"可选者少"(《蚕尾集》卷一《品藻》)、说白诗"沙中金屑苦难披"
(《戏仿元遗山论诗绝句三十五首》)并不是平白无故的诬陷。从唐
代司空图《与王驾评诗书》到清代黄子云《野鸿诗的》都曾说到白居
易有的诗不含蓄、太啰嗦,有时候太想把意思说明白反而像耳提面
命的当家妇人在唠唠叨叨翻来覆去,以至于"滔滔不绝,失之平滑"
(《岘佣说诗》),有时候悬得过高反而像没吃饱饭的瘦人却敞胸露
怀,硬充豪壮气象,所以王夫之讽刺他"如决池水,旋踵而涸"(《薑
斋诗话》卷下)。前一个毛病白居易生前就已经察觉,"意太切则理
太周,理太周则辞繁"(《和答诗十首·序》),后一个毛病白居易死
后就被司空图指出他不节制:"力勍而气孱,如都市豪估耳。"(《与
王驾评诗书》)其实还有一点很少有人指出,就是使他赢得很大声
誉、被称为"元和诗"的那些轻艳小诗和长篇和韵诗,前者即杜牧愤
愤然斥骂的"淫言媟语"(《李戡墓志铭》),杜牧的偏激未必很对,
但这些小诗写得并不出色,后者即元稹所谓"欲以难相挑"的文字
游戏(《上令狐相公诗启》),虽然表现了一些语言技巧,但只不过是
"角靡逞博"(明王世贞《艺苑卮言》卷四)。这些在白集中占了相当
篇幅的作品在当时曾被"复相仿效"风靡一时,但在后世诗论家那里
却被轻轻放过了。当然这不奇怪,因为古人评诗常常犯两种毛病,要
么仿佛近视眼隔岸看花,一片朦胧中觉得处处皆好,要么仿佛显微镜
里看美人不见其面唯见毛孔,于是觉得处处皆丑。偏偏后人又常常上
古代诗论家的当。

长恨歌①

汉皇重色思倾国,御宇多年求不得②。

杨家有女初长成,养在深闺人未识。

天生丽质难自弃,一朝选在君王侧③。

回眸一笑百媚生,六宫粉黛无颜色④。

春寒赐浴华清池,温泉水滑洗凝脂⑤。

侍儿扶起娇无力，　始是新承恩泽时⑥。
云鬓花颜金步摇⑦，　芙蓉帐暖度春宵。
春宵苦短日高起，　从此君王不早朝。
承欢侍宴无闲暇，　春从春游夜专夜。
后宫佳丽三千人，　三千宠爱在一身。
金屋妆成娇侍夜，　玉楼宴罢醉和春。
姊妹弟兄皆列土⑧，　可怜光彩生门户。
遂令天下父母心，　不重生男重生女⑨。
骊宫高处入青云⑩，　仙乐风飘处处闻。
缓歌慢舞凝丝竹，　尽日君王看不足。

渔阳鼙鼓动地来，　惊破霓裳羽衣曲⑪。
九重城阙烟尘生，　千乘万骑西南行⑫。
翠华摇摇行复止，　西出都门百馀里⑬。
六军不发无奈何，　宛转蛾眉马前死⑭。
花钿委地无人收，　翠翘金雀玉搔头⑮。
君王掩面救不得，　回看血泪相和流⑯。
黄埃散漫风萧索，　云栈萦纡登剑阁⑰。
峨嵋山下少人行，　旌旗无光日色薄。
蜀江水碧蜀山青，　圣主朝朝暮暮情。
行宫见月伤心色，　夜雨闻铃断肠声⑱。

天旋日转回龙驭，　到此踌躇不能去⑲。
马嵬坡下泥土中，　不见玉颜空死处。
君臣相顾尽沾衣，　东望都门信马归。
归来池苑皆依旧，　太液芙蓉未央柳⑳。
芙蓉如面柳如眉，　对此如何不泪垂。
春风桃李花开日，　秋雨梧桐叶落时。

西宫南苑多秋草㉑，落叶满阶红不扫。
梨园弟子白发新，椒房阿监青娥老㉒。
夕殿萤飞思悄然，孤灯挑尽未成眠。
迟迟钟鼓初长夜，耿耿星河欲曙天㉓。
鸳鸯瓦冷霜华重，翡翠衾寒谁与共㉔。
悠悠生死别经年，魂魄不曾来入梦。

临邛道士鸿都客，能以精诚致魂魄㉕。
为感君王展转思，遂教方士殷勤觅。
排空驭气奔如电㉖，升天入地求之遍。
上穷碧落下黄泉㉗，两处茫茫皆不见。
忽闻海上有仙山，山在虚无缥缈间。
楼阁玲珑五云起，其中绰约多仙子㉘。
中有一人字太真，雪肤花貌参差是㉙。
金阙西厢叩玉扃㉚，转教小玉报双成㉛。
闻道汉家天子使，九华帐里梦魂惊。
揽衣推枕起徘徊，珠箔银屏迤逦开㉜。
云鬓半偏新睡觉，花冠不整下堂来。
风吹仙袂飘飘举，犹似霓裳羽衣舞。
玉容寂寞泪阑干，梨花一枝春带雨㉝。
含情凝睇谢君王，一别音容两渺茫。
昭阳殿里恩爱绝，蓬莱宫中日月长㉞。
回头下望人寰处，不见长安见尘雾。
惟将旧物表深情，钿合金钗寄将去㉟。
钗留一股合一扇，钗擘黄金合分钿㊱。
但令心似金钿坚，天上人间会相见。
临别殷勤重寄词，词中有誓两心知。
七月七日长生殿㊲，夜半无人私语时。

在天愿作比翼鸟，在地愿为连理枝^㊳。
天长地久有时尽，此恨绵绵无绝期。

① 元和元年（807）冬天，白居易与陈鸿、王质夫同游盩厔仙游谷，聊天时谈
起当年唐玄宗、杨贵妃故事，陈鸿便写了一篇《长恨歌传》，白居易便写
了这首诗。关于这一故事的诗作很多，其中比较有名的是元稹的《连昌宫
词》。不少人都觉得《长恨歌》不如《连昌宫词》，因为《连昌宫词》"有
监戒规讽之意"（参见宋洪迈《容斋随笔》卷十五、张邦基《墨庄漫录》
卷六、明王世贞《艺苑卮言》卷四、清潘德舆《养一斋诗话》卷三），其实
白居易写这首诗，本意也想"惩尤物，窒乱阶，垂于将来"（陈鸿《长恨歌
传》），和他《新乐府》里的《李夫人》"鉴嬖惑"一样，只是他在描述故事
时由于对杨、李恋爱十分同情而产生了意图歧误，以至于后人读它时更多
地感受到一个爱的悲剧而忘了它原本的规劝讽喻之意，就连白居易自编
诗集时也将它归于"感伤"类而不归于"讽喻"类，但也正是因为这一点，
《长恨歌》恰恰超出了《连昌宫词》而成了脍炙人口的名篇。

② 汉皇：汉武帝，这里借指唐玄宗；御宇：统治天下。清人施补华《岘佣说
诗》觉得白居易这首诗"语多失体"，其中之一例就是这两句，"明明言
唐，何必曰汉"，其实唐诗以汉代唐的例子很多，唐人心目中唐就是汉的再
现，更何况白居易在这里用"汉皇"别有用意，汉武帝宠李夫人和唐玄宗
宠杨贵妃相似，据说李夫人之兄李延年在汉武帝面前曾歌："北方有佳
人，绝世而独立。一顾倾人城，再顾倾人国"，因而汉武帝召幸李夫人，在
白居易另一首《李夫人》中特别写到"伤心不独汉武帝，自古及今皆若斯，
君不见……泰陵一掬泪，马嵬坡下念杨妃。纵令妍姿艳质化为土，此恨长
在无销期"，正可以作这两句的注脚。

③ 以上四句写杨贵妃，杨贵妃是蜀州司户杨玄琰之女，幼时养在叔父杨玄珪
家，小名玉环。但她并非从"深闺"中选到"君王侧"的，她原是寿王李瑁
（玄宗之子）的妃子，开元二十八年（740）玄宗使她出家为女道士，改名太
真，天宝四载（745）册封她为贵妃，白居易之所以这样写，也许是"为尊

者讳"，不敢直写宫闱丑事（参见《竹庄诗话》卷十一）。

④ 六宫粉黛：宫中所有嫔妃；宋吴开《优古堂诗话》说这两句出自李白《清平乐令》二首之二的"女伴莫话孤眠，六宫罗绮三千。一笑皆生百媚，宸游教在谁边"，但这首词可能是五代人所作，也许还是从白居易这两句中化出的。

⑤ 华清池：在今陕西临潼骊山，是著名的温泉；凝脂：形容白嫩的皮肤，《诗·卫风·硕人》："肤如凝脂。"

⑥ 刚刚得到皇帝宠遇时。

⑦ 《释名》："步摇，上有垂珠，步则摇也"，是钗的一种，宋乐史《杨太真外传》卷上说玄宗和杨玉环定情时曾亲手给她插上一枝"丽水镇库紫磨金琢成步摇"。

⑧ 杨玉环受册封后，三个姐姐被封为韩国夫人、虢国夫人、秦国夫人，"帝呼为姨"，叔伯兄弟杨铦、杨锜、杨钊（国忠）也当了鸿胪卿、侍御史、右丞相，"恩宠声焰震天下"（《新唐书·杨贵妃传》）。列土：分封土地，古代王侯都各分一块领地，唐代已不分封，这里只是比喻杨氏兄弟姐妹受宠如王侯。

⑨ 西汉时就有因为卫子夫当皇后而兄弟卫青"贵震天下"而产生的歌谣："生男勿喜，生女无怒，独不见卫子夫霸天下"（《史记·外戚世家》），唐玄宗时也有因杨贵妃而作的歌谣"生女勿悲酸，生男勿喜欢"，"男不封侯女作妃，看女却为门上楣"（陈鸿《长恨歌传》）。

⑩ 骊宫：在骊山上。

⑪ 平卢、范阳、河东三镇节度使安禄山天宝十四载（755）十一月反叛朝廷，在范阳起兵，渔阳郡是范阳节度使所辖八郡之一，在今河北蓟县、北京平谷一带；鼙鼓是军队用的小鼓。霓裳羽衣曲是唐玄宗据西凉节度使杨敬述所进西域乐曲润色而成的著名舞曲，相传杨敬述献此曲时正好唐玄宗从月宫中聆听仙乐而归，发现仙乐和此曲吻合，便合而为《霓裳羽衣曲》（参见唐郑嵎《津阳门》诗注、《集异记》《神仙感遇传》、白居易《霓裳羽衣歌》自注及《韵语阳秋》卷十五），因为此曲盛行宫廷时发生了战乱，

所以，《霓裳羽衣曲》后来被认为是亡国致乱的曲子，杜牧说是"霓裳一曲千峰上，舞破中原始下来"。这两句仿佛受了崔颢《江畔老人愁》"不觉山崩海将竭，兵戈乱入建康城"的启发和化用了王翰《饮马长城窟行》"遥闻鼙鼓动地来"的句意。

⑫ 天宝十五载（756）六月，安禄山攻破潼关，唐玄宗与杨贵妃出延秋门向西南出逃。

⑬ 翠华：皇帝仪仗中用翠鸟羽毛装饰的旗帜；马嵬驿：在今陕西兴平，正好离长安百馀里。

⑭ 当时军队不肯前进，要求处死杨国忠和杨贵妃，唐玄宗无奈之下只好杀死杨国忠，令杨贵妃自缢，蛾眉：美女，即杨贵妃。

⑮ 花钿、翠翘、金雀、玉搔头：都是当时贵族女子的首饰。

⑯ 《长恨歌传》记载处死杨贵妃时，"上（玄宗）知不免，而不忍见其死，反袂掩面，使牵之而去"。宋代李觏《读长恨辞》因此批评唐玄宗只关心杨贵妃而不顾将士死活，说"当时更有军中死，自是君王不动心"，表现了理学家别具一格的理念。

⑰ 云栈：高耸入云的栈道，剑阁：在今四川剑阁北，见李白《蜀道难》注⑪。

⑱ 郑处海《明皇杂录》补遗说唐玄宗"于栈道雨中闻铃声，隔山相应，上既悼念贵妃，采其声为《雨霖铃曲》以寄恨焉"，元代白朴作《唐明皇秋夜梧桐雨》杂剧题目就取这一句意，第四折中又根据这一句写道："那窗儿外梧桐上雨潇潇，一声声洒残叶，一点点滴寒梢"，"这雨一阵阵打梧桐叶凋，一点点滴人心碎了"。直至现在，京韵大鼓中还有《剑阁闻铃》。

⑲ 天旋日转：指至德二载（757）十月收复长安，十二月唐玄宗还京城这一天下大势的转变。回龙驭：指皇帝车驾回京；此：指马嵬。

⑳ 太液：汉代建章宫北池名；未央：也是汉代宫殿名，这是借指唐代宫苑。

㉑ 西宫：太极宫，南苑：兴庆宫，是唐玄宗回长安后先后居住的地方，当时他已退位。

㉒ 梨园弟子：唐玄宗在位时训练的一班艺人；椒房阿监：后妃宫中的女官。

㉓ 这四句中前两句说思绪万千睡不着觉,后两句说难眠之夜漫长的煎熬。耿耿是微明的天色。

㉔ 两片瓦一俯一仰合扣称鸳鸯瓦;绣有翡翠鸟的锦被叫翡翠衾。

㉕ 临邛:在今四川邛崃;鸿都:洛阳北宫门的名称,这里指长安。据《太平广记》卷二十引《仙传拾遗》说,这个从四川到京城来的道士叫杨通幽,据说他"幼遇道士,教以檄召之术,受三皇天文,役命鬼神,无不立应"。招致魂魄是先秦就有的一种巫术,《楚辞》中就有《招魂》,汉代最有名的招魂故事就是汉武帝招致已死的夫人,据《史记·外戚李夫人传》记,方士曾为汉武帝招李夫人,"见好女如李夫人之貌,还幄坐而步"。

㉖ 《庄子·逍遥游》说列子能"御气而行",《楚辞·远游》说羽人能"掩浮云而上征",葛洪《抱朴子》内篇卷三《论仙》更说仙人能"蹑云波而轻步,鼓翻清尘,风驷云轩"。

㉗ 上天入地。

㉘ 绰约:美丽轻盈貌。

㉙ 参差:即好像是。

㉚ 玉扃:玉门。

㉛ 小玉、双成:本是仙女名,这里指杨太真在仙山上的侍婢。

㉜ 珠箔:珍珠串成的门帘,银屏:镶银丝花纹的屏风,迤逦开:接连不断打开。

㉝ 阑干:眼泪满面的样子。这两句写杨太真娇容带泪,后来却被人用作调侃的话,苏轼有"故将别语调佳人,要看梨花枝上雨"(参见《竹坡诗话》《颐山诗话》)。

㉞ 昭阳殿:汉代赵飞燕居住过的宫殿,这里仍用汉喻唐;蓬莱宫:传说中海上三神山之一为蓬莱山,这里指杨太真所居仙宫。这两句写仙凡隔绝。

㉟ 钿合:镶金花的盒子。

㊱ 擘:用手掰开,这句是承上句分留一股钗一扇合的意思,写杨太真将金钗钿盒分成两半,并不是掰了钗上的黄金留了盒上的钿(金花)。

㊲ 长生殿:据《唐会要》卷三十说是天宝元年所建的祀神殿,又叫集灵台。

宋人范温《潜溪诗眼》觉得这有些不妥，"长生殿乃斋戒之所，非私语地也，华清宫自有飞霜殿，乃寝殿也。当改长生为飞霜，则尽矣"，明人杨慎《升庵诗话》卷七更举出郑嵎《津阳门》诗说"长生殿乃在骊山之上，夜半亦非上山时也"，这两个人实证精神令人钦佩，但胶柱鼓瑟地读诗却叫人哭笑不得，诗歌何必像地理考察一样处处精确，皇帝与贵妃私语又何必另选地方，其实唐人写诗多提及"长生殿"，如元稹《胡旋女》"妖胡奄到长生殿"，李商隐《骊山有感》"平明每到长生殿"。

㊳ 这就是前几句里说的两心知的誓词。

琵琶行①

浔阳江头夜送客②，枫叶荻花秋瑟瑟③。

主人下马客在船，举酒欲饮无管弦。

醉不成欢惨将别，别时茫茫江浸月。

忽闻水上琵琶声，主人忘归客不发。

寻声暗问弹者谁，琵琶声停欲语迟。

移船相近邀相见，添酒回灯重开宴④。

千呼万唤始出来，犹抱琵琶半遮面。

转轴拨弦三两声⑤，未成曲调先有情。

弦弦掩抑声声思⑥，似诉平生不得意。

低眉信手续续弹，说尽心中无限事。

轻拢慢捻抹复挑⑦，初为霓裳后绿腰⑧。

大弦嘈嘈如急雨，小弦切切如私语⑨。

嘈嘈切切错杂弹，大珠小珠落玉盘。

间关莺语花底滑，幽咽泉流水下滩⑩。

冰泉冷涩弦凝绝，凝绝不通声暂歇。

别有幽愁暗恨生，此时无声胜有声。

银瓶乍破水浆迸，铁骑突出刀枪鸣⑪。

曲终收拨当心画⑫，四弦一声如裂帛。

东舟西舫悄无言，唯见江心秋月白⑬。
沉吟放拨插弦中，整顿衣裳起敛容⑭。
自言本是京城女，家在虾蟆陵下住⑮。
十三学得琵琶成，名属教坊第一部⑯。
曲罢曾教善才伏⑰，妆成每被秋娘妒⑱。
五陵年少争缠头，一曲红绡不知数⑲。
钿头云篦击节碎，血色罗裙翻酒污⑳。
今年欢笑复明年，秋月春风等闲度㉑。
弟走从军阿姨死，暮去朝来颜色故㉒。
门前冷落鞍马稀，老大嫁作商人妇。
商人重利轻别离，前月浮梁买茶去㉓。
去来江口守空船，绕船月明江水寒。
夜深忽梦少年事，梦啼妆泪红阑干㉔。
我闻琵琶已叹息，又闻此语重唧唧㉕。
同是天涯沦落人，相逢何必曾相识。
我从去年辞帝京，谪居卧病浔阳城㉖。
浔阳小处无音乐，终岁不闻丝竹声。
住近湓江地低湿㉗，黄芦苦竹绕宅生。
其间旦暮闻何物，杜鹃啼血猿哀鸣。
春江花朝秋月夜，往往取酒还独倾。
岂无山歌与村笛，呕哑嘲哳难为听㉘。
今夜闻君琵琶语，如听仙乐耳暂明。
莫辞更坐弹一曲，为君翻作琵琶行㉙。
感我此言良久立，却坐促弦弦转急㉚。
凄凄不似向前声，满坐重闻皆掩泣。
座中泣下谁最多？江州司马青衫湿㉛。

---

① 原诗前有序文："元和十年，予左迁九江郡司马。明年秋，送客湓浦口，闻

舟中夜弹琵琶者。听其音，铮铮然有京都声。问其人，本长安倡女，尝学琵琶于穆、曹二善才，年长色衰，委身为贾人妇。遂命酒，使快弹数曲。曲罢，悯然。自叙少小时欢乐事，今漂沦憔悴，转徙于江湖间。予出官二年，恬然自安，感斯人言，是夕始觉有迁谪意。因为长句，歌以赠之，凡六百一十二言，命曰《琵琶行》。"

② 浔阳：今江西九江。

③ 瑟瑟：风吹草木声。

④ 回灯：重新点灯。

⑤ 准备弹奏前拧轴调弦。

⑥ 掩抑：压抑低沉的声音，白居易《新乐府》中《五弦弹》也写过"第五弦声最掩抑，陇水冻咽流不得"。

⑦ 拢、捻：都是弹琵琶时左手的指法，拢是按弦向里推，捻是按弦左右揉，《乐府杂录》曾记载善用左手指法的裴兴奴"长于拢捻"，张祜《王家琵琶》中也有"子弦轻捻为多情"；抹、挑是弹琵琶时右手用拨子的方法，抹是向左弹，挑是向右弹，《乐府杂录》曾载善用右手的曹纲"善运拨如风雨"。

⑧ 霓裳：见《长恨歌》注⑪；绿腰：又名"六幺"、"录要"，是唐代流行的歌舞曲，白居易《听歌六绝句》"绿腰宛转曲终头"、王建《宫词》"琵琶先抹六幺头"、元稹《琵琶歌》"六幺散序多拢捻"，可见《绿腰》也是琵琶曲，其中有一节名《花十八幺》，据《碧鸡漫志》说"曲节抑扬可喜，舞亦随之"，现存五代顾闳中所作《韩熙载夜宴图》中，据说那舞者就是在舞《绿腰》。

⑨ 琵琶弦粗细不等，粗的为大弦，声低沉，细的称小弦，声高亢，刘禹锡《曹刚》一诗也说："大弦嘈嘈小弦清。"

⑩ 间关：鸟叫声，如同《诗·关雎》中"关关雎鸠"的"关关"；花底滑：形容琵琶声流畅轻快如花底莺声；泉水遇石则发出如泣如诉的幽咽声，正如骆宾王《至分水戍》"溅石回湍咽"、王维《过香积寺》"泉声咽危石"，这句形容琵琶声涩咽沉重像泉水滞流于滩石之上，后来欧阳修《听筝》诗

模仿这两句作"绵蛮巧啭花间舌,呜咽交流水下泉"。一说"水下滩"应作"冰下难",段玉裁《经韵楼集》卷八《与阮芸台书》说"莺语花底,泉流冰下,形容滑、涩二境,可谓工绝"。

⑪ 这两句形容琵琶声暂歇后突然发出激越急促的乐声。

⑫ 拨:弹琵琶用的牛角或象牙拨片,用拨片在琵琶中间扫过几根弦表示结束,叫"当心画"。

⑬ 李颀《琴歌》"一声已动物皆静,四座无言星欲稀"和这两句很像,但李颀写的是演奏开始而白居易写的是演奏结束。以上写会见琵琶女及听琵琶的过程。以琵琶声歇四周悄然,唯见秋江月白的静谧收束第一段。

⑭ 敛容:指琵琶女从沉浸在演奏中的情绪里恢复过来,重新矜持而严肃地面对听众准备讲述身世。

⑮ 宋胡仔《苕溪渔隐丛话》后集卷十三引《艺苑雌黄》说,虾蟆陵原叫下马陵,在长安东南,本是汉代大儒董仲舒的墓地,门人到此地要下马致敬,所以叫下马陵,后来讹变成了虾蟆陵(又《唐国史补》卷下),在唐代是歌姬舞伎聚居之地,齐己有诗说:"翠楼春酒虾蟆陵,长安少年皆共矜。"

⑯ 唐代官办管领音乐、歌舞、杂技训练及演出的机构叫"教坊",唐初即有内教坊,唐玄宗开元二年(714)以后,有教坊五处,内教坊在宫廷内,外教坊四处分别在长安、洛阳,参见唐崔令钦《教坊记》。

⑰ 教:使得;善才是唐代对弹琵琶艺人或曲师的通称,序文里的"穆、曹二善才"就是这一类人。这句说自己琵琶技艺高超。

⑱ 秋娘:唐代歌舞伎常用的名称,白居易《江南喜逢萧九彻因话长安旧游戏赠五十韵》:"巧语许秋娘",元稹《赠吕三校书》"竞添钱贯定秋娘"。这句说自己曾经年轻貌美。

⑲ 五陵:长安城外五个汉代皇帝陵墓所在地,唐代为贵族居住区,五陵年少即指那里的公子阔少;缠头:赠送给歌舞伎的绫帕之类,本来歌舞艺伎演出时以锦缠头,演毕,客人便以缠头之锦为礼物,杜甫《即事》"笑时花近眼,舞罢锦缠头",后来便成了专送歌舞伎的礼物;不知数:说五陵年少抢着送红绡,多得数不清。

⑳ 前一句说观看演奏的五陵年少听得入神，跟着乐声打拍子把珍贵的云篦都敲碎了；后一句说欢闹戏谑中酒杯翻倾染污了红裙。钿头云篦：镶有金丝花纹的发饰，唐人平时绾发戴冠外还插篦。

㉑ 等闲：随随便便不当回事。

㉒ 颜色故：容颜衰老，不是容颜如故。

㉓ 浮梁：在今江西景德镇，《元和郡县志》卷二十八："浮梁……每岁出茶七百万驮，税十五馀万贯。"宋朱翌《猗觉寮杂记》卷上："唐之茶商，多在浮梁。"

㉔ 梦中哭泣使匀过脂粉的脸上眼泪纵横；以上一段，琵琶女自述身世。

㉕ 唧唧：叹息声。

㉖ 这首诗写于元和十一年（816），白居易元和十年（815）被贬谪为江州司马。

㉗ 湓江：长江支流，源出江西瑞昌清湓山，在九江西湓浦口入江，今称龙开河，白居易当时所住的地方临近湓水，地势低凹。

㉘ 呕哑嘲哳：形容声音嘶哑杂乱，这是为了反衬琵琶的高雅美妙，宋人葛立方《韵语阳秋》卷十五不明白这种写法，就引了白居易另两首《在巴峡闻琵琶》和《霓裳羽衣舞》说白居易立场不坚定，一会儿说好一会儿说孬，所以是"书生作文，务强此弱彼"，明杨慎《升庵诗话》卷十四不加评判地引了这段话，似乎很同意这一批评，其实都不明白音乐与心相感，此一时彼一时，这时正是"终岁不闻丝竹声"的寂寞，又是"同是天涯沦落人"的惺惺相怜，若不赞美琵琶声又赞美甚么好？

㉙ 依曲写辞为"翻"。

㉚ 却坐：坐回原处。

㉛ 唐代八、九品文官着青服，白居易虽职为江州司马，官阶却是最低的从九品将仕郎，所以穿青衫。

赋得古原草送别 ①

离离原上草 ②，一岁一枯荣。

野火烧不尽，春风吹又生 ③。
远芳侵古道，晴翠接荒城 ④。
又送王孙去，萋萋满别情 ⑤。

① 唐张固《幽闲鼓吹》说，白居易应举曾以此诗去谒见顾况，开始顾况很看
不起他，就借了他的名字调侃道："米价方贵，居亦弗易。"等看了此诗，
就大为赞赏，改口说："道得个语，居即易矣。"又《唐摭言》卷七记载顾
况的话，前一句是"长安百物贵，居大不易"，后一句是"有句如此，居天
下有甚难，老夫前言戏之耳"。据《旧唐书·白居易传》说，这是白居易
十五六岁时的事。但据考证，这只是一种传闻，并不可靠。

② 离离：风吹茂盛的草摇动的样子，《诗·王风·黍离》"彼黍离离"，张衡
《西京赋》"朱实离离"。

③ 这是传说顾况所惊叹的两句诗，宋吴曾《能改斋漫录》卷八、吴开《优
古堂诗话》认为它出自李白《望庐山瀑布》里的"海风吹不断，江月照还
空"，未免有些望文生义式的硬替他人攀亲；清田雯《古欢堂集杂著》卷
三认为它出自刘令娴诗"落花扫更合，丛兰摘复生"和孟浩然诗"林花
扫更落，径草踏还生"，并说白居易将"一句之意分为两句，风致亦自不
减"，不过他还声明："古人作诗皆有所本，而脱化无穷，非蹈袭也。"

④ 远芳：远草；晴翠：晴日照耀下的青山。这两句说古原上的青草滋生在荒
芜的古道，晴朗的阳光下青翠的山色连接着古老的城池。

⑤ 王孙：泛指远行友人。这句化用《楚辞·招隐士》"王孙游兮不归，春草生
兮萋萋"的句意写送别。

钱唐湖春行 ①

孤山寺北贾亭西 ②，水面初平云脚低。
几处早莺争暖树，谁家新燕啄春泥。
乱花渐欲迷人眼，浅草才能没马蹄。

最爱湖东行不足，绿杨阴里白沙堤^③。

① 钱唐湖：现在杭州的西湖。

② 孤山在西湖中，贾亭为唐贞元年间贾全所建于西湖的亭子，一名贾公亭，已不存。

③ 白沙堤：在杭州西湖，自断桥向西过锦带桥，直行至孤山，又称白堤，过去误传是白居易所筑，其实白居易当杭州刺史时所筑的堤在钱唐门北石涵桥，早已荒废不存。参见清毛奇龄《西河合集·诗话》卷三。

问刘十九^①

绿蚁新醅酒^②，红泥小火炉。
晚来天欲雪，能饮一杯无^③。

① 刘十九：不详。

② 新酿米酒尚未过滤时，酒中浮渣，酒色微绿，所以叫"绿蚁"。

③ 这四句写了对比鲜明的两种颜色和两种温度，比白居易更早的杜甫在《对雪》中写有"瓢弃樽无绿，炉存火似红"，在白居易之后的宋唐庚在《雪意》中也写有"绿尝冬至酒，红拥夜深炉"，但都不如白居易这首诗精彩而流畅。

柳宗元·五首

柳宗元（773—819），字子厚，祖籍河东（今山西永济），生于长安（一说生于吴兴）。贞元九年（793）中进士，十二年（796）登博学宏辞科，曾任监察御史。贞元二十一年（805）曾与刘禹锡等一道参加王叔文、王伾的政治革新活动，失败后被贬为永州司马十年，回京师后又很快被贬为柳州刺史，后死于柳州。柳宗元留下来的诗并不多，仅一百多首，但他却是当时少数几个不受时尚影响的诗人之一，他的诗语言简洁凝练而意境清丽幽深，历来评价很高。苏轼曾觉得柳诗"在陶渊明下，韦苏州（应物）上"，因为它"枯淡"、"简古"及"温丽清深"，继承了陶渊明的衣钵（参见《评韩柳诗》《书〈黄子思诗集〉后》），觉得连韩愈在某些地方也不如他。这一见解得到很多人的赞同（参见杨万里《诚斋诗话》、严羽《沧浪诗话·诗评》、何汶《竹庄诗话》卷八引韩子苍语、范晞文《对床夜语》卷二引刘克庄语），但也遭到了很多人的反驳，像张戒《岁寒堂诗话》卷上就说柳宗元不如韩愈诗"变态百出"。其实这两种说法仿佛《三岔口》摸黑交锋却根本不对立，前者是从欣赏角度论，柳诗的确清深简古，比佶屈聱牙的韩诗好读，后者是从诗史角度说，韩诗大变诗风开拓一条新路自然比柳诗沿袭陶、谢及王维、大历诗风更有意义。不过有一点应该指出，柳宗元的诗并非陶渊明一路，虽然他的清淡平畅处颇像陶渊明，但他对于字句的精心锤炼却更像谢灵运，虽然他的干净简洁处仿佛王维及大历诗人，但他的幽深孤峻处却是王维及大历诗人所没有的，所以清人吴乔《围炉诗话》卷三说柳诗一反大历"诗尚自然"而"多务豁刻，神峻味冽"又"构思精严"，而贺贻孙《诗筏》说柳诗"得摩诘（王维）之洁而颇近孤峭"。

渔 翁

渔翁夜傍西岩宿，晓汲清湘燃楚竹 ①。
烟销日出不见人，欸乃一声山水绿 ②。
回看天际下中流，岩上无心云相逐 ③。

① 这首诗写于永州即今湖南零陵，零陵是湘、潇二水会合处，所以说"清湘"
和"楚竹"。

② 欸乃：本是船桨戛轧声，唐代民间渔歌有《欸乃曲》，这句是说随着一曲
《欸乃》渔歌，烟消日出青山绿水又现在眼前。

③ 宋代苏轼很喜欢这首诗，但觉得最后这两句"不必亦可"，很多人赞成这
种看法（见《冷斋夜话》卷五、《沧浪诗话·考证》及《玉林诗话》），但明
人李东阳却不同意，《麓堂诗话》觉得删去末两句，就成了晚唐绝句，没
有特色，这个意见有一定道理。下中流：指渔翁驾船向中流而去；无心云：
说云"无心"最早是陶渊明《归去来兮辞》"云无心以出岫"，后来很多人
都把云看成是随意飘泊不需系怀的恬淡心情的象征，像中唐于頔《郡斋
卧疾赠昼上人》"孤云本无心"，也有很多人把云的飘荡看成是飘然洒脱
的象征，像中唐皎然《溪云》"莫怪长相逐，飘然与我同"。

中夜起望西园值月上

觉闻繁露坠 ①，开户临西园。
寒月上东岭，泠泠疏竹根 ②。
石泉远愈响，山鸟时一喧 ③。
倚楹遂至旦 ④，寂寞将何言。

① 古人一直认为露水是像雨一样从天上降下来的，汉《张公神碑》："天时和
兮甘露泠。"

② 泠泠：清冷的样子。

③ 参看王维《赠东岳焦炼师》"山静泉愈响"、《奉和圣制玉真公主山庄》

"谷静泉愈响"、《过感化寺昙兴上人山院》"谷鸟一声幽"及《鸟鸣涧》"月出惊山鸟,时鸣深涧中",这种意境都源自南朝梁代王籍的《入若耶溪》"蝉噪林逾静,鸟鸣山更幽"。

④ 槛:厅堂门两旁的大柱。

登柳州城楼寄漳汀封连四州 ①

城上高楼接大荒 ②,海天愁思正茫茫。
惊风乱飐芙蓉水,密雨斜侵薜荔墙 ③。
岭树重遮千里目,江流曲似九回肠 ④。
共来百越文身地,犹自音书滞一乡 ⑤。

① 唐顺宗永贞元年(805),柳宗元参加王叔文等领导的政治革新活动失败,与刘禹锡等八人一道被贬为州郡司马,史称"八司马",唐宪宗元和十年(815),柳宗元、韩泰、韩晔、陈谏、刘禹锡这五人又分别被任命为柳州(今广西)、漳州(今福建)、汀州(今福建长汀)、封州(今广东封川)、连州(今广东连县)刺史,这首诗即柳宗元在柳州时寄赠其他四人的作品。

② 大荒:荒远边地。

③ 飐:风吹;芙蓉水:长着荷花的江河湖泊;薜荔墙:爬满野蔓的墙。惊风密雨都象征柳宗元的心情。

④ 千里目:眺望友人,但岭树重遮看不见;九回肠:即司马迁《报任安书》中的"肠一日而九回",比喻愁绪萦绕。

⑤ 百越:泛指今两广及福建一带,据《庄子·逍遥游》《淮南子·原道》等书记载,百越人"断发文身",就是在身上刺有花纹,古人认为百越是蛮荒之地,文身是野蛮之风;滞:阻隔;一乡:指各在一方。

夏昼偶作

南州溽暑醉如酒,隐机熟眠开北牖 ①。
日午独觉无馀声,山童隔竹敲茶臼 ②。

① 南州：柳州；溽暑：潮湿而又酷热；隐机：《庄子·齐物论》有"南郭子綦隐机而坐"，即倚靠在几案上，机是古代一种半靠椅半床式的家具，参见《大戴礼记·曾子问》疏。牖：窗。

② 茶臼：唐宋人碾茶的用具。明谢榛《四溟诗话》卷二极称赞这两句，宋代杨万里《闲居初夏午睡起》中那两句著名的"日长睡起无情思，闲看儿童捉柳花"，虽然后一句来自白居易《前有别柳枝绝句梦得继和……又复戏答》，但整个意思却更像这两句诗。

江　雪

千山鸟飞绝，万径人踪灭①。
孤舟蓑笠翁，独钓寒江雪。

① "绝"是说鸟不飞，"灭"是指人不行，这两个字和下面的"雪"字三个韵脚都是入声字。

元稹·二首

元稹（779—831），字微之，河内（今河南洛阳）人。贞元九年（793）仅十五岁就明经及第，元和元年（806）又在才识兼茂明于体用科考了第一名，任左拾遗，后来当了监察御史，因得罪宦官被贬江陵士曹参军，元和十年（815）回京后又被外放为通州司马。后召回，一直当到礼部尚书、尚书左丞、武昌军节度使。

元稹在后世主要以他那些讽喻性的乐府得以和白居易并称"元白"，但那些诗写得并不高明，尤其是他在那些诗里常常要发议论，要自我表白，这就好像把心灵掰成了两半儿，真的一半儿闷在肚里，却把假的一半儿写了诗拿来展览。像《竹部》末尾写自己与家属奴仆分了百姓衣食所以惭愧，《旱灾自咎贻七县宰》写自己愿意领受上天惩罚而不愿意上天降灾惩罚百姓，就让人想到养着三宫六院吃着美味佳肴的皇帝常常颁布的"罪己诏"，又像他著名的《和李校书新题乐府》十二首，从皇帝搜求宫女写到朝廷购买胡马，那出自理念的主题编排，就让人想到中唐言事奏章所涉及的弊政改良方案，这种批评与自我批评都不像在写诗却像在做文章，把那些论文的题目写成押韵的诗有时实在让人为诗感到惋惜。元稹真正情动于中的诗作恐怕是被他自己称为"杯酒光景间屡为小碎篇章"的小诗，而他真正刻意写作的诗作恐怕是他自己称为"驱驾文字，穷极声韵"的长律，前者正如白居易所说的"声声丽曲敲寒玉，句句妍辞缀色丝"（《酬微之》），在感情的细腻和词语的明丽上还有些特色，后者则像他自己承认的那样，"欲以难相挑耳"，只不过是在做语言游戏，但在中国传统诗论浓烈的道德意识看来，前者不可取，因为"后生习之败行丧身"（《养一斋诗话》卷三），后者也不可取，因为那只不过是"争奇斗险"（《南濠诗话》），倒是那些理念化的讽喻诗可取，尽管写得不高明，但它毕竟合符传统诗论的"美刺"原则。

行　宫①

寥落古行宫，宫花寂寞红。
白头宫女在，闲坐说玄宗②。

① 皇帝外出所住的地方叫行宫。元稹另有一首《上阳白发人》写老年宫女被
　弃置的事，有人觉得这首诗的行宫即指洛阳的上阳宫。

② 闲坐：表示百无聊赖的寂寞，说玄宗则暗示白发宫女从玄宗朝已入宫，寂
　寞了多年，又暗示老年宫女怀念昔日玄宗时的青春岁月和繁华气象。明代
　瞿佑《归田诗话》和清代潘德舆《养一斋诗话》都称赞这首诗言简意长，
　二十字能抵《长恨歌》和《连昌宫词》。

遣悲怀①

谢公最小偏怜女②，自嫁黔娄百事乖③。
顾我无衣搜荩箧，泥他沽酒拔金钗④。
野蔬充膳甘长藿⑤，落叶添薪仰古槐。
今日俸钱过十万，与君营奠复营斋⑥。

① 这是元稹追悼他的妻子所作的三首诗之一。元稹的妻子叫韦丛，死于元和
　四年（809），年仅二十七岁。据说元稹是一个颇风流的才子，著名的《会真
　记》即后来被改编成戏曲的《西厢记》中那位与崔莺莺相好的张生便是他
　自己，唐代名妓薛涛和他关系很密切，而据《云溪友议》卷下，当一个演戏
　的刘采春出现在他面前时，"元公似忘薛涛"；虽然他对妻子韦丛"曾经
　沧海难为水，除却巫山不是云"（《离思》五首之四），但不久又娶了裴氏，
　和裴氏一样恩爱唱和。当然，这并不是说他不爱韦丛，对于韦丛之死，他
　确实是很悲痛的，他有一批悼亡诗都写得很动人，和他那些理念化的诗
　歌全然不同。

② 东晋宰相谢公最偏爱侄女谢道韫，元稹用来比拟韦丛的父亲韦夏卿最喜
　　爱韦丛，韦夏卿曾当到太子少保，死后追赠左仆射。

③ 黔娄：春秋时的贫士，元稹用黔娄自比；乖：不顺利。

④ 看我没有衣服就翻开衣箱，求她买酒她就拔下头上金钗去换酒。荩箧：一
　　种草制的箱子；泥：软语央求。

⑤ 甘长藿：安于贫贱的生活；藿：豆叶。

⑥ 营奠：办祭品；营斋：请佛道徒举行超度亡灵的斋会。

贾岛·二首

　　贾岛（779—843），字浪仙，范阳（今北京）人。早年当过和尚，法名无本，后还俗。多次参加进士考试均未中，开成年间（约837）才当上长江（今四川蓬溪）主簿，三年后升任普州司仓参军。贾岛有两个最有名的故事可以借来理解他的诗：一是"推敲"的传说（见《唐诗纪事》卷四十），这正好说明他写诗很用心也很刻苦，用他自己的话来说是"二句三年得，一吟双泪流"（《题诗后》），用清人的话来说就是"有精思而无快笔"（贺裳《载酒园诗话又编》）；二是他考不中进士写诗埋怨，结果落了个"举场十恶"名声的故事（《鉴戒录》卷八《贾忤旨》），这正好看出他一生仕途不顺穷愁郁闷，"平生尤喜为穷苦之句"（欧阳修《六一诗话》，参见贾岛《上谷旅夜》《斋中》《朝饥》《下第》等诗）。苦思苦吟使他往往极精心地在有限的范围内斟酌清字新词，穷苦困顿使他往往心境压抑地寻找衰飒寒疏的诗境，而用精致尖巧的语言写清冷衰飒的诗境就是贾岛诗的特点。虽然他和孟郊常常被人相提并论，但他比孟郊清新警策却不如孟郊古朴纯正，虽然他与韩愈常常被人划归一派，但他并不像韩门中人那样不顾一切地翻空出奇，而是小心翼翼地谨守五言律诗的格套。苏轼曾用一个"瘦"字评贾岛，所谓"瘦"，从结构上来说是拘谨而不开阔，从语言上来说是收敛而不恣肆，从视境上来说是狭窄而不宽广，从美感上来说是清寒而不富艳。不过，奇怪的是，偏偏后来有很多人爱学他（如晚唐五代宋初人及南宋人），还有人要用铜铸了他的像顶礼膜拜，叫他"贾岛佛"（见《北梦琐言》卷七记李洞、《郡斋读书志》卷十八记孙晟及李洞《题晰上人贾岛诗卷》）。

题李凝幽居 ①

闲居少邻并，草径入荒园 ②。
鸟宿池边树，僧敲月下门 ③。
过桥分野色，移石动云根 ④。
暂去还来此，幽期不负言 ⑤。

① 李凝：不详，《新唐书·宰相世系表》《郎官石柱题名考》卷十一记有三个叫李凝的人，但不知道和这个李凝有什么关系。

② 上句写没有邻居房舍，下句写幽居处荒芜少人。

③ 宋胡仔《苕溪渔隐丛话》前集卷十九引《刘公嘉话》和计有功《唐诗纪事》卷四十都记载贾岛骑驴构思这两句，对"僧推月下门"的"推"字是否改成"敲"字琢磨不定，在驴背上"时时引手作推敲之势"，连冲撞了韩愈的车驾都没发觉，但韩愈不仅没有怪罪，反而和他一道商讨，认为用"敲"字好，于是便写为"僧敲月下门"，这就是后来"推敲"一词的来历，据说因此贾岛和韩愈也成了好朋友，在韩愈的鼓吹下诗名大盛。用"敲"字比用"推"字响亮，更能反衬月下幽居的寂静，但王夫之《薑斋诗话》卷下却讨厌这种凭空想象的虚构，说它"只是妄想揣摩，如说他人梦，纵令形容酷似，何尝毫发关心？"这未免过分苛刻，当然，像魏野多此一举地把这句衍成"闲闻啄木鸟，疑是打门僧"（《冬日书事》），就成了画蛇添足的劣句，也许宋俞退翁《久客》里的两句"众知趋事懒，僧厌打门频"恰好可以用来挖苦魏野的诗。

④ 古人认为云从山石孔穴中生出，所以称石为"云根"。

⑤ 暂时离开不久便回，决不违背共同幽居的约定。

忆江上吴处士 ①

闽国扬帆去，蟾蜍亏复团 ②。
秋风生渭水，落叶满长安 ③。

此地聚会夕，当时雷雨寒[④]。

兰桡殊未返，消息海云端[⑤]。

① 吴处士: 不详。

② 蟾蜍: 指月亮，据说月中有兔和蟾蜍象征月中有 "阴阳双居，明阳之制阴阴之倚阳"（《太平御览》卷四引《春秋元命苞》及《初学记》天部引《五经通义》），后人便常以玉兔或蟾蜍来指月亮。这句的意思是说吴处士乘舟去闽已经一月。

③ 这两句又是贾岛推敲的名句，《唐摭言》卷十一说贾岛曾骑驴横过长安大道，当时秋风正紧，落叶满地，他吟出了下句 "落叶满长安"，他喜爱这一句的自然，但一时又想不出可以对应的上句，于是又槽槽懵懵地冲撞了京兆尹刘栖楚，被关了一夜。这个故事的可靠性如何值得怀疑，不过至少晚唐已有这个传说，晚唐诗人安锜《题贾岛墓》就有 "骑驴冲大尹" 的句子。元方回《瀛奎律髓》卷二十六里认为这两句就是唐人 "春还上林苑，花满洛阳城" 之类句子的翻版，从语词、句式上来说，方回的意见也许有对的地方，但贾岛这两句的季节特征和情感色彩更突出更鲜明，而 "秋" 字不仅照应了上句，还连带影响了下句，两句之间的意思更连贯，更何况悲凉秋景在诗中总是比繁盛春景更撩人情思。

④ 夏天聚会时曾下雷雨。

⑤ 兰桡: 木兰作的船桨，这里指船；这两句说吴处士远去未返，消息渺茫。

姚合·一首

　　姚合（779—?），吴兴（今浙江湖州）人，元和十一年（816）中进士，当过武功主簿，所以后人称"姚武功"，其实他后来还当过金州、杭州刺史，最后还当到过秘书监。姚合和贾岛诗风相近，崇拜他俩的南宋四灵诗派中赵师秀曾选他们的诗为《二妙集》。仔细比较起来，他们的诗在语言体制、情感基调、意象视境上虽大体相同，但姚合诗没有贾岛诗那么多警策尖新的句子，倒时时有一些拙朴平浅的地方。

山中述怀

为客久未归 ①，寒山独掩扉。
晓来山鸟散，雨过杏花稀。
天远云空积，溪深水自微 ②。
此情对春色，尽醉欲忘机 ③。

① 出门在外很久未回故乡。
② 上一句说天穹高远云积在空中只是一角，下一句说溪涧幽深所以水声显得很微弱。
③ 忘机：忘掉了机巧计较之心，李白《下终南山过斛斯山人宿置酒》"我醉君复乐，陶然共忘机"。这两句说面对山间春色，陶然而醉，忘掉了世俗机心，甘愿与世无争地过恬淡生活。

李贺 · 八首

李贺（790—816），字长吉，福昌（今河南宜阳）人，据说他出身于贵族，他也说自己是"唐诸王孙李长吉"（《金铜仙人辞汉歌序》），与天子算是同宗，但其实那时已经沾不上什么皇恩了，他父亲李晋肃还当过县令，到了他，却因为父亲的名字与"进士"谐音，就要避讳不能考进士（参韩愈《昌黎集》卷十二《讳辩》），最后只当了个从九品的奉礼郎，管管祭祀朝会时的座次、祭品和赞导之礼，二十七岁时就怏怏而死。

关于李贺的诗有三点应当特别指出：

第一，在韩愈周围的诗人群里，李贺是最有"幻想力"的，即使是韩愈本人的"想象力"也不能与之相比。韩愈的想象以华赡宏富取胜，他往往以种种想象堆在一起构筑宏肆雄放的诗境，但那些想象仿佛线头牵在人手的风筝，尽管飘忽也有理路可寻；而李贺的幻想则以虚荒怪诞著称，他往往想到别人想不到也不会去想的事物，弄得读者如堕幻境，眼花缭乱摸不着头绪，正如杜牧《李长吉歌诗叙》所说，"鲸呿鳌掷，牛鬼蛇神，不足为其虚荒诞幻也"，他的诗里那些斩龙使时光凝固（《苦昼短》）、敲太阳发玻璃声（《秦王饮酒》）、月亮如轮轧过露水（《梦天》）、大海如杯水九州九点烟（同上）、铜人泪落如铅汁（《金铜仙人辞汉歌》）、鬼魄点灯光如漆色（《南山田中行》），都仿佛"作常人一倍想"似地想入非非，而他那种压抑、紧张、悲哀的心理又把一种阴森惨然的色彩投射到这个"虚荒诞幻"的幻想世界中，使他这个光怪陆离的诗歌世界显得既美艳绝伦又鬼气萧森，以至于清代一位诗论家不得不借助《聊斋志异》式的话语来比拟李贺的诗，"宛如小说中古殿荒园，红妆女魅，冷气逼人，挑灯视之，毛发欲竖"（潘德舆《养一斋诗话》卷五）。

第二，和韩愈一样，李贺也极讲究语词的翻空出奇，但韩愈往往是把古字僻字引入诗歌，好像一个文字博士怀里揣了一大部僻字字典，不时翻开挑出几个嵌入诗中为难读者，而李贺却更偏重于幽深凄楚瑰丽字面的诗性使用，好像一个戴了有色眼镜的诗人总是看到常人不能发觉的景致又用过滤了颜色的词语来形容它。据说李贺作诗时骑驴出门，背一锦囊，"遇有所得，即书投囊中"，常常"吟诗一夜东方白"（《酒罢张大彻索赠诗》），连他母亲都叹息："是儿要当呕出心乃已尔"（李商隐《李长吉小传》）。这种呕心沥血地把"雕虫小技"当"雕龙伟业"的苦吟使他语必己出，绝不肯蹈袭他人的烂熟话头，而他压抑扭曲的心境又引导他在选择语词时偏重于别人所不敢用的枯寂荒辣、幽怪奇幻的一类，于是，带有衰败残缺意味的"老"、"死"、"瘦"、"枯"，染有浓艳暗昧色彩的"幽"、"碧"、"黑"、"血"以及属于非人间性质的"鬼"、"魅"、"怪"、"神"等语词就不断地出现在诗中刺激着读者的心灵与视境，就像"百年老鸮成木魅，笑声碧火巢中起"（《神弦曲》）、"海神山鬼来坐中，纸钱窸窣鸣旋风"（《神弦》）一样让人战栗与惊悸，也让人感到他的诗总是那么"谲怪瑰奇"。

第三，这种奇特诡异的幻想和瑰丽怪诞的语词又被李贺以飘忽不定、跳跃跌荡的思路串成诗行，使李贺的诗一反常人前后相续意脉连贯的思路，显得跳跃性很大节奏很急促，常常上天入地变幻无常，喜怒哀乐反差极大，如《河南府试十二月乐辞》之二末两句突然由一派春日融融转向凄凉的"津头送别唱流水，酒客背寒南山死"，《天上谣》末两句一反前十句的"天上之乐"转写人间变化无常的"东指羲和能走马，海尘新生石山下"，《浩歌》两句一转，似续似断，忽悲忽喜，时古时今的结构等等，仿佛李贺心理总是处于一种极不安定的紧张状态，所以思绪总是在飞速旋转变幻似的，不过，正是李贺这种以急速变幻意象拼接呈现诗境的方式打破了人们所习惯的流畅连贯阅读理路，显出了李贺诗的别一种风味。

历代对于李贺诗歌的评论很多，有人指出它来自《楚辞》与李白乐府（如宋张戒《岁寒堂诗话》卷上，明杨慎《升庵诗话》卷十一、清贺贻孙《诗筏》、清施补华《岘佣说诗》），有人指出它在走诗歌革新矫激的偏锋（如明谢榛《四溟诗话》卷三、清方世举《兰丛诗话》），也有人批评它过分刻琢不太自然（如宋张表臣《珊瑚钩诗话》卷一，明李东阳《麓堂诗话》），当然也有人斥责它是"妖"是"鬼"（明陆时雍《诗镜总论》、清潘德舆《养一斋诗话》卷五），但这么多评论中只有两则最中肯，一是被清叶燮《原诗》、薛雪《一瓢诗话》交口赞誉为"微妙法音"的明王世贞《艺苑卮言》的"师心"说，王世贞说："李长吉师心，故尔作怪"，这指出了李贺诗重在表现主观幻觉的特征，二是清周容《春酒堂诗话》的"未成家"论，他说："长吉未成家也，非自成家也"，"使天副之年，进求章法，将与明远（鲍照）、玄晖（谢朓）争席矣"，这指出了李贺诗的不成熟，也哀叹了这个天才诗人的早夭。的确，李贺死得太早，他还没来得及充分地自我完成，因此他的视境太窄、语言形式太紧促，而他的幻想与表达还没有水乳交融，以至于他的主观幻觉常常难以为人理解与接受。

雁门太守行 ①

黑云压城城欲摧②，甲光向日金鳞开③。

角声满天秋色里，塞上燕脂凝夜紫④。

半卷红旗临易水⑤，霜重鼓寒声不起。

报君黄金台上意，提携玉龙为君死⑥。

① 雁门：今山西西北部，《雁门太守行》是乐府"相和歌·瑟调曲"旧题。据唐人张固《幽闲鼓吹》记载，元和二年（807）李贺将诗卷送给韩愈，第一篇即《雁门太守行》，韩愈刚读到头两句便大为惊叹。

② 旧时传说黑云压顶是不祥之兆，《晋书》卷十二《天文志中》"两军相当，必谨审日月晕气……或黑气如坏山坠军上者，名曰营头之气……此衰气

也"，"凡屠城之气……或有赤黑气如貍皮斑"，在《开元占经》中有不少类似记载也说明古人"云占"术中认为黑云压城是杀伐之象，所以《后汉书·光武纪》有"云如坏山，当营而陨"的记载，唐韦楚老《祖龙行》也说"黑云兵气射天裂"，李贺这里"黑云压城"即指战云密布，杀气成云，以至于城都像被压垮。宋代王安石觉得"黑云压顶"时不可能有太阳，所以"岂有'向日'之'甲光'也"，这种说法遭到了明杨慎和清薛雪的讥讽。杨慎《升庵诗话》卷十说他自己"在滇值安凤之变，居围城中，见日晕两重，黑云如蛟在其侧"，薛雪《一瓢诗话》则说是"阵前实事，千古妙语"，都讽刺王安石"儒者不知兵"，其实王安石没有看懂诗意就用常识诘问，固然谬误，但杨慎只是读了书就捏造灾异天象来反驳他人，一样荒唐，薛雪说王安石"不知兵"，而他自己正是文人臆想，同样是"纸上谈兵"。

③ 金鳞开：指铠甲在日光下闪烁。

④ 燕脂：指霞光；夜紫：夜色黯淡；王勃《滕王阁序》"烟光凝而暮山紫"和这句意思相似。

⑤ 易水：源于河北易县北，古时荆轲《易水歌》："风萧萧兮易水寒，壮士一去兮不复还。"

⑥ 战国时燕昭王筑台，曾置千金于台上招聘天下人才。李贺这里说的"黄金台上意"，就是指君王重用人才的厚意。玉龙：指宝剑，传说晋代雷焕曾得玉匣，内藏二剑，入水化为龙。

李凭箜篌引①

吴丝蜀桐张高秋②，空山凝云颓不流③。
江娥啼竹素女愁④，李凭中国弹箜篌⑤。
昆山玉碎凤凰叫，芙蓉泣露香兰笑⑥。
十二门前融冷光⑦，二十三丝动紫皇⑧。
女娲炼石补天处，石破天惊逗秋雨⑨。
梦入神山教神妪⑩，老鱼跳波瘦蛟舞。
吴质不眠倚桂树，露脚斜飞湿寒兔⑪。

① 李凭：是当时著名的箜篌演奏家；箜篌：弦乐器，在新疆阿斯塔那唐墓230号出土的绢画及四川发掘的五代王建墓中的浮雕上都有乐工弹竖箜篌像，竖箜篌形如今天的竖琴，但小得多。箜篌引：是汉乐府"相和歌·瑟调曲"旧题，崔豹《古今注》说是"朝鲜津卒霍里子高妻丽玉所作"，又名《公无度河》，但李贺这首诗题似乎与乐府旧题只是偶合。

② 吴丝蜀桐：指箜篌，因为吴丝蜀桐都是制乐器的上好材料；张：弦乐器拧紧弦叫"张"，指准备弹奏；高秋：阴历九月的暮秋时节。

③ 《列子·汤问》，秦青"抚节悲歌，声振林木，响遏行云"，响遏行云即歌声停住了流云，这句也说山里的云凝住不流颓然而止，则是形容箜篌声的魔力。

④ 江娥、素女都是神女，江娥即指湘水女神湘妃，传说她曾啼泪洒竹使湘竹有泪斑，素女传说擅长音乐，能弹五十弦瑟。这句说箜篌声能让神女感动。

⑤ 中国：京城之中。

⑥ 昆山：产玉之山；这两句形容乐声清亮如玉碎之声与凤凰叫声，抑扬如芙蓉泣声与香兰笑声。

⑦ 十二门：长安城四面各有三门；融冷光：使寒冷的秋日光也变得温暖。

⑧ 二十三丝：竖箜篌二十三弦；紫皇：道教称天上最尊的神为"紫皇"。

⑨ 乐声使当年女娲炼石补天的地方石破天惊，于是引来一场秋雨。

⑩ 通常只说神仙教人音乐，像唐玄宗在天上学了《霓裳羽衣曲》（《集异记》），王保义之女梦见异人学了琵琶仙乐（《北梦琐言》补逸卷四），但李贺却想象李凭由梦将他的绝艺传给了神。神妪：似指《搜神记》卷四中弹箜篌的成夫人。

⑪ 以上三句都是形容李凭箜篌声的魅力，鱼跳蛟舞于水波上，月中吴质倚着桂树久久不肯去睡，以至于露水沾湿了月中玉兔。吴质：可能是传说里"学仙有过，谪令伐树"的吴刚，他在月宫里砍伐桂树，但桂树随砍随长。

梦 天

老兔寒蟾泣天色①，云楼半开壁斜白②。

玉轮轧露湿团光，鸾佩相逢桂香陌③。

黄尘清水三山下，更变千年如走马④。

遥望齐州九点烟，一泓海水杯中泻⑤。

① 兔和蟾都是传说中住在月宫里的动物，这句说月宫里的老兔寒蟾为天色愁惨而悲泣。

② 云楼：想象中月宫里的神仙居处；斜白：李贺想象云楼在月中，不像地面必须直立而可以斜立，而光照斜壁上又映出斜斜的一片洁白。

③ 上句说月亮如同车轮轧过露水，月晕如同被露水沾湿了似的发出柔和的光；下句说玉珮相碰发出鸾鸟般的悦耳叫声，在飘着桂香的路上鸣响。以上四句写梦中的月宫印象。

④ 三山：即仙家所说的海上三神山。这两句说三山下，陆地变沧海，沧海变陆地，千年瞬间像跑马一样迅速流逝。

⑤ 齐州：中国。《尚书·禹贡》将中国当时的地域分为九州，因而后世常以"九州"代指中国，这两句里李贺想象自己从天上俯瞰大地，九州像九点烟，烟很容易消散，大海像倾入杯中的一点水，水很容易干枯，似乎暗示大地与大海也会迅速改变，不能永恒。

金铜仙人辞汉歌①

茂陵刘郎秋风客②，夜闻马嘶晓无迹③。

画栏桂树悬秋香，三十六宫土花碧④。

魏官牵车指千里，东关酸风射眸子⑤。

空将汉月出宫门，忆君清泪如铅水⑥。

衰兰送客咸阳道⑦，天若有情天亦老。

携盘独出月荒凉，渭城已远波声小⑧。

① 原题下有序:"魏明帝青龙九年八月,诏宫官牵车西取汉孝武捧露盘仙人,欲立置前殿。宫官既拆盘,仙人临载乃潸然泪下。唐诸王孙李长吉遂作《金铜仙人辞汉歌》。"金铜仙人,是西汉长安建章宫内的承露铜柱,汉武帝所立,高二十丈,上有仙人掌、承露盘,张衡《西京赋》"立修茎之仙掌,承云表之清露,屑琼蕊以朝飧,必性命之可度",就是指这个铜柱,据说汉武帝认为饮了上面接到的露水可长生。又参见卢照邻《长安古意》注⑦;辞汉,指魏明帝青龙五年(237)把金铜仙人从西汉故都长安拆迁到魏都邺城(今河北临漳)的事,李贺这首诗以金铜仙人的口吻写来,所以叫"辞汉",序里所说的"青龙九年"是"青龙五年"之误,因为魏明帝青龙这个年号只有五年,而拆迁铜柱事也正发生在青龙五年。

② 茂陵刘郎秋风客:指汉武帝刘彻,刘彻死后葬于茂陵(今陕西兴平北),他生前曾写有《秋风辞》,悲叹"欢乐极兮哀情多,少壮几时兮奈老何"。

③ 这一句是指汉武帝的幽魂出入汉宫,人们夜里听到他的马嘶声但早晨却不见他的痕迹;一说指茂陵里汉武帝的魂魄夜里听见拆迁铜柱的人马之声,早上车马已经东去,现场已无人迹。

④ 上一句写汉宫秋天桂花飘香,画栏犹在,下一句写汉宫荒废,处处长满苔藓;三十六宫:班固《西都赋》里说长安有西汉"离宫别馆三十六所",骆宾王《帝京篇》也说"汉家离宫三十六",据《玉海》卷一六五引《三辅黄图》说这三十六所指上林的建章、承光等十一宫及平乐、茧观等二十五宫;土花:苔藓。

⑤ 魏官:指来拆迁铜柱的魏朝官员;东关:指拆迁铜柱的车出的东门,因为魏都邺城在长安之东;酸风:风本不酸,但吹入眼中令人落泪,所以说它是"酸风",风本说吹,但因为它刺目伤心,所以说它是"射"。

⑥ 将:携带;这句说金铜仙人只是携带了旧时照耀的月光离去;君:指汉武帝,这句说金铜仙人眷念旧时主人伤心流泪,铜人是金属铸成,它的泪也沉重如铅水。

⑦ 唐人送行有用柳也有用兰,岑参诗"临歧欲有赠,持以握中兰"、皎然诗"赠远无兰觉意轻",李贺《潞州张大宅病酒》也说"诗封两条泪,露折一

枝兰"，但这句没有写是谁持兰为金铜仙人送行，仿佛荒芜的汉宫里衰败的秋兰在默默为昔日相伴的铜柱送行。

⑧ 金铜仙人孤独地携盘东去，身后月亮照着荒凉的汉宫，随着渐渐远离长安，渭水的波声也渐渐远去。渭城，本指咸阳，这里指长安。

巫山高①

碧丛丛，高插天，　大江翻澜神曳烟②。
楚魂寻梦风飓然③，晓风飞雨生苔钱④。
瑶姬一去一千年，　丁香筇竹啼老猿⑤。
古祠近月蟾桂寒⑥，椒花坠红湿云间⑦。

① 巫山高：汉乐府"鼓吹曲铙歌"旧题；巫山在今四川巫山。

② 巫山在长江巫峡边，据陆游《入蜀记》说巫山"峰峦上入霄汉，山脚直插江中"；曳烟：行云。传说巫山有神女，李贺想象这里的云烟舒卷即神仙在行走时曳出的痕迹。

③ 楚魂寻梦：指当年楚王梦游高唐与巫山之女交往的故事，参见李白《襄阳歌》注⑬；飓然：凉风刺骨貌，汉乐府《有所思》中有"秋风肃肃晨风飓"。

④ 苔钱：苔藓形圆如钱，所以叫"苔钱"。

⑤ 瑶姬：即巫山神女，《文选》卷十九宋玉《高唐赋》李善注引《襄阳耆旧传》说："赤帝女瑶姬，未行而卒，葬于巫山之阳，故曰巫山之女。"丁香：紫丁香；筇竹：产于四川的一种竹子；啼老猿：巫峡多猿啼，参见李白《早发白帝城》注③。

⑥ 古祠：指巫山神女祠，陆游《入蜀记》："过巫山凝真观，谒妙用真人祠，真人即世所谓巫山神女也，祠正对巫山。"蟾（虾蟆）与桂树都是传说中月宫里的东西；这句说古祠之高与月宫接近，古祠在月光下染上了月宫的寒气。

⑦ 这句说红色椒花自落，洒在湿团团的云间。椒花：椒是一种木本植物，古人视为芳香木，结子如豆，为紫色，但并不开花，可是古人却总说"椒花"，

像《晋书》卷九十六《列女传》记载晋人刘臻妻陈氏就专门写有《椒花颂》，还说是"标美灵葩"，这大约只是想象之辞，而李贺也同样只是想象之辞，所以王琦注李贺诗时说："长吉……出于想象之间故云耳。"（《李长吉歌诗汇解》卷四）

昌谷北园新笋 ①

斫取青光写楚辞，腻香春粉黑离离 ②。
无情有恨何人见，露压烟啼千万枝 ③。

① 昌谷：在福昌县内，是李贺故乡，那里多竹，李贺《昌谷诗》有"竹香满凄寂，粉节涂生翠"的句子。原题一组四首，这是第二首。

② 青光：指青竹，古代人常以竹简书书；腻香：浓香，李贺常常把没有香味的东西写出香味来，这一点明人杨慎《升庵诗话》卷七曾举出他"衣微香雨青氛氲"为例，说"雨"未尝有香而他写出了香，这句写竹有"腻香"和上引《昌谷诗》"竹香"也可为例，这是李贺奇特幻想的一种表现；春粉：竹上白粉；黑离离：指竹简上的字。

③ 末两句写竹虽无情却有恨，千枝万枝笼在烟雾之中，被露珠压弯了腰，似乎十分悲哀。陆龟蒙《咏白莲》"无情有恨何人见，月冷风清欲坠时"模拟这两句，但与白莲并不贴切。

江南弄 ①

江中绿雾起凉波，天上叠巘红嵯峨 ②。
水风浦云生老竹，渚暝蒲帆如一幅 ③。
鲈鱼千头酒百斛，酒中倒卧南山绿 ④。
吴歈越吟未终曲 ⑤，江上团团贴寒玉 ⑥。

① 江南弄：乐府旧题，梁武帝萧衍根据"西曲"改编，共七曲，写江南风情，梁武帝《江南弄》中有"众花杂色满上林，舒芳摇绿垂轻阴"之句，见《文

苑英华》卷二〇一。

② 绿雾：傍晚江上的雾气；叠巘：重叠的山峦；红嵯峨：夕阳晚霞映红高峻的山峦。嵯峨：高大而险峻的样子。

③ 上句说江面的风云似乎从竹丛中生出，下句说傍晚洲渚昏暗看上去远处船帆似乎化成一幅。蒲帆：唐李肇《国史补》说江西人"编蒲为帆"。

④ 上句写江水如百斛酒中游动千头鲈鱼，下句写酒杯中倒映绿色的南山。又一说是饮百斛美酒食千头鲈鱼，在饮酒中颓然而倒，看见南山一片碧绿。但这不如前一种解释。后来宋欧阳修《秋日与诸公马头山登高》"酒浮山色入樽中"、杨万里《醉吟》"酒花半蕾碧千波"都是后一句的写法，但李贺先把江水想成酒，又把山影想成酒杯中影，比欧阳修、杨万里更奇特。

⑤ 吴歈越吟：指吴越民歌，左思《吴都赋》有"吴歈越吟"，《初学记》引梁元帝《纂要》"吴歌曰歈"，《广雅·释乐》："歈，吟歌也。"

⑥ 寒玉：指月亮。这句说江面映着团团的月影。

神弦曲 ①

西山日没东山昏，旋风吹马马踏云 ②。
画弦素管声浅繁 ③，花裙绰缤步秋尘 ④。
桂月刷风桂坠子 ⑤，青狸哭血寒狐死 ⑥。
古壁彩虬金帖尾，雨工骑入秋潭水 ⑦。
百年老鸮成木魅，笑声碧火巢中起 ⑧。

① 神弦曲：乐府旧题，共十一曲，据说是用于祭祀神祇的，类似《楚辞·九歌》，也仿佛后世降神的巫觋乐歌，李贺另一首《神弦》首句即"女巫浇酒云满空"，下面又说"海神山鬼来座中"，这一首则是幻想祀典上鬼神降临的情景。

② 古人认为祭奠时有旋风吹过，是鬼神骑马而至，其实可能这旋风是烧纸钱时的自然现象。白居易《寒食野望吟》有"风吹旷野纸钱飞，古墓累累春草绿"，张籍《北邙行》也有"寒食家家送纸钱，鸦鸢作窠衔上树"，可见

中唐烧纸钱之风极盛。而旋风一起，则令人觉得毛骨悚然，想到鬼魂骑马而至，宋苏轼《海南人不作寒食……》诗中有"老鸦衔肉纸飞灰"。王安石《思王逢原》诗中也有"树枝零落纸钱风"。参见清赵翼《陔馀丛考》卷三十《纸马》。

③ 古代巫觋降神必伴有音乐。《楚辞·九歌·东皇太一》："扬枹兮拊鼓，疏缓节兮安歌，陈竽瑟兮浩倡"，这是先秦旧俗，唐李嘉祐《夜闻江南人家赛神因题即事》："南方淫祠古风俗，楚娼解唱迎神曲"、皇甫冉《杂言迎神词二首》前小序："吴楚之俗与巴渝同风，日见歌舞祀者"、王建《赛神曲》"男抱琵琶女作舞，主人再拜听神语"，这是中唐习俗。画弦素管泛指弦乐及管乐器；声浅繁指乐声抑扬疏密。

④ 绰缠：衣角沙沙作响声，这是指鬼神降临，不见其形但闻其声。司空曙《迎神》"神即降兮我独知"，这是巫觋的口吻，当然常人只能听到鬼神衣裙沙沙之声，所以皇甫冉《杂言迎神词》说众人"目眇眇，心绵绵"而鬼神"因风托雨降琼筵"时"来无声，去无迹"。

⑤ 风吹月中桂树坠落桂子。

⑥ 鬼神降临驱邪，青狸和狐都被劾治而哭血死亡，狸和狐都是古人心目中的妖邪之兽，《艺文类聚》卷九十五"狐，妖兽，鬼所乘也"，又"狐者，先古之淫妇也"。

⑦ 雨工：雨师，传说中司雨之神；虹龙：降雨的神兽，见《周礼·春官·大宗伯》《山海经·海外东经》及注；这句说壁上彩绘虹龙贴有金色的尾巴，雨师骑它下到秋潭中。

⑧ 这句说多年老鸮成了精，当巫觋降神劾治它时，它发出凄厉的笑声，随着蓝莹莹的火光从巢中飞起；魅：《说文》说是"老精物也"，碧火仿佛常言所说的"鬼火"，古时传说鬼火"火焰炽而不暖"（《太平广记》卷三二八《陆馀庆》，又卷三三一《薛矜》），而且"火色青暗"（《太平广记》卷三三〇《王鉴》），李贺诗中常用这一意象来营造幽暗荒疏的视境，像"漆炬迎新人，幽旷萤扰扰"（《感讽》其三）、"鬼灯如漆点松花"（《南山田中行》）。

张祜·二首

张祜（约792—854），字承吉，苏州人，一说南阳（今河南南阳）人，又一说清河（今河北清河）人。据说张祜在元和、长庆间诗名不小，却一直没当上一官半职，虽然令狐楚十分赏识他，但元稹却从中作梗（参见王定保《唐摭言》卷十一）。又据说张祜和徐凝都希望得到白居易的荐举，但白居易却以诗文判定徐凝为优，气得张祜长叹"荣辱纠纷亦何常也"（《唐诗纪事》卷五十二）。按晚唐皮日休的说法，元、白之所以压制张祜颇有隐情，当时盛行于诗坛的"浮靡艳丽"风气本是元、白始作俑，被称为"元白体"，而张祜又是一个放浪不羁爱作宫体艳诗的人，不如徐凝朴略稚鲁（《论白居易荐徐凝屈张祜》）。如此说来，元、白压制张祜乃是为自己洗刷"浮靡艳丽"之名抛出自赎的替罪羊。难怪张祜后来和瞧不起元、白的杜牧要好，而杜牧也借了这个机会讽刺元、白（参见《云溪友议》卷四）。公正地说，张祜的诗写得比徐凝好，显得有些才情，在流畅的同时还有些精致清新，不太像元、白的平浅铺张，倒有点像大历诗人的含蓄收敛。白居易的评判如果不是一时昏花看走了眼，可能就是营私舞弊受了徐凝那一句好话的贿赂（《唐诗纪事》卷五十二记徐凝有诗"含芳只待舍人来"，这舍人即白居易，所以白居易与徐"同醉而归"，又参见清潘德舆《养一斋诗话》卷五），如果不是出于私心与隐情，可能就是诗人之间的党同伐异。

宫　词①

故国三千里②，深宫二十年。
一声河满子③，双泪落君前④。

① 原作二首，这是第一首，写宫女哀怨。杜牧《酬张祜处士见寄长句四韵》：
　"可怜故国三千里，虚唱歌词满六宫"，郑谷《高蟾先辈以诗笔相示抒成寄
　酬》："张生故国三千里，知者唯应杜紫微"，可见当时人很看重这首小诗。

② 故国：故乡。

③ 河满子：又作何满子，是乐歌曲名。白居易《听歌六绝句》之五《何满子》
　一诗自注记载传说，"开元中沧州有歌者何满子，临刑进此曲以赎死"，后
　此曲即以此人名为名。白诗说："一曲四词歌八叠，从头便是断肠声"，元
　稹《河满子歌》也说："婴刑系在囹圄间，下调哀音歌愤懑"，可见曲调哀
　婉悲切。苏鹗《杜阳杂编》记载唐文宗时"宫人沈翠翘为帝舞《何满子》，
　调辞风态，率皆宛畅"，可知宫中女子也常唱此曲。

④ 张祜《孟才人叹》一诗小序记载：唐武宗临终前问宠姬孟才人今后有什么
　打算，孟才人指着笙囊说："请以此就缢"，并说："妾尝艺歌，请对上歌
　一曲以泄其愤"，于是"乃歌一声《何满子》，气亟立殒。上令医候之，曰：
　脉尚温而肠已绝"。大中三年（849），张祜听到这个故事，十分感叹，就写
　了《孟才人叹》："偶因歌态咏娇嚬，传唱宫中十二春。却为一声何满子，下
　泉须吊旧才人。"这件事和《宫词》可以互相参照，也许《宫词》就是为此
　事而写的。

题金陵渡 ①

金陵津渡小山楼，一宿行人自可愁。
潮落夜江斜月里，两三星火是瓜洲 ②。

① 金陵渡：不详，一说在今江苏南京；一说在今江苏镇江。
② 瓜洲：一说在今江苏六合，隔岸对金陵；一说在今扬州，隔岸对镇江。

朱庆馀·一首

朱庆馀（生卒年不详），本名可久，以字行，越州（今浙江绍兴）人。宝历二年（826）中进士，当过秘书省校书郎。他是张籍赏识的诗人，也许是因为这一点，杨慎《升庵诗话》卷十一把他划归"学张籍"的一派诗人里。不过，张籍自己的诗风并不统一，朱庆馀究竟学了张籍什么也很难说，从朱庆馀现存于《全唐诗》中的那两卷作品来看，他并没有学到张籍写乐府的本事，近体诗倒沿袭了大历诗人的尖新小巧和贾岛一流的拘谨纤丽，如"蝶飞逢草住，鱼戏见人沉"（《凤翔西池与贾岛纳凉》）、"独在钟声外，相逢树色中"（《寻贾岛所居》）、"虫丝交影细，藤子坠声幽"（《和刘补阙秋园寓兴》之九）之类细腻纤秀的句子不禁让人感到一个不太恰当的旧比喻"女郎诗"，而下面所选的这首以女性口吻写来的《闺意献张水部》就更缺乏男性的阳刚之气，虽然它写得的确很巧。

闺意献张水部 ①

洞房昨夜停红烛 ②，待晓堂前拜舅姑 ③。
妆罢低声问夫婿，画眉深浅入时无 ④？

① 题一作《近试上张籍水部》。张水部是张籍，唐代凡参加进士考试者大多要把自己的作品投献给朝中官员，希望获得赏识和揄扬，以增加中进士的机会，这叫"通榜"，朱庆馀这首诗就是这一类东西，据说张籍读后大为赞赏，写诗回答他说："越女新妆出镜新，自知明艳更沉吟。齐纨未足时人贵，一曲菱歌值万金。"于是朱庆馀声名大震。

② 停：放置。

③ 舅姑：公婆。

④ 画眉深浅合不合时下的习惯？这种借用女子口吻写娇羞问话的句式早已有之，唐代徐延寿《人日剪彩》："擎来问夫婿，何处不如真"，王昌龄《越女》："将归问夫婿，颜色何如妾"，并不是朱庆馀的发明，不过相比之下还是朱庆馀的诗句更真切细腻。参见宋欧阳修《南歌子》："走来窗下笑相扶，爱道画眉深浅入时无。"

许浑·二首

　　许浑（生卒年不详），字用晦，润州丹阳（今江苏丹阳）人。大和六年（832）中进士，当过睦州、郢州刺史。许浑在宋代曾是人们学诗的榜样，也曾是人们评诗时嘲讽的对象，学他的人觉得他写诗有"法"，也就是格律规矩技巧圆熟，嘲笑他的人觉得他的诗千篇一律重复很多（参见《对床夜语》卷二及《韵语阳秋》卷一、《苕溪渔隐丛话》前集卷二十四），其实这正是许浑诗的正反两面。他现存的诗数量超过了杜牧、李商隐，这么多诗都是近体律绝而全无古诗，翻来覆去地写近体诗，当然他写得很"熟"，这"熟"中能生"巧"也能生"俗"，许浑把提笔写诗变得仿佛机械化按模型成批制造产品，这种熟练的制造技术虽然能提高"效率"但不能提高"质量"，特别是许浑缺乏才气，诗歌内容又比较单调，单调的内容反复吟咏当然语句重复，宋葛立方《韵语阳秋》卷一、清贺裳《载酒园诗话又编》都曾举出他和别人甚至自己诗作重复的诗句，所以清潘德舆《养一斋诗话》卷四说学许浑诗"久将以熟套为诗，而无独得之妙"。不过话说回来，"声律之熟无如（许）浑者"（清田雯《古欢堂集杂著》卷三）说得也不错，他那种圆熟而规范的语言技巧给人学诗提供了一个标准的范本而不像那些自出机杼的才气型诗人的诗作见首不见尾似的那么难以模拟，所以很多人都从他那里偷学了写诗的技巧，只是学成之后过河拆桥忘了师傅或者觉得自己师傅名头不响亮羞于承认罢了，陆游就是其中的一个（参见《养一斋诗话》卷五）。

金陵怀古

玉树歌残王气终①，景阳兵合戍楼空②。
松楸远近千官冢，禾黍高低六代宫③。

石燕拂云晴亦雨^④，江豚吹浪夜还风^⑤。
英雄一去豪华尽，惟有青山似洛中^⑥。

① 玉树：《玉树后庭花》的简称，南朝陈代最后一个皇帝陈后主所作，被认为是"亡国之音"，如《旧唐书·音乐志》引杜淹语就说："前代兴亡，实由于乐。陈将亡也，为《玉树后庭花》；齐将亡也，而为《伴侣曲》，行路闻之，莫不悲泣，所谓亡国之音也。"

② 景阳：指陈后主景阳宫殿，据《建康实录》卷二十记载，隋军攻克金陵，陈后主和宠妃张丽华、孔贵妃三人躲入景阳殿的井中，被隋军俘虏。这句说隋军会合于景阳殿后，这里便成一片荒芜空旷之地。

③ 这两句说一眼望去远近六朝官员的坟冢上长满了松树楸树，六朝宫殿里高高低低地长满了禾黍。松楸是栽在坟墓上最常见的树，谢朓《齐敬皇后哀策文》："映舆锼于松楸"；禾黍是庄稼，向来被用于比喻宫室荒颓，《诗·王风·黍离》小序说"周大夫行役至于宗周，过故宗庙宫室，尽为禾黍，闵周室之颠覆，彷徨不忍去而作是诗"。

④ 过去一般注解均引《湘州记》"零陵山有石燕，遇风雨即飞，止还为石"（《初学记》卷二引），《水经注》卷三十八《湘水》石燕山"及其雷风相薄，则石燕群飞，颉颃如真燕"，但这是零陵的石燕山，并不能用来指金陵，《载酒园诗话又编》指出了这个谬误，说："金陵有燕子矶俯临江岸，此专咏其景耳，何暇远及零陵"，按燕子矶在今南京东北郊，矶头如燕屹立江边，见《嘉庆一统志》卷七十三。

⑤ 江豚：长江中的一种鱼，据《南越志》说："江豚似猪居水中，每于浪间跳跃，风辄起。"

⑥ 这两句说六朝英雄逝去，金陵不再豪华，只有青山依旧仍仿佛洛阳。李白《金陵三首》其三也写过金陵"山似洛阳多"，王琦注引《景定建康志》说："洛阳山四围，伊、洛、瀍、涧在中，建康亦四山围秦淮直渎在中。"而且金陵和洛阳都是昔日繁华的故都。

咸阳城东楼 ①

一上高城万里愁，蒹葭杨柳似汀洲 ②。
溪云初起日沉阁 ③，山雨欲来风满楼。
鸟下绿芜秦苑夕，蝉鸣黄叶汉宫秋 ④。
行人莫问当年事，故国东来渭水流。

① 题一作《咸阳城西楼晚眺》。

② 汀洲：水中小洲。

③ "溪云"一句下作者自注："南近磻溪，西对慈福寺阁"，这句写溪中暮霭
缓缓升起，夕阳隐没于寺阁之后。参看杜甫《野望》"叶稀风更落，山迥日
初沉"。

④ 绿芜：绿草丛生之地。古咸阳是秦汉都城所在地，在今陕西咸阳东，所以
说"秦苑"、"汉宫"。

温庭筠·二首

温庭筠（801—866），本名岐，字飞卿，祖籍太原祁（今山西祁县），生于鄠（今陕西户县）。曾考进士未中，由于他放浪不羁，傲慢尖刻，一直仕途不顺，尽管他祖上是赫赫有名的宰相温彦博，但他却只当过一些小官，最后当国子助教，还闹了一场考场风波被贬为方城尉。温庭筠的乐府诗有李贺的瑰丽秾艳，近体诗有李商隐的曲折委婉，所以清薛雪《一瓢诗话》把他看作"晚唐之李青莲"，而当时就有人把他与李商隐并称"温李"。不过，也许中国传统诗论中人与诗并举的习惯太根深蒂固，所以有不少人对他人品的鄙薄也连累了对他诗歌的评价，像明人顾璘评点《唐音》时贬他"句法刻俗，无一可法"，清黄子云《野鸿诗的》则贬讥他古诗"题既无谓，诗亦荒谬"。其实温庭筠诗并不像他们说的这么糟糕，他的古乐府虽然比不上李贺，"觉有伧气"（《石洲诗话》卷二），但语词设色秾丽，也时有新警的比喻和想象，他的近体诗虽然比不上李商隐，"华而不实"（《岘佣说诗》），但语脉流畅、结构紧密之中又能疏朗，在晚唐仍是一流诗人。要说他的诗的缺点，那就是他常犯明陆时雍《诗镜总论》所说的"有词无情"的毛病，这让人想到怡红院群芳夜宴时薛宝钗掣的那根签子，虽然是"艳冠群芳"，但并不能"任是无情也动人"，有时看上去珠光宝气满目琳琅，但不知怎的，没有大家气度，倒像是一个"苎萝女终身负薪"却偶尔穿了一身别扭的时髦衣衫，因此还是贺裳《载酒园诗话又编》的批评比较公正："大抵温氏之才，能瑰丽而不能淡远，能尖新而不能雅正，能矜饰而不能自然"，当然贺裳没有注意到温庭筠的五律，这些五律中有很淡远自然的作品，像下面所选的《商山早行》。

商山早行 ①

晨起动征铎 ②，客行悲故乡。
鸡声茅店月，人迹板桥霜 ③。
槲叶落山路，枳花明驿墙 ④。
因思杜陵梦，凫雁满回塘 ⑤。

① 商山：在今陕西商县东南，又名地肺山、楚山。

② 动征铎：指驿站敲响催促人上路的铎声。

③ 晨鸡已鸣但残月还高挂在茅店之上，行人启程在板桥的白霜上已留下了
　足迹。刘禹锡《途中早发》有两句："寒树鸟初动，霜桥人未行。"这两句
　和它很相近，清查慎行觉得刘诗比温诗好，其实不见得，刘郇伯《早行》
　有"一星深戍火，残月半桥霜"，也很像这两句，但有色无声，不像这两句
　声、色俱佳，这两句诗没有动词全是名词，仿佛一组意象在自动构成一幅
　《商山早行图》，因此备受欧阳修称赞（见《六一诗话》），据说欧阳修
　还依葫芦画瓢写了两句"鸟声梅店雨，柳色野桥春"（《送张秘校归庄》，
　《存馀堂诗话》引作"鸟声茅店雨，野色板桥春"），但这两句根本不成体
　统，完全不懂得温庭筠诗的好处在于那几个意象的搭配是精心选择的，
　就如李东阳《麓堂诗话》所说是"提掇出紧要物色字样"，于是把写诗变
　成了填空组句的游戏。

④ 槲树叶冬天不落，春天嫩芽发生时才落；枳树春天开白花。温庭筠另一首
　《送洛南李主簿》也有类似的句子："槲叶晓迷路，枳花春满庭。"

⑤ 杜陵在长安城南，温庭筠家乡在鄠，离长安很近，所以"杜陵梦"也是他
　"悲故乡"的回乡梦；回塘是曲折的池塘，也许池塘里栖满了水鸟是他家
　乡的景色。

利州南渡 ①

澹然空水对斜晖，曲岛苍茫接翠微。
波上马嘶看棹去，柳边人歇待船归 ②。

数丛沙草群鸥散，万顷江田一鹭飞。
谁解乘舟寻范蠡，五湖烟水独忘机③。

① 利州：在今四川广元，嘉陵江上游绕城而过；南渡：江上一个渡口。

② 上句写乘马渡江，下句写人等船渡江。

③ 参见杜牧《题宣州开元寺水阁》注⑤。

杜牧·七首

杜牧（803—852），字牧之，京兆万年（今陕西西安）人。大和二年（828）中进士后曾任弘文馆校书郎，后来曾在方镇当过幕僚，也在黄州、池州、睦州当过刺史，大中年间回长安后历任司勋员外郎、吏部员外郎、考功郎中、中书舍人，大中六年冬（852）去世。

大凡后一时代某个人与前一时代某个名人有些相仿，人们就会以那个逝去的名人作他的绰号或别名再加上一个"小"字，像《三国》中勇冠三军的孙策叫"小霸王"，《水浒》里百步穿杨的花荣叫"小李广"，现在不少京戏名角叫"小盖叫天"、"小麒麟童"等等。称"小"并不是说他本领逊了一筹，只是说他年代较后，冠以前人姓氏名号并不意味着他有意模拟，只证明他们多少有相近之处，杜牧被称为"小杜"并非只是由于他与老杜（杜甫）在姓氏的偶然相合，而是他们的诗多少有些相近处，更何况杜牧自己也有"杜诗韩集愁来读，似倩麻姑痒处抓"的诗句（《读韩杜集》）。从杜牧擅长的七言近体来看，他的确有老杜诗那种讲究结构上的开合回环、音律上的生奇拗峭、节奏上的顿挫抑扬的味道（参宋代阮阅《诗话总龟》、清贺裳《载酒园诗话又编》），不过，他的诗在色彩上更明丽些，语脉上更流畅些，语词节奏上更疏朗些，和杜甫比起来的确给人以一种少年人"风调高华"对成年人"深思熟虑"的不同感觉。当然，这种比喻不一定恰当，把人与诗扯到一块儿来评述也不是高明的办法，但杜牧其人与杜牧其诗倒的确有一种共通之处。他的贵族世家出身、他的少年科场得意及他的"十年一觉扬州梦"的风流逸事使他虽然已逝去一千多年，但仍给人以少年俊彦印象，和老杜终生坎坷穷愁潦倒的老年斑鬓印象截然不同，所以《蔡百衲诗评》说他的诗"有类新及第少年略无退藏处"恐怕正出于这种印象的潜留与记忆。不过，这种印象并没有错，杜牧的诗的确像一个年轻人说话，意思总是"恐流于平弱，故措词必拗峭，立意必奇辟"（清赵翼《瓯北诗话》卷十一）、腔调爽快得像"铜丸走坂，骏马注坡"（宋敖器之《诗评》），辞色则"轻倩秀艳，在唐贤中另是一种笔意"（清李调元《雨村诗话》卷下），这倒是很吻合他自己所说的"务求高绝"、"不今不古"的原则（见《献诗启》）。不过，和老杜比起来，他也的确有年轻人似的毛病，就像诗评家所说的"法未完密"（清李重华《贞一斋诗说》），有时"属辞比事殊不精致"（宋朱弁《风月堂诗话》卷下），有时又"固难求一唱而三叹"的风致（《竹庄诗话》卷一引《蔡百衲诗评》）。

润　州 ①

向吴亭东千里秋 ②，放歌曾作昔年游，
青苔寺里无马迹，绿水桥边多酒楼 ③。
大抵南朝皆旷达，可怜东晋最风流 ④。
月明更想桓伊在，一笛闻吹出塞愁 ⑤。

① 原题共二首，这是第一首。润州：今江苏镇江。

② 向吴亭：在今江苏丹阳南。

③ 前一句写寺里长满青苔无车马人迹的冷落，后一句写绿水桥边酒楼林立的繁盛。

④ 东晋及南朝宋、齐、梁、陈时文人崇尚自然旷达，行为放荡不羁，举止潇洒风流，虽然受到正统道德观的抨击，但私下里却被不少文人艳羡。杜牧这两句是追忆当时文人的倜傥风度，并暗叹时过境迁的历史变化，而宋石延年的《南朝》一诗却说："南朝人物尽清贤，不是风流即放言。三百年间即堪笑，绝无人可定中原"，前两句显然沿袭了杜牧，后两句则是出自道德观的批判，和杜牧大不一样。可怜：可羡可爱的意思。

⑤ 桓伊：东晋时人，曾与谢玄、谢琰大破秦苻坚军队于淝水，《晋书》卷八十一《桓伊传》说他"有武干，标悟简率"，又"善音乐，尽一时之妙，为江左第

一"。据说他极擅吹笛，王徽之曾请他吹一曲，虽然当时他已贵显，仍"下车踞胡床，为作三调，弄毕便上车去"，但始终不和王徽之搭话，这也是风流潇洒的举止，所以杜牧特意写他的笛声。《出塞》是著名笛曲之一，虽然桓伊未必吹过此曲，但杜牧追忆桓伊却想象他吹的是令人悲愁的《出塞曲》。

九日齐山登高 ①

江涵秋影雁初飞，与客携壶上翠微②。
尘世难逢开口笑③，菊花须插满头归④。
但将酩酊酬佳节⑤，不用登临恨落晖。
古往今来只如此，牛山何必独沾衣⑥。

① 旧时风俗于九月九日重阳节登高饮菊花酒；齐山在今安徽贵池，贵池唐时是池州州府，又名秋浦，杜牧于会昌四年（844）任池州刺史。

② 翠微：指葱翠的山峰。

③ 《庄子·盗跖》说："人上寿百岁，中寿八十，下寿六十，除病瘦死丧忧患，其中开口而笑者，一月之中不过四五日而已矣。"宋梅尧臣《朝》："世事但知开口笑，俗情休要着心行"，意思与杜牧相反。宋陈师道《绝句四首》之四说："世事相违每如此，好怀百岁几回开"，意思则与杜牧相仿。

④ 重阳节古人有插菊之俗，《辇下岁时记》："九日宫掖间争插菊花，民俗尤甚。"唐沈汾《续神仙传》记载一个四海游历成日醉饮的仙人许碏"当春景，插花满头，把花作舞，上酒楼醉歌，升云而去"（《云笈七签》卷一一三），看来插花满头酩酊醉归是一种忘却痛苦超越尘世的潇洒表现而不是《红楼梦》四十回里刘老老"把一盘子花横三竖四的插了一头"似的被人调侃的傻"风流"，参见《红楼梦》四十一回《林潇湘魁夺菊花诗》中蕉下客所作《簪菊》末二句"高情不入时人眼，拍手凭他笑路旁"。

⑤ 酩酊：烂醉貌，《艺文类聚》卷四引《续晋阳秋》记陶渊明九月九日坐菊旁忙望，王弘送酒来，"即便就酌，醉而后归"。

⑥《晏子春秋》内篇记载齐景公游牛山，北望齐国都城，长叹流泪，为自己百年之后离开这个世界而悲哀。杜牧这句反其意而用之，说古往今来人都会死，不必如此悲伤下泪，和上面"不用登临恨落晖"句呼应。

题宣州开元寺水阁 ①

六朝文物草连空，天淡云闲古今同 ②。
鸟去鸟来山色里，人歌人哭水声中 ③。
深秋帘幕千家雨，落日楼台一笛风 ④。
惆怅无因见范蠡，参差烟树五湖东 ⑤。

① 宣州：在今安徽宣城；开元寺：原名永安寺，唐开元年间改名。题下原有注说："阁下宛溪，夹溪居人。"宛溪是宣州城边的一条溪涧，发源于峰山。杜牧开成三年（838）在宣州任团练判官。

② 上句中六朝文物指吴、晋、宋、齐、梁、陈六朝当年繁华盛迹，而草连空却指如今此地绿草连着碧空，暗寓古今盛衰变迁；下句则说天淡云闲古往今来一直如此，暗指宇宙永恒不变，就仿佛宋人贾青《黯淡院》说的"客意自南北，山光无古今"一样，上下两句成为对比。

③ 鸟去鸟来，人歌人哭象征世上变动不居的生活，山色水声暗示自然永恒不变的秩序，意思是说山山水水曾经看过多少人世纷乱，流过多少尘世悲欢，罗隐《春日游禅智寺》里的"花开花谢长如此，人去人来自不同"，大约受了这两句写法的影响，而宋王禹玉《金陵怀古》说"六朝山色情终在，千古江声恨未平"，则使山色水声和人一样具有了感情，与杜牧意思相同而写法不同。

④ 一笛风：指风中飘来一缕笛声，风是无形的，笛声却显示了风的袅袅而至。宋释仲殊《润州》首句"北固楼前一笛风"，仿佛是这一句和杜牧另一首《润州》中"一笛闻吹出塞愁"的嫁接或挪移。

⑤ 范蠡是春秋末年越国大夫，帮助越王勾践灭吴之后便乘扁舟泛五湖而去，《史记·越王句践世家》说他"装其轻宝珠玉，自与其私徒属乘舟浮海以

行"，《吴越春秋》卷六则说他"乘扁舟出三江入五湖，人莫知其所适"，后世文人对他功成身退识时知机很佩服，对他自由飘荡身怀重宝也很羡慕。

泊秦淮 ①

烟笼寒水月笼沙 ②，夜泊秦淮近酒家。
商女不知亡国恨，隔江犹唱后庭花 ③。

① 秦淮河流经南京市区入长江，据说为秦时所开，凿钟山通淮水，故名秦淮，隋唐时金陵的繁华地段。

② 笼：表示烟雾月光轻柔笼罩秦淮的朦胧状。

③ 商女：以卖唱为生的歌妓；后庭花：即被称为"亡国之音"的乐曲《玉树后庭花》，见许浑《金陵怀古》注①，末句语意又曾被王安石《桂枝香》化用为："至今商女，时时犹唱，后庭遗曲。"

山　行

远上寒山石径斜，白云生处有人家。
停车坐爱枫林晚 ①，霜叶红于二月花 ②。

① 坐：因为。

② 刘禹锡《自江陵沿流道中》"山叶红时觉胜春"没有这句流畅。

江南春绝句

千里莺啼绿映红 ①，水村山郭酒旗风。
南朝四百八十寺 ②，多少楼台烟雨中。

① 明人杨慎《升庵诗话》卷八认为"千里"应作"十里"，并说："千里莺啼谁

人听得,千里绿映红谁人见得? 若作十里,则莺啼绿红之景,村郭楼台,僧寺酒旗,皆在其中矣。"清代何文焕《历代诗话考索》反驳说:"题云'江南春',江南方广千里,千里之中,莺啼而绿映焉……此诗之意既广,不得专指一处,故总而名曰'江南春',诗家善立题也。"驳得有理,但还应加上一句:"诗家驰骋诗思,精骛八极,岂可与尺量斗载之衙役税吏同日而语也。"

② 据《南史·郭祖深传》说,当时仅"都下佛寺,五百馀所,穷极宏丽,僧尼十馀万,资产丰沃,所在郡县,不可胜言"。

秋　夕①

红烛秋光冷画屏②,轻罗小扇扑流萤。
天阶夜色凉如水,坐看牵牛织女星③。

① 这首诗一作王建诗。

② 秋夜红烛照在画屏上透着一种寒意。

③ 坐:一作卧,暗示宫女百无聊赖枯坐看星,如元稹《宫词》"闲坐说玄宗"的"坐"。宋曾季貍《艇斋诗话》说此诗"含蓄有思致",清贺裳《载酒园诗话又编》说这首诗是"参昴衾裯"之义,"全写凄凉,反多含蓄",但黄白山却认为这是古诗写牵牛、织女"盈盈一水间,脉脉不得语"的意思,黄白山说得有理。

陈陶·一首

陈陶(约812—885前),字嵩伯,剑浦(今福建漳州)人。曾游学长安,后避乱隐居。他的诗时而词采较明丽丰赡,时而有些奇特的想象,但大多平平。下面这首《陇西行》最有名。

陇西行 ①

誓扫匈奴不顾身,五千貂锦丧胡尘 ②。

可怜无定河边骨 ③,犹是春闺梦里人 ④。

① 陇西行:古乐府"相和歌辞·瑟调"旧题。原题一组四首,这是第二首。

② 貂锦:指战士,刘禹锡《和白侍郎送令狐相公镇太原》:"天兵十万貂锦衣。"

③ 无定河:源出内蒙鄂尔多斯,流经今陕西榆林、米脂、绥德。

④ 这句的意思散文中有,李华《吊古战场文》:"其存其殁,家莫闻知。人或有言,将信将疑,悁悁心目,梦寐见之",诗歌里也有,许浑《塞下曲》"夜战桑干北,秦兵半不归。朝来有乡信,犹自寄寒衣",但都不如这首诗来得警绝感人。

雍陶·一首

雍陶（生卒年不详），字国钧，成都人。大和八年（834）中进士，当过简州刺史。他虽然有极钦佩杜甫的诗句（见其《经杜甫旧宅》），但也可能只是途经名胜时发思古幽情的例行应酬，算不得数。从他的诗看来，他沿袭的是南朝二谢、阴铿、何逊乃至大历诗人的路数，近体律绝语言清新俊丽，所以有人说他"清婉逼阴、何"（殷尧藩《酬雍秀才》）。

题君山 ①

烟波不动影沉沉，碧色全无翠色深②。
疑是水仙梳洗处③，一螺青黛镜中心④。

① 君山：在洞庭湖中，又名湘山、洞庭山。

② 碧色：指水；翠色：指山，一作"翠色全微碧色深"。

③ 水仙：水中女神，传说君山是舜妃湘水二神居住处。

④ 古代女子画眉的青黛常制成螺形，此处用它来比喻君山，用镜来比喻洞庭湖，刘禹锡《望洞庭》也写："遥望洞庭山水翠，白银盘里一青螺"，宋黄庭坚《雨中登岳阳楼望君山》二首之二："满川风雨独凭栏，绾结湘娥十二鬟。可惜不当湖水面，银山堆里看青山"，前两句仿佛受雍陶启发把君山和仙人螺鬟相比，后两句则仿佛直接化用了刘禹锡诗意。

赵嘏 · 二首

　　赵嘏（生卒年不详），字承祐，山阳（今江苏淮安）人。会昌四年（844）中进士，当过渭南县尉。赵嘏最为人熟知的是《长安秋望》一诗中的"残星几点雁横塞，长笛一声人倚楼"，据说杜牧曾"吟味不已，因目嘏为'赵倚楼'"（《唐诗纪事》卷五十六），不过，杜牧赏识他的诗并不等于他的诗风与杜牧相同，他的诗没有杜牧诗中的开阔爽丽，却有些凄清幽远，没有杜牧诗中的峻峭奇拗，却有些明晰浅畅，他的七律写得最为圆熟，有的句子写得既警策又流畅，代表了晚唐近体诗的一种重要趋势，的确并不是因为杜牧的称赞而"偶然得名"（参《一瓢诗话》）。但那个平时论诗很苛刻的清人潘德舆对他却例外地大加赞扬，觉得他不仅"七律佳句甚多"、"名章秀句亦络绎不绝"，而且"五律气体胜于七律者尤多……用意极深，措词极静"，甚至毫无证据地就把刘禹锡的名句"马思边草拳毛动，雕眄青云睡眼开"算在赵嘏的名下，不知道是为了什么（见《养一斋诗话》卷七）。

长安月夜与友人话故山

宅边秋水浸苔矶①，日日持竿去不归。
杨柳风多潮未落，蒹葭霜冷雁初飞②。
重嘶匹马吟红叶，却听疏钟忆翠微③。
今夜秦城满楼月④，故人相见一沾衣。

① 苔矶：长满了青苔的石滩。

② 蒹葭：芦苇和荻草，《诗·秦风·蒹葭》："蒹葭苍苍，白露为霜"，是写秋色的常见意象。

③ 红叶: 秋景; 疏钟: 指稀疏而遥远的钟声, 参见郎士元《柏林寺南望》注①。
④ 秦城: 长安。

江楼感旧

独上江楼思渺然, 月光如水水如天。
同来望月人何处, 风景依稀似去年①。

① 去年同来望月的人就是题目里"感旧"的旧友, 去年此地依稀相似今年的
 景就是题目里"感旧"的旧景。

马戴·一首

马戴（生卒年及籍贯均不详），字虞臣。会昌四年（844）中进士，曾当过太原等地节度使的幕僚，后来归朝为太学博士。在晚唐诗人中，马戴是一个很罕见的被后世诗论家一致称赞的人，自从严羽《沧浪诗话·诗评》说马戴"在晚唐诗人之上"以来，很多人都觉得他的诗在晚唐是佼佼者，像清翁方纲《石洲诗话》卷二，陆蓥《问花楼诗话》卷一都觉得他比许浑强，"可与盛唐诸贤侪伍，不当以晚唐论"，而叶矫然《龙性堂诗话初集》甚至觉得他就像盛唐的王维，"逸情促节似无时代之别"。

以时代的盛衰来判断诗歌的优劣当然不可靠，而为了说马戴的诗写得好就说他像"盛唐"，"不坠盛唐风格"（《升庵诗话》卷十一），更容易造成误会。其实说来马戴恰恰是一个标准的晚唐诗人，且不说他的诗里并没有盛唐恢弘阔大的高扬感，就说诗的语言形式，他擅长五律，好用凝练的语词刻琢景物，前后两联十字一串抒情点题，中间两联紧缩精致对仗工巧，恰恰都是贾岛、姚合一流的特征，所以清人贺裳《载酒园诗话又编》说他"大率体涩而思苦，致极清幽，亦近于（贾）岛也"，当然他比起贾岛来没有那么奇清僻苦，多了一些流畅秀朗，但并不能因此就把他一下子提升到盛唐诗人堆里去，说他高于晚唐，但是他本来就是贾岛、姚合的诗友，他的五律恰恰与刘得仁、顾非熊、李频等人的诗一道构成了后世所谓的"晚唐体"，他的"芦荻晚汀雨，柳花南浦风"（《客行》）、"烟生寒渚上，霞散乱山西"（《宿崔邵池阳别墅》）及"微阳下乔木，远色隐秋山"（《落日怅望》）恰恰代表了晚唐诗清丽精巧，而又努力趋于自然流动的语言风格。

灞上秋居 ①

灞原风雨定，　晚见雁行频 ②。
落叶他乡树，　寒灯独夜人 ③。
空园白露滴，　孤壁野僧邻。
寄卧郊扉久，　何年致此身 ④。

① 灞上：灞陵，在唐代长安东南，《水经注·渭水》记载灞陵在灞水和浐水交会处东面，是汉文帝陵墓所在地。

② 雁行频频飞过，暗示秋深时节。

③ 这两句是模拟了司空曙《喜外弟卢纶见宿》的“雨中黄叶树，灯下白头人”，只是“他乡”二字暗示了自己独在异乡。

④ 郊扉：郊外茅屋；致此身：用《论语·学而》中“事君能致其身”的意思，何晏《论语集解》说这是指“尽忠节不爱其身”，马戴这句诗却是说自己闲居郊外很久了，什么时候才能实现自己入世为官的理想。

李商隐·八首

　　李商隐（813—858），字义山，号玉谿生，怀州河内（今河南荥阳）人。他开成二年（837）中进士，曾当秘书省校书郎，但后来一直没当上大官，大半生是在四处奔走，寄人篱下做文墨书吏。他是晚唐最好的诗人，在他的诗里有六朝骈文的用典精巧绵密细丽，有杜甫近体诗的音节浏亮顿挫抑扬，有李贺乐府诗的炼字着色瑰丽新颖，但这些语言技巧被他融会在他所擅长的扑朔迷离、朦胧含蓄的氛围中，以一种一唱三叹、回环往复的章法把诗意组织成了迷宫般的语义结构，来表现心灵深处难以言说的感受，这就形成了他极其独特的诗歌风格，以致后人觉得他不仅是"晚唐第一人"（清叶矫然《龙性堂诗话初集》），甚至七律七绝简直是"唐人无出其右者"，"为唐人之冠"（清田雯《古欢堂杂著》卷二），即使是恪守杜甫第一、维护杜甫诗圣桂冠的人不能接受这种看法，也只好同意只有李商隐才"直入浣花之室"，"得于少陵者深"（清薛雪《一瓢诗话》、施补华《岘佣说诗》）。

　　单就诗歌语言技巧来说，这种意见不无道理。中国古典诗歌语言在盛中唐已经到了登峰造极的纯熟境界，象征性典故的运用使诗歌容量扩张到了极致，意脉断续纵跃的自觉使诗歌歧义性理解赢得了空间，实词的凝聚紧缩和虚词的尽量避免使语言拥有了最大的概括力，诗律的圆熟和拗律的试验也使诗歌节奏获得了极丰富的变化。在这样的情况下，李商隐仍然跃出前人樊篱尤其是杜甫的笼罩，这当然是极不容易的。按清吴乔《围炉诗话》卷三的说法，在李、杜、韩愈之后，"能别开生路，自成一家者，惟李义山一人"，这种"别开生路"大约是在以下三方面：首先，他的诗歌结构比盛中唐诗人收敛细密，盛中唐诗歌往往层次是并列或递进式的，一层一个视境，一句一个意象，合起来构成一个多点透视的图景，如同高山远眺或举目四望时的疏朗，而李商隐诗却迂回曲折，反复渲染一种情绪，重叠复现一个视境，仿佛多面凝视同一个园林或盆景焦点凝合在一处似的密集，所以有人说他的诗是"百宝流苏，千丝铁网"（宋魏庆之《诗人玉屑》卷二引敔器之《诗评》），这个千丝铁网便是密密麻麻地裹着那一团诗意与诗境的语言结构；其次，他的象征性语词比盛中唐诗人用得更多更巧，盛中唐诗人用典使事很少有串联并置的堆垛，但李商隐却常常把这些暗示性象征性语词用得密不透风，这当然引起了不少人"獭祭鱼"一类的讽刺，但也恰恰经济节省地扩大了诗歌的容量，这些重叠的语词背后裹挟了丰富的内涵，左右互相指涉生发出多种歧义，正面却又以语词的表层意义筑起一重防止一览无馀的照壁，于是便仿佛曲折回廊、重楼小阁层峦叠嶂构成的迷宫或园林，形成了一种多棱面、多层次、意绪深藏又极为复杂的诗歌世界，特别是他表现自己情绪时有意违背语词的习惯用法，像伤感、寂寞时很少用人人所熟知的语词如秋风、枯树、归雁、寒霜，却用一些秾丽瑰奇的意象，很少用人人能审视的物象如寒蛩、流萤、黄叶、残阳，却常用一些非自然的神诡谲怪的幻象，像"金翡翠"、"绣芙蓉"（《无题·来是空言去绝踪》），"舞鸾镜匣"、"睡鸭香炉"（《促漏》）、"一片非烟"、"蓬峦仙仗"（《一片》）、"桂魄"、"梅桩"（《对雪》），等等，便以语义的落差构成了语词的新颖秾丽，也以语义的陌生引发了理解的歧义；再次，李商隐诗歌语言试图表现的是一种内在的感受，而不像盛中唐诗人试图表达的是心中的感情，感情往往是明晰的有指向性的，喜怒哀乐表达起来比较容易，读者阅读时也能从字面上理解，而感受则深藏不现，连自己也不易捕捉，所以只能朦胧地表现，靠读者自行体验，因此表现的语言常常是虚化的，往往显得不知所云，缺乏固定指涉对象，而李商隐诗这种回环复沓的结构和含蓄多歧的语义正巧就适于表现感受，清人黄子云不明就里，却批评李商隐"讽喻动涉虚"，赞扬杜甫"讽喻必指实"（《野鸿诗的》），恰恰犯了只知二五不知一十的毛病。

后世很多人都看出了李商隐诗避熟就生更深一层的语言技巧，所以王安石、黄庭坚都觉得学他可以做入杜甫之门的途径，宋代人和清代人也都觉得学他可"去浅易鄙陋之病"（参见《许彦周诗话》《一瓢诗话》），当然有很多人也看出了李商隐诗设色秾丽用词新颖的语言特色，但只会"剥撏"他表面华丽的衣衫掩饰平乏的内容，把诗写得像戏彩娱亲的丑角，不但没有去掉诗坛上平直浅陋的弊病，反而自己也掉进了五颜六色的染缸弄得一身斑斓。

锦　瑟①

锦瑟无端五十弦②，一弦一柱思华年③。
庄生晓梦迷蝴蝶，望帝春心托杜鹃④。
沧海月明珠有泪，蓝田日暖玉生烟⑤。
此情可待成追忆，只是当时已惘然⑥。

① 锦瑟：一种漆有织锦纹饰的古弦乐器，《周礼乐器图》："绘文如锦者曰锦瑟"，这首诗以开头两字当标题，实际上等于"无题"，所以引起了古往今来对诗意的种种猜测，有说是悼亡的，有说是自题诗集卷首的，有的说是咏乐器的，有的说是自伤一生的，甚至还有说是讽谕政治的，暗恋别人家侍女的，这正是"一篇《锦瑟》解人难"（王士禛《戏效元遗山论诗绝句》）。其实，上述猜测没有一个拥有足够的证据，只是在作"自由的解释"，而我们也只能承认这种"解释的自由"，让人"姑妄言之"，于己"姑妄听之"。

② 无端：没来由的意思，传说古代大瑟有五十弦，《汉书·郊祀志》："泰帝使素女鼓五十弦瑟，悲，帝禁不止，故破其瑟为二十五弦"，后代瑟便多是二十五弦。为什么古瑟五十弦，不清楚，所以只好说锦瑟没来由有五十根弦，不过这里"无端"二字已挑起了一种迷茫的气氛。

③ 柱：瑟上支弦的木柱，每一弦下有一柱；思华年：追忆少年时光，一弦一柱

上的乐声都勾起心中无限往事。

④ 《庄子·齐物论》:"昔者庄周梦为蝴蝶,栩栩然蝴蝶也……俄然觉,则蘧蘧然(庄)周也。不知周之梦为蝴蝶欤?蝴蝶之梦为周欤",意思是说人生如梦,死与生,梦与醒,物与我,不知孰真孰假。李商隐用这个典故貌似豁达,实际上是在传递对人生对生命的迷惘感;望帝:古蜀国皇帝,《华阳国志》《蜀王本纪》里记载他禅位退隐,死后化为杜鹃,暮春啼鸣至于口中滴血,鸣叫声凄苦哀婉,好像哀怨春天逝去。李商隐用这个典故表现一种青春已逝的悲哀感。

⑤ 上句用《博物志》的一个故事,据说南海外有鲛人,水居如鱼,哭泣时流泪成珠。李商隐取泣泪成珠的意蕴,并把明月沧海、泪滴珍珠融为一句,既写视境晶莹皎白,又寓悲凉伤感之意;下句出处不详,据《长安志》,蓝田山中产玉,司空图《与极甫论诗书》引戴叔伦话说"蓝田日暖,良玉生烟,可望而不可置于眉睫之前也",可能李商隐是用它来传达一种对往昔可以意会不可言传的恍惚失落感。以上大约是"思华年"时迷茫、悲哀、伤感、恍惚的复杂感受。

⑥ 可待:岂待;只是:即使。这两句说这种感受即使在当时已经惘然怅恨了,并不是现在追忆时才有这样的感受。"追忆"与首联"思华年"呼应,"惘然"与首联"无端"相映。

无　题①

昨夜星辰昨夜风,画楼西畔桂堂东②。
身无彩凤双飞翼,心有灵犀一点通③。
隔座送钩春酒暖,分曹射覆蜡灯红④。
嗟余听鼓应官去,走马兰台类转蓬⑤。

① 原题二首,这是第一首。

② 这两句从字面上看可能是写男女幽会的时间地点。有人引了《尚书·洪范》"星有好风"来注首句,但没有说明两者之间的关系,按《洪范》中的

"星"据郑玄说指箕星，箕是簸谷之物，必待风至，所以是"风星"，按《开元占经》卷六十的说法，箕星是"主百二十妃"的，又《石氏星经》说它"主后宫"、"衍子孙"，不知这能否与这首诗牵上什么关系。又有人说这两句指得意的人与失意的人不同，"星辰得路，重以好风"，因为曾有以郎官比星辰的说法，当时李商隐正是校书郎，所以是自写春风得意。其实这些穿凿的说法都比不上清屈复两句简单的评语："一二，昨夜所会时地。"（《玉谿生诗意》）

③ 指两心相通。《开元占经》卷一一六引《抱朴子》说："通天犀角有一白理如綖者……以刻为鱼，衔以入，水当为开，方三尺所得气息。"《汉书·西域传》如淳注："通犀，中央色白，通两头。"

④ 隔座送钩是一种游戏，人分两队，一队藏一钩在手中，隔座传送，令另一队猜钩所在，猜中为胜，不中则罚，见《艺文类聚》卷七十四引《风土记》及庾阐《藏钩赋》；分曹射覆也是一种游戏，射覆本来是猜盖在器皿下的东西，后来酒令以字句暗示某种事物，让人猜测，也叫射覆，参见《汉书·东方朔传》，分曹射覆是分两组猜谜赌胜。这两句写欢聚宴饮时的盛况。

⑤ 古代官府卯时击鼓召集僚属；兰台是秘书省，李商隐当过秘书省校书郎；转蓬指蓬草被风吹得乱走，这里说自己身在官署不自由，清晨不得不离开欢宴的盛会去秘书省办事，就像蓬草遇风一样。

无 题

相见时难别亦难①，东风无力百花残。
春蚕到死丝方尽②，蜡炬成灰泪始干③。
晓镜但愁云鬓改，夜吟应觉月光寒④。
蓬山此去无多路，青鸟殷勤为探看⑤。

① 曹丕《燕歌行》有"别日何易会日难"，曹植《当来日大难》有"别易会难，各尽杯觞"，都认为分别容易相见困难，这是从盼望相聚不愿分离的心情

写来的, 李商隐更翻过一层, 正因为相见很难, 所以分别时心里也抑郁纠结, 清人姚培谦《李义山诗集笺注》就说: "人情易合者必易离, 惟相见难, 则别亦难", 说得有理。

② 南朝乐府《西曲歌·作蚕丝》说 "春蚕不应老, 昼夜常怀丝。何惜微躯尽, 缠绵自有时", "丝" 字既双关 "思" 字, 又有缠绵之意。

③ 杜牧有一首《赠别》也写到 "蜡烛有心还惜别, 替人垂泪到天明"。

④ 早起看镜看见黑发变白, 使愁绪顿生, 夜中吟诗沉思良久, 觉月光生寒。

⑤ 蓬山: 蓬莱山, 传说中的海上三仙山之一, 有人认为这是指李商隐心中暗恋的女子的住处; 青鸟: 西王母的神禽,《山海经·大荒西经》载王母之山 "有三青鸟, 赤首黑目",《汉武故事》载西王母见汉武帝, 青鸟先至殿前, 所以后人常以 "青鸟" 为信使, 李白《相逢行》有 "愿因三青鸟, 更报长相思", 后来顾敻《浣溪沙》也有 "青鸟不来传锦字, 瑶姬何处锁兰房", 李璟《浣溪沙》也有 "青鸟不传云外信, 丁香空结雨中愁"。探看: 打听打听看的意思, "看" 即白居易《松下赠琴客》中 "试拨一声看"、《眼病》中 "争得金篦试刮看" 的 "看", 这句表示希望有信使传递消息。

无　题 ①

来是空言去绝踪, 月斜楼上五更钟 ②。
梦为远别啼难唤, 书被催成墨未浓 ③。
蜡照半笼金翡翠, 麝熏微度绣芙蓉 ④。
刘郎已恨蓬山远, 更隔蓬山一万重 ⑤。

① 这组《无题》共四首, 这是第一首。

② 梦中相会, 来无言去无影, 醒时只见月照斜楼只闻五更钟声。

③ 梦中为远别而流泪, 但醒后已不能唤回远别的人; 匆匆地给别去的人写信, 因而墨汁还没有磨好。

④ 半笼: 烛光半照; 金翡翠: 金线绣成翡翠鸟的锦被; 麝熏: 麝香熏炉的香烟; 微度: 淡淡的香气缓缓流过, 仿佛宋代林逋写梅花时的 "暗香浮动";

绣芙蓉: 绣了芙蓉图案的帐子。

⑤ 刘郎: 一说指汉武帝刘彻, 刘彻求仙心切, 曾派人访海上仙山; 一说指《幽
明录》中入天台遇仙女的刘晨, 刘晨因思乡曾回人间, 再回天台后便渺然
难寻, 晚唐曹唐有《刘阮洞中遇仙人》五首咏此事。大约李商隐此处是以
刘郎自比, 说自己暗恋的人踪迹渺远难寻, 在比蓬山更渺茫辽远处。宋人
曾多次使用过这种加一倍翻一番的写法, 像李觏《乡思》"已恨碧山相阻
隔, 碧山还被暮云遮"就仿佛从这句中化来。

安定城楼①

迢递高城百尺楼, 绿杨枝外尽汀洲②。
贾生年少虚垂涕, 王粲春来更远游③。
永忆江湖归白发, 欲回天地入扁舟④。
不知腐鼠成滋味, 猜意鹓雏竟未休⑤。

① 安定: 泾州, 在今甘肃泾川, 是泾原节度使治所, 据考证, 开成三年 (838)
李商隐应博学宏词科试落选后, 曾住在他岳父泾原节度使王茂元处, 这首
诗即此时所作。

② 迢递: 高的样子; 汀洲: 水边平地和水中小洲。

③ 贾生: 西汉贾谊, 他只活了三十三岁, 曾向汉文帝上书论天下大事, 说"可为
痛哭者一, 可为流涕者二, 可为长太息者六"(参见《汉书·贾谊传》), 但并
未受到重用; 王粲是东汉末著名文人, 十七岁时曾从长安避难到荆州依靠
刘表, 他曾于春日登当阳城楼作《登楼赋》; 这两句用贾谊、王粲典故感叹
自己不得志只好依靠他人的处境, 这两个典故放在一起用似乎是从杜甫开
始的, 《久客》"去国哀王粲, 伤时哭贾谊", 《春日江村五首》之五"群盗哀
王粲, 中年召贾谊。登楼初有作, 前席竟为荣", 李商隐在另一篇《上汉南卢
尚书状》中也并用了它们: "越贾生赋鹏之乡, 过王子登楼之地。"

④ 这两句范蠡功成身退驾扁舟游于五湖的故事, 参见杜牧《题宣州开元寺水
阁》注⑤, 但李商隐这里前句"永忆"是表示自己心里一直存着隐居江湖

的念头，就像《南齐书》卷五十四《高逸传序》所谓"徇江湖而永归，隐避纷纭，情迹万品"或《庄子·大宗师》所谓"相忘于江湖"，而后一句"欲回"二字则又表示在入扁舟之前还想"回天地"，即《荀子·儒效》所谓"图回天下于掌上"，杜甫《奉寄章十侍御》所谓"指麾能事回天地"等扭转乾坤的意思，这种欲退又进，进退两难的心境便在这"欲回"的一转中凸现，句法也显得富于变化而不平直。宋人《蔡宽夫诗话》说王安石特别爱这两句，"以为老杜无以过"，其实这正是从杜甫诗中翻新出来的。

⑤ 《庄子·秋水》中说庄子去见惠施，惠施怕他来夺自己的位置，派人搜寻庄子三天三夜。庄子觉得可笑，就讲了个故事讽刺他说，南方有鸟叫鹓雏，是凤凰一类，从南海飞到北海，非梧桐不止，非竹实不吃，非甘泉不饮，而一个鸱鸟即鹞鹰以为它要抢吃自己的腐烂鼠尸，就大叫大喊地威胁它。后来人就常用这个寓言作典故讽刺那些猜忌的小心眼。嵇康《与山巨源绝交书》："不可自见好章甫，强越人以文冕也，己嗜臭腐，养鹓雏以死鼠也。"李商隐用这个典故叹息那些猜忌的小人自己贪恋荣华，却以为我有"回天地"之志是来抢夺利禄，其实我何尝有名利之心，我的志向只是回天地后归江湖罢了。

重过圣女祠①

白石岩扉碧藓滋②，上清沦谪得归迟③。
一春梦雨常飘瓦④，尽日灵风不满旗⑤。
萼绿华来无定所，杜兰香去未移时⑥。
玉郎会此通仙籍⑦，忆向天阶问紫芝⑧。

① 圣女祠：在今陕西宝鸡西南，据《水经注》说，这里"山高入云……悬崖之侧，列壁之上，有神象若图，指状妇人之容。其形上赤下白，世名之曰圣女神"，张祜有一首《题圣女庙》可能写的就是它。诗里说："古庙无人入，苍皮涩老桐。蚁行蝉壳上，蛇窜雀巢中。"可见已很荒凉，李商隐另有两首《圣女祠》，这首是再一次拜谒祠庙时所作。

② 白石建成的门扉上已长满碧绿的苔藓。

③ 上清：道教所谓天上三重神圣境界"三清"之一，三清是玉清、上清、太清，分别居住着道教至尊元始天尊、大道君、太上老君，据说众仙也分三等，圣登玉清、真登上清、仙登太清。这句说圣女原居上清，是天上女真，但因事被贬谪到人间，一直不能回到上清。

④ 按金王若虚的说法，梦雨是"雨之至细若有若无者"（《滹南诗话》），但这样理解便减少了诗中蕴含的梦幻意味，其实这个"梦"字包含了三重意味，一是写诗的梦境，暗用宋玉《高唐赋序》中楚王梦游巫山神女的故事，神女自称"旦为行云，暮为行雨"，则指李商隐梦见圣女常化作细雨来晤面，二是写圣女的梦境，指仙女因被贬谪人间，居于荒山野祠，寂寥孤苦，一春常梦雨飘在瓦上，三才是写圣女祠的实境正如王若虚所说的"雨之至细"者，如梦如幻，似有似无地飘落。这三重不同的意思交织在一起，构成这句诗的轻灵朦胧感。

⑤ 灵风：仙风；旗：灵旗，《汉书·郊祀志》："画旗树太乙坛上名灵旗"，仙风轻柔，灵旗不展，所以说"不满旗"。宋吕本中《紫薇诗话》说北宋寇准特别喜欢这两句诗，因为它"有不尽之意"，但他没有说它究竟有什么不尽之意，清人张谦宜《绲斋诗谈》卷五也赞扬这两句"思人微妙"，"不可思议"，但他的说法可能有些穿凿附会："夫朝云暮雨，高唐神女之精也。今经春梦中之雨历历飘瓦，意者其将来耶？来则风肃然，上林神君之迹也。乃尽日祠前之风尚未满旗，意者其不来耶？恍惚缥缈，使人可想而不可及"。前半段只是猜测，不必深究是非，后半段二句则是体会，感觉十分准确。

⑥ 萼绿华、杜兰香都是传说中的仙女，这里指圣女祠的圣女；来无定所、去未移时指圣女来去飘忽不定，难以见面。

⑦ 这句有两种解释，一是"玉郎"指李商隐自己，那么"玉郎"即如清冯浩《玉谿生诗集笺注》所说是仙人中小官，"借喻己之初得第也"，意思是我想由此登上仙界；二是"玉郎"指圣女，那么这句意思是圣女将由此回到仙界。仙籍：仙人的簿册，成了仙人才能登录于此。

⑧ 天阶：天宫、仙界；紫芝：仙草。这句意义不详，一说指李商隐想象随圣
　女一道到天宫"问飞升不死之药"，一说指圣女原被贬谪人间，现将回仙
　界，所以回忆当年在仙宫时的情形。

夜雨寄北 ①

君问归期未有期 ②，巴山夜雨涨秋池 ③。
何当共剪西窗烛 ④，却话巴山夜雨时 ⑤。

① 这首诗一作《夜雨寄内》，内即内人，指妻子，那么"寄北"即寄给北方妻
　子的诗，但也有人不同意这种说法。
② 这句里有一问一答。
③ 巴山：泛指四川东部的山，这句写实景。
④ 设想重聚后的光景。蜡烛点久了会结烛花，剪去烛花烛光会更亮，共剪西
　窗烛指在西窗下剪灯夜谈。
⑤ 这句接上句写重聚后再回忆此时此地的孤寂。很多人都指出这句把"眼
　前景反作后日怀想，此意更深"（清桂馥《札璞》卷六），就仿佛白居易诗
　"料得闺中夜深坐，多应说着远行人"（姚培谦《李义山诗集笺注》），这
　种回环往复的视角变化和预想未来回忆现时的写法后来被称作"水精如
　意玉连环"，据说王安石曾屡次仿效它（清何焯评语，见沈厚塽《李义山
　诗集辑评》）。

宿骆氏亭寄怀崔雍崔衮 ①

竹坞无尘水槛清，相思迢递隔重城 ②。
秋阴不散霜飞晚，留得枯荷听雨声 ③。

① 骆氏亭在长安，但具体地点说法不一，一说在长安春明门外，为骆峻所
　建。崔雍、崔衮是崔戎的儿子，据《新唐书》卷一五九《崔戎传》，崔雍字
　顺中，崔衮字柄章，曾当过漳州刺史，他们的父亲崔戎对李商隐有知遇

之恩。

② 竹坞：长着竹丛的水边高地；水槛：临水的栏杆；迢递：思绪渺远；隔重城：指李商隐与二崔相隔长安城。

③《红楼梦》第四十回《史太君两宴大观园　金鸳鸯三宣牙牌令》中林黛玉说："我最不喜欢李义山的诗，只喜他这一句'留得残荷听雨声'。"其实这一句化自孟浩然《初出关旅亭夜坐怀王大校书》："荷枯雨滴闻"，但李商隐化实为虚，写的是预想的情景，比孟浩然实写更有味，宋代欧阳修《宿云梦馆》末两句"井桐叶落池荷尽，一夜西窗雨不闻"，又翻了一层，写枯荷已尽，预想的雨声也听不到，刘攽《雨后池上》有两句写雨："东风忽起垂杨舞，更作荷心万点声"，也许曾受到这句诗的启发，不过他写的又不是枯荷而是夏日茂盛的绿荷了。

李群玉·二首

李群玉(?—861),字文山,澧州(今湖南澧县)人,当过弘文馆校书郎。据令狐绹《荐处士李群玉状》说,他"安贫乐道,远谢名利",但他的诗里却总有一种愤愤然要出世干一番事业的抑郁之情(见其《自遣》一诗),所以他的诗在内容上情调上并没有什么和其他晚唐诗人相异之处,只是他的诗语词色彩较明丽富艳,格调较轻软柔婉,像"回野垂银镜,层峦挂玉绳"(《东湖》之二)、"风鸟摇径柳,水蝶恋幽花"(《湖阁晓晴寄呈从翁》)、"多情草色怨还绿,无主杏花春自红"(《和吴中丞悼笙妓》)、"浪翻新月金波浅,风损轻云玉叶疏"(《仙明洲口号》),都显得纤柔,虽然有些小诗颇有民歌风情,也有些小巧精致的构思和意趣,但格局太狭窄窘迫。宋叶梦得《石林诗话》卷下曾讽刺晚唐诗人说:"诗语固忌用巧太过,然缘情体物自有天然工妙,虽巧而不见刻削之痕,老杜'细雨鱼儿出,微风燕子斜',此十字殆无一字虚设……使晚唐诸子为之,便当如'鱼跃练波抛玉尺,莺穿丝柳织金梭'体矣",这里所谓的"晚唐诸子"似乎说的正是李群玉一流诗人。

九子坂闻鹧鸪 ①

落照苍茫秋草明,鹧鸪啼处远人行。
正穿诘曲崎岖路,更听钩辀格磔声 ②。
曾泊桂江深岸雨,亦于梅岭阻归程 ③。
此时为尔肠千断 ④,乞放今宵白发生 ⑤。

---

① 九子坂:在今安徽九华山。

② 诘曲崎岖:指山路曲折坎坷,钩辀格磔:鹧鸪的叫声,前四字是双声,后四

字是叠韵,韩愈《杏花》一诗有"鹧鸪钩辀猿叫歇"。

③ 桂江:在今广西;梅岭:在今广东。

④ 古人觉得鹧鸪叫声像"行不得也哥哥",很容易让异乡游子产生思乡之情,殷尧藩《旅行》一诗有"山北山南闻鹧鸪",郑谷有一首很有名的《鹧鸪》诗也说:"游子乍闻征袖湿。"

⑤ 乞放:求鹧鸪饶过我,意思是说求你别再叫了,让我今晚不至于愁生白发。

钓　鱼

七尺青竿一丈丝,菰蒲叶里逐风吹^①。
几回举手抛芳饵,惊起沙滩水鸭儿^②。

① 菰蒲:水边生长的菱白和蒲柳。

② 这种动感极强的诗句仿佛现代电影镜头而不是绘画作品,因为它不仅有突然的动态还有突然的响声,所以它难以入画只能入诗,宋人潘阆《酒泉子》词也有"笛声依约芦花里,白鸟成行忽惊起",戴复古《江村晚眺》也有"白鸟一双临水立,见人惊起入芦花",都让人连带地感觉到一阵哗啦啦的拍翅膀声。

唐彦谦·一首

　　唐彦谦（生卒年不详），字茂业，并州晋阳（今山西太原）人。咸通二年（861）中进士前曾隐居在孟浩然住过的鹿门山，中进士后任过绛州、阆州刺史。他的诗学温庭筠、李商隐，但用字遣意比温、李来得浅畅爽快，北宋初期人杨亿、刘筠很佩服他，是因为他能学会李商隐的"一体"（参见《唐诗纪事》卷五十三及《蔡宽夫诗话》《石林诗话》卷中），而北宋末年人则说他是学杜甫的，乃是因为提到李商隐会被沾上"西昆体"的名声，所以干脆越过师父直接去攀名头更响的师祖（参见《后山诗话》及《唐才子传》卷九）。

第三溪

日晏霜浓十二月，林疏石瘦第三溪①。
云沙有径萦寒烧②，松屋无人闻昼鸡。
几聚衣冠埋作土，当年歌舞醉如泥。
早知涉世真成梦，不弃山田春雨犁③。

① 第三溪：不详。

② 云沙：原指青黄色的云母，后诗中多用来指石坡或石滩，如李白《塞下曲》之四"白马黄金塞，云沙绕梦思"，王昌龄《从军行》"万里云沙涨，平原冰霰涩"，高适《涉黄河》"冥漫望云沙，萧条听风水"；寒烧：一说是冬天烧过的荒地，一说是冬天的彩霞；昼鸡：白日鸡啼。

③ 早知道入世参预政治只不过是一场梦，还不如隐居归乡，在春雨里犁山田。

贯休·一首

　　贯休（832—912），俗姓姜，字德隐，婺州兰溪（今浙江兰溪）人。他是唐末五代初著名的佛教徒，和不少当权者都有往来，他也是当时最有名的佛教诗人，但他的诗不像后来佛教诗人那样清淡反而时有"人间烟火"气，换句话说就是"无钵盂气"倒还很"气幽骨劲"（参见清贺贻孙《诗筏》），苏轼《赠诗僧道通》那两句"语带烟霞从古少，气含蔬笋到公无"也可以移来评他的诗。

春晚书山家屋壁①

水香塘黑蒲森森，鸳鸯鸂鶒如家禽②。
前村后垄桑柘深，东邻西舍无相侵。
蚕娘洗茧前溪渌③，牧童吹笛和衣浴。
山翁留我宿又宿，笑指西坡瓜豆熟。

① 原题共二首，这是第二首。
② 鸂鶒：一种水鸟。
③ 渌：水清。

罗隐·一首

罗隐（833—909），字昭谏，新城（今浙江富阳）人。曾十几次考进士，但始终未被录取，五十五岁时只好投奔镇海节度使钱镠，当上了钱塘令、著作令等等。他的小品文写得很尖利辛辣，他的诗虽比不上他的小品文，在"三罗"（罗隐、罗虬、罗邺）中算是好的（见《一瓢诗话》），但在整个晚唐诗坛只能算二流人物，古诗写得纤弱平芜没有盛唐人的雄健气势，近体诗又写得粗率呆板，没有晚唐人的精致巧思，清人李调元《雨村诗话》卷下说"五代……执牛耳者，必推罗江东（隐），其诗坚浑雄博，亦自老杜得来"，不知道他有什么依据给罗隐这么吹法螺，贺裳《载酒园诗话又编》就奇怪"不知尔时何以名重至此"，因为贺裳读了罗隐的诗后，觉得他的诗"带粗豪气，绝句尤无韵度……时有警句，但不能首尾温丽"。

魏城逢故人 ①

一年两度锦城游 ②，前值东风后值秋。
芳草有情皆碍马 ③，好云无处不遮楼。
山将别恨和心断，水带离声入梦流。
今日因君试回首，淡烟乔木隔绵州。

① 题一作《绵谷回寄蔡氏昆仲》。魏城：在今四川绵阳、梓潼之间。

② 锦城：成都，参见李白《蜀道难》注 ⑬ 。

③ 草绊马脚，让诗人想象到芳草有情留客，宋周邦彦《六丑》（蔷薇谢后作）
　有一句名句："长条故惹行客，似牵衣待话，别情无极"，也是这种意思。

司空图·一首

司空图（837—908），字表圣，河中虞乡（今山西永济）人。咸通十年（869）中进士，当到中书舍人、知制诰，光启三年（887）归隐中条山王官谷。他的《二十四诗品》以诗论诗开启了中国古代印象式诗学批评的路子，标志了中国古代诗歌从追求外在形式完美向追求内在气韵深长的转折，也体现了中国古典哲学体验与艺术鉴赏的全面融会。但他自己的诗却并不很出色，大体与郑谷等人相仿，又多少有些王维、韦应物的冲淡简约，看上去精巧工细之外还有些清浅自然，像他自己举以示人的"绿树连村暗，黄花入麦稀"，"棋声花院闭，幡影石坛高"就属于这类风格（《与李生论诗书》），清人翁方纲对这种理论与实践相去太远的现象表示奇怪："论诗亦入超诣，而其所自作，全无高韵，与其评诗之语，竟不相似，此诚不可解。"（《石洲诗话》卷二）其实，"眼高手低"的创作是诗论家的通病，而他们的诗论只是针对别人的创作，并不仅仅是《蔡宽夫诗话》所说的"当局者迷"。

独　望

绿树连村暗，黄花入麦稀^①。
远坡春草绿，犹有水禽飞^②。

① 黄花：大约指油菜花，油菜常与麦子套种。
② 这两句和李群玉《南庄春晚》中"连云草映一条陂，鸂鶒双双带水飞"写的同一景象，用鸟飞将视境由近处引向远方，以呼应题中的"望"字。

陆龟蒙·二首

陆龟蒙（？—约881），字鲁望，吴郡长洲（今江苏苏州）人。咸通年间考进士未中，后除一度当过幕僚外，大多数时间都隐居在松江甫里，所以自称甫里先生，又号天随子、江湖散人。他和皮日休是好朋友，唱和的诗很多，风格也极相似，他们的小品文都写得痛快犀利，可诗却写得十分普通，在唐末五代也算不上出色，清人黄子云《野鸿诗的》甚至说他们的诗像"吃蒙汗药，嘈腾而作呓语"。也许，这主要指的是他们百无聊赖时玩弄文字游戏而写的那些"四声、叠韵、离合、回文"等"俱无意义"的作品（贺裳《载酒园诗话又编》），至于他们认真写的诗作，则应当分别来看。他们的古体诗大抵学韩愈、孟郊，按陆龟蒙的说法，他是要由"穿穴险固，囚锁怪异"而"卒造平淡"（《甫里先生传》），但他们并未达到"平淡"，只是或生僻涩滞让人难以卒读或冗琐平庸让人不愿卒读；他们的近体诗大抵兼学温庭筠、李商隐和姚合、贾岛，按皮日休给陆龟蒙诗集写序的说法，他是能和温、李一争高低的。但现在看来他们的这些诗虽有些温、李用典的技巧和姚、贾下字的技巧，但基本没有超出晚唐流利明丽的语言风格和淡泊狭小的生活境界，并没有凸现自己的独特个性，既不如他们自己的小品文，也无法和温、李同日而语；倒是他们的一部分绝句，有时还写得轻快爽利，透出了他们写小品文时的聪明，虽然这些绝句的内容大都局限在无所事事、闲适疏散的生活之中。至于他们并不很多的关心民生疾苦的作品，虽然后世人曾给予了过分的褒奖，但说实在话，这些诗恰恰是他们作品中最缺乏诗味的，要么是一本正经滔滔不绝地大发酸腐议论，要么是炫博抉奥装出古圣贤模样写些赝古董，真仿佛是吃了蒙汗药，"嘈腾而作呓语"。

和袭美钓侣 ①

雨后沙虚古岸崩,鱼梁移入乱云层 ②。
归时月堕汀洲暗,认得妻儿结网灯 ③。

① 袭美是皮日休的字,这首诗是和皮日休《钓侣》的,皮诗全文如下:"严陵
滩势似云崩,钓具归来放石层。烟浪溅篷寒不睡,更将枯蚌点渔灯。"

② 因为下雨后沙岸崩塌,所以将鱼梁移到了上游江水中。鱼梁是渔民筑堤分
水编竹拦鱼的一种方法。参见孟浩然《夜归鹿门山歌》注②,陆龟蒙《渔
具诗·鱼梁》"能编似云薄,横绝清川口"就是写它,鱼梁必须分堤拦断江
川才能捕鱼,但沙岸崩塌江面变宽,所以只得移向上游,乱云层即皮诗所谓
"滩势似云崩"的上游水急滩浅处。

③ 宋黎廷瑞有一首《湖上夜坐》写得有些像这首诗:"平湖漠漠来孤艇,远
处冥冥见一灯。翁媪隔篱呼稚子,岸头犹有未收罾。"人、事、景仿佛如出
一辙。而周密《夜归》中末两句"村店月昏泥径滑,竹窗斜漏补衣灯",也
好像受了这首诗的启发。

和袭美春夕酒醒

几年无事傍江湖,醉倒黄公旧酒垆 ①。
觉后不知明月上,满身花影倩人扶。

① 《世说新语·伤逝》载王戎曾"著公服乘轺车,经黄公酒垆下过,顾谓后
车客:'吾昔与嵇叔夜、阮嗣宗共酣饮于此垆,竹林之游,亦预其末。'"这
里用黄公酒垆是自比竹林七贤,表现自己的旷达潇洒。

皮日休·一首

　　皮日休(约834—约883)，字袭美，一字逸少，竟陵(今湖北天门)人，曾隐居襄阳鹿门山，自号醉吟先生。咸通八年(867)中进士，当过太常博士、著作郎、毗陵副使。乾符五年(878)为黄巢起义军所掳，任翰林学士，后不知所终。皮日休和陆龟蒙唱和最多，诗风也相似，也许是不知不觉互相影响的结果。

西塞山泊渔家 ①

白纶巾下发如丝 ②，静倚枫根坐钓矶。
中妇桑村挑叶去，小儿沙市买蓑归 ③。
雨来菇菜流船滑，春后鲈鱼坠钓肥 ④。
西塞山前终日客，隔波相羡尽依依。

① 西塞山：见刘禹锡《西塞山怀古》注①。

② 纶巾：古代文人所戴的以丝带编成的头巾，又名诸葛巾，相传为诸葛亮所创，《世说新语·简傲》曾载谢万"尝著白纶巾"，宋苏轼《念奴娇·赤壁怀古》也写过周瑜"羽扇纶巾"，戴纶巾是文人随便潇洒的装束。

③ 沙市：今湖北江陵长江北岸，又名沙头市，距西塞山不远；蓑：草编成的雨具。

④ 菇菜：茎叶均有黏液，可以作羹汤，其味鲜美，王建《原上新春》也曾用"滑"字形容水中的植物："野羹溪菜滑"，这句则是说船尖划过水中，菇菜顺溜地分开两旁；鲈鱼：大嘴细鳞，是江南一种名贵的食用鱼。据说这两种食品是江南名产，最能引起江南人归乡退隐之心。参见《晋书·张翰传》"见秋风起乃思吴中菰菜、莼羹、鲈鱼脍"。

韩偓·二首

　　韩偓(842—915),字致尧(一作致光),京兆万年(今陕西西安)人。龙纪元年(889)中进士,当过翰林学士、中书舍人、兵部侍郎、翰林承旨,很受唐昭宗信任,后被朱温排挤,贬濮州司马、邓州司马。天祐二年(905)举家南迁福建投靠王审知,唐亡之后卒于南安县(今福建南安)。据说他小时曾受到李商隐"雏凤清于老凤声"的称赞,他的诗也确实有些像李商隐,那些感世伤时的伤怀诗让人想到李商隐《安定城楼》一类诗的苍凉惆怅,而那些艳丽精致的香奁诗又让人想到李商隐《无题》一类诗的缠绵悱恻,只不过韩偓诗歌的视境不像李商隐那么朦胧,多少显得清晰,语言不像李商隐那么曲折,多少有些流畅,意蕴不像李商隐那么丰富深沉,多少带些单纯明朗的色彩。可是,即使如此,后来人仍然能在他的诗里大做文章,用放大镜乃至显微镜在那些写男女之情的诗中发现很多"微言大义"和"旧君故国之思",清末一个叫震钧的满族人甚至写了一部《香奁集发微》来专门阐发韩偓对唐王朝的耿耿忠心(参见清吴乔《围炉诗话》卷一),其中有些"阐幽发微"的分析让人看了会瞠目结舌。当然,他比起看不出微言大义就断然否认这些诗出自韩偓之手的李重华来,还算是实事求是的(参见李重华《贞一斋诗话》)。

春　尽

惜春连日醉昏昏,醒后衣裳见酒痕。
细水浮花归别涧,断云含雨入孤村①。
人闲易有芳时恨,地迥难招自古魂②。
惭愧流莺相厚意③,清晨犹为到西园。

① 不少人对这两句诗很赞赏，但是明谢榛《四溟诗话》卷二则认为这句和武元衡《南徐别业早春有怀》的"残云带雨过春城"虽然很巧，但"不及子美'淡云疏雨过高城'句法自然"，其实未必。

② 闲居不能有所作为，辜负大好时光，所以有"芳时"之恨；当时韩偓寄居外地，寂寞无友，连古人魂灵都请不来，所以说难招自古"魂"。《楚辞·招魂》中有"魂兮归来，何远为些"，杜甫《返照》诗中也有"不可久留豺虎乱，南方实有未招魂"，但韩偓这里更翻一层，不说魂灵未招，而说自己想招却招不来。

③ 惭愧：感谢。

自沙县抵龙溪县，值泉州军过后，村落皆空，因有一绝 ①

水自潺湲日自斜，尽无鸡犬有鸣鸦 ②。
千村万落如寒食，不见人烟空见花 ③。

① 这首诗据考证作于五代梁开平四年（910），当时韩偓正在闽中避乱，沙县、龙溪都在今福建，这首诗写途中农村被军队洗劫后的景象。

② 鸡犬被抢劫一空，自然听不见"犬吠深巷中，鸡鸣桑树巅"的声音，人被杀死或掳走，自然空中是一片乱叫的乌鸦。

③ 没有人，就没有炊烟，平时农村只有寒食节禁火时才有无烟的时候。这种景象仿佛宋戴复古《淮村兵后》的："小桃无主自开花，烟草茫茫带晓鸦。几处败垣围故井，向来一一是人家。"

杜荀鹤·二首

　　杜荀鹤（846—904），字彦之，池州（今安徽石台）人。大顺二年（891）中进士，曾当过主客员外郎、知制诰，充翰林学士。从他的自我表白来看，他好像受了贾岛一流苦吟诗人的影响，他曾在贾岛墓前缅怀道："山根三尺墓，人口数联诗"（《经贾岛墓》），也曾自述苦吟的情状说"不是营生拙，都缘觅句忙"（《山中寄友人》）、"苦吟无暇日，华发有多时"（《投李大夫》）。他《苦吟》一诗里"一句我自得，四方人已知"的洋洋得意和贾岛《送无可上人》自注中"二句三年得，一吟双泪流"的愁眉苦脸实际上是一回事，都说明他们写诗看重所谓的"奇语佳句"，但杜荀鹤的诗绝不像贾岛那么紧缩瘦硬，而是写得流利晓畅，倒仿佛把白居易的语言风格和姚、贾一流的语言风格"嫁接"到一块儿去了似的。后来有些从道德伦理人格角度论诗的人因为他曾和篡夺唐代皇位的朱温有关系就讥贬他的诗"至陋"、"辞气粗鄙"（见清贺裳《载酒园诗话又编》、潘德舆《养一斋诗话》卷四），不免有些过分。

春宫怨 ①

早被婵娟误 ②，欲妆临镜慵 ③。
承恩不在貌，教妾若为容 ④。
风暖鸟声碎，日高花影重 ⑤。
年年越溪女，相忆采芙蓉 ⑥。

① 这首诗一说为周朴所作。

② 婵娟：容貌姣好。这句说自己因貌美被选入宫中而耽误了青春。

③ 慵：懒。

④ 得到天子宠遇本不应该靠容貌，那么叫我如何梳妆打扮？

⑤ 这两句写春光融融，春风和煦，鸟声细碎，花影交叠，反衬宫女的寂寞凄清心境，极受后人推崇，宋胡仔《苕溪渔隐丛话》前集卷二十三载："谚云：'杜诗三百首，唯在一联中'"，一联就指这两句，明钟惺《诗归》也说这个意境"开诗馀思路"，因为它精细纤巧处像词而不像诗。宋人丁元珍《和永叔新晴独过东山》中有两句仿佛模拟它："日中树影直，风静鸟声圆"，后一句和杜荀鹤前一句是一种写法，两种声色。

⑥ 王维《西施咏》："朝为越溪女，暮作吴宫妃"，本指女子一朝得意从山乡水村进入君王宫廷，杜荀鹤则相反，说女子虽然入宫，却寂寞孤独，总要回忆在山乡水村时与女伴同采芙蓉的欢乐情趣。

戏赠渔家

见君生计羡君闲，求食求衣有底难①。
养一箔蚕供钓线，种千茎竹作渔竿。
葫芦杓酌春浓酒，舴艋舟流夜涨滩②。
却笑侬家最辛苦③，听蝉鞭马入长安。

① 这两句说自己非常羡慕渔家自给自足的闲适生活。

② 种竹为渔竿，养蚕作钓线，自家种了葫芦可以作成酌酒的杓，自己制的小船可以泛舟江滩去钓鱼。舴艋舟：小船；流：船顺流而泛。

③ 侬家：指自己。

郑谷·三首

郑谷(约851—?),字守愚,袁州宜春(今江西宜春)人。光启三年(887)中进士,当过都官郎中,乾宁三年(896)唐昭宗避难到华州,郑谷也曾赶去,天复年间归隐故乡。他在晚唐是很受推崇的诗人,马戴曾预言他"他日必成名"(《云台编序》),而一首《鹧鸪》诗又为他赢得了"郑鹧鸪"的绰号(《古今诗话》),士大夫和老百姓都拿他的诗当儿童的诗学教材(见祖无择所撰《都官郑谷墓志铭》),连宋代诗人也有不少模仿他的诗。他的诗有姚合、贾岛一流细腻工巧斟字酌句的长处却没有他们有句无篇苦涩生僻的短处,有白居易一流浅切流畅的优点而没有他们粗率滑易的缺点,代表了晚唐清丽明畅的一派诗风,所以清人贺裳说他"浅切而妙"(《载酒园诗话又编》)。当然贺裳也看出了郑谷的毛病是"终伤婉弱",所谓"婉弱"就是宋代欧阳修《六一诗话》里说的:"其格不高",因为虽然他推崇李白、杜甫、陶渊明,却没有李白的豪爽、杜甫的胸襟和陶渊明的高旷,所以诗写来总嫌小家碧玉气太重。

旅寓洛南村舍 ①

村落清明近,秋千稚女夸②。
春阴妨柳絮,月黑见梨花③。
白鸟窥鱼网,青帘认酒家④。
幽栖虽自适,交友在京华⑤。

① 洛南:指洛阳以南。

② 清明荡秋千是唐代习俗。

③ 春季阴天潮湿时柳絮不像晴天那么容易飞荡;梨花洁白在黑夜无月时也

能见到。

④ 白鸟：鹭鸶，鹭鸶爱吃鱼所以常窥探鱼网；青帘：酒店的青布幌子。

⑤ 这两句说自己爱隐居，但朋友在京城，有时不免寂寞。

淮上与友人别

扬子江头杨柳春，杨花愁杀渡江人。
数声风笛离亭晚①，君向潇湘我向秦②。

① 风笛：风中笛声；离亭：送别的驿亭。

② 顾况《送李秀才入京》："君向长安余适越，独登秦望望秦川"，李商隐《赠赵协律皙》："不堪岁暮相逢地，我欲西征君又东"，郑谷这一句和他们很相似，清贺贻孙《诗筏》认为这句好在"倒用作结"，因为"如开头便说，则浅直无味，此却倒用作结，悠然情深，觉尚有数十句在后未竟者"。

柳

半烟半雨江桥畔，映杏映桃山路中①。
会得离人无限意，千丝万絮惹春风②。

① 杏花白，桃花红，柳色绿。

② 会得：晓得；惹春风：有牵衣细语，依依难舍之意。

韦庄·三首

　　韦庄(? —910)，字端己，京兆杜陵（今陕西西安）人。乾宁元年（894）中进士，曾奉使入蜀，归朝后任掌书记，天复元年（901）再度入蜀为掌书记，后协助王建称帝，建立前蜀政权，历任左散骑常侍，判中书门下事、吏部侍郎同平章事。他是晚唐后期最好的诗人之一，他佩服杜甫（他曾把杜甫诗列在他所选的《又玄集》卷首，又寻了杜甫旧居修缮居住，还常常捧了杜甫诗 "吟讽不辍"，参见韦蔼《浣花集·序》《唐诗纪事》卷六十八），但又受了白居易的一些影响，诗写得清丽而不过分柔软，流畅而不过分平浅，明人胡震亨《唐音癸签》卷八批评他 "出之太易"，卷十又说他 "务趋条畅"，其实这有些冤枉，因为在晚唐趋于浅俗滑易的风气中，韦庄诗的语言还算是比较精致凝练的，只是他常把琢磨得很细的话用轻巧清丽的口吻说出来，所以才给人以 "轻燕受风" 的随意感（参见贺裳《载酒园诗话又编》）。

秋日早行

上马萧萧襟袖凉①，路穿禾黍绕宫墙。
半山残月露华冷，一岸野风莲萼香②。
烟外驿楼红隐隐，渚边云树暗苍苍③。
行人自是心如火④，兔走乌飞不觉长⑤。

① 上马：一作马上；萧萧：指秋风。

② 露华：指露珠；莲萼：指莲花的花托。古人写早行常提到残月在半山的景象，王褒《始发宿亭》："落星侵晓没，残月半山低"，温庭筠《商山早行》的 "鸡声茅店月" 虽然没有提到 "半山"，但在 "月" 前加了 "茅店"，似乎

也是暗示残月已落到茅店屋檐上。

③ 红隐隐：指驿站的楼在晨曦中隐约发红，这是韦庄写他回头看刚离开的驿站，杜牧《三川驿伏览座主舍人留题》"一片馀霞映驿楼"和宋鲁三江《江楼晴望》"夕阳红半楼"则是写晚霞中的驿楼，与此景相似但晨昏不同。暗苍苍：指渚边树林还笼罩在早晨暝色之中一片苍茫，这是韦庄写他向前看树林还看不太清，白居易《将之饶州江浦夜泊》"云树霭苍苍"和这相似但也是早晚不同，倒是另一个李远的《送人入蜀》有两句和这两句大体相似："碧藏云外树，红露驿边楼"，但李远这两句又不知写的是早晨还是黄昏。

④ 心如火：好像白居易《酬思黯戏赠》里的"妒他心似火"，又仿佛《水浒传》第十五回《杨志押送金银担　吴用智取生辰纲》里白胜唱的"农夫心内如汤煮"的"如汤煮"，即心急似火的意思。

⑤ 兔：月亮；乌：太阳，这句说行人心急觉得时光流逝很快，庄南杰《伤歌行》"兔走乌飞不相见，人事依稀速如电"。

长安清明

早是伤春梦雨天，可堪芳草更芊芊①。
内官初赐清明火，上相闲分白打钱②。
紫陌乱嘶红叱拨，绿杨高映画秋千③。
游人记得承平事，暗喜风光似昔年④。

① 芊芊：草茂盛，李端《寄畅当》："麦秀草芊芊，幽人好昼眠。"堪：一作怜。

② 清明火参见韩翃《寒食》注④；内官指皇宫中的内侍，上相指朝廷的大官；白打钱指蹴鞠之戏获胜者的采钱，《蹴鞠谱》："每人两踢曰打二，曳开大踢名白打"，《事物绀珠》："两人对踢为白打……胜者有采"，王建《宫词》："寒食内人长白打，库中先散与金钱。"

③ 据《说郛》卷三引秦再思《纪异录》及《续博物志》，红叱拨是天宝年间大宛进贡的六匹汗血马之一，又名红玉犀，这里指好马，元稹《望云骓马

歌》：“平地须饶红叱拨”，画秋千指彩漆过的秋千，据《开元天宝遗事》说，天宝年间唐玄宗和嫔妃常于清明节竖秋千为戏，称为“半仙之戏”。以上两句都暗用了盛唐承平时代的故事，所以下面说“风光似昔年”，虽然晚唐已是一片衰微破败，但人们心里却总是残留了当年繁华记忆，并总是盼望恢复开元、天宝的黄金时代。

④ 暗喜二字实际上蕴含了期望和悲哀。

古离别 ①

晴烟漠漠柳毵毵 ②，不那离情酒半酣 ③。
更把玉鞭云外指，断肠春色在江南 ④。

① 题一作《多情》。

② 晴烟漠漠：指晴日下烟岚布散的样子，谢朓《游东田》“远树暖阡阡，生烟纷漠漠”，李善注：“漠漠，布散貌”；毵毵：柳枝下垂的样子，孟浩然《高阳池诗》“绿岸毵毵杨柳垂”，温庭筠《和周繇广阳公宴嘲段成式》“眉语柳毵毵”。

③ 不那：无奈。

④ 宋郑文宝《柳枝词》：“亭亭画舸系春潭，直到行人酒半酣。不管烟波与风雨，载将离恨过江南”，大约受了这首诗的启发。

齐己·一首

齐己（864—约943），俗姓胡，长沙人，在大沩山同庆寺出家为僧，他是唐末五代著名诗僧，擅长五言律诗，风格接近姚合、贾岛一流诗人。

舟中晚望祝融峰 [①]

天际卓寒青 [②]，舟中望晚晴。
十年关梦寐 [③]，此日向峥嵘。
巨石凌空黑，飞泉照眼明 [④]。
终当蹑孤顶，坐看白云生 [⑤]。

① 祝融峰：南岳衡山最高峰，在今湖南衡山县西三十里。

② 卓寒青：卓立于天际，显出苍翠之色。

③ 梦寐向往已十年之久。

④ 巨石凌空遮住天空，所以是"黑"，飞泉流溢映出天色，所以是"明"。不说飞泉明而说照眼明，仿佛俗话说的"眼睛一亮"，宋代人特别爱说"照眼明"三字，像陆游《幽居初夏雨霁》"楸花栋花照眼明"、《病足累日不出庵门》"频报园花照眼明"、朱熹《题榴花》"五月榴花照眼明"等。

⑤ 这两句仿照杜甫《望岳》"会当凌绝顶，一览众山小"。

2018年新版后记

要给近三十年前的这部旧著写《新版后记》，不免也有一些感慨。

大概是1990年吧，我四十岁出头，在编辑、教书和研究之余暇，很花了一点儿力气，遍翻《全唐诗》、各种唐诗选本，以及各种唐诗评论资料，分门别类地记了好些笔记本，然后弄出这部唐诗的选注本。最初书名不是《唐诗选注》，因为只是一套古诗词选本之一，所以叫《唐诗卷》。1991年全书编完，由于各种原因，到1994年才在浙江文艺出版社出版。据说出版之后还颇受欢迎，于是，出版社把它单独挑出来出版，改了名儿叫《唐诗选注》。此后的四分之一个世纪里，这部书曾先后被当作高中学生课外阅读的参考书和大学自主招生时写论文的指定读物，其实，能多让高中和大学的年轻人读，这倒符合当初我编选注释这部唐诗选本的初衷。

一般说来，选注古典诗歌，不外乎是选诗、写传和注释这三件事情。选诗是一个"再经典化"的过程，选什么不选什么，不仅体现选者的眼光，也塑造读者的趣味；小传不止是介绍作者，实际上还给读者提供历史背景和诗史脉络，让读者尽可能回到那个时代体会古典；注释则在疏通文意和解释典故之外，也在暗示或引导读者的联想和感受。这部《唐诗选注》之所以还算受欢迎，也许就是因为对唐诗的筛选、给诗人作的小传和对诗歌作的注释，大概还过得去。但归根结底，我心里明白，更主要还是沾了唐诗的光，毕竟无论什么时代，人们都愿读唐诗。所以，这部书初版后的若干年中, 先后在浙江文艺出版社和人民文学出版社多次重印。

去年, 中华书局的徐俊先生表示愿意再版这部旧书, 我当然非常高兴。因为琐事繁杂和精力不济, 没有作任何修改, 只是在这里补写了这篇说明性的《后记》, 还请读者谅解。

2018年8月18日